엘러리 퀸 *Ellery Queen*

20세기 미스터리를 대표하는 거장. 작가 활동 외에도 미스터리 연구가, 장서가, 잡지 발행인으로 잘 알려져 있다. 또한 '엘러리 퀸'은 그의 작품 속에 등장하는 탐정 이름이기도 한데, 셜록 홈스와 명성을 나란히 하는 금세기 최고의 명탐정이다.

엘러리 퀸은 한 사람의 이름이 아니라 만프레드 리(Manfred Bennington Lee, 1905~1971)와 프레더릭 다네이(Frederic Dannay, 1905~1982), 이 두 사촌 형제의 필명이다. 둘은 뉴욕 브루클린 출신으로 각각 광고 회사와 영화사에서 일하던 중, 당시 최고 인기 작가였던 밴 다인(S. S. Van Dine)의 성공에 자극받아 미스터리 소설에 도전하기로 마음먹는다. 그들의 계획을 현실로 만든 것은 〈맥클루어스〉 잡지사의 소설 공모였다. 탐정의 이름만 기억될 뿐 작가의 이름은 쉽게 잊힌다고 생각한 그들은, '엘러리 퀸'이라는 공동 필명을 탐정의 이름으로 삼았다. 그들이 응모한 작품은 1등으로 당선됐으나, 공교롭게도 잡지사가 파산하고 상속인이 바뀌어 수상이 무산된다. 하지만 스토크스 출판사에 의해 작품은 빛을 보게 되는데, 이것이 바로 엘러리 퀸의 역사적인 첫 작품 《로마 모자 미스터리》(1929)였다.

이후 엘러리 퀸은 논리와 기교를 중시하는 초기작부터 인간의 본성을 꿰뚫는 후기작까지, 미스터리 장르의 발전을 이끌며 역사에 길이 남을 걸작들을 생산해냈다. 대표작은 셀 수 없을 정도이나, 그가 버너비 로스 명의로 발표한 《Y의 비극》(1932)은 '세계 3대 미스터리'로 불릴 만큼 높은 평가를 받고 있으며 중편 〈신의 등불〉(1935)은 '세계 최고의 중편'이라는 별칭을 가지고 있다. 이외 《그리스 관 미스터리》(1932), 《이집트 십자가 미스터리》(1932), 《X의 비극》(1932), 《재앙의 거리》(1942), 《열흘간의 불가사의》(1948) 등은 미스터리 장르에서 언제나 거론되는 걸작들이다. '독자에의 도전'을 비롯해 그가 작품에서 보여준 형식과 아이디어는 거의 모든 후대 작가들에게 영향을 미쳤으며 특히 일본의 본격, 신본격 미스터리의 기반이 됐다.

작품 외에도 엘러리 퀸은 미스터리 장르의 전 영역에 걸쳐 두각을 나타냈다. 비평서, 범죄 논픽션, 영화 시나리오, 라디오 드라마 등에서도 활동했으며, 미국미스터리작가협회 회장을 역임했다. 또 현재에도 발간 중인 〈EQMM 엘러리 퀸 미스터리 매거진〉(1941년 시작됨)을 발행해 앤솔러지 등을 출간하며 수많은 후배 작가를 발굴하기도 했다. 미국미스터리작가협회는 이런 엘러리 퀸의 공을 기려 1969년 '《로마 모자 미스터리》 발간 40주년 기념 부문'을 제정하기도 했으며, 1983년부터는 미스터리 분야에서 두각을 나타낸 공동 작업에 '엘러리 퀸 상'을 수여하고 있다.

SIGONGSA *design* 박지은
photo ⓒ *Eric Schaal*

Z의 비극

The Tragedy of Z
Copyright © 1933 by Barnaby Ross. Copyright renewed by Ellery Queen.
Korean Translation Copyright © 2013 by Sigongsa Co., Ltd.

Korean edition is published by arrangement
with The Frederic Dannay Literary Property Trust,
The Manfred B. Lee Family Literary Property Trust and their agent JackTime.

· 이 책은 《The Tragedy of Z》 (1987, International Polygonics, Ltd.)를 토대로 번역했으며 《The Tragedy of Z》 (1941, AVON Publications, INC.)를 참고했습니다.

The Tragedy of Z
Z의 비극

엘러리 퀸 지음
서계인 옮김

차례

작가의 말 ·· 9

1 드루리 레인 씨와의 만남 ························· 11
2 크리스마스의 살인 ································· 36
3 검은 상자 ··· 55
4 다섯 번째 편지 ······································ 74
5 여섯 번째 편지 ······································ 88
6 아론 다우의 등장 ································· 108
7 올가미를 죄다 ····································· 133
8 데우스 엑스 마키나 ······························ 153
9 논리학 강의 ·· 176
10 구치소에서의 실험 ······························ 196
11 재판 ··· 221
12 여파 ··· 230

13	어떤 남자의 죽음	251
14	두 번째 상자 토막	261
15	탈옥	263
16	Z	285
17	위험한 활약	302
18	암담한 시기	317
19	결정적인 인물	327
20	Z의 비극	334
21	마지막 단서	344
22	대단원의 막	349
23	뒷이야기	372

해설 구태의연한 사회 비리, 현대적인 소설 기법 ⋯⋯⋯⋯ 381

등장인물

엘리후 클레이 클레이 대리석 채굴 회사 소유주

제레미 클레이 엘리후 클레이의 아들

아이라 포셋 박사 엘리후 클레이의 동업자

조엘 포셋 아이라 포셋의 동생, 상원의원

월터 사비에르 브루노 뉴욕 주지사

존 흄 지방 검사

불 틸덴 카운티의 검시관

케니언 지방 경찰서장

패니 카이저 사창가의 포주

루퍼스 코튼 존 흄의 후원자

스위트 검사보

카마이클 포셋 상원의원의 비서

루이스 아이라 포셋의 운전사

마사 엘리후 클레이의 가정부

파이크, 멀카히 형사

매그너스 알곤킨 교도소 소장

아론 다우 재소자

마크 커리어 다우의 변호사

스칼지 사형수

파크, 캘러한, 데일리 교도관

태브 교도소 부설 도서관의 조수

뮤어 교도소 담당 신부, 드루리 레인의 친구

섬 사설탐정, 전 뉴욕 경찰 본부 경감

페이션스 섬 섬의 딸

드루리 레인 햄릿 저택의 주인, 원로배우

폴스태프 드루리 레인의 집사

드로미오 드루리 레인의 운전기사

퀘이시 드루리 레인의 분장사 겸 하인

마티니 박사 드루리 레인의 주치의

작가의 말

드루리 레인 시리즈 4부작 가운데 세 번째로 간행되는 이 소설에는 간단한 설명이 필요할 것 같다.

《X의 비극》과 《Y의 비극》은 서로 비슷한 시기에 제목이 붙여졌다. 그러나 《Z의 비극》은 그로부터 십 년이 지난 후의 이야기이다. 그러니까 내가 말하려는 뜻은, 이미 십 년이라는 세월이 흘렀는데 앞의 두 작품과 일관된 제목을 붙일 수 있을까 하는 문제가 떠올랐다는 것이다.

그동안 드루리 레인은 아주 이상하고 복잡한 많은 사건들을 해결했는데, 앞으로 언젠가는 그 얘기들을 더욱 흥미롭게 써볼 생각이다.

엘러리 퀸

"Ellery Queen"

1:
드루리 레인 씨와의 만남

내가 개인적으로 이 얘기 속의 사건에 관여했던 일이, 드루리 레인 씨의 빛나는 공적을 더듬어보려는 독자들에게는 그다지 흥미로운 일이 아닐 듯싶다. 하지만 내게도 여자로서의 허영심은 있으므로 가능하면 간략하게 자기소개 정도는 해두고자 한다.

나는 젊다. 적어도 이 점만큼은 아무리 나를 혹독하게 평하는 사람일지라도 인정하지 않을 수 없을 것이다. 또한 나는 크고 푸르고 촉촉이 젖은 두 눈을 가지고 있는데, 그 때문에 시적인 감성이 있는 뭇 남성들로부터 내 두 눈이 별처럼 고귀하게 반짝인다거나 푸른 창공과 같은 색조를 띠었다는 찬사를 들어왔다. 그리고 하이델베르크의 어느 멋진 고교생은 내 머리칼을 꿀에 비유한 적이 있다. 하지만 캡 당티브에서 말다툼을 한 적이 있는 어느 심술궂은 미국 여성은 내 머리칼이 부서지기 쉬운 밀짚 같다고 혹평했다. 다음은 내 몸매에 관한 것인데, 최근에 파리의 클라리스 양장점에 갔을 때, 그 가게에서 가장 몸매가 좋다는 16사이즈의 오만한 얼굴을 한 모델 아가씨와 나란히 서보니 내 몸매는 그녀의 수학적으로 균형 잡힌 몸매와 실로 비슷했다. 즉 나는 손이든 발이든 모두 균형 잡힌 신체의 소유자인 셈이다. 아울러 내가 명석한 두뇌의 소유자라는 것도 이 방면의 권위자인 드루리 레인 씨가 인정한 바 있다. 그리고 사람들은 곧잘 나의 가장 큰 매력 중의 하나가 '예의에 아랑곳하지 않는 천진한 말괄량이 기질'이라고들 하지만, 누구든 이 기록을 계속 읽어나가다 보면 그것이 얼마나 허무맹랑한 헛소문인가를 확실히 알게 될 것이다.

이상이 나의 신상에 관해 대체로 두드러진 사항들이다. 여기에다 그 밖의 것들을 종합해서 말한다면, 나는 아마도 '방랑하는 북유럽인'쯤이 될 것이다. 나는 머리를 땋고서 세일러복을 입었던 어린 소녀 시절부터 집을 떠나 줄곧 떠돌아다니는 생활을 해왔다. 물론 여행 도중에 이따금 한곳에서 꽤 오래 머문 적도 있다. 생각만 해도 지긋지긋한 런던의 신부 수업 학교에서 이 년간을 머문 적도 있었고, 페이션스 섬이라는 내 이름이 고갱이나 마티스와 함께 언급될 가능성이 전혀 없다는 걸 깨닫기까지 파리 센 강의 왼쪽 지역에서 십사 개월 동안 머문 적도 있었다. 마르코 폴로처럼 동방을 방문하기도 했고, 한니발처럼 로마의 성문으로 쳐들어가 보기도 했다. 게다가 나는 탐구심이 강해서 튀니지에서는 압생트*쓴 쑥 등을 원료로 한 독한 증류주-옮긴이*를, 리옹에서는 클로부조*붉은 포도주의 일종-옮긴이*를, 그리고 리스본에서는 아구아르디엔티스*페인 산의 질이 나쁜 브랜디-옮긴이*를 맛보기도 했다. 또한 아테네에서는 아크로폴리스의 유적들을 탐사하느라 험한 비탈을 고생하며 기어오르기도 했고, 사포*그리스의 여류 시인-옮긴이*의 전설이 깃든 이오니아 해의 작은 섬에서는 달콤한 공기를 가슴 깊이 들이마시며 환희에 젖기도 했다.

덧붙일 필요도 없는 얘기지만, 이러한 나의 여행에는 충분한 여비가 주어졌고, 게다가 더할 나위 없이 훌륭한 샤프롱*사교계에 드나드는 젊은 여성의 보호자 격인 중년 부인-옮긴이*이 따라붙었는데, 그녀는 경우에 따라서는 적당히 못 본 척도 해주는 너그러운 마음씨에 유머 감각도 겸비한 여성이었다.

 사람들이 여행할 기회는 거품이 이는 크림처럼 점점 늘어가고 있다. 하지만 이것 역시 되풀이하다 보면 식상하기 마련이어서, 마치 맛있는 음식을 찾아다니던 식도락가가 결국에는 일상의 식사를 감사하게 여기며 돌아서듯이 여행자도 결국엔 고향으로 발길을 돌리게 된다. 그래서 나는 제법 숙녀다운 결심을 하고서 알제에서 그 훌륭한 샤프롱과 작별을 고한 뒤 귀국선에 올랐다.

 마중 나온 아버지가 사주신 로스트비프가 뱃멀미로 울렁거렸던 내 위를 안정시켜 주었다. 하지만 내가 너덜너덜하지만 그 내용만큼은 매력적인 프랑스어 판 《채털리 부인의 사랑》을 뉴욕으로 몰래 반입하고자 하는 시도에 대해 아버지는 적잖이 당황하신 듯했다. 그 책은 지난날 내가 신부 수업 학교에 있던 시절 내 방에서 순수하게 예술적인 감흥에 젖어 여러 날 밤을 새워가며 남몰래 읽었던 것이었다. 그러나 이 사소한 문제도 결국에는 내 주장대로 관철되었고, 아버지는 나를 데리고 서둘러 세관 수속을 마쳤다. 그런 뒤, 서먹서먹한 두 마리의 비둘기가 함께 둥지로 돌아가듯이, 우리는 서로 굳게 입을 다문 채 아버지의 아파트로 향했다.

 나는 《X의 비극》과 《Y의 비극》을 읽고서, 이 몸집 크고 늙고 추남인 내 아버지 섬 경감이 그 피 끓는 얘기 속에서 단 한 번도 여행 중인 딸에 대해 언급한 사실이 없음을 알게 되었다. 하지만 그것은 나에 대한 아버지의 사랑이 부족했기 때문이 아니다. 부두에서 상봉한 우리 부녀가 입맞춤을 했을 때, 나는 아버지의 놀란 듯한 두 눈에서 어떤 그리움의 빛을 분명히 보았다. 우리 부녀는 단지 떨어져 지냈을 뿐이다. 내가 너무 어려서 항

의도 할 수 없었던 시절에 어머니는 나를 유럽의 샤프롱에게 보냈던 것이다. 어머니에게는 감상적인 면이 있어서, 아마도 내가 띄운 편지를 통해 유럽 생활의 우아함을 상상 속에서나마 한껏 즐겼을 것이다. 가엾게도 아버지에게는 그럴 기회가 전혀 없었다. 하지만 우리 부녀가 떨어져 지내게 된 것이 전적으로 어머니 탓이라고 할 수만은 없다. 지금도 어렴풋이 기억나는 일이지만, 어린 시절 나는 아버지를 졸졸 따라다니며 그가 수사하는 피비린내 나는 범죄 사건을 자세히 얘기해달라고 졸라대거나, 신문에 난 범죄 관련 기사를 하나도 남김없이 탐독하고서는 센터 스트리트에 있는 아버지의 사무실로 터무니없는 조언을 하러 가겠다고 떼를 쓴 적도 있었다. 그러므로 내가 유럽으로 가게 되자 아버지는 속으로 안도의 한숨을 내쉬었을 게 틀림없다. 물론 아버지는 아니라고 부정하시겠지만 말이다.

아무튼 내가 귀국한 이래 우리가 정상적인 부녀 관계를 이루기까지는 몇 주의 시간이 걸렸다. 유럽을 여행하던 시절에도 이따금 나는 미국으로 돌아와 아버지와 함께 지낸 적이 있었지만, 그것만으로는 매일 젊은 딸과 식사를 함께하거나 잠자리에 들기 전에 키스를 해주는 등, 딸을 가진 아버지로서 행해야 할 의례적인 행위에 익숙해지는 데에는 충분하지 않았던 것이다. 그래서인지 아버지는 한동안 초췌해지셨다. 아버지는 일생 동안 범죄 수사를 하면서 수도 없이 추적했던 난폭한 무법자들보다도 딸인 내가 더 두려웠는지도 모른다.

앞서 언급한 모든 사항은, 드루리 레인 씨나 알곤킨 교도소에 수감된 아론 다우의 놀랄 만한 사건에 관해 이제부터 내가 하려는 얘기의 서곡으로 꼭 필요한 것이다. 왜냐하면, 그래야만 별난 아가씨인 나, 페이션스 섬이 살인 사건에 개입하게 된 이유를 설명할 수 있기 때문이다.

내가 해외여행 중이었던 몇 년 동안 아버지는 편지에서 아버지의 인생에 실로 극적으로 개입하고 있는 미지의 천재 노인 드루리 레인 씨에 대해 경애가 담뿍 담긴 심정으로 자주 언급하곤 했다. 이는 어머니가 돌아가시고 나서 더욱 두드러졌다. 나는 그에 대한 호기심을 억누를 수가 없었다. 물론 이 노신사의 명성은 나도 익히 알고 있었다. 그도 그럴 것이, 나는 적어도 범죄 사건에 관한 글이라면 그것이 실화든 지어낸 얘기든 가리지 않고 읽는 애독자였으며, 게다가 이 은퇴한 연극계의 원로는 유럽과 미국의 신문지상에서는 일종의 초인적인 존재로서 끊임없이 다루어지고 있었기 때문이다. 불운하게도 귀머거리가 되어 연극 무대에서 은퇴한 그는 그 이후 범죄 수사에 큰 공적을 남겼다. 그의 공적은 세상에 널리 알려지게 되어 그 결과 유럽에 체류하던 나에게도 여러 차례 전해졌던 것이다.

귀국하는 배 안에서 문득 나는 허드슨 강이 내려다보이는 환상적이고 매혹적인 대저택에 거주하며 호화로운 생활을 즐기는 이 특이한 인물을 만나보고 싶다는 생각에 사로잡혔다.

하지만 귀국해보니 아버지는 일 때문에 몹시 바빴다. 당연한 결과겠지만, 아버지는 뉴욕 경찰 본부 형사국에서 은퇴한 후 한가한 생활에 견디기 힘든 따분함을 느꼈던 것이다. 어쨌든 생애의 대부분을 수사관으로 보낸 아버지에게는 범죄가 곧 일상의 식사와도 같았다. 그래서 아버지는 필연적으로 사설탐정 업무를 시작하게 되었는데, 다행히 이제까지 그가 쌓은 개인적인 명성 덕분에 그 일은 출발 단계에서부터 성공적이었다.

그리고 그의 딸인 나로 말하자면, 당장 딱히 할 일도 없었을 뿐더러 해외에서 몸에 배어버린 생활이며 수련이 집 안에서 착실하게 살림이나 꾸려나가는 일에는 도무지 맞지도 않았다. 그러므로 나는 아버지와 마찬가지로 필연적으로, 지난날 유럽으로 떠날 무렵에 내버려두고 갔던 일을 다시 시작하는 수밖에 도리가 없었다. 즉, 나는 아버지가 못마땅하게 여기는 것에도 아랑곳없이 아버지의 사설탐정 사무실에 나가 아버지를 성가시게 하며 대부분의 시간을 보내기 시작했던 것이다. 아버지는 딸을 마치 옷깃에 꽂는 장식용 꽃 정도로 여기시는 것 같았다. 하지만 나 역시 억센 턱을 가진 아버지의 핏줄을 이어받았기에 결국에는 내 고집에 아버지도 꺾이고 말았다. 그 후 아버지는 간단한 조사 정도는 내가 알아서 행할 수 있게 허락해주셨다. 이렇게 해서 나는 근대적 범죄의 심리나 용어를 다소나마 습득하게 되었다. 그리고 이때의 수련이 비록 불완전한 것이긴 해도 다우 사건을 이해하는 데 큰 도움이 되었던 게 사실이다.

그런데 그보다도 더욱 도움이 되는 사실을 우연히 알게 되었다. 아버지뿐만 아니라 나 자신도 놀랐지만, 나는 이미 관찰과 추리에 관한 본능적인 재능을 갖고 있었던 것이다. 실로 갑작스레 나는 자신이 그러한 매우 특수한 재능을 갖추고 있음을 깨달았다. 아마도 그러한 재능은 내가 자라온 환경과, 어린 시절부터 범죄 사건 수사에 꾸준히 관심을 가지면서 길러진 것이 아닌가 싶다.

아버지는 괴로워하며 말했다.

"패티, 네가 이 사무실에 있으니 내 입장이 정말 말이 아니구나. 네가 이 늙은 아비를 앞질러 가니까 말이야. 젠장, 정말이지 지난날 드루리 레인 씨하고 일할 때와 다를 게 없다고!"

그래서 나는 다음과 같이 말했다.

"경감님, 정말이지 과찬의 말씀을 하시는군요. 그런데 언제쯤에나 저를 그 드루리 레인 씨에게 소개해주실 건가요?"

그 기회는 내가 귀국한 지 삼 개월쯤 지났을 때 갑작스레 찾아왔다. 세상사가 종종 그렇게 전개되듯이, 처음에는 전혀 대수롭지 않게 시작된 일이 나처럼 기세 좋게 모험을 갈구하는 아가씨조차 놀랄 정도의 이상한 사건으로 발전해나간 것이다.

어느 날, 키가 크고 희끗한 머리에 옷차림이 훌륭한 신사 한 분이 아버지의 사무실을 방문했다. 아버지의 도움을 받고자 찾아오는 사람들이 대개 그렇듯이 그 역시도 근심스러운 표정을 짓고 있었다. 명함에 새겨진 바에 따르면 그의 이름은 엘리후 클레이였다. 그는 예리한 시선으로 나를 한 번 바라보고는 의자에 앉더니, 양손으로 지팡이 손잡이를 꼭 잡은 채 프랑스 은행가처럼 무표정하고 또박또박하게 자기소개를 했다.

그는 클레이 대리석 채굴 회사의 소유주였다. 그 회사의 주 채석장은 뉴욕 주 북부의 틸덴 카운티에 있었고, 그의 사무실과 저택은 뉴욕 주의 리즈 시에 있었다. 그가 아버지에게 조사를 의뢰한 일은 매우 미묘하고도 기밀을 요하는 성질의 것이었고, 또한 그렇기 때문에 그는 일부러 이렇게 멀리 떨어진 뉴욕 시까지 찾아왔던 것이다. 그는 가능한 한 신중히 일을 처리해줄 것을 힘주어 부탁했다.

"알겠습니다."

아버지는 씩 웃으며 말을 이었다.

"자, 시가라도 한 대 피우시죠. 요컨대, 누군가가 금고에 든 현금이라도 훔치려 한다는 겁니까?"

"천만에요! 실은…… 그러니까, 익명의 동업자에 관한 문제입니다."

"아, 그렇습니까?"

아버지의 눈이 빛났다.

"얘기를 계속해보시죠."

익명이라는 점에서 어쩐지 꺼림칙한 느낌이 들었지만, 어쨌든 그 익명의 동업자는 아이라 포셋 박사라는 인물이었다. 그는 틸던 카운티 출신의 상원의원인 조엘 포셋의 형이었다. 그런데 그 얘기를 들은 아버지가 눈살을 찌푸리는 것으로 미루어 볼 때 그 상원의원이 그다지 훌륭한 인물은 아닐 듯싶었다. 스스럼없이 자신을 '정직한 구식 사업가'라고 칭하는 클레이 씨는 이제 와서 포셋 박사를 동업자로 삼은 것을 후회하고 있는 게 분명했다. 나는 포셋 박사라는 인물이 사악한 자일 거라고 추측했다. 요컨대, 포셋 박사는 많은 계약을 체결했지만 클레이 씨가 보기에는 아무래도 미심쩍은 느낌이 든다는 것이었다. 사업은 지나칠 정도로 번창해나갔다. 여러 주와 지방에서 클레이 대리석 채굴 회사와 계약을 하고자 밀려들었지만 어쩐지 석연찮은 느낌이 든다는 것이었다. 그러므로 그 내막을 신중하고도 철저하게 조사할 필요가 있다는 것이 클레이 씨의 주장이었다.

"증거는 없습니까?"

아버지가 물었다.

"전혀 없습니다, 경감님. 포셋 박사는 그런 허점을 남길 사람이 아닙니다. 현재로선 어디까지나 의심이 간다는 것뿐입니다. 이 일을 맡아주시지 않겠습니까?"

엘리후 클레이 씨는 고액권 지폐 석 장을 책상 위에 놓았.

아버지가 나를 힐끗 바라보았다.

"패티, 네 생각은 어떠니?"

나는 애매하게 대답했다.

"요즘은 몹시 바쁘잖아요. 게다가 이 일을 맡게 되면 다른 일들은 모두 포기해야 할 텐데요……."

엘리후 클레이 씨는 잠깐 동안 나를 빤히 바라보다가 불쑥 입을 열었다.

"좋은 생각이 떠올랐습니다."

그는 아버지 쪽으로 고개를 돌리며 말을 이었다.

"나는 포셋이 당신을 의심하는 걸 원치 않습니다, 경감님. 하지만 당신은 나와 함께 조사를 진행해야 합니다. 그러니 당신과 따님이 내 집을 방문하는 손님으로 가장하고 리즈 시로 오는 게 어떻겠습니까? 아무튼 섬 양이 함께 와주면 여러 가지로 도움이 될 것 같군요."

나는 그 말을 듣고서, 아이라 포셋 박사가 여성의 매력에 무감각한 인물은 아닌 모양이라고 추측했다. 또한 그 순간, 내 호기심이 고개를 쳐들었음은 두말할 나위도 없었다.

"나머지 일들은 어떻게든 처리해보죠, 아버지."

내가 그렇게 말함으로써 우리 부녀는 간단히 그 일을 맡기로 결정을 내렸다.

그 후 이틀 동안 우리는 이른바 '전투 채비'를 갖추었고 일요일 저녁에는 리즈 시로 떠날 짐을 모두 꾸렸다. 엘리후 클레이 씨는 뉴욕에서 우리를 방문했던 바로 그날 리즈 시로 돌아갔다.

아직도 잊히지 않는 일이지만, 내가 난로 앞에서 두 다리를 쭉 뻗고서 사람 좋아 보이는 젊은 세관원의 눈을 속여 몰래 들여온 피치 브랜디를 홀짝거리고 있을 때 전보 한 통이 도착했다. 그 전보는 지난날 아버지가 경찰 본부의 경감으로 재직하던 시절에 뉴욕 카운티의 지방 검사였고, 지금은 뉴욕 주의 추진력 있는 주지사로서 좋은 평판을 얻고 있는 월터 사비에르 브루노 씨가 보낸 것이었다.

아버지가 무릎을 치며 껄껄 웃었다.

"브루노는 여전하군! 자, 패티, 네가 그렇게도 바라던 기회가 왔다. 함께 가도록 하자꾸나."

아버지가 내게 건네준 전보에는 다음과 같이 쓰여 있었다.

잘 있었소, 늙은 용사여! 내일 일흔 번째 생일을 맞이하는 레인 씨를 놀라게 해주기 위해 그의 저택을 방문할 생각이오. 최근 들어 레인 씨는 건강도 악화되었다고 하니 위문할 필요도 있을 것 같소. 나처럼 바쁜 주지사도 가는데 당신이야 못 갈 리 없겠지. 거기서 만나기로 합시다.

브루노

"아이, 좋아라! 아버지, 제가 그분 마음에 들까요?"

나는 엉겁결에 내가 가장 아끼는 잠옷에다 브랜디를 흘리며 말했다.

아버지는 투덜대는 목소리로 대답했다.

"드루리 레인 씨는…… 말하자면, 여자를 싫어하는 분이시지. 하지만 너를 데려갈 필요는 있을 것 같구나. 자, 그럼 오늘 밤은 푹 자두도록 해라."

아버지는 싱긋 웃으며 말을 이었다.

"패티, 내일은 최고로 예쁘게 치장을 하려무나. 우린 그 노배우를 깜짝 놀라게 해줘야겠다. 그런데 너…… 술을 꼭 마셔야겠니?"

아버지는 재빨리 뒷말을 덧붙였다.

"뭐, 내가 완고한 아버지 노릇을 하려는 건 아니다만……"

나는 아버지의 찌그러지고 못생긴 콧잔등에 키스를 했다. 가엾은 아버지. 나를 위해 무척 신경을 쓰고 계셨다.

허드슨 강을 굽어보고 있는 드루리 레인 씨의 햄릿 저택으로 이어지는 길은 아버지의 설명을 듣고 상상했던 것보다도 훨씬 더 아름다웠다. 나는 이제껏 구대륙의 여러 명소들을 둘러보았지만 이보다 더 멋진 곳을 본 적은 없다. 포근한 느낌을 주는 무성한 수풀과 깨끗한 길, 그 위로 떠 있는 조각구름들 그리고 저 멀리 눈 아래로 흐르고 있는 고요하고 푸른 강. 이토록 아름답고 평화로운 광경은 유럽의 그 어떤 곳, 이를테면 라인 강 유역에서조차도 보지 못했다. 그리고 저 성! 그것은 마치 과거 영국의 어느 언덕을 마법의 융단으로 실어 옮겨놓은 것 같았다. 그것은 실로 거대하고 당당하고 아름다운 중세풍의 건물이었다.

우리는 고풍스럽고 아름다운 나무다리를 건너고, 금방이라도 턱 사제로빈 후드 일당의 한 명—옮긴이가 뛰쳐나올 듯한 셔우드 숲을 연상시키는 사유림을 지나 햄릿 저택의 정문을 통해 저택의 안뜰로 들어갔다. 그러자 도처에서 미소 짓고 있는 사람들이 보였는데, 그들은 대부분 노인들이었고 드루리 레인 씨의 도움을 받으며 살고 있음이 분명했다. 드루리 레인 씨는 이 대저택을 노년에 접어들어 더는 활동을 할 수 없게 된 예술가들의 은신처로 제공하고 있었다. 아버지의 설명에 따르면, 드루리 레인이라는 이름과 그의 아낌없는 자선 행위를 예찬하는 사람들이 수도 없이 많다는 것이었다.

브루노 주지사가 뜰에서 우리를 맞이했다. 그는 우리가 도착하는 것을 기다리느라 그때까지 이 저택의 주인인 드루리 레인 씨에게 인사도 하지 않았다. 매우 호방한 느낌을 주는 브루노 주지사는 네모난 얼굴에 시원스레 벗어진 이마와 지적으로 반짝이는 눈 그리고 의지력 있어 보이는 턱을 가진 단단해 보이는 체구의 소유자였다. 그를 호위해 온 주(州) 경찰대원들이 뒤쪽에서 서성이며 사방을 살피고 있었다.

하지만 나는 주지사의 일 따위는 안중에도 없을 만큼 흥분해 있었다. 왜냐하면 깜짝 놀랄 정도로 늙어 보이는 한 노인이 주목들에 에워싸인 쥐똥나무 숲을 빠져나오며 천천히 우리 쪽으로 다가왔기 때문이다. 정말이지 그는 너무나도 늙어 보였다. 아버지가 드루리 레인 씨에 대해 말하는 것을 듣고 늘 나는 그가 인생의 절정기에 있는 키가 크고 나이에 비해 훨씬 젊어 보이는 사람일 거라고 생각해왔다. 나는 지난 십 년이라는 세월이 그에게 얼마나 가혹한 것이었는지를 곧바로 깨달을 수 있었다. 세월은 그의 넓은 어깨를 움츠러들게 했고 탐스러웠던 은발도 엷어지게 했으며 손이나 얼굴에도 주름이 잡히게 했고 걸음걸이에서도 탄력을 찾아볼 수 없게 만들어버린 것이었다. 하지만 그의 두 눈동자만은 아직도 보는 이의 정신이 번쩍 들게 할 만큼 맑았고 지혜와 유머를 담은 채 빛을 발하고 있었다. 처음에 그는 나의 존재를 알아차리지 못한 듯했다. 그는 아버지와 브루노 주지사의 손을 꽉 잡고는 그들에게 매달리다시피 하며 중얼거렸다.

"반갑습니다. 정말 잘 오셨습니다!"

나는 늘 내가 그다지 감상적이지 않은 여성이라고 생각했었는데, 이때만은 나도 모르게 목이 메고 눈물이 괴는 것을 느꼈다.

아버지는 코를 풀고 나서 쉰 목소리로 말했다.

"레인 씨, 소개해드리죠. 이 애가 바로 제 딸이랍니다."

레인 씨는 주름 잡힌 양손으로 내 두 손을 꽉 잡고는 내 눈을 들여다보았다. 그리고 굉장히 장중한 어조로 말했다.

"섬 양, 햄릿 저택에 오신 걸 진심으로 환영합니다."

그러고 나서 나는 언제나 돌이켜볼 때마다 얼굴이 화끈거릴 정도로 부끄러운 말을 입 밖에 내고야 말았다. 솔직히 말해서 나는 그때 나 자신을 드러내 보이고 싶었던 것이다. 나의 총명함을 과시하고 싶었던 것이다. 아마도 여기에는 이브의 후예로서의 속성도 어느 정도 작용했을 것이다. 오랫동안 레인 씨와의 만남을 고대해왔던 나는 무의식적으로 그의 테스트에 대비해 나 자신을 나름대로 무장해왔는지도 모른다. 하지만 그것은 어디까지나 나의 공상에 불과한 것이었다.

아무튼 나는 떠듬떠듬 지껄이기 시작했다.

"레인 선생님, 정말 기뻐요……. 그동안 얼마나 뵙고 싶었는지 몰라요……. 정말이지 저는……."

이어서 나는 추파를 던지듯 다음과 같이 내뱉고 말았다.

"선생님께서는 회고록을 쓰실 생각이시로군요!"

물론 이 말이 입에서 튀어나오자마자 곧바로 후회했다. 그것은 실로 어리석은 짓거리였다. 나는 창피한 나머지 입술을 깨물었다. 아버지는 놀라서 숨을 헐떡였고 브루노 주지사는 어이가 없는지 멍한 표정을 지었다. 레인 씨는 눈썹을 치켜 올리고는 눈을 빛내며 한참 동안 내 얼굴을 뚫어지게 바라보았다. 이윽고 그는 양손을 비비며 껄껄 웃더니 내게 말했다.

"섬 양, 이거 정말 놀랍군요. 그리고 경감님, 이제껏 이런 따님이 있는 걸 숨겨오셨다니 용서할 수 없군요. 그런데 섬 양, 이름은 어떻게 되죠?"

"페이션스라고 합니다."

나는 중얼거리듯 대답했다.

"허어, 과연 청교도풍의 이름이군요, 경감님! 아마도 따님의 작명에는 섬 부인의 견해보다도 당신의 영감이 더 많이 작용했겠군요."

레인 씨는 다시 껄껄 웃고 나서 나의 팔을 힘주어 잡으며 말을 이었다.

"자, 이리로 오시죠, 한물간 양반님들. 뭐, 우리 얘기는 나중에 하도록 하죠……. 아무튼 놀라운 일입니다. 정말 놀랐어요!"

레인 씨는 계속 껄껄 웃었다. 그는 우리를 아담한 정자 그늘로 데리고 갔다. 그런 뒤 그는 혈색 좋고 몸집이 작은 노인들 몇 명에게 심부름을 시키거나, 손수 우리에게 다과를 나누어주는 등 분주하게 몸을 움직였다. 그러는 동안에도 그는 줄곧 내 얼굴을 힐끗힐끗 쳐다보았다. 그때까지도 나는 심한 혼란에 빠져 있었고, 그 말을 내뱉은 나 자신의 어리석은 자만심에 내심 진저리를 치고 있었다.

"자, 그럼, 페이션스 양!"

우리가 대충 다과를 비웠을 무렵, 레인 씨가 말하기 시작했다.

"아까 당신이 말한 그 놀라운 발언을 검토해보기로 하죠."

그의 목소리는 내 귓전을 감미롭게 달래는 듯했다. 그 특이한 목소리는 마치 오래 묵은 모젤 와인처럼 깊고 그윽하고 풍요로웠다.

"그래, 내가 회고록을 쓸 생각을 갖고 있다고요? 정말 놀라워요! 그리고 그 밖에 또 어떤 것이 당신의 아름다운 눈에 비쳤는지 궁금하군요, 섬 양?"

"실은……."

나는 더듬거리며 말을 이었다.

"그런 당돌한 말을 내뱉은 걸 지금 후회하고 있습니다……. 그리고 정말이지, 제가 대화를 독점하고 싶지는 않습니다, 레인 선생님. 무엇보다 선생님께서는 아버지와 주지사님을 오랜만에 만나셨을 테니까요."

"그렇지 않아요, 섬 양. 우리 같은 늙은이들은 페이션스 보통 명사로 쓰일 때는 '인내', '참을성'이라는 뜻—옮긴이를 발휘하는 법을 충분히 익혔답니다."

그는 다시 껄껄 웃으며 말을 이었다.

"이것 역시 늙어가고 있다는 증거죠. 그 밖에 또 당신 눈에 비친 것은 어떤 것이죠, 페이션스 양?"

"좋아요. 말씀드리죠."

나는 숨을 한 번 깊이 들이마신 뒤 말을 이었다.

"선생님께서는 타이프 치는 법을 익히시는 중입니다."

"허어!"

레인 씨는 깜짝 놀란 표정을 지었다. 아버지는 마치 나를 처음 보는 사람처럼 뚫어지게 바라보았다.

나는 침착한 어조로 말을 이었다.

"게다가…… 선생님께서는 그걸 독학으로 익히고 계십니다. 그것도 두 손가락만 사용해서 떠듬떠듬 치는 식이 아니라 자판을 보지 않고 모든 손가락을 함께 사용해서 치는 터치 방식을 익히고 계십니다."

"허어, 정말 놀랍습니다! 이거 정말 호된 반격이로군요."

그는 몸을 틀고 미소를 머금은 채 아버지를 바라보며 말을 이었다.

"경감님, 당신은 정말 굉장히 지혜로운 따님을 두셨습니다. 그런데 혹시 따님에게 최근의 저에 관한 얘기를 하신 적이 있으십니까?"

"천만에요! 저도 모르는 일을 어떻게 얘기해줄 수가 있겠습니까? 저 역시 당신과 마찬가지로 놀랐을 뿐입니다……. 그럼, 그게 사실이란 말입니까?"

그때 브루노 주지사가 턱을 문지르면서 끼어들었다.

"섬 양, 당신 같은 재원을 주 정부에 고용하고 싶군요……."

"뭐, 관계없는 얘기는 접어둡시다."

드루리 레인 씨가 낮은 목소리로 말했다. 그의 두 눈이 한층 더 빛을 발하기 시작했다.

"이거야말로 저에 대한 도전인 듯싶군요. 그러니까 추리로 이 모든 걸 알게 되었다는 거죠, 페이션스 양? 하긴, 페이션스 양이 실제로 해 보였으니 분명히 추리로 가능한 문제일 테죠. 흐음…… 우리가 만난 이래 정확히 어떤 일이 일어났더라? 첫째로 나는 저 나무들 사이로 여러분에게 다가갔습니다. 그리고는 경감님과 브루노 씨에게 인사를 했어요. 그런 뒤에는 페이션스 양과 서로 마주 보다가 악수를 나누었고요……. 아, 알겠어요! 그 놀라운 추리의 단서는 바로 제 손이었군요!"

그는 재빨리 자신의 양손을 살펴보기 시작했다. 주의 깊게 살펴보고 나서 그는 미소를 떠올리며 고개를 끄덕였다.

"이거 참, 정말 그렇군요……. 이래서 타이프 치는 법을 익힌다는 걸 알았다, 그 말이죠? 경감님, 제 손톱을 살펴보시고 무언가 알아낸 게 있으면 말씀해보시죠."

레인 씨는 정맥이 비치는 자신의 흰 손을 아버지의 코앞에 들이밀었다. 아버지는 그저 눈만 껌벅거리다가 말했다.

"뭘 말하라는 거죠? 도대체 이 손에 뭐가 있다는 겁니까? 아주 깨끗하군요. 내가 말할 수 있는 건 단지 그뿐입니다!"

우리는 모두 웃음을 터뜨렸다.

"경감님, 이제까지 제가 누차 말씀드린 것입니다만, 아무리

하찮은 부분일지라도 빠짐없이 관찰하는 것이 범죄 수사에서 가장 중요하다는 게 바로 저의 신념입니다. 보시다시피 엄지손가락들을 제외하고서 제 양손에 붙은 다른 모든 손가락의 손톱들은 저마다 갈라져 있습니다. 그런데 엄지손가락의 손톱만은 갈라져 있지도 않고 잘 다듬어져 있습니다. 타이프를 치면 엄지손가락 손톱 이외의 모든 손톱들이 상하게 됩니다. 그것도 익히는 중일 때의 일이죠. 왜냐하면 이런 현상은 손톱들이 아직 자판의 충격에 익숙하지 못할 때에 일어나니까……. 페이션스 양, 정말 훌륭합니다!"

"하지만……."

아버지가 뭔가 이의를 제기하려고 하자, 레인 씨가 싱긋 웃으면서 가로막듯 말했다.

"아, 경감님, 당신은 언제나 회의적이시군요……. 하지만 페이션스 양, 정말 훌륭합니다. 그럼, 이번에는 터치 방식에 관한 것입니다만, 이것도 정말 빈틈없는 추리로군요. 자판을 보면서 두 손가락만 사용하는 이른바 헌트 방식을 쓰는 초보자들은 단지 두 개의 손톱만이 갈라지겠지요. 하지만 자판을 보지 않고 두드리는 터치 방식을 쓰는 사람들은 엄지손가락을 제외한 모든 손가락을 다 사용하니까 제 경우처럼 되는 거죠."

그는 눈을 감고서 말을 이었다.

"그리고 내가 회고록을 쓸 것 같다고 했는데, 이거야말로 놀랍습니다! 이건 관찰된 현상에서 나온 실로 비약적인 결론입니다. 이것으로 미루어 볼 때 페이션스 양은 관찰력이나 추리력뿐만 아니라 매우 예리한 직관력까지 타고났음이 분명합니다. 브루노 씨, 이 젊고 아름다운 탐정이 어떻게 그런 결론에 도달하게 되었는지 당신은 짚이는 바가 있으십니까?"

"아뇨, 전혀 짐작도 하지 못하겠습니다."

주지사는 솔직하게 고백했다.

"아비를 곯리고 있군!"

아버지가 투덜거리며 말했다. 하지만 아버지의 시가는 꺼져 있었고 손가락은 떨리고 있었다.

레인 씨는 다시 껄껄 웃었다.

"그건 아주 간단하죠! 페이션스 양은 어째서 칠순이 넘은 노인이 갑자기 타이프 치는 법을 익히기 시작한 걸까, 하고 자문해 보았던 겁니다. 지난 오십 년 동안이나 무시해왔던 것을 이제 와서 새삼스레 익히려고 한다는 것은 확실히 이해할 수 없는 행동이겠죠. 그렇지 않습니까, 페이션스 양?"

"말씀하신 그대로입니다, 레인 선생님. 과연 재빨리 알아맞히시는군요!"

"그래서 당신은 이렇게 생각했겠지요. 노년에 이른 사내가 새삼스레 그런 일을 익히려고 한다는 것은 자기 인생의 황금기가 지났다는 걸 깨닫고서 죽기 전에 무엇인가 개인적이고도 긴 글, 그러니까 회고록을 남기려고 하는 게 틀림없다고 말입니다. 대단히 훌륭합니다, 페이션스 양!"

이어서 그는 눈빛이 흐려지더니 덧붙였다.

"그런데 나로서도 알 수 없는 게 있어요, 페이션스 양. 어떻게 내가 타이프 치는 법을 독학으로 익히고 있다는 걸 알았습니까?"

"그건 좀 교묘한 문제인데요······."

나는 나직하게 말을 이었다.

"저의 추리는 만약 선생님이 다른 누군가로부터 타이프 치는 법을 배우고 있다면 분명히 터치 방식으로 배우고 있을 거라는 전제 아래 이루어진 것입니다. 그러나 지도 교사에게 배울 경우, 그 교사는 학생이 자판의 위치를 외우지 않고 훔쳐보는 것을 막기 위해 자판의 글자들이 보이지 않도록 각각의 키에다 고무 덮개를 씌우기 마련입니다. 하지만 선생님의 타이프 자판에 고무 덮개가 씌워져 있다면 선생님의 손톱이 갈라졌을 리는 없습니다. 그래서 저는 선생님이 타이프 치는 법을 독학으로 익히고 있는 게 분명하다고 생각했던 겁니다."

"그것참!"

아버지는 그렇게 말하고는, 마치 여류 비행사나 남아프리카의 줄루 족의 아가씨나 혹은 어떤 기괴한 생물이라도 세상에 내놓은 듯한 표정으로 나를 바라보았다. 어리석고 하찮은 것이긴 했지만 내가 정신적인 불꽃을 내보인 것이 레인 씨를 즐겁게 했고, 그래서 그 순간부터 그는 나를 매우 특별한 동료로 받아들여 주었다. 하지만 아버지는 그 점을 다소 억울하게 여기는 것 같았다. 아버지는 이 노신사를 상대로 범죄 수사 방법론에 대해 논쟁을 펼치는 것을 좋아했기에 나는 약간 마음에 걸렸다.

우리는 그날 오후 함께 조용한 정원을 산책하거나, 레인 씨가 자신의 연극 동료들을 위해 건립한 자갈이 깔린 작은 촌락을 방문하기도 하고, 그의 전용 술집인 '인어 주점'에서 흑맥주를 마시기도 했으며, 그의 개인 극장을 둘러보거나 웅장한 서고에서 그가 수집한 독특하고 감동적인 셰익스피어 문헌 등을 구경하며 시간을 보냈다. 이제까지 내가 겪어본 시간 중 가장 감격적인 오후의 한나절이었고, 시간이 어떻게 흘러갔는지도 알 수 없을 정도였다.

그날 저녁에는 햄릿 저택에 거주하는 모든 사람들이 두루 참석한 가운데 중세풍의 대연회장에서 레인 씨의 생일을 축하하기 위한 성대한 향연이 열렸다. 모두 호화로운 음식들을 앞에 놓고서 웃고 떠들며 즐거운 한때를 보냈다. 그 후 우리 네 사람은 레인 씨의 서재로 물러 나와 터키산 커피와 술을 마셨다. 그러는 동안에 등에 혹을 단 요정 같은 키 작은 꼽추 노인이 자주 방을 드나들었다. 그 노인은 믿어지지 않을 만큼 나이 들어 보였는데, 레인 씨는 내게 그 노인의 나이가 백 살이 넘을 거라고 했다. 그 노인이 바로 캘리밴(셰익스피어의 희극 《템페스트》에 나오는 추한 용모의 하인—옮긴이)이라는 별명으로도 불리는 레인 씨의 오랜 동료인 퀘이시 노인인데, 그에 대해서는 전부터 여러 가지 재미있는 얘기들을 듣거나 읽어서 알고 있었다.

떠들썩했던 연회장에서 돌아와 벽난로에서 타오르는 평화로운 불꽃을 바라보며 떡갈나무로 장식된 벽에 둘러싸여 있자니 기분 좋은 안도감이 온몸으로 느껴졌다. 나는 약간 피곤해서 튜더 왕조풍의 호화로운 의자에 편안하게 몸을 파묻고 사람들의 얘기 소리에 귀를 기울였다. 희끗한 머리에 넓은 어깨를 가진 듬직한 체구의 아버지, 의지 있는 턱을 가진 추진력 있어 보이는 브루노 주지사, 그리고 귀족적인 용모의 노배우…….

정말이지, 그 방에 있는 것만으로도 나는 행복했다.

레인 씨도 무척 즐거운 듯이 보였다. 그는 주지사와 아버지를 향해 쉴 새 없이 질문 공세를 펼쳤으나 자신에 관한 얘기는 그다지 입 밖에 내지 않았다.

"저도 이제 생을 마감할 날이 얼마 남지 않은 것 같습니다."

그는 어느 시점에서 자연스럽게 그런 얘기를 꺼냈다.

"셰익스피어가 말했듯이 '찬바람에 시들어 누렇게 변색된 낙엽과 같은 심경'으로 '늙어서 뼈만 앙상한 육체를 추슬러서 천국으로 갈 준비를 해야만 하는 때'인 것입니다. 저의 주치의들은 저를 만족스러운 상태로 조물주에게 보내기 위해 최선을 다하고 있습니다. 저도 이제 너무 늙은 셈이지요."

그렇게 말한 뒤 그는 웃었고 벽에 드리운 자신의 그림자를 거두려는 듯한 몸동작을 취하며 말을 이었다.

"자, 이제 이런 기운 없는 늙은이에 관한 얘기는 그만하기로 하죠. 그리고 경감님, 당신은 아까 페이션스 양과 함께 지방으로 갈 예정이라고 하셨죠?"

"패티와 저는 의뢰받은 사건 관계로 주의 북부 지방으로 가려는 참입니다."

"흐음, 사건이라……?"

레인 씨는 콧구멍을 벌름거리며 말을 이었다.

"사건이라는 말을 들으니 저도 함께 가고 싶은 기분이 드는군요. 그런데 그건 어떤 사건입니까?"

아버지는 어깨를 으쓱했다.

"실은 저도 자세히는 모릅니다. 하지만 당신이 흥미를 느낄 그런 사건은 아닌 듯싶습니다. 하지만 브루노 주지사에게는 흥미가 있을지도 모르겠군요. 브루노의 옛 친구였던 틸덴 카운티 출신의 상원의원인 조엘 포셋이 이 사건에 관계되어 있는 듯하니 말입니다."

"농담 마시오! 조엘 포셋은 내 친구도 뭐도 아니오. 그자가 나와 같은 정당에 속해 있다는 것만으로도 화가 치밀 정도요. 그자는 악당이오. 틸덴 카운티에서 폭력 조직을 결성했다고요."

주지사가 발끈하며 말했다.

아버지는 싱긋 웃으며 말을 받았다.

"그거 듣던 중 반가운 소리로군요. 오랜만에 한바탕할 것 같으니 말이오. 그건 그렇고, 그의 형인 아이라 포셋 박사에 대해서 뭐 알고 있는 게 없소?"

브루노 주지사는 약간 놀라는 듯했다. 그는 눈을 껌벅거리더니 벽난로의 불길을 물끄러미 바라보았다.

"포셋 상원의원은 가장 악질적인 정치 깡패요. 하지만 그의 형인 아이라 포셋이야말로 그 조직의 실질적인 두목이라고 할 수 있소. 물론 그자가 공직을 맡고 있진 않지만, 포셋 의원을 조종하는 배후의 인물임은 말할 나위도 없소."

"잘 알겠소. 실은 이 포셋 박사가 리즈 시에 있는 커다란 대리석 회사의 익명의 동업자라오. 그런데 그 회사의 소유주인 클레이 씨가 나를 찾아와서는 포셋 박사가 아무래도 수상쩍은 계약들을 체결하고 있는 듯하다면서 내게 그 뒷조사를 의뢰한 거요. 뭐, 뻔한 일이긴 하지만 그 증거를 잡는 게 그리 간단할 것 같지가 않소."

아버지는 찌푸린 얼굴로 말했다.

"의뢰를 받았다고 좋아할 만한 일은 못 되는 것 같소. 포셋 박사는 교활하기 그지없는 인물이오. 그런데 의뢰인이 클레이라고요? 그 사람이라면 나도 좀 알아요. 그는 괜찮은 사람인 것 같았는데……. 아무튼 이건 내게도 꽤 흥미로운 문제인 것 같아요. 왜냐하면 이번 가을에 포셋 형제가 선거전을 치르기 때문이오."

레인 씨는 입가에 희미한 미소를 머금은 채 눈을 감고 앉아 있었다. 나는 그가 지금 아무것도 듣고 있지 않다는 것을 깨닫고는 깜짝 놀랐다. 나는 이 노배우가 귀머거리여서 독순술로 남의 말을 알아차린다는 걸 아버지로부터 종종 들었다. 하지만 지금 그는 눈을 감고서 세상과는 담을 쌓고 오로지 자신만의 세계에 파묻혀 있었다.

나는 당면한 문제와는 상관없는 상념들을 뇌리에서 떨쳐버리고자 머리를 흔들고 나서 다시 얘기에 귀를 기울였다. 주지사는 리즈 시와 틸덴 카운티의 정세를 열심히 설명하는 중이었다. 그에 따르면, 다가오는 몇 달 동안에 격렬한 정치적인 움직임이 펼쳐질 듯했다. 틸덴 카운티의 젊고 활동적인 지방 검사 존 흄이 이미 상원의원 선거에서 포셋의 반대 당 후보로 등록을 마쳤다는 것이었다. 존 흄은 청렴결백한 검사로서 명성을 떨치며 선거구민들의 존경과 호평을 얻고 있어서 포셋 일당에게는 심각한 도전자가 아닐 수 없었다. 존 흄은 뉴욕 주의 가장 노련한 정치가의 한 사람인 루퍼스 코튼의 지원을 받는 젊은 후보자였다. 그는 신진 정치가답게 혁신적인 정강을 내걸고 있었다. 브루노 주지사의 표현에 의하면 '뉴욕 주 북부 지방의 지방 개발 자금을 착복하는 돼지'인 포셋 상원의원은 부패한 정치가로 악명이 높았다. 게다가 리즈 시에는 알곤킨 교도소가 있었으므로 존 흄의 혁신적인 정강은 매우 당연하고도 적절한 것으로 여겨졌다.

레인 씨도 이제는 눈을 뜨고 한동안 호기심이 가득한 표정으로 주지사의 입술이 움직이는 것을 열심히 지켜보았다. 나로서는 그가 갑자기 관심을 갖는 이유를 짐작할 수 없었다. 다만 주지사의 설명 중에 교도소라는 말이 나오자, 나는 그가 두 눈을 예리하게 번득이는 것을 볼 수 있었다.

"알곤킨이라고요?"

레인 씨가 외치며 말을 이었다.

"그것참 흥미롭군요. 브루노 씨가 주지사로 선출되기 몇 해 전의 일입니다만, 모턴 부지사가 매그너스 교도소장에게 부탁해서 제가 그 교도소 내부를 시찰할 수 있게 해준 적이 있습니다. 몹시 재미있는 곳이더군요. 게다가 그곳에서 저는 저의 옛 친구 한 사람을 만나기도 했습니다. 그가 바로 그 교도소의 담당 신부인 뮤어 신부입니다. 제가 뮤어 신부를 알게 된 것은 아주 오래전의 일로, 그러니까 제가 당신들을 알기 전의 일입니다. 그는 바워리 거리가 악의 소굴이었던 시절에 바워리의 수호성자로 불렸던 인물입니다. 경감님, 만약 뮤어 신부를 만나시거든 부디 제 대신 안부를 좀 전해주시기 바랍니다."

"하지만 과연 그럴 기회가 있을지 의문이로군요. 제가 교도소를 시찰할 수 있었던 시절은 이미 지나가 버렸으니까요⋯⋯. 아니 브루노, 벌써 가려는 거요?"

주지사는 아쉬운 듯한 표정으로 자리에서 일어났다.

"어쩔 수 없소. 다시 의회로 가야만 하오. 아주 중요한 회의 도중에 빠져나온 거라서요."

레인 씨의 미소가 사라지며 노쇠한 얼굴에 깊은 주름이 새겨졌다.

"유감스럽군요, 브루노 씨. 이런 식으로 우리와 헤어지다니⋯⋯. 우리의 만남은 이제 막 분위기가 무르익으려는 참인데요."

"죄송합니다, 레인 씨. 정말이지 어쩔 수가 없답니다⋯⋯. 하지만 섬, 당신은 더 머물 수 있겠죠?"

아버지가 머뭇거리며 턱을 어루만지자 레인 씨가 재빨리 대답을 가로챘다.

"물론 경감님과 페이션스 양은 오늘 밤 여기에서 묵으실 겁니다. 서둘러야 할 이유가 없죠."

"뭐, 좋습니다. 설마 그동안에 포셋이 날개를 달아 어디론가 날아가버리지는 않겠죠."

아버지는 그렇게 말하고는 크게 숨을 내쉬며 느긋하게 다리를 뻗었다. 나 또한 그 의견에 동의한다는 뜻으로 고개를 끄덕였다.

그러나 그날 밤 우리가 리즈 시로 떠났더라면 상황은 전혀 다르게 진행되었을 것이다. 예컨대, 우리는 포셋 박사가 비밀스러운 여행을 떠나기 전에 그를 만날 수 있었을 것이다. 그리고 안개에 싸인 듯이 애매모호했던 상황도 어느 정도 미리 해명할 수 있었을 것이다……. 그러나 우리는 햄릿 저택의 매력에 기꺼이 굴복해 그날 밤을 그곳에서 머물고 말았던 것이다.

브루노 주지사는 작별을 아쉬워하며 주 경찰대원들의 호위에 둘러싸여 떠났다. 나는 그가 떠난 잠시 뒤에 커다랗고 멋진 튜더풍의 침대로 기어 들어가 부드러운 시트에 몸을 눕혔다. 그리고 장차 어떤 일이 기다리고 있는지도 알지 못한 채 하루 동안의 피로가 일시에 풀리는 듯한 황홀감을 만끽하며 달콤한 잠 속으로 빠져들었다.

2:
크리스마스의 살인

리즈 시는 원뿔형의 언덕 기슭에 펼쳐져 있는 작지만 활기차고 매력적인 소도시로, 완만한 기복을 이루고 있는 농장들과 푸른 고원의 안개에 둘러싸인 전원 지대의 중심부였다. 언덕 위에 보기 흉하게 자리 잡고 있는 교도소 건물만 없었더라면 리즈 시는 가히 낙원처럼 보일 수도 있었을 것이다. 실제로, 꼭대기에 감시탑들이 솟아 있는 침울한 회색의 담벼락들, 교도소 부속 공장들의 볼품없는 굴뚝들, 거대한 교도소 건물의 위압적인 견고함이 청초한 전원과 도시를 마치 수의(壽衣)처럼 뒤덮고 있었다. 언덕 위의 다른 부분들을 뒤덮고 있는 녹색의 무성한 나무숲조차도 그러한 음울한 광경을 희석해주지는 못했다. 나는 저 견고한 담벼락 안에서 절망에 빠진 수많은 사람들이 바로 근처에 있으면서도 실제로는 화성에 있는 것처럼 다다를 수 없는 시원한 숲을 얼마나 애타게 그리워할까 생각해보고는 더할 수 없이 착잡한 기분에 사로잡혔다.

"이제 곧 그런 생각도 사라지게 될 거다, 패티."

역에서 택시로 갈아탔을 때 아버지는 그렇게 말씀하셨다.

"저 안에 있는 대부분의 녀석들은 지독한 악당들이야. 저기는 교회 학교가 아니란 말이다, 얘야. 그러니 쓸데없는 동정일랑 삼가는 게 좋아."

아마도 아버지는 생애의 대부분을 범죄자들과 실랑이를 벌여 왔기 때문에 그렇게 냉혹해지셨겠지만, 나로서는 그들이 초록빛 대지와 푸른 창공으로부터 격리되어 마땅하다고는 생각되지 않았다. 도대체 그토록 심한 대가를 치러야 할 만큼 타락한 행위가 무엇인지 나는 도저히 알 수가 없었다.

엘리후 클레이 씨의 저택에 당도하기까지는 짧은 시간밖에 걸리지 않았지만, 그동안 아버지와 나는 서로 묵묵히 입을 다물고 있었다.

클레이 씨의 저택은 희고 큼직한 기둥들이 세워진 호화로운 식민지 양식의 건물로, 리즈 시의 외곽에 해당하는 언덕 중턱에 자리 잡고 있었다. 엘리후 클레이 씨는 주랑 현관에 나와 기다리고 있다가 직접 우리를 맞이해주었다. 그는 어디까지나 친절하고 사려 깊은 주인 역할에 충실했는데, 그러한 그의 태도 어디에서도 우리가 그의 고용인임을 알아차리게 하는 구석은 없었다. 그는 곧바로 우리를 편안하게 해주었고, 가정부를 시켜 우리에게 각기 쾌적한 침실을 마련해주었다. 그러고 나서 오후의 나머지 시간 동안 그는 마치 우리가 자신의 오랜 친구이기나 한 듯이 리즈 시에 관한 얘기뿐만 아니라 그 자신에 관한 얘기까지 들려주었다. 그래서 우리는 그가 아내와 사별했다는 것을 알게 되었다. 그는 사별한 아내와의 추억을 애틋한 애정을 담아서 얘기해주었고, 아내의 빈자리를 채워줄 만한 딸이 없음을 못내 아쉬워했다. 이렇듯 그 자신의 집이라는 본래의 환경에서 만난 엘리후 클레이 씨는 뉴욕으로 우리에게 일을 의뢰하러 왔던 사무적인 실업가와는 전혀 다른 인물처럼 느껴졌다. 그 후 평온한 상태로 며칠을 지내는 동안 나는 그를 더욱더 좋아하게 되었다.

아버지와 클레이 씨는 여러 시간 동안 서재에서 얘기를 나누기도 했고, 어느 날은 리즈 시로부터 몇 킬로미터 떨어진 채터하리 강변의 채석장에서 하루를 보내기도 했다. 아버지는 적의 상황을 살피고 있었는데, 이곳에 도착한 처음 며칠 동안 내내 어두운 표정을 짓고 계신 걸로 보아 나는 그가 몹시 지루하고 성공의 가능성도 희박한 싸움을 예측하고 있음을 알 수 있었다.

아버지는 불만스러운 투로 내게 말했다.

"서류상의 증거는 전혀 없어, 패티. 이 포셋이라는 놈은 악마의 비호를 받고 있는 게 분명해. 클레이 씨가 도와달라고 외친 것도 무리는 아니야. 어쨌든 이번 일은 내가 생각했던 것보다 훨씬 어려운 일인 것 같아."

나는 아버지를 동정하긴 했지만 조사에 도움이 될 만한 일은 아무것도 할 수 없었다. 포셋 박사는 현재 리즈 시에 없었다. 하필이면 우리가 이곳에 도착하던 날 아침, 그러니까 우리가 이리로 오고 있을 때, 행선지도 밝히지 않은 채 이 도시를 떠난 것이었다. 하지만 나는 이 일이 그다지 이상하다고 생각되지는 않았다. 이제껏 그는 모든 일을 비밀스럽게 처리해왔을 뿐 아니라, 그의 행방 또한 언제나 안개에 싸인 듯 예측할 수 없었기 때문이다. 만약 그가 이 도시에 있었더라면 나는 타고난 여성적인 매력을 발휘해볼 수 있었을지도 모른다. 물론 아버지는 나의 그런 작전 계획에 찬성할 리 없을 테고, 또한 그런 이유로 우리 부녀가 갈등을 겪을 수밖에 없었겠지만 말이다.

상황은 또 다른 요소가 하나 추가되었다. 어느 쪽이냐 하면, 보다 즐거운 쪽으로 복잡해지게 되었다. 이 집안에는 또 한 명의 클레이 씨가 있었던 것이다. 그는 클레이 씨의 아들인 클레이 2세로, 지방 처녀들의 눈에는 감당하기 벅찰 정도로 멋진 미소와 근사한 체격의 소유자였다. 그의 이름은 제레미였는데, 그 이름에 걸맞게 갈색 곱슬머리와 장난기 어린 입술을 갖고 있었다. 그 이름에다 만약 그럴듯한 의상만 갖춰 입힌다면, 그는 파놀의 역사소설에서 뛰쳐나왔다고도 할 수 있을 정도였다. 여러 면에서 제레미는 영국의 다트머스 해군사관학교를 갓 졸업한 듯한 인물이랄 수 있었다. 86킬로그램의 체중에, 조정 선수였고, 전미 풋볼 선수권 대회에서 명성을 떨친 선수들의 이름을 반 타나 넘게 알고 있었으며, 채식주의자인 데다, 마치 구름처럼 경쾌하게 춤을 출 줄 알았다. 우리 부녀가 리즈 시에 도착한 첫날, 함께 저녁 식사를 드는 자리에서 그는 나에게 자신이 미국에 대리석 붐을 일으켜 보이겠노라고 진지하게 말했다. 그래서 현재 자신은 대학 졸업장 따위는 암석 분쇄기에 던져 넣어버린 채, 땀 흘리는 이탈리아 출신 석공들과 더불어 아버지의 채석장에서 머리에 돌가루를 뒤집어쓰고서 발파 작업을 하고 있다는 것이었다. 그는 장차 자신이 지금보다 훨씬 질 좋은 대리석을 더 많이 생산해낼 수 있을 것이라고 열심히 주장했다. 클레이 씨는 그런 아들을 자랑스러워하면서도 그의 주장에는 다소 회의적인 듯했다.

나는 제레미가 매우 매력적인 청년이라고 생각했다. 그런데 미국에 대리석 붐을 일으키겠다는 그의 야심은 며칠 동안 샛길로 빠질 수밖에 없었다. 왜냐하면 그의 아버지인 클레이 씨가 그에게 며칠 동안 채석장 일을 접어두고 내 말벗이 되어주라고 했기 때문이다. 제레미는 작긴 하지만 훌륭한 마구간과 말을 가지고 있었다. 우리는 오후가 되면 함께 승마를 즐기곤 했다. 그런데 내가 외국에서 받았던 교육은 어느 한 가지 점에서는 전혀 쓸모가 없었다. 즉 나는 미국 대학생들의 연애술에 저항하는 방법에 대해선 도무지 배우지 못했기 때문이다.

"당신은 마치 강아지 같아요."

어느 날, 빠져나갈 수 없는 골짜기에다 우리가 탄 말들을 몰아넣고선 그가 허락도 없이 내 손을 잡았을 때, 나는 딱딱한 어조로 그렇게 말했다.

"그럼, 우리 둘 다 강아지가 되어봅시다."

그가 그렇게 말하며 안장 위에서 내 쪽으로 더욱 몸을 접근시켰다. 순간적으로 나는 채찍으로 그의 코끝을 쳐서 가까스로 위태로운 국면을 넘겼다.

"아얏!"

그는 뒤로 물러나더니 말을 이었다.

"왜 그래요, 패티? 당신도 호흡이 가빠오고 있으면서……."

"천만에요!"

"아냐, 당신도 나와 같은 기분이라고."

"그렇지 않아요!"

"뭐, 좋아요……. 아무튼 나는 기다릴 수 있으니까요."

그는 다소 무뚝뚝한 어조로 말했다. 그리고 집으로 돌아오는 동안 줄곧 히죽히죽 웃었다.

그 일이 있고 난 후, 제레미 클레이는 혼자서 승마하러 나가게 되었다. 하지만 여전히 그는 위험스러울 만큼 멋진 청년이었다. 사실, 내가 그 위태로운 국면을 허용했더라면 나 역시 그런 상황을 즐겼을지도 모른다는 생각이 들었다. 그러자 나는 나 자신에게 화가 났다.

그 사건이 일어난 것은 그런 목가적인 나날이 계속되고 있을 때였다.

그러한 사건이 으레 그렇듯이 그 사건도 여름날의 폭풍우처럼 예고도 없이 일어났다. 전혀 예상하지 못했던 일이었다. 그 소식은 너무도 평온해서 가벼운 졸음마저 오는 듯한 날의 막바지에 우리에게 전해졌다. 제레미는 그날 우울해 보였다. 나는 지나칠 정도로 정성껏 손질된 그의 머리를 엉망으로 헝클어뜨리고 그를 약 올리면서 두 시간쯤 유쾌한 시간을 보냈다. 아버지는 개인적인 용무로 외출했고 엘리후 클레이 씨는 사무실에 나가 있었다. 두 사람 모두 저녁 식사 시간에도 모습을 나타내지 않았다.

헝클어진 머리 때문에 화가 난 제레미는 처음부터 끝까지 나를 '섬 양'이라고 부르며 어디까지나 의례적인 태도로 나를 대했다. 즉 내게 쿠션을 가져다주거나, 나를 위해 특별한 저녁 식사를 주문하거나, 내 담배에 재빨리 불을 붙여주거나, 내 잔에 칵테일을 채워주는 등 나를 위한 배려를 행할 때에도 아주 냉정하고 성실했다. 마치 피곤한 머릿속에는 자살할 생각으로 가득차 있음에도 불구하고 사회적인 교제를 행할 때에는 예의를 다하는 이 세상 남자들의 고통스러운 단면을 보여주는 듯했다.

날이 완전히 어두워진 뒤에야 아버지는 땀을 흘리며 시무룩한 표정으로 돌아왔다. 아버지는 곧장 방으로 들어가 욕실에서 물소리를 내며 목욕을 하고서 한 시간쯤 뒤에 시가를 피우기 위해 우리가 있는 베란다로 내려왔다. 그때 제레미는 쓸쓸한 기분으로 기타를 연주하고 있었고, 나는 마르세유의 카페에서 익힌 야릇한 프랑스 민요를 짐짓 아무렇지도 않은 듯이 흥얼거리고 있었다. 아버지가 프랑스어를 전혀 알아듣지 못하는 것이 나로서는 다행이 아닐 수 없었다. 쓸쓸한 기분에 젖어 있던 제레미조차 놀란 표정을 지을 정도였다. 하지만 달빛과 밤공기 속에서 나를 그런 기분으로 내모는 그 무엇이 있었다. 아직도 잊히지 않는 일이지만, 그때 나는 나 자신의 처녀성을 다치는 일 없이 제레미 클레이와 대체 어느 정도까지 사귈 수 있을까를 마치 꿈을 꾸듯 몽롱하게 추측해보았던 것이다.

내가 그 프랑스 민요의 가장 야한 셋째 소절을 홍얼거리기 시작했을 때 엘리후 클레이 씨가 다소 지친 모습으로 돌아왔다. 그는 귀가가 늦은 데 대해 변명조의 말을 중얼거렸는데, 무언가 피치 못할 중요한 일을 처리하느라 늦게까지 사무실에 남아 있어야 했던 모양이다. 그가 의자에 앉고서 아버지가 권하는 싸구려 시가를 막 받아 든 그 순간 그의 서재에서 전화벨이 울렸다.

"그냥 둬요, 마사. 내가 받겠소."

클레이 씨는 가정부에게 소리치고는 우리에게 양해를 구하고 집 안으로 들어갔다.

그의 서재는 저택의 정면에 위치해 있었고 창문들은 베란다 쪽으로 나 있었다. 게다가 창문이 열려 있었기에 전화를 받는 그의 목소리는 어쩔 수 없이 우리에게 들릴 수밖에 없었다. 상대방이 무슨 말을 하는지는 알 수 없었지만 어쩐지 긴박한 용건인 것 같았다.

그의 첫마디는 "오, 맙소사!"라는 깜짝 놀라서 외치는 소리였다. 아버지는 의자에서 벌떡 일어났고 제레미도 기타 줄을 퉁기던 손을 멈추었다.

클레이 씨가 말했다.

"끔찍한…… 실로 끔찍한 일입니다……. 정말이지, 상상도 할 수 없는 일입니다……. 아니오, 그가 어디에 있는지는 짐작도 할 수 없어요. 이삼일 뒤에 돌아올 거라고 했습니다만…… 어쨌든 이런 사건이 일어나다니…… 나로서는 도저히 믿어지지가 않습니다!"

제레미가 집 안으로 뛰어 들어갔다.

"무슨 일입니까, 아버지?"

클레이 씨는 떨리는 손으로 아들을 가로막았다.

"뭐라고요? ……아, 물론 당신이 지시하는 대로 하겠습니다. 아 참! 이건 당신이니까 말씀드리는 겁니다만, 마침 우리 집에 당신에게 도움을 줄 만한 분이 묵고 계십니다……. 그러니까 뉴욕에서 오신 섬 경감님이십니다……. 네, 바로 그분입니다. 몇 해 전에 퇴직하셨지만 그분의 명성은 당신도 익히 알고 계시겠죠? ……네, 그렇습니다! ……어쨌든 당신에겐 좋지 못한 사건이 생겼군요. 참으로 유감입니다."

클레이 씨는 수화기를 내려놓고 이마의 땀을 닦으며 천천히 베란다로 나갔다.

"아버지! 무슨 일입니까?"

그의 얼굴은 마치 회색 벽에 걸린 창백한 가면처럼 느껴졌다.

"경감님, 당신을 이곳으로 부르길 정말 잘했습니다. 내가 의뢰한 그런 사소한 일과는 비교도 되지 않는 엄청난 일이 터졌습니다. 방금 온 전화는 이 지방의 지방 검사인 존 흄 씨가 건 것입니다. 나의 동업자인 포셋 박사의 행방을 알고 싶어 하더군요."

클레이 씨는 희미한 미소를 지으며 깊숙이 의자에 몸을 파묻었다. 그리고 말을 이었다.

"포셋 상원의원이 이 도시의 저편에 있는 그의 저택 서재 안에서 칼에 찔린 시체로 발견되었답니다."

지방 검사인 존 흄 씨는 한평생을 살인 사건 수사에 몸 바쳐온 아버지의 도움을 기꺼이 받아들이고자 하는 것 같았다. 지친 듯한 클레이 씨의 설명에 따르면, 현장의 모든 것은 아버지가 조사할 수 있도록 무엇 하나 손대지 않은 채 보존해놓았다고 했다. 그러므로 그 지방 검사는 가능한 한 아버지가 빨리 현장에 도착하기를 바란다는 것이었다.

"제가 모셔다 드리겠습니다. 잠깐만 기다리세요."

제레미는 차를 가져오기 위해 어둠 속으로 사라졌다.

"물론 저도 함께 가겠어요. 레인 씨가 저에 대해 한 얘기를 잊지는 않으셨겠죠, 아버지?"

내가 말했다.

"글쎄, 하지만 흄이 너를 발로 차서 내쫓아버린다고 해도 내가 나설 수는 없어. 살인 현장은 너 같은 젊은 아가씨가 갈 곳이 못 돼⋯⋯. 아무튼 나는 모르겠다."

아버지는 못마땅하다는 듯이 말했다.

"자, 준비됐습니다!"

제레미가 외치며 차를 저택 내 차도로 몰고 들어왔다. 제레미는 내가 아버지와 함께 리무진의 뒷좌석에 올라타는 것을 보고 놀란 듯했으나 별다른 말은 하지 않았다. 클레이 씨가 손을 흔들며 우리를 배웅했다. 그는 피를 보는 게 내키지 않기 때문에 동행하지 않겠노라고 딱 잘라 말했다.

차가 도로로 나가자 어둠이 우리를 감쌌다. 제레미는 언덕 아래로 차를 전속력으로 내몰았다. 내가 몸을 틀어 뒤를 돌아보니 저 멀리 검은 구름을 배경으로 알곤킨 교도소의 불빛이 보였다. 자유로운 사람만이 저지를 수 있는 범죄 현장으로 급히 달려가면서 그 순간 어째서 교도소에 관한 생각이 떠올랐는지는 나 자신도 알 수 없는 노릇이었다. 어쨌든 그 때문에 나는 기분이 침울해져 몸을 떨면서 아버지의 넓은 어깨에 몸을 기댔다. 제레미는 굳게 입을 다문 채 줄곧 도로만을 주시했다.

실제로 우리는 순식간에 도착했겠지만 내게는 그동안의 시간이 몹시도 길게 느껴졌다. 절박한 사건 현장을 떠올리고서 나도 모르게 초조한 기분에 사로잡혀 있었던 모양이다. 우리가 탄 차가 철문 두 개를 지나 불빛이 휘황찬란한 화려한 저택 앞에 끼익 소리를 내면서 급정거했을 때는 마치 몇 시간이나 지난 것 같은 느낌이 들었다.

　저택 주위에는 자동차들이 가득 세워져 있었고, 어두운 마당에는 주 경찰대원들과 리즈 시경 소속의 경관들이 어슬렁거리고 있었다. 현관문은 활짝 열려 있었다. 한 남자가 주머니에 손을 찔러 넣은 채 문기둥에 기대어 조용히 서 있었다. 모두 그 남자처럼 조용했다. 누구 하나 입을 여는 사람이 없었고, 사람이 내는 소리는 무엇 하나 들을 수가 없었다. 귀뚜라미만이 저택 주위에서 울어대고 있을 뿐이었다.

　그날 밤의 일은 아무리 사소한 것일지라도 내 기억 속에 뚜렷이 남아 있다. 아버지에게는 이 사건이 지난날 늘 보아온 그다지 유쾌하지 않은 일거리 중 하나에 불과했겠지만, 나에게는 공포와, 솔직히 말하자면 섬뜩한 가운데서도 병적인 호기심을 불러일으키는 일종의 흥밋거리였던 것이다. 죽은 남자의 모습은 어떤 것일까? 나는 그때까지 죽은 남자를 직접 본 적이 없었다. 어머니가 돌아가셨을 때의 모습을 보기는 했지만, 그때 어머니는 무척이나 평화스러워 보였고 온화한 미소까지 머금고 계셨다. 하지만 그날 밤 죽은 남자의 모습은 공포로 얼굴이 한껏 일그러져 아마도 괴물 같을 거라고 생각했다. 그리고 주변은 온통 피바다일 거라고······.

　나는 곳곳에 등이 켜져 있고 남자들로 가득 찬 넓은 서재 안에서 있었다. 카메라를 들고 있는 사람들, 낙타털로 만든 작은 솔을 가지고 있는 사람들, 책을 뒤적이는 사람들 그리고 아무것도 하지 않고 다만 우두커니 서 있는 사람들이 내 눈에 멍하니 비쳤다. 하지만 그곳에서도 실재하는 느낌을 주는 한 인물이 있었다. 그는 그곳에 있는 누구보다도 조용했고 주위 상황에 무관심해 보였다. 그는 무지막지하게 살이 찐 거한이었다. 셔츠 차림이었는데, 소매를 팔꿈치까지 걷어 올려 우람한 털북숭이 두 팔을 유감없이 드러내고 있었고, 발에는 낡은 실내화를 신고 있었다. 넓적하고 못생긴 얼굴에는 조금 성가신 듯하면서도 그다지 불쾌하지는 않은 듯한 표정이 떠올라 있었다.

"시체를 살펴보시지요, 경감님."

누군가 묵직한 목소리로 말했다.

나 또한 눈앞에 서린 몽롱한 현혹의 안개를 걷어 내듯이 그 시체를 보고 또 보았다. 이처럼 모두가 그의 방 안을 함부로 휘젓고 다니고 장서를 뒤적이고 책상을 사진 찍고 알루미늄 분말로 가구들을 더럽히고 서류들을 거칠게 뒤지는 등 그의 프라이버시를 침해하는 동안에도, 이 살해당한 남자가 이토록 무관심하게 미동도 하지 않고 있다는 것이 어쩌면 예의에 어긋나는 일이 아닐까 싶기까지 했다……. 그가 바로 이제는 고인이 된 조엘 포셋 상원의원이었다.

눈앞에 서렸던 현혹의 안개가 조금 걷혔을 때, 내 눈은 그 흰 셔츠의 가슴께에 못 박혔다. 포셋 상원의원은 어질러진 책상 앞에 앉아 있었다. 그의 두툼한 상체는 책상 가장자리를 짓누르고 있었고, 머리는 마치 무언가를 묻는 사람처럼 한쪽으로 약간 기울어져 있었다. 그리고 그의 상체가 바짝 누르고 있는 책상 가장자리 바로 위의 셔츠 한가운데부터 진줏빛 셔츠 단추들의 오른편에 걸쳐서 피 얼룩이 번져 있었다. 그것은 가느다란 페이퍼 나이프가 꽂혀 있는 심장부에서 퍼져 나간 피 얼룩이었다. 피로구나, 하고 나는 멍하니 생각했다. 그것은 마치 말라버린 붉은 잉크 같았다……. 그리고 나서, 행동이 야단스럽고 키 작은 남자가 내 시야를 가리는 바람에 시체가 보이지 않게 되었다. 나중에 알고 보니 그 키 작은 남자는 틸덴 카운티의 검시관인 불 의사였다. 나는 한숨을 쉬고는 갑자기 일어난 현기증을 떨쳐버리려고 머리를 흔들었다. 그러나 나는 아버지나 이곳에 있는 남자들에게 약한 면을 드러내 보여서는 안 되었다……. 나는 아버지가 내 무릎을 꽉 잡아주는 것을 느끼고는 몸을 긴장시키며 자제력을 회복하고자 애썼다.

사람들이 이런저런 얘기를 나누고 있었다. 나는 고개를 들어 바로 곁에 있는 어떤 젊은 남자의 눈을 올려다보았다. 아버지는 굵은 목소리로 그에게 무언가를 얘기하고 있었는데, 그 과정에서 나는 그가 바로 이 지방의 지방 검사인 존 흄, 그러니까 다가오는 선거에서 죽은 남자와는 적수가 될 뻔한 사람임을 알고는 깜짝 놀랐다……. 존 흄은 거의 제레미만큼이나 키가 컸다……. (그건 그렇고, 제레미는 어디 있는 거지?) ……그리고 그는 매우 아름답고 지적인 검은 눈동자를 가지고 있었다. 그 때문에 마음이 들떠서 나도 모르게 다소 양심에 찔리는 부도덕한 생각마저 고개를 들려고 했지만, 이내 나는 수치심을 느끼고 그런 망상을 떨쳐버렸다. 이 남자는 아니야……. 저 여위고 굶주린 듯한 모습……. 무엇에 굶주린 거지? ……권력? ……진실?

"안녕하십니까, 섬 양?"

그가 시원스러운 어조로 인사를 건넸다. 세련되고 깊이 있는 목소리였다.

"경감님께선 당신도 탐정이라고 하셨습니다만, 정말로 여기 계셔도 괜찮겠습니까?"

"그럼요, 물론입니다."

나는 가능한 한 아무렇지도 않다는 투로 대답하려고 했다. 하지만 내 입술은 말라 있었고 목소리는 갈라져 나왔다. 그러자 그의 눈매가 날카로워지는 듯했다.

"뭐 그러시다면, 좋습니다."

그는 어깨를 으쓱하고는 아버지에게 다시 말을 이었다.

"경감님, 시체를 조사해보시겠습니까?"

"그럴 필요는 없을 것 같군요. 시체에 대해선 검시관 쪽이 나보다 더 많은 걸 가르쳐줄 수 있을 겁니다. 입고 있는 옷이나 소지품은 조사해보셨습니까?"

"몸에 걸치고 있는 것에는 흥미를 끌 만한 게 없었습니다."

"여자를 기다리고 있었던 것 같지는 않군요."

아버지가 중얼거리듯 말을 이었다.

"아마 틀림없을 겁니다. 이렇듯 말끔하게 면도를 한 턱에, 손톱도 여자처럼 잘 손질된 사내가 이런 차림으로 여자를 기다리고 있었을 리는 없습니다……. 그런데 피해자에게는 부인이 있습니까, 흄 씨?"

"아뇨, 없습니다."

"그럼 여자 친구는요?"

"여자 친구들이라고 해야 옳을 겁니다, 경감님. 게다가 그는 여자들에게도 좋지 못한 짓을 많이 했으니까, 아마도 그를 칼로 찔러버리고 싶은 여자들도 한둘이 아니었을 겁니다."

"특별히 마음에 짚이는 사람이라도 있습니까?"

아버지와 지방 검사의 눈이 마주쳤다.

"아뇨, 없습니다."

지방 검사 존 흄은 그렇게 말하고 고개를 돌렸다. 그가 민첩하게 손짓으로 누군가를 부르자, 땅딸막하고 건장한 체구에 귀가 유난히 커 보이는 남자가 방 안을 가로질러 우리 쪽으로 다가왔다. 지방 검사의 소개에 따르면 그는 이 지방의 경찰서장인 케니언이었다. 그는 물고기 같은 아교질의 눈을 갖고 있었으므로 나는 첫눈에 그가 마음에 들지 않았다. 아버지의 넓은 등을 바라보는 그의 시선에는 일종의 적의가 담겨 있는 듯했다.

야단스럽고 키 작은 남자인 불 검시관은 그때까지 커다란 만년필로 공안 용지에다 뭔가를 열심히 갈겨쓰고 있다가 허리를 펴며 만년필을 주머니에 집어넣었다.

"어떻습니까, 선생님? 어떤 판정을 내리셨습니까?"

케니언 서장이 불 검시관을 바라보며 물었다.

"타살이오."

검시관은 기세 좋게 대답하고는 설명을 덧붙였다.

"의문의 여지가 없소. 모든 점에서 자살과는 거리가 멀어요. 다른 건 모두 접어두더라도, 사인이 된 상처들만큼은 피살자가 스스로 낼 수 있는 그런 종류의 것이 아니오."

"그럼 상처는 한 군데가 아니란 말씀입니까?"

"그렇습니다. 포셋은 가슴을 두 차례 찔렸습니다. 보시다시피 양쪽 상처 모두에서 출혈이 심했습니다. 첫 번째 상처도 심각한 것이긴 하지만, 그걸로 목숨이 끊어질 정도는 아니었기에 범인은 다시 한차례 더 찔렸던 겁니다."

불 검시관은 피살자의 가슴에 꽂혀 있는 페이퍼 나이프를 손으로 가리켰다. 이어서 그는 그 칼을 피살자의 가슴에서 뽑아내 책상 위에 놓았다. 그 가느다란 칼날은 온통 피로 엉겨 붙어 검붉었다. 한 형사가 조심스레 그 칼을 집어 들고는 거기에다 잿빛 가루를 뿌리기 시작했다.

"그럼 자살일 가능성은 전혀 없단 말씀입니까?"

존 흄이 불쑥 물었다.

"틀림없어요. 양쪽 상처의 각도나 방향으로 볼 때 절대로 자살일 수가 없습니다. 그런데 당신들이 흥미를 느낄 만한 것이 있어요. 자, 보여드리죠."

불 검시관은 책상 가장자리를 빙그르 돌아가 멈춰 서더니 마치 미술품에 대해 설명하려는 강사 같은 태도로 시체를 내려다보았다. 이어서 그는 아주 사무적인 동작으로 이미 사후 경직이 진행 중인 시체의 오른팔을 들어 보였다. 피부는 창백했고 두 팔에 돋아난 긴 체모들이 불빛에 번들거려서 보기만 해도 소름이 끼쳤다. 하지만 어느새 나는 그것이 시체임을 잊기 시작했다…….

팔에는 두 군데 기묘한 상처가 나 있었다. 하나는 손목에서 조금 위쪽에 나 있는 예리하고 가늘게 베인 상처인데, 피가 배어 나온 흔적이 있었다. 또 하나는 그 상처에서 10센티쯤 위에 나 있는 뭔가에 긁힌 듯한 상처였다.

검시관이 쾌활한 어조로 말했다.

"자, 보세요. 이 손목 바로 위에 있는 상처 말입니다. 이건 페이퍼 나이프에 베인 상처가 틀림없습니다."

검시관은 서둘러 말을 덧붙였다.

"아무튼 적어도 페이퍼 나이프만큼 예리한 무엇에 베인 건 분명합니다."

"그럼 다른 쪽은요?"

아버지가 얼굴을 찌푸리며 물었다.

"그건 좀 추측하기 곤란하군요. 다만 한 가지 분명히 말씀드릴 수 있는 것은, 뭔가에 거칠게 긁힌 듯한 이 상처는 살인에 사용된 흉기에 의해 생긴 게 아니라는 것입니다."

나는 입술을 축였다. 어떤 생각이 떠올랐던 것이다.

"검시관님, 팔에 나 있는 그 상처들이 언제 생긴 것인지 알 수 있나요?"

모두 일제히 나를 쳐다봤다. 지방 검사는 뭔가를 말하려다 그만두었고 아버지는 생각에 잠겼다. 검시관은 미소를 떠올렸다.

"좋은 질문입니다, 아가씨. 그래요, 알 수 있어요. 이 상처들은 양쪽 다 극히 얼마 전에, 그러니까 살인이 일어났던 시간과 거의 유사한 시점에 생긴 겁니다. 그리고 거의 동시에 생긴 것이라고 할 수 있어요."

그때 피 묻은 흉기를 조사하던 형사가 불만스러운 표정으로 허리를 펴며 보고했다.

"칼에는 지문이 없습니다. 이거, 골치깨나 썩겠는걸요."

"뭐 어쨌거나, 내 임무는 끝났으니까 이쯤에서 작별해야겠군요."

불 검시관이 명랑하게 말을 이었다.

"물론 시체 부검을 원하시겠죠. 하지만 이제까지 내가 얘기한 것에 의문을 품을 만한 점은 달리 찾아낼 수 없을 겁니다. 누가 공중위생국 사람을 불러서 시체를 옮겨 가도록 조처해주십시오."

그는 의료 가방을 닫았다. 제복을 입은 두 남자가 들어왔다. 한 명은 뭔가를 열심히 씹고 있었고, 또 한 명은 축축하게 젖은 붉은 코를 연신 킁킁거렸다. 그런 자질구레한 일들까지도 내 기억 속에는 생생하다. 그토록 냉담하게 시체를 다루던 그들의 모습을 언제까지나 잊을 수가 없을 것 같다. 나는 잠깐 고개를 돌렸다…….

두 남자는 책상으로 다가가 손잡이 네 개가 달린 커다란 바구니 같은 것을 바닥에 내려놓았다. 이어서 그들은 시체의 겨드랑이 사이로 손을 집어넣더니 힘찬 소리를 내지르며 의자로부터 시체를 들어 올려 그 바구니 속에 집어넣고는 버들가지로 만든 뚜껑을 덮은 뒤 함께 들고 나갔다. 그때까지도 여전히 그들 중 한 명은 껌을 질겅질겅 씹고 있었고 또 다른 한 명은 코를 킁킁거렸다.

그렇게 시체를 옮기고 나서야 나는 숨 쉬기가 좀 편해져서 안도의 한숨을 내쉴 수 있었다. 하지만 책상과 그 빈 의자로 다가갈 수 있을 만한 용기가 나기까지는 얼마간의 시간이 좀 더 필요했다. 그리고 그제야 나는 경관 옆의 문기둥에 기대어 서 있는 키 큰 제레미의 모습을 발견하고는 약간 놀랐다. 제레미는 나를 열심히 지켜보고 있었다.

"그런데 피살자가 살해된 시각은 언제입니까?"

가방을 들고 문 쪽으로 걸어 나가는 검시관을 향해 아버지가 질문을 던졌다. 아버지의 눈에는 불만스러운 빛이 서려 있었다. 이 살인 사건 수사의 전개 방식에는 어쩐지 엉성한 구석이 있었다. 뉴욕 시에서 수사 경험을 쌓아온 아버지의 질서정연한 사고방식으로 볼 때는 서재를 하릴없이 왔다 갔다 하던 케니언 서장이나 유쾌하게 휘파람이나 불어대던 불 검시관의 태도가 아무래도 못마땅했을 것이다.

"아! 그렇군요. 내가 그만 깜박 잊었네요. 물론 사망 시각이야 아주 정확히 알 수 있죠. 그러니까 사망 시각은 오늘 밤 10시 20분입니다. 그래요, 10시 20분……. 분명히 말씀드리건대, 정확히 10시 20분입니다……."

그는 입맛을 쩝쩝 다시다가 고개를 꾸벅 숙여 보이고는 문 밖으로 사라졌다.

아버지는 불만스러운 표정으로 시계를 보았다. 자정 오 분 전이었다.

"꽤 자신만만하군."

아버지가 그렇게 중얼거렸다.

존 흄이 초조한 듯 머리를 저으며 문 쪽으로 걸어갔다.

"그 카마이클이라는 친구를 이리로 들여보내게."

"카마이클이 누굽니까?"

"포셋 상원의원의 비서입니다. 케니언 서장의 말로는 그가 우리에게 도움이 될 만한 정보를 많이 알고 있다는군요. 그러니 이제부터 그걸 들어보도록 하죠."

"지문은 좀 찾아냈소, 케니언?"

아버지는 그렇게 물으며 경멸을 담은 시선으로 당당하게 케니언 서장을 노려보았다.

케니언은 흠칫 놀라는 듯했다. 그는 멍청한 눈길을 하고 상아 이쑤시개로 이를 쑤시던 중이었다. 그는 입에서 이쑤시개를 빼고는 찌푸린 표정으로 부하 중 한 명에게 말했다.

"지문은 좀 나왔나?"

부하는 고개를 가로저었다.

"외부인의 것은 없습니다. 대개가 상원의원의 것과 카마이클 씨의 것입니다. 범인은 아마도 추리소설깨나 읽은 작자인 모양입니다. 장갑을 끼고 범행을 저지른 게 분명합니다."

"범인은 장갑을 낀 것 같다는군요."

케니언은 아버지에게 그렇게 말하고는 다시 이쑤시개를 입으로 가져갔다.

"그 친구를 빨리 데려오지 않고 뭐 하나!"

존 흄이 문 쪽에서 고함쳤다. 아버지는 어깨를 으쓱하고는 시가에 불을 붙였다. 이 모든 상황이 못마땅한 게 분명했다.

한순간, 나는 뭔가 단단한 것이 내 허벅지 뒤쪽을 가볍게 찌르는 걸 느꼈다. 뒤돌아보니 제레미 클레이가 의자를 들고서 웃고서 있었다.

"앉아요, 셜록 홈스 양. 당신이 이곳에 계속 머물 작정이라면, 심각하게 생각을 짜내는 것도 좋지만 당신의 그 아름답고 가녀린 다리도 좀 쉬게 해줄 필요가 있을 것 같군요."

제레미가 말했다.

"제발!"

나는 화가 났지만 낮은 목소리로 속삭이듯 불평할 수밖에 없었다. 아무래도 그곳에서 경솔하게 행동할 수는 없었기 때문이다. 그는 싱긋 웃어 보이며 억지로 나를 의자에 앉혔다. 다행히 우리를 눈여겨보는 사람은 아무도 없었다. 나는 어쩔 수 없이 체념하고서 의자에 앉아 있기로 했다. 그러고서 나는 아버지의 얼굴을 흘끗 바라보았다.

아버지는 시가를 손에 든 채 문 쪽을 응시하고 계셨다.

3:
검은 상자

한 남자가 문 앞에 서서 책상 쪽을 바라보고 있었다. 그리고 의자가 비어 있는 것을 확인하자 그 야윈 얼굴에는 다소 놀라는 기색이 떠올랐다. 이어서 그는 시선을 옮기다가 지방 검사와 눈이 마주쳤다. 그는 서글픈 미소를 지으며 인사 대신 고개를 끄덕이고는 스스럼없이 방 안으로 들어와 융단 한가운데에 조용히 멈춰 섰다. 키는 나보다 크지 않았으나 건장한 체격에 동물적인 근육질을 지닌 남자였다. 그의 용모나 태도에는 어쩐지 단순한 비서 같아 보이지 않는 기묘한 구석이 있었다. 나이는 마흔쯤 된 듯했으나, 정확한 연령을 파악하기 힘든 분위기가 있어서 보는 사람을 당황하게 만들 법도 했다.

나는 아버지 쪽을 다시 바라보았다. 입에서 빼낸 시가는 아까 보았을 때와 마찬가지로 1센티미터도 움직이지 않았지만, 아버지는 크게 놀란 표정으로 새로 등장한 그 남자를 뚫어지게 바라보았다.

그리고 죽은 상원의원의 비서인 그 남자 역시 아버지를 바라보았다. 어쩌면 그가 아버지를 알고 있을지도 모른다는 생각이 들어서 나는 그를 주의 깊게 살펴보았다. 하지만 나는 아버지를 바라보고 있는 그의 담담한 두 눈에서 아무것도 읽어낼 수 없었다. 이어서 그는 시선을 내게로 옮겼고 조금 놀라는 듯했다. 하지만 그것은 이처럼 끔찍한 살인 현장에 여자가 와 있는 것을 보고 놀라는 당연한 반응에 지나지 않았다.

나는 아버지를 다시 바라보았다. 아버지는 시가를 물고서 어느새 다시금 무표정한 얼굴로 돌아가 있었다. 아버지의 짧은 놀라움을 알아차린 사람은 아무도 없는 듯했다. 하지만 나는 아버지가 이 카마이클이라는 남자를 전부터 알고 있다는 것을 알아챘다. 그리고 카마이클 역시 겉으로는 드러내지 않았으나 속으로는 한순간 놀랐음이 분명했다. 아무튼 이토록 완벽한 자제력을 지닌 남자라면 앞으로도 눈여겨보아야 할 상대일 거라고 생각했다.

"카마이클 씨!"

지방 검사 존 흄이 불쑥 말을 걸었다.

"케니언 서장의 말로는 당신이 우리에게 중요한 정보를 얘기해줄 수 있을 거라고 하더군요."

죽은 상원의원의 비서는 눈썹을 가볍게 치켜세웠다.

"그 '중요'하다는 것이 무엇을 의미하느냐 하는 게 문제겠죠, 흄 씨. 물론 시체를 발견한 건 저입니다만……."

"아 네, 물론 그렇겠죠."

지방 검사의 말투는 아주 담담했다. 상대는 포셋의 비서이다……. 지방 검사는 아무래도 그 점을 염두에 두고 있는 것 같았다.

"오늘 밤에 무슨 일이 있었는지를 얘기해주십시오."

"그러니까 저녁 식사를 마친 뒤에 상원의원님께서는 요리사와 집사와 하인을 이곳 서재로 불러들이셨습니다. 그러고는 오늘 밤은 외출해도 좋다는 말씀을 하셨습니다. 그리고……."

"하지만 당신은 그걸 어떻게 알았지요?"

흄이 날카롭게 질문을 던졌다.

카마이클이 미소를 떠올렸다.

"그때 저도 함께 있었으니까요."

케니언이 구부정한 자세로 앞으로 나섰다.

"맞습니다, 흄 씨. 제가 그 고용인들과 얘기를 나눴습니다. 그들은 약 삼십 분 전에 돌아왔습니다. 영화를 보고 왔다더군요."

"계속하십시오, 카마이클 씨."

"고용인들이 물러간 뒤 상원의원님께서는 그들과 마찬가지로 제게도 외출해도 좋다고 하시더군요. 그래서 저는 밀린 편지를 두세 통 쓰고는 외출했습니다."

"그런 얘기를 들었을 때 좀 이상하다는 생각은 들지 않았습니까?"

카마이클이 어깨를 으쓱했다.

"천만에요."

그는 싱긋 웃어 보이며 말을 이었다.

"그분은 이따금 은밀히…… 그러니까 사적으로 처리해야 할 일이 있으셨던 모양입니다. 요컨대 오늘 밤처럼 우리에게 외출 얘기를 꺼내시는 것이 그다지 드문 일은 아니었죠. 그래서 그다지 이상하게 생각하지는 않았습니다. 하지만 돌아와 보니 현관문이 활짝 열려 있었고……."

"잠깐만!"

아버지가 탁한 목소리로 끼어들었다.

카마이클의 미소가 잠깐 흔들리는가 싶더니 다시 입가에 머물렀다. 그는 정중한 태도로 아버지의 질문을 기다렸다. 그의 태도는 실로 완벽했는데, 나는 바로 이 점에 중요한 의미가 있다고 생각했다. 한낱 비서에 불과한 사람이 이런 상황에서 저렇듯 조금도 자세를 흐트러뜨리지 않고 취조에 대처할 수 있다고는 생각할 수 없었기 때문이다.

"외출할 때 당신은 현관문을 분명히 닫았습니까?"

"물론입니다. 그리고 이미 살펴보셨다면 아시겠지만, 이 저택의 현관문은 닫으면 자동으로 잠기게 되어 있습니다. 게다가 상원의원님과 저 이외에 열쇠를 가진 사람은 고용인들뿐입니다. 그렇기 때문에 상원의원님께서는 이곳에 찾아온 어떤 사람을 위해 직접 현관문을 열어주었을 겁니다."

"억측은 곤란합니다."

흄이 끼어들며 말을 이었다.

"당신도 아시겠지만, 밀랍으로 본을 떠서 여벌 열쇠를 만들 수도 있습니다. 아무튼 좋습니다. 당신이 돌아와 보니 문이 열려 있었단 말이죠? 그런 다음에는요?"

"좀 이상했고 동시에 어쩐지 불길한 생각도 들어서 저는 곧장 집 안으로 뛰어들었지요. 들어가서 보니 상원의원님께서 책상 앞 의자에 앉은 채로 숨져 있었습니다. 케니언 서장이 도착했을 당시 그대로 말입니다. 물론, 시체를 발견하고서 저는 곧바로 경찰에 연락을 취했습니다."

"시체에는 손대지 않았겠지요?"

"물론입니다."

"흠…… 그때가 몇 시였습니까, 카마이클 씨?"

"10시 30분 정각이었습니다. 상원의원님께서 살해된 것을 알고는 즉시 시계를 보았습니다. 그런 사소한 일도 중요해지리라는 걸 알았기 때문이죠."

흄이 아버지를 보았다.

"어떻습니까, 흥미롭지 않습니까? 범행이 일어난 지 불과 십

분 뒤에 시체가 발견되었으니 말입니다……. 카마이클 씨, 당신이 귀가할 무렵 누군가 이 집에서 나가는 것을 보지는 못했습니까?"

"아뇨. 하지만 집으로 돌아올 때 저는 무언가 생각에 잠겨 있었고 주위도 캄캄했기 때문에 못 보았을 수도 있습니다. 그리고 어쩌면 범인은 제가 다가오는 소리를 듣고 수풀 뒤에 숨었다가 제가 집 안으로 들어간 뒤에 달아났을 수도 있습니다."

"그랬을 수도 있겠죠, 흄 씨."

아버지가 불쑥 끼어들며 말을 이었다.

"그럼 경찰에 연락을 취한 다음에는 어떻게 했습니까, 카마이클 씨?"

"저기 문가에서 기다렸습니다. 그러자 케니언 서장님이 오시더군요. 전화를 걸고 십 분도 채 안 되었을 때였죠."

아버지는 육중한 걸음걸이로 서재 문으로 가서 복도를 내다보았다. 그러더니 고개를 끄덕이며 돌아왔다.

"알겠어요. 그러니까 그동안 당신은 줄곧 현관문을 지켜보고 있었던 셈이로군요. 그런데 그때 누군가가 밖으로 빠져나가는 걸 보거나 듣지는 못했습니까?"

카마이클은 고개를 세게 가로저었다.

"아무도 나가지 않았고, 또한 나가려고 한 사람도 없었습니다. 그리고 서재의 문이 열려 있었지만 저는 그걸 닫지 않았고, 전화를 거는 동안에도 시선을 문 쪽으로 향하고 있었기 때문에 그때 역시 누군가가 밖으로 빠져나가려고 했다면 반드시 제 눈에 띄었을 겁니다. 아무튼 집 안에는 저 혼자뿐이었던 게 분명합니다."

"하지만 아무래도 나로서는 이해가 잘 가지 않는군요……."

흄이 초조한 어조로 그렇게 말하자, 물고기 같은 눈을 한 케니언이 귀에 거슬리는 목소리로 끼어들었다.

"아무튼 범인은 카마이클 씨가 집 안으로 들어오기 전에 도망친 겁니다. 물론 우리가 도착한 뒤에 여길 빠져나갈 수 있었던 녀석 따위는 있을 수 없습니다. 집 안도 샅샅이 뒤져봤고 말입니다."

"다른 출입구는 어땠소?"

아버지가 케니언에게 물었다.

케니언은 대답하기 전에 책상 뒤에 있는 벽난로에다 침을 뱉었다. 그러고는 빈정거리는 투로 답했다.

"소용없었어요. 현관문 이외에는 모든 문이 안에서 잠겨 있었어요. 물론 창문까지도 말입니다."

"자, 이제 그런 얘기는 그만합시다. 그런 얘기를 더 해봐야 시간 낭비일 뿐이니까요."

흄은 그렇게 말하고는 책상으로 다가가 피가 말라붙어 있는 페이퍼 나이프를 집어 들었다.

"카마이클 씨, 이 칼에 대해 알고 있는 게 있습니까?"

"네, 물론입니다. 그건 상원의원님의 것입니다. 늘 그 책상 위에 놓여 있었죠."

카마이클은 흄이 집어 든 칼에서 얼른 눈길을 떼면서 말을 이었다.

"달리 더 물어볼 것이 있습니까? 실은, 속이 좀 거북해서 말입니다……."

속이 거북하다고! 이 남자는 마치 세균처럼 신경 따위는 갖고 있지도 않은 것 같은데…….

지방 검사는 칼을 책상 위에 내려놓았다.

"이 사건에 대해서 뭔가 짚이는 게 있습니까?"

카마이클은 실로 유감스럽다는 듯한 표정을 지어 보였다.

"죄송합니다만, 그런 건 전혀 없습니다. 흄 씨. 물론 그동안의 정치 경력에서 상원의원님이 적들을 많이 만드셨다는 건 당신도 아시겠지만 말입니다……."

"그건 무슨 뜻이지요?"

흄이 느리게 물었다.

카마이클은 괴로운 표정을 지었다.

"무슨 뜻이냐고요? 말씀드린 그대로입니다. 포셋 상원의원님을 싫어하는 사람이 많다는 건 당신도 잘 아실 텐데요. 아마도 살의를 품을 정도로 상원의원님을 미워하는 사람들이 남녀 가릴 것 없이 수십 명은 될 겁니다."

"알겠어요. 그럼, 우선 이 정도로 하죠. 나가서 기다리세요."

흄이 낮게 말했다.

카마이클은 고개를 끄덕이고는 입가에 미소를 머금은 채 방을 나갔다.

아버지가 지방 검사를 한쪽 구석으로 끌고 갔다. 그러고는 낮은 목소리로 포셋 상원의원의 대인 관계와 정치적인 비행 등에 대해서 잇달아 질문을 퍼부었다. 그리고 카마이클에 대해서도 이런저런 사항들을 물었다.

그동안 케니언 서장은 멍청한 표정으로 천장과 벽돌을 살피며 계속해서 방 안을 어슬렁거렸다.

방 저편에 놓여 있는 책상이 나를 유혹하고 있었다. 실은 카마이클이 조사를 받는 동안에도 나는 자리에서 일어나 책상 쪽으로 가보고 싶은 생각이 간절했다. 마치 책상에 있는 물건들이 내게 빨리 와서 자기들을 조사해달라고 소리치는 것 같았다. 어째서 아버지나 지방 검사나 케니언 서장이 그 책상에 있는 여러 가지 물건들을 면밀히 조사해보지 않는지 나로서 이해할 수가 없었다.

나는 주의를 둘러보았다. 아무도 나에게 주의를 기울이지 않았다.

내가 자리에서 일어나 급히 방을 가로질러 나가자 그것을 본 제레미가 빙긋 웃었다. 나는 그곳에 있는 남자들이 나를 간섭하거나 비난할까 봐 염려되어 얼른 책상 위로 몸을 숙였다.

시체가 된 포셋 상원의원이 앉아 있던 의자 바로 앞의 책상 위에는 녹색 압지가 놓여 있었다. 책상을 반쯤 차지하고 있는 그 압지 위에는 두꺼운 크림색 편지지가 놓여 있었다. 맨 위의 편지지는 아무것도 쓰여 있지 않고 깨끗했다. 나는 조심스레 그 편지지 묶음을 집어 들다가 기묘한 것을 발견했다.

앞서 보았을 때, 상원의원의 시체는 상체로 책상 가장자리를 바짝 짓누르는 듯이 의자에 앉아 있었다. 그의 가슴의 상처에서 뿜어져 나온 피가 바지에는 묻어 있지 않았던 걸로 기억하는데, 지금 보니 의자에도 피는 묻어 있지 않았다. 다만 피는 압지 위로 튀었던 것이다. 편지지 묶음을 집어 들어보니, 뿜어져 나온 많은 피가 녹색 압지에 스며들어 있는 걸 알 수 있었다. 그런데 그 피 얼룩의 형태가 기묘했다. 편지지 묶음의 아래쪽 모서리 한쪽을 따라 스며든 것처럼 압지에 피 얼룩이 나 있는 것이었다. 편지지 묶음을 들어내 보니, 편지지 묶음의 한쪽 모서리가 있던 부분의 새 압지에는 불규칙한 동그라미 모양의 거무스름한 얼룩 덩어리가 보였지만, 편지지 묶음이 있던 안쪽의 직사각형 부분은 더럽혀지지 않은 채 그대로 남아 있었다.

분명 여기에는 중요한 의미가 담겨 있다! 나는 주위를 둘러보았다. 아버지와 흄은 아직도 낮은 소리로 얘기를 나누고 있었고, 케니언 서장은 여전히 기계적으로 서재 안을 왔다 갔다 하고 있었다. 그러나 제레미와 정복 경찰 몇 명이 못마땅한 눈초리로 나를 지켜보고 있었으므로 나는 잠깐 망설이지 않을 수 없었다. 계속해서 조사를 해나가는 것이 과연 현명한 노릇일까……. 하지만 머릿속에 떠오른 가설 하나가 자신을 검토해달라고 간절히 바라고 있었다. 나는 결심을 하고서 다시 책상 위로 허리를 굽혔다. 그리고 편지지의 매수를 헤아리기 시작했다. 한 장도 사용하지 않은 새 편지지 묶음일까? 언뜻 보기엔 그렇게 보였다……. 그러나 세어보니 편지지는 아흔여덟 장이었다. 내 생각이 틀리지 않았다면 이 편지지 묶음이 몇 장짜리인지는 표지에 인쇄되어 있을 것이다…….

과연 내 생각대로 표지에는 백 장 묶음이라고 분명하게 인쇄되어 있었다.

나는 편지지 묶음을 내가 그걸 처음 보았을 때 놓여 있던 위치에 정확히 다시 내려놓았다. 내 가슴은 초조하게 고동치고 있었다. 어쩌면 나는 가설을 검토하는 단계에서 대단히 중요한 그 무엇을 간과해버린 건 아닐까? 확실히 방금 알아낸 사실 그 자체만으로는 그 무엇도 해결되지 않는다. 하지만 그것이 이 사건을 해결하는 데 불가피한 단서가 될 가능성은 있을 거라고 나는 생각했다…….

아버지가 내 어깨에 손을 얹은 것이 느껴졌다.

"뭐하는 거냐, 패티?"

아버지가 무뚝뚝하게 물었다. 하지만 이내 아버지의 시선은 방금 내가 제자리에 놓은 편지지 묶음으로 향했다. 그러고는 무언가를 생각하듯이 눈을 가늘게 떴다. 지방 검사 흄 또한 약간의 호기심을 느꼈는지 나를 쳐다보았으나 이내 가볍게 웃고는 시선을 돌렸다. '알겠어요, 흄 씨. 내가 여자니까 무시하겠다 그 말씀이죠!' 나는 속으로 그렇게 중얼거리며 언제든 기회만 주어진다면 그의 오만함을 짓뭉개주리라고 결심했다.

"자 그럼, 이제 그 재미있는 물건을 좀 봅시다, 케니언. 그런 뒤에는 경감님의 의견을 듣고 싶군요."

지방 검사가 아버지 쪽으로 고개를 돌리며 여전히 쾌활한 어조로 말했다.

케니언 서장이 뭐라고 투덜거리며 주머니에 손을 넣었다. 이어서 그가 꺼낸 것은 참으로 기묘한 물건이었다.

그것은 장난감의 일부처럼 보였다. 아니, 장난감 상자의 일부라고 해야 옳을 것이다. 그것은 소나무와 같은 부드럽고 값싼 목재로 만들어져 있었는데, 고동색으로 칠이 되어 있고 군데군데 검은 반점이 얼룩져 있었으며 네 귀퉁이에는 작고 조잡한 장식용 쇠붙이가 붙어 있었다. 언뜻 보기에 그것은 여행용 가방의 복제품 같았고, 쇠붙이는 여행용 가방의 귀퉁이를 보호하기 위한 놋쇠 조각처럼 보였다. 하지만 나는 어쩐지 그것이 여행용 가방을 모방해서 만든 것이라기보다는 마치 귀중품 보관함을 본떠서 작은 크기로 만든 것이라는 생각이 들었다. 높이는 7, 8센티 정도밖에 되지 않았다.

그런데 이 물건이 나의 주의를 끈 것은 그것이 작은 상자의 한 부분에 지나지 않는다는 점이었다. 그 물건의 오른쪽 면에 톱으로 깨끗하게 자른 흔적이 있었기 때문이다. 케니언이 손톱 밑에 때가 낀 더러운 손으로 들고 있는 그 물건은 폭이 불과 5센티미터 정도밖에 되어 보이지 않았다. 나는 재빨리 계산을 해보았다. 아마도 상자의 원래 폭은 높이와의 균형을 생각해볼 때 약 15센티미터쯤은 될 것 같았다. 그런데 현재의 폭이 5센티미터쯤이니까 이것은 결국 전체의 삼 분의 일이라는 얘기가 된다.

"이걸 파이프에 채워서 피워보시는 게 어떨까요? 대도시의 수사관께서는 이 물건을 어떻게 생각하시는지요? 하하!"

케니언이 심술궂게 아버지에게 말했다.

"어디서 발견한 거요?"

"우리가 이리로 달려왔을 때 저 책상 위에 버젓이 놓여 있더군요. 편지지 묶음 뒤에서 시체를 마주 보며 말이죠."

"아무튼 묘한 물건이군."

아버지는 그렇게 중얼거리고는 케니언의 손에서 그 물건을 낚아채 자세히 들여다보았다.

그 뚜껑, 좀 더 정확히 말한다면, 뚜껑이라기보다는 잘려져 나가고 남은 부분 위에 붙어 있는 뚜껑의 일부는 상자의 몸통에 작은 경첩 하나로 연결되어 있었다. 상자 내부는 비어 있었는데, 칠이 되어 있지 않았고 얼룩 한 점 묻어 있지 않은 깨끗한 나뭇결을 유지하고 있었다.

아버지가 들고 있는 그 물건의 앞면에는 'HE'라는 두 개의 금빛 문자가 짙은 고동색 표면 위에 조심스레 적혀 있었다.

"대체 이게 무슨 뜻일까? HE(그)라니, 누구를 말하는 걸까?"

아버지가 망연히 나를 바라보며 중얼거렸다.

"이상하죠? 그렇지 않습니까?"

홉은 마치 수수께끼라도 즐기는 사람처럼 미소를 떠올리며 말했다.

"물론 이것은 단순히 그(HE)를 의미하는 게 아닐 거예요."

나는 신중하게 대답했다.

"어째서 그렇게 생각하십니까, 섬 양?"

"흄 검사님, 제 생각으로는……."

나는 최대한 달콤한 목소리로 말을 이었다.

"선생님처럼 유능한 분이시라면 곧바로 여러 가지 가능성을 떠올릴 수가 있으실 것 같은데요. 아무래도 저 같은 여자보다는……."

"나는 여기에 중요한 의미가 담겨 있다고는 보지 않습니다."

흄이 불쑥 그렇게 말했다. 이미 그의 입가에는 미소가 사라지고 없었다.

"케니언 서장도 나와 같은 의견입니다. 하지만 단서가 될지도 모르는 것이니만큼 가볍게 다룰 수는 없겠지요. 경감님께서는 어떻게 생각하십니까?"

"이 문제에 대해선 제 딸애가 저보다 나은 것 같군요. 그러니까 이것은 단어의 일부, 즉 어떤 단어의 첫머리 두 문자이지 그(HE)라는 말은 아닐 것 같습니다. 그렇지 않으면 어떤 짧은 문장의 첫 번째 단어일 겁니다."

케니언이 경멸하는 듯 콧소리를 내질렀다. 아버지는 개의치 않고 지방 검사에게 물었다.

"이것에서 지문 검사는 해보셨습니까?"

흄은 고개를 끄덕였으나 표정은 어두웠다.

"포셋 의원의 지문은 있었지만 다른 사람의 것은 없었습니다."

"이게 책상 위에 있었단 말이죠……."

아버지가 중얼거리며 말을 이었다.

"그럼 카마이클이 오늘 저녁에 외출하기 전에도 이게 책상 위에 있었습니까?"

흄이 눈썹을 치켜세웠다.

"실은 그다지 중요할 것 같지 않아서 물어보지도 않았습니다. 아무튼 카마이클을 불러서 알아보기로 하죠."

흄이 부하에게 카마이클을 불러오게 했다. 카마이클은 여전히 냉담한 얼굴에 정중하면서도 약간 의아한 표정을 담고서 금방 나타났다. 이어서 그는 아버지가 들고 있는 나무 상자에 시선을 고정했다.

"역시 찾아내셨군요. 과연 이상한 물건이지요?"

카마이클이 중얼거리듯 말했다.

흄이 긴장된 표정을 지었다.

"저 물건에 대해 뭔가 알고 있는 게 있습니까?"

"실은 저 물건에 대해선 좀 말씀드릴 게 있습니다만, 아직까지는 그럴 기회가 없어서······."

"잠깐만······."

아버지가 좀 나른한 어조로 말을 이었다.

"오늘 밤에 당신이 이 방에서 나갈 때도 이 묘한 물건이 상원의원 책상 위에 있었습니까?"

카마이클은 희미하게 미소를 떠올렸다.

"아뇨, 없었습니다."

"그렇다면 결국······ 이 물건은 포셋 상원의원이나 범인, 그 두 사람 중 누군가가 일부러 책상 위에 꺼내놓아야 할 만큼 중요한 거라고 볼 수 있겠군요. 그렇게 생각하지 않습니까, 흄 씨?"

"그런 것 같군요. 저는 그런 관점으로는 생각해보지 않았습니다만······."

"물론 달리 생각해볼 수도 있습니다. 예를 들면, 상원의원이 혼자 남아 있다가 문득 이 물건이 보고 싶어서 꺼냈을 수도 있습니다. 만약 그런 경우라면 범인과 이 물건과는 아무런 관계가 없지요. 하지만 제 경험에 의하면, 누군가가 이러한 상황, 즉 집 안 사람들을 모두 밖으로 내보내야만 하는 특수한 상황에서 무언가 행동을 취한 뒤 살해되었다면, 그가 취한 행동이 어떤 것이든 간에 그것은 사건과 관계가 있다고 봐야 합니다. 물론 당신이 알아서 처리할 문제이지만, 제 생각엔 이 물건에 대해 좀 더 조사해볼 필요가 있을 것 같습니다."

"결론을 내리시기 전에 제 얘기를 들어보시는 게 좋을 듯하군요."

카마이클이 조용히 말을 이었다.

"그 잘린 나무 상자는 지난 몇 주일 동안 상원의원님의 책상 속에 들어 있었습니다……. 바로 이 서랍 속에 말입니다."

그는 책상 쪽으로 걸어가 맨 위 서랍을 열었다. 서랍 속은 어질러져 있었다.

"누군가 서랍 속을 뒤졌군요!"

"아니, 그게 무슨 말이오?"

지방 검사가 재빨리 물었다.

"포셋 상원의원님은 지나칠 정도로 깔끔한 분이셨습니다. 뭐든 제대로 정돈되어 있는 걸 좋아했지요. 제가 우연히 보아서 알고 있는 사실입니다만 어제도 이 서랍 속은 깔끔히 정돈되어 있었습니다. 그런데 지금은 이렇게 마구 헝클어져 있군요. 그분이 이렇게 그냥 뒀을 리는 없습니다. 분명히 누군가 이 서랍 속을 뒤진 게 틀림없습니다."

케니언이 부하들에게 고함을 질렀다.

"자네들 중에 누구 이 책상을 뒤진 사람 있나?"

모두 일제히 고개를 가로저었다.
"이상한 일이로군."
케니언이 중얼거리며 말을 이었다.
"저는 부하들에게 이 책상에 손대지 말라고 분명히 일렀습니다. 그런데 대체 누가 이런 짓을……."
"진정하시오, 케니언."
아버지가 퉁명스레 말했다.
"나중에 밝혀지겠지만 지금으로선 범인의 소행일 가능성이 높아요. 그런데 카마이클 씨, 이 괴상한 물건의 배후에는 대체 어떤 사연이 숨겨져 있나요? 이 물건이 지닌 의미는 뭡니까?"
"저 역시도 그게 궁금합니다, 경감님."
카마이클이 유감스러운 듯이 말했다. 아버지와 카마이클의 무표정한 얼굴이 서로를 마주 보았다.
"거기에 관해서는 저도 당신과 마찬가지로 아는 바가 없습니다. 저 물건이 이곳에 있게 된 이유조차도 저는 알지 못합니다. 그러니까 몇 주 전, 아마 삼 주쯤 전의 일입니다만…… 아니, 그보다는 처음부터 말씀드리는 게 좋겠군요. 그러니까……."
"되도록 간단명료하게 얘기해주십시오."
카마이클은 한숨을 쉬었다.
"상원의원님께서는 이번 선거가 자신에게 어려울 것을 알고 계셨습니다, 홈 씨."
"흐음, 그랬었군요."
홈이 진지한 얼굴로 고개를 끄덕이고는 말을 이었다.
"그런데 그 사실이 이 사건과 무슨 관계라도 있다는 겁니까?"
"아무튼 들어보시죠. 그래서 포셋 상원의원님은 이 지방의 빈민층을 옹호하는 태도를 취하면…… 저는 감히 태도를 취한다는 표현을 썼습니다만…… 어쨌든 그렇게 하면 후보자로서의 인지도가 높아질 거라고 생각하셨습니다. 그래서 그분은 이 지방의 교도소인 알곤킨 교도소에서 생산해낸 물건으로 실업자 구제 자금 마련을 위한 바자회를 열 생각이셨습니다."

"그 일에 대해서라면 〈리즈 이그재미너〉지가 상세한 폭로 기사를 실은 적이 있어요. 그러니 요점만 얘기하십시오. 대체 저 상자가 그 바자회와 무슨 관계가 있다는 겁니까?"

흄이 냉담하게 얘기를 가로막으며 말했다.

카마이클이 말을 이었다.

"그래서 상원의원님은 주 교도국과 매그너스 교도소장의 승낙을 얻어 알곤킨 교도소를 시찰하셨습니다. 그게 약 한 달 전의 일입니다. 그때 상원의원님은 교도소장에게 바자회 홍보에 사용하기 위한 견본품을 보내달라고 요청했습니다."

카마이클은 잠깐 말을 멈추었다가 눈을 약간 빛내며 다시 말을 이었다.

"그래서 교도소 목공부에서 만든 완구들이 도착했는데, 그 꾸러미 속에 저 상자 토막이 함께 들어 있었던 겁니다."

"그랬었군……."

아버지가 중얼거리며 말을 이었다.

"그런데 당신은 어떻게 그 사실을 알게 되었습니까?"

"제가 직접 그 견본품 포장들을 열었기 때문이죠."

"그랬더니 이 뚱딴지같은 물건이 다른 완구들과 함께 뒤섞여 있었다 그 말이죠?"

"반드시 그렇다고만 할 수 없습니다, 경감님. 그 물건은 연필로 상원의원님의 주소와 이름이 쓰여 있는 좀 더러운 종이로 포장되어 있었습니다. 게다가 그 꾸러미 안에는 역시 상원의원님 앞으로 보내는 편지가 담긴 봉투도 함께 들어 있었습니다."

"편지라고요!"

홈이 소리치며 항의하듯 말을 이었다.

"그렇게 중요한 사항을 어째서 이제야 말하는 거요! 그 편지는 어디에 있죠? 당신도 읽어봤나요? 어떤 내용이었습니까?"

카마이클은 쓸쓸한 표정을 지었다.

"죄송합니다만, 홈 씨. 그 물건이나 편지는 상원의원님 앞으로 온 것이라서 뜯어볼 수가 없었습니다……. 저는 그걸 발견하고는 곧바로 상원의원님께 건네드렸습니다. 그분은 제가 포장을 열고 꺼낸 물건들을 책상 위에 놓고 살펴보셨는데, 저는 그분이 그 종이 포장을 열어보기 전까지는 그 내용물이 무엇인지 전혀 몰랐습니다. 저는 다만 종이 포장에 쓰여 있는 것만 보고 그냥 건네드렸을 뿐입니다. 아무튼 상원의원님께서는 내용물인 상자를 보시더니 새파랗게 질린 표정을 지으셨습니다. 그리고 부들부들 떨리는 손으로 봉투를 뜯으셨습니다. 맹세코 이건 진실입니다만, 그와 동시에 저더러 나가 있으라고 하셨습니다. 나머지 포장들은 직접 열어보겠다고 하시면서 말입니다."

"그것참 유감스럽군요."

홈이 애석한 표정을 지으며 말을 이었다.

"그럼 그 편지가 지금 어디 있는지, 혹은 포셋이 찢어버렸는지 어쨌는지 모른다는 말이오?"

"완구들과 다른 물건들을 바자회 본부에 보낸 뒤에야 저는 그 상자 토막이 견본품들 속에서 빠지게 된 것을 알았습니다. 그러니까 일주일쯤 지난 어느 날 저는 그 물건이 저 책상 맨 위 서랍에 들어 있는 걸 우연히 보았던 겁니다. 하지만 그 편지는 두 번 다시 보지 못했습니다."

"잠깐만 기다려주시오, 카마이클 씨."

흄은 그렇게 말한 뒤 케니언 서장에게 무언가를 속삭였다. 케니언이 귀찮은 듯한 표정으로 경관 세 명에게 무뚝뚝하게 명령을 내렸다. 그러자 경관 한 명이 즉시 책상으로 가서 허리를 굽히더니 서랍들을 뒤지기 시작했고 다른 경관 두 명은 방에서 나갔다.

아버지는 생각에 잠긴 표정으로 눈을 가늘게 뜨고 시가 끝을 바라보다가 입을 열었다.

"그런데 카마이클 씨, 누가 그 완구 꾸러미를 배달했습니까? 그 점에 대해서는 듣지 못한 것 같군요."

"교도소 부속 시설인 작업장에서 일하는 모범수들이 날라 왔습니다. 물론 저는 알지 못하는 사람들이었습니다."

"알겠습니다. 그럼 당신이 그 모범수들로부터 꾸러미를 건네받았을 때는 봉인이 되어 있는 상태였습니까?"

카마이클은 잠깐 동안 아버지를 바라보다가 대답했다.

"아, 무슨 말씀인지 알겠습니다. 그러니까 당신 생각은 그 배달꾼들이 오는 도중에 꾸러미를 열고서 그걸 슬쩍 집어넣었을지도 모른다는 거지요? 하지만 저는 그렇게 생각하지 않습니다, 경감님. 봉인은 완전했습니다. 만약 파손된 흔적이 있었다면 제가 그걸 눈치채지 못했을 리가 없습니다."

"흐음."

아버지는 입맛을 쩝쩝 다시고서 말을 이었다.

"어쨌든 잘됐어요. 이로써 수사 범위가 좁혀졌으니까요. 흄 씨, 이제 이 물건의 중요성을 이해하시겠죠?"

"제가 잘못 생각했습니다."

지방 검사 흄은 자신의 판단 착오를 순순히 인정했다. 하지만 곧이어 그는 검은 두 눈에 다소 장난스러운 빛을 떠올리며 나에게 말했다.

"그런데 섬 양? 당신 생각에도 이 물건이 중요한 것 같습니까?"

그는 미소를 띤 채 짐짓 정중하게 말했지만 그것이 오히려 내 속을 끓게 만들었다. 여자라고 또 얕잡아 보는군! 나는 턱을 앞으로 내밀고서 쌀쌀맞은 어조로 말해주었다.

"흄 씨, 내가 어떻게 생각하든 당신에겐 상관없을 텐데요?"

"허, 오해를 하시는군요. 저는 당신을 화나게 할 뜻은 전혀 없었습니다. 당신의 의견을 듣고 싶었을 뿐입니다."

"좋아요, 그럼 말씀해드리죠."

나는 쏘아붙이듯 말을 이었다.

"제가 보기에 당신들은 모두 눈뜬장님들 같아요."

4: 다섯 번째 편지

외국에서 돌아온 직후 나는 뉴욕에서 무더운 기간을 보내며 그동안 접하지 못했던 미국 문화를 이해하는 데 적지 않은 시간을 보냈다. 그 때문에 나는 미국의 여러 대중 잡지들을 읽기도 했는데, 특히 미국 특유의 기업 정신과 미국인의 사고방식을 살필 수 있는 광고란에 흥미를 느꼈다. 한마디로 광고를 통해 미국을 알 수 있을 것 같은 생각이 들 정도였다. 그 가운데서도 다음과 같은 광고 문구는 미국인의 사고방식을 잘 나타내주는 것으로 특히 기억에 남는다.

"내가 피아노 앞에 앉았을 때 모두 소리 내어 웃었다. 하지만 내가 프랑스어로 웨이터를 부르자 모두 상냥하게 미소 지었다."

이것은 불운했던 과거를 극복하고 누구도 예상치 못했던 재능과 교양을 갑자기 드러내 친구들을 놀라게 한 야심에 찬 예술가의 일화였다.

그런데 지금의 나야말로 그러한 예술가들이 절실히 부러웠다. 왜냐하면 내가 "당신들은 모두 눈뜬장님"이라고 쏘아붙이자, 그 순간 존 흄은 소리 죽여 웃었고 케니언은 염치없이 너털웃음을 터뜨렸으며 제레미까지도 빙그레 웃었기 때문이다……. 즉 나는 그 말을 내뱉어서 오히려 웃음거리가 되고 만 것이다.

안타깝게도 그때 나는 그들의 맹목과 무지를 증명해 보일 수 있는 처지가 아니었다. 그래서 가능한 한 냉정한 태도로 얼굴을 찌푸리면서 앞으로 언젠가는 그들이 깜짝 놀라서 입을 다물지 못하게 만들어 보이겠노라고 씁쓸한 기분으로 나 자신에게 다짐했다. 하지만 지금 그 당시를 돌이켜보니, 그것은 너무나도 유치하고 어리석은 생각이었다. 나는 어린 시절 종종 샤프롱이 내가 하고자 하는 일을 허락하지 않을 때는 화가 나서 가장 못된 방법으로 그 불쌍한 아줌마를 골탕 먹이곤 했다. 하지만 지금은 그때와는 달리 딱할 정도로 진지했다. 나는 귀청을 울리는 그들의 웃음소리를 들으며 마음속 깊은 곳에서 우러나오는 분노를 가라앉히려고 무진 애를 쓰면서 책상 쪽으로 몸을 돌렸다.

가엾게도 아버지는 굴욕감으로 귓불까지 붉어진 채 화가 난 표정으로 나를 노려보셨다.

나는 혼란을 감추기 위해 책상 한쪽 구석을 살펴보기 시작했다. 거기에는, 겉봉은 주소와 성명이 타이핑된 채 봉해져 있었지만 아직 우표가 붙어 있지 않은 편지 봉투 몇 장이 가지런히 쌓여 있었다. 내가 눈앞에 피어오른 분노의 안개를 걷어내기까지는 약간의 시간이 더 필요했다. 이윽고 내가 그 편지들에 제대로 시선을 모을 수 있게 되었을 때 존 흄이 나를 곤경에 빠뜨린 것이 미안했던지 나에게 말을 걸었다.

"아, 그래요! 그 편지들도 조사를 해봐야겠군요. 그 편지들을 떠올리게 해줘서 고마워요, 섬 양."

이어서 그는 카마이클에게 말했다.

"카마이클 씨, 당신이 저 편지들을 타이핑했습니까?"

"네?"

카마이클은 뭔가 다른 생각에 몰두해 있었는지 깜짝 놀라며 말을 이었다.

"아, 그 편지들 말입니까? 네, 제가 타이핑했습니다. 오늘 저녁 식사를 마친 뒤에 상원의원님께서 부르는 대로 받아 적었다가 외출하기 전에 타이핑했습니다. 아시겠지만 제 사무실은 이 서재에 딸린 작은 방입니다."

"내용 중에 뭔가 수사에 도움이 될 만한 것은 없었습니까?"

"범인을 찾는 데 도움이 될 만한 내용은 없었습니다."

카마이클이 씁쓸하게 웃으며 덧붙였다.

"그러니까 상원의원님이 기다리고 있던 방문객과 관계있을 듯한 내용은 없었다고 봅니다. 아무튼 제가 타이핑을 끝낸 그 편지들을 상원의원님께 갖다드렸을 때 그분이 보인 태도로 미루어 보아서는 그렇습니다. 그분은 편지들을 대충 훑어보시고서 서명을 한 뒤 접어서 봉투에 넣어 봉했는데, 그때 그분의 행동은 다급했으며 모두 대충 하는 듯했습니다. 손가락은 떨리고 있었고요. 아마도 그분의 머릿속에서는 서둘러 나를 외출시키고 싶은 마음뿐이었을 겁니다. 어쨌든 그런 느낌을 받았습니다."

흄이 고개를 끄덕였다.

"타이핑할 때 먹지를 대고서 사본도 만들었을 테죠? ……그리고 경감님, 이렇게 된 이상 철저히 조사를 해보는 게 좋겠지요? 어쩌면 저 편지 내용들 중에서 단서가 될 만한 게 나올지도 모르니까요."

카마이클이 책상으로 다가가 책상 위 한구석에 놓여 있는 철망으로 된 서류 바구니에서 엷은 분홍빛을 띤 종이 몇 장을 꺼내 흄에게 건넸다. 흄은 그 사본들에 쓰여 있는 내용을 주의 깊게 읽어보고서는 고개를 내저으며 아버지에게 건네주었다. 나도 아버지와 함께 그걸 들여다보았다.

맨 위의 편지는 놀랍게도 엘리후 클레이 씨에게 보내는 것이었다. 아버지와 나는 서로가 놀란 표정을 지으며 마주 보았다. 그리고는 둘이서 편지를 읽어 내려갔다. 의례적인 형식대로 쓰인 그 편지의 내용은 다음과 같았다.

친애하는 엘리
친구로서 작은 정보를 하나 제공할까 하오. 물론 이 정보의 내용과 출처가 공개되어선 곤란하오. 전에도 그랬던 것처럼 이것 역시 당신과 나 사이의 작은 비밀로 묻어두기로 합시다.
아마도 내년도의 새 예산안에는 틸덴 카운티에 백만 달러를 들여 주립 재판소를 건립하는 조항이 포함될 것이오. 아시다시피, 지금의 재판소는 너무 오래되어 무너지기 직전에 있소. 그래서 우리 동료 의원들은 예산위원회에서 새로운 재판소를 세우기 위한 예산안을 통과시키려고 최선을 다하고 있소. 아무튼 이 조엘 포셋이 출신 구의 지역 주민들을 무시했다는 말은 결코 나오지 않게 할 것이오!
우리 모두는 이 새로운 재판소의 건설을 위한 비용이 아낌없이 책정되기를 바라고 있소. 예컨대 대리석도 최고급의 것이 사용될 수 있게 말이오.
당신이 위의 정보에 '관심'이 있을 듯해서 알려드리는 바이오.

변함없는 당신의 친구
조 포셋

"'친구로서의 작은 정보'라고? 흠 씨, 이거 정말 놀라운 일이로군요. 당신들이 포셋 상원의원을 못마땅하게 여긴 것도 무리가 아니군요."

아버지가 으르렁거리듯 말했다. 그러더니 방 한구석에서 줄담배를 피우면서 이쪽을 지켜보고 있던 제레미에게 조심스레 눈길을 보내며 목소리를 낮추었다.

"과연 이 편지 내용대로 포셋 상원의원과 클레이 씨 사이에 무슨 관계가 있습니까?"

흄이 쓴웃음을 지었다.

"아뇨, 그렇지 않을 겁니다. 이건 죽은 상원의원이 가끔 부리는 잔재주 중 하나일 뿐입니다. 엘리후 클레이 씨는 결코 그런 인물이 아닙니다. 이 따위 편지에 속아 넘어가선 안 됩니다. 클레이 씨와 저 우쭐대던 포셋 상원의원은 이 편지에서처럼 '엘리'니 '조'니 하고 부를 만한 사이도 아니었습니다."

"그렇다면 이건 기록을 남기기 위한 수단이었단 말입니까?"

"그렇습니다. 만약 무슨 일이 일어났을 때, 이 편지 사본은 클레이 씨 역시 포셋 상원의원의 공범자로서 자기 회사의 이익을 위해 혈안이 되어 있었다는 증거로 쓰일 수 있을 테니까요. 뿐만 아니라 클레이 씨 동업자의 동생이며 클레이 씨를 '친구'라고 칭하는 상원의원은 이 편지에서 과거에도 자신이 비슷한 정보를 제공했음을 넌지시 암시하는 수법도 쓰고 있어요. 만약 이러한 부정이 세상에 폭로된다면, 클레이 씨 역시 상원의원과 한통속이라는 비난을 면치 못할 겁니다."

"어쨌든 이런 편지가 흘러 나가지 않았으니 다행입니다. 정말이지 포셋 상원의원은 형편없는 작자였군요! ……자 그럼, 두 번째 편지를 보기로 할까, 패티? 아무튼 시간이 흐를수록 점점 새로운 사실이 드러나는구나."

두 번째 편지 사본은 〈리즈 이그재미너〉지의 주필에게 보내는 것이었다.

"이 도시에서 포셋 일당에게 대항할 용기를 가진 유일한 신문이지요."

홈이 설명했다.
이 편지에는 강경한 어조로 다음과 같이 쓰여 있었다.

오늘 날짜의 귀지에 실린 비논리적이고도 부당한 사설은 나의 정치적 경력의 어떤 부분을 고의적으로 왜곡하고 있습니다.
나는 귀사의 잡지에서 그 기사를 취소할 것을 요구하는 동시에 귀사의 잡지가 나의 개인적인 인격을 침해한 그 비열한 비난이 전혀 사실 무근임을 리즈 시 및 틸덴 카운티의 선량한 주민들에게 널리 알릴 것을 요구하는 바입니다.

아버지는 그 편지 사본을 관심 없다는 듯이 옆으로 던지면서 말했다.
"낡은 수법이군. 패티, 다음 것을 읽어보자."
세 번째의 분홍빛 사본은 알곤킨 교도소의 매그너스 소장에게 보내는 것으로 내용은 매우 짤막했다.

친애하는 소장님
내년도에 있을 알곤킨 교도소 관계자들의 승진에 관해 주 교도국으로 보내는 나의 공식 추천장 사본을 동봉하니 보시기 바랍니다.
조엘 포셋

"맙소사! 아니, 이 작자가 교도소에까지 손을 뻗쳤단 말인가? 이게 대체 말이나 되는 짓이야! 이 작자는 뭐든 통째로 집어삼킬 작정이었군!"
아버지가 큰 소리로 외쳤다.
존 홈이 쓴웃음을 지었다.

"자, 이젠 이 '빈민 옹호자'가 어떤 자였는지를 분명히 아셨겠죠? 이자는 승진을 미끼로 교도소에서까지 표를 긁어모으려고 했습니다. 과연 이자의 추천장이 주 교도국에서 어느 정도의 효과를 거둘 수 있었는지는 모르겠으나, 전혀 효과가 없다고 하더라도 자신이 선거 구민 모두에게 골고루 은혜를 베푸는 자선가라는 인상쯤은 심어줄 수 있었을 테죠. 정말, 기가 막힐 노릇입니다!"

아버지는 어깨를 으쓱하고 네 번째 편지 사본을 집어 들더니 이번에는 껄껄 웃으셨다.

"허허, 이 친구도 불쌍하군! 똑같은 수법에 당하다니. 어서 읽어보렴, 패티. 대단한 내용이다."

나는 이 편지가 아버지의 오랜 친구인 브루노 주지사에게 보내는 것임을 알고서 깜짝 놀랐다. 그리고 만약 브루노 주지사가 이 뻔뻔스럽고 무례한 편지를 받아 보았다면 대체 어떤 반응을 보였을지 궁금했다.

친애하는 브루노 씨

당신이 내가 틸덴 카운티에서 재선될 가능성이 희박하다고 선전하고 다닌다는 것을 주 의회의 몇몇 친구들에게서 들었습니다.

그래서 나는 당신에게 다음과 같은 사실을 일깨워드리는 바입니다. 만약 틸덴 카운티에서 내가 아닌 흄이 당선된다면 그 정치적 반향은 앞으로 있을 당신 자신의 재선 가능성 여부에 커다란 영향을 끼치게 될 것입니다. 틸덴 카운티는 허드슨 강 유역 일대의 전략적 중심지라는 점을 잊지 마시기 바랍니다.

나는 당신이 같은 정당에 소속된 저명한 상원의원인 나의 인격과 업적을 비방하기 전에, 당신 자신을 위해서라도 지금 말씀드린 점을 신중히 고려

해보시길 충고하는 바입니다.

J. 포셋

"정말이지 감격해서 눈물이 다 나올 지경이로군."

아버지는 편지 사본을 서류 바구니에 휙 던져 넣으며 말을 이었다.

"이봐요, 흄. 저는 이 일에서 손을 떼고 싶은 생각까지 드는군요. 이 작자는 칼에 찔려 죽어도 싸요……. 아니, 왜 그러니, 패티?"

나는 천천히 입을 열었다.

"아직 이 문제가 다 끝난 건 아닌 듯해요. 편지 사본이 몇 장이었죠, 아버지?"

흄이 눈을 빛내며 나를 바라보았다.

"그야 넉 장 아니냐?"

"하지만 책상 위에는 봉투가 다섯 통 있어요!"

지방 검사 존 흄이 놀란 표정으로 책상 위에 놓인 타이핑된 봉투 다발을 낚아채듯 재빨리 집어 드는 것을 보고 나는 속으로 조금 고소한 기분이 들었다.

"섬 양 말이 맞습니다! 카마이클 씨, 이게 대체 어찌 된 일입니까? 상원의원의 편지를 몇 통 받아쓴 겁니까?"

흄이 외쳤다.

카마이클 역시 놀란 표정을 지었다.

"네 통뿐이었습니다, 흄 씨. 분명히 방금 보신 네 통뿐이었습니다."

흄이 재빨리 봉투들을 살펴본 다음 차례로 우리에게 건네주었다. 엘리후 클레이 씨에게 보내는 봉투가 맨 위에 있었는데 여기저기에 핏자국이 말라붙어 있었다. 두 번째 봉투는 〈리즈 이그재미너〉지에 보내는 것으로 구석에 '친전(親展)'이라는 글씨가 타이핑되어 있었고 그 아래에 짙은 밑줄이 그어져 있었다. 세 번째 봉투는 교도소장에게 보내는 것이었는데, 양쪽 구석에는 속에 담긴 종이를 끼운 클립에 눌린 자국이 나 있었다. 그리고 오른쪽 아래 구석에 "참고. 서류 번호 245. 알곤킨 교도소 관계자들의 승진에 관한 추천장 사본"이라고 타이핑되어 있었다. 브루노 주지사에게 보내는 봉투는 상원의원의 개인용 푸른 봉랍이 보태져 이중으로 봉인되어 있었고, 이것 역시 '친전'이라는 글씨에 굵은 밑줄이 그어져 있었다.

흄은 사본에는 내용이 빠져 있는 다섯 번째 봉투를 눈을 크게 뜨고 휘파람이라도 불려는 듯이 입술을 삐죽 내민 채 한동안 들여다보았다.

"패니 카이저라! 흐음, 바람이 그쪽으로 분단 말이지?"

흄은 그렇게 말하고 우리에게 가까이 오라고 신호했다. 겉봉은 타이핑된 것이 아니었다. 이름과 주소가 검은 잉크로 거칠게 쓰여 있었다.

"패니 카이저가 누구죠?"

아버지가 물었다.

"이 고장에 사는 유명한 시민 중의 한 사람이죠."

흄은 무언가 다른 생각에 잠긴 듯이 건성으로 대답하며 편지 봉투를 뜯었다. 그 순간 케니언 서장이 긴장한 모습으로 급히 우리 쪽으로 왔다. 그리고 주위에 있던 경관들은 흔히 평판이 나쁜 여자가 화제에 올랐을 때 남자들이 짓는 야릇한 표정으로 서로 눈짓을 주고받았.

편지의 내용도 겉봉과 마찬가지로 펜으로 쓴 거친 필체였다. 흄이 소리 내어 읽으려다가 문득 입을 다물고는 내 눈이 미치지 않는 곳에 있는 누군가를 의식한 듯 잠깐 눈길을 주더니 혼자서 눈을 빛내며 읽어나갔다. 이윽고 그는 케니언과 아버지와 나를 옆으로 부르더니 다른 사람들에게는 등을 돌렸다. 그런 뒤 그는 우리에게 소리 내어 읽지 말고 눈으로 읽을 것을 고갯짓으로 알린 다음 편지를 건네주었다.

그 편지에는 인사말도 없었다. 곧바로 용건이 시작되었고 서명도 없었다.

아무래도 C가 전화를 도청하고 있는 듯하니 걸지 말았으면 해. 어제 당신과 의논한 대로 계획을 변경하겠다는 걸 아이라에게는 편지로 알려줄 생각이야.
입을 굳게 다물고 침착하게 행동하길. 아직 우린 패배한 게 아냐. 그리고 메이지를 이곳으로 보내도록 해. 친구 H에 대한 묘안이 떠올랐어.

"포셋의 필적이 분명합니까?"
아버지가 물었다.
"틀림없습니다."
"C라……. 설마 저 친구일 리는……?"
케니언이 중얼거리듯 말했다. 그러더니 그는 물고기처럼 흐리멍덩한 눈으로 방 저쪽에서 제레미 클레이와 조용히 얘기를 나누고 있는 카마이클을 바라보았다.
"그렇더라도 놀랄 건 없소. 저 비서란 친구에게도 수상쩍은 점이 없진 않으니까요."
흄이 중얼거리듯 대꾸했다.

이어서 흄은 문 쪽에 있는 한 형사에게 고갯짓을 했다. 형사는 마치 백 번째로 사교 파티에 나가는 공작부인처럼 느긋한 걸음걸이로 걸어왔다.

"두세 명 데리고 가서 이 집 안의 배선을 조사해보게. 전화 배선 말일세. 즉시 움직이게."

흄이 낮은 목소리로 명령했다.

형사는 고개를 끄덕이고는 여전히 느긋한 걸음걸이로 밖으로 나갔다.

"흄 씨, 편지에 나오는 메이지라는 여자는 어떤 사람이죠?"

내가 물었다.

흄은 말하기 곤란한 듯 입을 우물거렸다.

"에…… 그러니까, 그녀는 어떤 분야에 매우 재능이 뛰어난 젊은 여자라고 할 수가 있어요."

"무슨 뜻인지 알겠어요. 하지만 어째서 말을 그처럼 애매하게 하시는 거죠, 흄 씨? 저도 어엿한 성인인데 말이에요. 그리고 '친구 H'란 바로 당신을 가리키는 걸 테죠?"

흄이 어깨를 으쓱했다.

"뭐 그런 것 같습니다. 즉, 나의 관대한 정적께서는 이 존 흄이라는 사람이 스스로 내세우는 것만큼 도덕심이 강한 사람이 아니라는 것을 여자를 이용해 증명해 보이려고 했던 거겠죠. 뭐 이런 수법을 흔히 미인계라고 하는데 과거에도 종종 쓰였죠. 만약 내가 거기에 걸려들었다면 아마도 여러 여자들이 내가 호색한이라고 증언했을 거예요. 불을 보듯 뻔한 일이죠."

"말씀을 아주 재미있게 하시는군요, 흄 씨. 그런데 결혼하셨나요?"

흄이 미소를 지었다.

"질문의 의도가 뭐죠? 당신이 내 아내 자리에 지원할 수도 있다는 뜻입니까?"

바로 그때 전화 배선을 살피러 나갔던 형사가 돌아왔기 때문에 나는 흄의 짓궂은 질문에 대답해야만 하는 난처한 입장에서 벗어날 수 있었다.

"배선에는 이상이 없습니다, 검사님. 적어도 이 방을 제외하고는 말입니다. 이 방도 조사를……"

"잠깐."

흄이 다급하게 형사의 말을 가로막으며 목청을 높였다.

"카마이클 씨!"

카마이클이 이쪽을 돌아보았다.

"지금은 용건이 없으니 나가서 기다려주십시오."

카마이클이 침착하게 방을 나갔다. 형사는 즉시 책상에서 전화기로 이어진 전화선을 살폈다. 그런 뒤 한참 동안 전화기를 조사했다.

형사가 전화기를 내려놓으며 말했다.

"뭐라고 말하기가 힘들군요. 그다지 이상한 점은 없는 것 같습니다만, 아무래도 전화 회사의 기술자를 불러 전문적인 조사를 해보는 게 좋을 것 같습니다."

흄이 고개를 끄덕였다. 이어서 내가 말했다.

"아직 문젯거리가 하나 더 있어요, 흄 씨. 저 봉투들을 전부 뜯어보는 것이 어떨까요? 안에 든 편지 원본들과 앞서 읽어본 사본들이 일치하지 않을 가능성도 없진 않으니까요."

흄은 맑은 눈으로 나를 보며 빙긋이 웃고 나서 그 봉투들을 다시 집어 들었다. 그러나 원본의 내용들은 우리가 읽은 사본의 것들과 똑같았다. 흄은 알곤킨 교도소로 보내는 편지와 동봉된 서류에 특히 관심이 끌리는 듯했다. 그 서류는 편지에 클립으로 끼워져 있었는데 거기에는 상원의원이 승진을 추천하는 몇 사람의 이름이 적혀 있었다. 흄은 눈살을 찌푸리며 그 명단을 들여다보더니 옆으로 휙 내던졌다.

"이번에는 섬 양이 잘못 짚은 것 같군요."

흄이 책상 위의 수화기를 집어 들 때까지 나는 깊은 생각에 잠겨 있었다.

"전화국입니까? 지방 검사 존 흄입니다. 패니 카이저의 자택 전화로 연결해주십시오……. 감사합니다."

흄은 선 채로 수화기를 들고 전화가 연결되기를 기다렸다. 중앙 교환국의 계속되는 호출음이 우리의 귀에까지 들려왔다.

"거참, 아무도 받지 않는군!"

흄은 수화기를 내려놓으며 말을 이었다.

"우리가 제일 먼저 해야 할 것은 패니 카이저를 신문하는 일입니다."

그는 자못 엄숙한 표정을 지어 보이고는 마치 소년처럼 양손을 맞잡고 비벼댔다.

나는 책상 쪽으로 조금 더 가까이 다가갔다. 책상에서 70센티미터쯤 떨어진 곳, 죽은 자가 앉았던 의자에서 손을 뻗으면 미치는 거리에 커피 테이블이 있었다. 그 테이블 위에는 전기식 커피 여과기와 쟁반에 담긴 커피 잔 한 벌이 있었다. 호기심에서 나는 커피 여과기를 만져보았더니 아직 따뜻했다. 커피 잔 속을 들여다보니 밑바닥에 탁한 커피 앙금이 가라앉아 있었다.

내 가설은 머릿속에서 점점 더 발전해나갔다. 나는 그 가설이 보다 완전한 것이 될 수 있기를 간절히 희망했다. 왜냐하면 만약 그것이 사실이라면…….

나는 두 눈에 승리의 빛을 담고서 몸을 돌렸다. 지방 검사 존 흄이 화가 난 표정으로 나를 바라보고 있었다. 아마도 그는 나를 꾸짖거나 뭔가를 묻고 싶어 하는 듯했다. 하지만 이어서 수사 방향을 완전히 바꾸어놓는 일이 일어났다.

5:
여섯 번째 편지

문제의 편지가 발견된 것은 좀 더 시간이 흐른 후의 일이었다.

복도에서 사람들이 웅성거리는 소리와 함께 발소리가 들리더니, 잠시 후 문가에 서 있던 케니언의 부하 중 한 명이 마치 국왕의 행차라도 맞이하는 듯이 황송하게 몸을 굽히면서 옆으로 물러섰다. 그와 동시에 모든 대화가 중단되자, 나는 이 둔감한 남자들까지도 예의를 차리게 만들 정도로 권위를 가진 사람이 과연 어떤 인물인지 궁금했다.

하지만 곧이어 문가에 모습을 드러낸 그 사람은 얼핏 보기에는 대단한 인물로 보이지는 않았다. 그는 혈색이 좋고 머리가 벗어진 키 작은 노인이었는데, 마음씨 좋은 할아버지들이 그러하듯 뺨이 사과처럼 붉었으며 배가 불룩 나와 있었다. 입은 옷도 몸에 잘 맞지 않았고 게다가 낡은 것이었다.

그러나 다음 순간 그의 눈을 보고서 나는 그에 대한 첫인상을 바꾸지 않을 수 없었다. 한마디로 그는 어떤 조직에 속해 있더라도 권력을 휘두를 수 있을 것 같은 사람이었다. 눈썹 아래에서 빛나는 푸른 두 눈은 흡사 두 개의 얼음 조각으로 만들어진 듯했다. 차갑기 그지없는 무자비하고 사악한 눈이었다. 그 눈은 단순히 교활한 것 이상으로, 무엇이든 할 수 있는 악마 같은 느낌을 주었다. 더욱이 그 붉은 두 뺨에 흐뭇한 미소를 떠올리고서 분홍빛 대머리를 신중하게 까닥거리고 있는 탓에 한층 더 오싹한 느낌이 들었다.

내가 정말로 놀란 것은 흄의 태도였다. 불에 달군 돌을 던져 거인 골리앗을 쓰러뜨린 다윗 같은 민중의 투사이자 혁신적인 정치가인 지방 검사 존 흄이 서재를 급히 가로질러 가서는 존경과 기쁨이 넘치는 표정으로 노인의 살찐 손을 감싸 쥐었기 때문이다. 흄은 지금 연극을 하고 있는 것일까? 그가 저 노인의 눈에 가득한 싸늘한 냉기를 알아차리지 못했을 리는 없을 텐데. 어쩌면 그의 젊음과 정력과 정의감도 저 노인의 웃음만큼이나 위선적인 것인지도 모르지……. 나는 아버지를 흘끗 바라보았다. 하지만 그 투박하고 완고한 아버지의 얼굴에서도 흄의 그런 태도를 못마땅하게 여기는 기색은 전혀 찾아볼 수가 없었다.

키 작은 노인이 어린애 같은 높은 목소리로 입을 열었다.

"소식은 들었네. 끔찍한 일이야, 존. 아주 끔찍한 일이라고. 소식을 듣자마자 곧장 달려온 거라네. 그래, 수사에 진전은 있나?"

"아직은 그다지 말씀드릴 만한 게 없습니다."

흄이 얼굴을 붉히며 말했다. 이어서 흄은 그 노인을 우리가 있는 쪽으로 안내했다.

"섬 양, 나의 정치적 장래를 좌우하시는 루퍼스 코튼 씨입니다. 루퍼스 씨, 이쪽은 지난날 뉴욕 경찰 본부에서 근무하셨던 섬 경감이십니다."

루퍼스 코튼이 고개를 끄덕이고는 미소를 지으며 내 손을 잡았다.

"허어, 이런 곳에서 아가씨 같은 미인을 만나게 되다니 이건 정말 뜻밖이군요, 섬 양."

그의 살찐 뺨이 아래로 약간 처지는 듯하더니 거듭 앞서 했던 말을 덧붙였다.

"정말이지, 끔찍한 일입니다……."

그는 내 손을 잡은 채 아버지에게로 몸을 돌렸다. 나는 가능한 한 조심스레 손을 뺐는데 그는 내가 손을 뺀 사실조차 모르는 듯했다.

"당신이 바로 그 유명한 섬 경감이시군요! 당신에 관한 얘기는 많이 들었습니다. 암, 듣고말고요. 나의 오랜 친구인 버비지 경찰청장과…… 아, 아마 당신이 근무할 때 그는 청장이었죠? ……아무튼 그와 곧잘 당신에 관한 얘기를 나누곤 했습니다."

"아, 그러셨습니까?"

아버지가 기뻐하며 말을 이었다.

"저 역시 당신의 명성은 익히 들어온 터라 잘 알고 있습니다, 코튼 씨. 그런데 당신이 흄 씨를 후원하신다면서요?"

"그렇습니다. 존은 틸덴 카운티의 차기 상원의원이 되려고 합니다. 그래서 나는 미약한 힘으로나마 그를 도와주려고 노력하고 있습니다. 그런데 이런 끔찍한 일이…… 정말 끔찍한 일입니다, 끔찍한 일……."

루퍼스 코튼이 격앙된 목소리로 말했다.

그는 늙은 암탉 같은 목소리로 연신 입을 놀려댔지만 그 차가운 두 눈은 조금도 흔들림이 없었다.

이어서 그는 여전히 엷은 미소를 띤 얼굴로 나를 돌아보며 말했다.

"그럼, 경감님과 섬 양에게는 잠깐 양해를 구해야겠군요. 존하고 좀 할 얘기가 있어서 말입니다. 정말이지 끔찍한 일입니다. 그리고 정치적인 상황에도 아주 중대한 영향을 끼칠지도 모르겠군요……."

 그는 여전히 입으로는 무언가를 지껄이며 젊은 지방 검사를 한쪽으로 데리고 가더니 머리를 맞대고 진지하게 얘기를 나누기 시작했다. 얘기를 하는 쪽은 주로 흄이었다. 코튼은 흄의 얼굴에 시선을 고정한 채 간혹 날카롭게 고개를 끄덕이거나 내저을 뿐이었다……. 나는 이 젊은 정치 기사(騎士)에 대해 다시 생각해보아야만 할 것 같았다. 앞서도 그런 생각을 하지 않았던 건 아니지만, 지금은 더욱 강력하게, 포셋 상원의원의 죽음이야말로 흄과 코튼 그리고 그들이 속한 정당에 엄청난 행운을 가져다주었다는 생각이 들었다. 즉 이 사건으로 죽은 상원의원의 참모습이 알려졌고, 동시에 존 흄이 다가오는 선거에서 승리를 거둘 게 거의 확실해졌기 때문이다. 아마도 포셋이 소속되었던 정당에선 엄청난 혼란이 예상되는 이 시점에 포셋을 대신할 새로운 입후보자를 내세우는 일조차 어려울 것이다.

 그때 나는 아버지가 내게 신호를 보내는 걸 알아차리고서 재빨리 아버지 옆으로 다가갔다. 아버지는 무언가를 발견하신 듯했다…….

 나는 그런 일이 있을 것을 진작 깨달았어야만 했다. 나는 아버지가 행하는 작업을 보면서 스스로를 꾸짖었다. 페이션스 섬, 넌 참으로 어리석구나!

 아버지는 책상 뒤에 있는 벽난로 앞에 무릎을 꿇고서 무엇인가를 열심히 조사하고 있었다. 한 형사가 낮은 목소리로 뭐라고 중얼거렸고, 카메라를 휴대한 형사가 한쪽에 서서 벽난로의 내부를 촬영하려는 참이었다. 플래시 터지는 소리가 나고 서재 안은 연기로 자욱해졌다. 사진을 찍는 형사가 이번에는 아버지를 한쪽으로 비키게 하고서 난로에 인접한 융단의 가장자리에 있는 무언가를 한차례 더 촬영했다. 궁금해서 들여다보았더니 거기에는 남자의 왼쪽 신발 끝 부분의 자국이 뚜렷이 찍혀 있었다. 벽난로의 재가 그곳에 조금 흩어져 있었는데 누군가가 무심결에 그걸 밟은 모양이었다……. 사진을 찍은 형사는 투덜거리면서 도구를 챙기기 시작했다. 이제 그의 일은 모두 끝난 모양이었다. 서재의 다른 부분이나 죽은 피해자의 사진은 이미 우리가 도착하기 전에 모두 찍었다고 아까 누군가가 말했었다.

그런데 아버지의 관심을 끈 것은 융단 위의 발자국이 아니라 벽난로 속의 바닥에 있는 그 무엇이었다. 들여다보았더니 그다지 특별한 것은 눈에 띄지 않았다. 다만, 틀림없이 그날 저녁에 태운 것으로 여겨지는 검은 재 위에 아주 뚜렷이 구분되는 조금 더 밝은 빛깔의 재가 얹혀 있었고, 그 밝은 재 위에 희미하게나마 알아볼 수 있는 발자국이 나 있었다.

"이걸 어떻게 생각하니, 패티?"

내가 어깨 너머로 들여다보자 아버지가 물었다.

"네게는 이게 무엇으로 보이지?"

"남자의 오른쪽 신발 자국 같군요."

"맞아."

아버지가 일어서며 말을 이었다.

"하지만 여기에서 알 수 있는 것은 단지 그것뿐만이 아냐. 발자국이 나 있는 층의 재와 그 아래에 있는 층의 재가 빛깔이 분명히 달라 보이지? 물론 서로 다른 걸 태웠기 때문이야. 게다가 태운 뒤엔 발로 뭉개버린 거지. 하지만 대체 누가 무얼 태운 걸까?"

나는 짚이는 것들이 있었으나 아무 말도 하지 않았다.

"그리고 이 다른 발자국 말인데……."

아버지가 이번에는 융단 쪽을 내려다보면서 말을 이었다.

"이건 왼쪽 발의 앞 끝으로 디딘 자국인데, 이것으로 그때의 상황을 짐작할 수 있지. 즉 누군가가 왼발의 앞 끝으로 벽난로 앞의 융단에 흩어진 재를 밟은 채 벽난로 안에서 무언가를 태운 거야. 그런 다음 오른발로 뭉개버린 거지……. 어떻소? 내 말이 맞소?"

아버지가 사진을 찍었던 형사에게 퉁명스레 물었다. 형사는 고개를 끄덕였다. 아버지는 다시 무릎을 꿇더니 좀 더 밝은 층의 재를 조심스레 들쑤시기 시작했다.

"생각대로군!"

탄성을 발하며 의기양양하게 일어선 아버지의 손에는 아주 작은 종잇조각이 쥐어져 있었다.

그것은 불에 타다가 남은 두꺼운 크림색 종잇조각이었다. 아버지는 그 종잇조각을 조금 찢어내 성냥으로 불을 붙여 태웠다. 그 재는 아주 조금이었으나 틀림없이 난로 속에 있는 밝은 층의 재와 같은 색이었다.

"흐음, 과연 똑같군."

이어서 아버지가 머리를 긁적거리며 말했다.

"하지만 이 빌어먹을 것은 어디서 나온 거지? 아, 미안하다, 패티. 아버지가 상소리를 해서……."

"책상 위에 있던 편지지 묶음에서 나온 게 분명해요. 금방 알 수 있겠더군요, 아버지. 상원의원의 편지지는 특별히 주문 제작된 고급품이었으니까요."

내가 조용히 말했다.

"맞아! 그런 것 같아!"

아버지가 급히 책상 쪽으로 달려가 비교해보니, 벽난로 속에서 찾아낸 타다 남은 종잇조각과 책상 위의 편지지는 과연 내 말대로 같은 종류의 것이었다.

하지만 아버지는 여전히 불만스러운 투로 중얼거렸다.

"이것만으로는 제대로 된 단서가 될 수 없어. 언제 태운 건지 알 수가 없으니 말이야……. 어쩌면 포셋 의원이 직접 태웠을 수도……. 아, 잠깐!"

아버지가 다시 벽난로로 가서 재를 들쑤셨다. 그리고 다시 무엇인가를 찾아냈다. 이번에 찾아낸 것은 은빛을 띤 기다랗고 뻣뻣한 아마포 한 가닥이었다.

"이건 나도 알겠군. 편지지 접착포의 일부야. 편지지에 달라붙어 있다가 종이만 타고 이건 불길을 피해 타지 않았던 거지. 하지만 그래도 아직은……."

아버지는 벽난로에서 찾아낸 것들을 흄과 루퍼스 코튼에게 보여주었다. 그들이 의견을 나누는 동안 나는 나름대로 조사를 행했다. 책상 아래를 들여다보니 내가 찾고자 했던 휴지통이 있었다. 하지만 안은 텅 비어 있었다. 이어서 책상 서랍들을 뒤져보았으나, 내가 찾고자 하는 또 다른 편지지 묶음은 새것이든 쓰다 남은 것이든 전혀 눈에 뜨지 않았다. 그래서 나는 서재에서 빠져나와 카마이클에게로 갔다. 그는 응접실 의자에 앉아 태평스럽게 신문을 읽고 있었다. 그 곁에는 형사 한 명이 짐짓 무관심한 척하면서 그를 감시하고 있었다.

"카마이클 씨, 이 집 안의 편지지 묶음은 책상 위에 있던 것 말고는 더 없습니까?"

내 질문에 카마이클은 깜짝 놀란 듯 신문을 든 채로 일어섰다.

"네? 편지지 묶음이라고요? ……아 네, 남은 건 그것 한 권뿐입니다. 여러 권 있었지만 모두 써버렸으니까요."

"마지막 한 권을 다 써버린 건 언제였죠?"

"이틀 전입니다. 표지는 제가 직접 버렸죠."

나는 생각에 잠긴 채 서재로 돌아왔다. 머리가 어지러울 정도로 많은 가능성이 있었다. 하지만 너무나 많은 사실들이 불분명하다. 과연 나의 의문 사항들을 해결할 수 있을까?

나는 갑자기 생각을 멈출 수밖에 없었다.

그때까지 살인자며 경관들이며, 우리와 루퍼스 코튼을 포함한 여러 사람들이 드나든 서재의 문 앞에 놀랄 만한 여자가 불쑥 나타났다. 확실히 예사롭지 않은 분위기를 풍기는 여자였다. 함께 들어온 형사가 그녀의 팔을 꽉 움켜쥔 채 얼굴을 잔뜩 찌푸리고 있었다.

그녀는 키가 아주 크고 어깨가 넓었으며 체격이 당당해 한마디로 여장부 스타일이었다. 나는 그녀가 마흔일곱 살쯤 되었을 거라고 곧바로 추측할 수 있었는데, 그것은 내 관찰력이 뛰어났기 때문이 아니라 그녀가 나이를 숨기려고 애쓴 데가 전혀 없었기 때문이다. 남자처럼 강인해 보이는 얼굴에는 전혀 화장기가 없었고 두툼하고 넓은 입술 위에 난 꽤 많은 털도 표백제로 탈색하지 않은 그대로였다. 섬뜩한 빨간 머리에는 여성용 모자가 아니라 남성용품점에서 구입한 게 틀림없는 펠트 모자를 쓰고 있었다. 복장 역시 완전히 남성적인 스타일이었다. 두 줄로 단추를 단 양복 상의에 아무 장식도 없는 직선적인 스커트, 육중하고 넓은 밑창이 달린 신발, 목까지 단추를 올려 채운 흰 셔츠에 느슨하게 맨 남자 넥타이······. 요컨대 그녀는 전체적인 조화의 측면에서 보면 형편없는 복장을 하고 있었다. 게다가 더욱 놀라운 것은 셔츠마저도 남자들의 것처럼 빳빳이 풀을 먹였고 삐죽이 나온 웃옷 소맷부리에는 줄무늬 세공이 된 커다란 금속제 커프스단추가 번쩍이고 있다는 점이었다.

이 이상한 여자에게는 사람들의 눈길을 끌 만한 그러한 유별난 점 말고도 또 다른 무언가가 있었다. 그녀의 두 눈은 마치 다이아몬드처럼 날카롭게 빛났다. 목소리는 약간 쉰 듯했으나 매우 깊고 부드러워서 불쾌하게 들리지는 않았다. 게다가 이토록 기묘한 모습을 하고 있지만 선천적으로 두뇌 회전이 상당히 빠른 여자라는 것을 알 수 있었다.

나는 그녀가 패니 카이저일 것이라고 확신했다.

케니언이 꿈에서 깨어난 듯이 외쳤다.

"여어, 패니!"

놀랍게도 그 말투는 남자들끼리 인사할 때의 것이었으므로 나는 더욱 눈을 크게 떴다. 도대체 이 여자는 어떤 인물일까?

그녀가 큰 목소리로 대꾸했다.

"여어, 케니언! 그런데 어째서 나를 이렇게 대접하는 거지? 대체 무슨 일입니까?"

그녀는 서재 안에 모인 사람들을 하나하나 둘러보기 시작했다. 흄에게는 그저 고개를 끄덕였을 뿐이고, 제레미는 관심 없이 지나쳤다. 하지만 아버지를 보고서는 잠깐 생각에 잠겼고, 이어서 나를 보더니 놀란 듯한 표정을 지으며 한동안 눈길을 떼지 못했다. 이윽고 관찰이 끝나자 그녀는 지방 검사 존 흄을 똑바로 쳐다보며 목청을 높였다.

"왜들 이래! 모두 벙어리가 됐어? 대체 무슨 일이오? 조엘 포셋은 어디 있습니까? 누구든 말 좀 해보라고!"

"아무튼 잘 왔어요, 패니. 그렇잖아도 당신에게 할 말이 있었는데 이렇게 되었으니 찾아갈 필요가 없게 됐군요……. 자, 어서 들어와요."

흄이 서둘러 그녀를 맞이했다.

그녀는 로댕의 '생각하는 사람'처럼 심각한 모습으로 천천히 안으로 들어왔다. 걸어오면서 커다란 가슴 주머니에 굵은 손가락을 넣어 역시 크고 굵은 시가를 한 개비 꺼내더니 심각한 표정을 지으며 커다란 입술 사이에 쑤셔 넣었다. 케니언이 얼른 다가가 불을 붙여주었다. 그녀는 단번에 굉장한 양의 연기를 훅 뿜어내고선 굵고 흰 이빨로 시가를 깨문 채 곁눈질로 책상을 흘끗 보았다.

"대체 무슨 일이죠? 상원의원 나리가 어떻게 되기라도 한 겁니까?"

그녀는 책상에 기대서며 퉁명스레 물었다.

"모르고 있었소?"

흄이 조용히 대꾸했다.

그녀의 시가 끝이 반원을 그리며 천천히 위로 올라갔다.

"나 말이오?"

그녀의 시가 끝이 다시 아래로 내려왔다.

"내가 그걸 어떻게 안단 말입니까?"

흄이 그녀를 데리고 온 형사에게 몸을 틀었다.

"어떻게 된 거지, 파이크?"

형사가 미소를 떠올리며 입을 열었다.

"그녀는 아주 당당하게 문 앞까지 걸어왔습니다. 그러다가 문 앞에 이르러서는 집 안에 경찰들이 있고 불이 환하게 켜져 있는 걸 보고는 좀 놀라는 듯했습니다. 제게 무슨 일이 일어났느냐고 묻기에, 안으로 들어가면 알게 될 것이고 게다가 검사님이 당신을 찾으신다고 하고는 데리고 온 겁니다."

"달아나려고 하진 않던가?"

"이것 봐요, 흄!"

패니 카이저가 거칠게 끼어들며 말을 이었다.

"내가 왜 도망을 간단 말이오! 대체 무슨 일인지 설명이나 해보라고!"

"자넨 이제 됐으니 가도 좋아."

흄이 형사를 돌려보낸 뒤 그녀에게 말을 이었다.

"그럼 패니, 당신이 오늘 밤 여기에 왜 왔는지 그 이유부터 말해보실까?"

"그게 당신과 무슨 상관이지?"

"상원의원을 만나러 왔을 텐데? 그렇지 않소?"

그녀는 시가를 가볍게 두드려 재를 털었다.

"아니 그럼, 내가 대통령이라도 만나러 이곳에 온 줄 아시나? 그리고 사람을 만나러 온 게 법에 어긋나기라도 한단 말인가?"

"그럴 리야 있겠소."

흄이 미소 지으며 말을 이었다.

"물론 수상쩍은 데가 있긴 하지만 말이오. 흐음, 그러니까 당신은 당신의 친애하는 상원의원 나리에게 무슨 일이 일어났는지 모른다는 말이지?"

그녀는 화가 났는지 눈을 번뜩이며 입에서 시가를 거칠게 빼냈다.

"이것 보라고! 대체 왜 이래! 내가 그걸 알면 왜 묻겠어? 무슨 헛소리를 하는 거야!"

"그 헛소리는 말이오, 패니."

흄이 짐짓 친근한 어조로 말을 이었다.

"상원의원 나리께서 오늘 밤 이 세상과 작별을 고하셨다는 거요."

"잠깐만요, 흄 검사님."

케니언이 급히 끼어들며 말을 이었다.

"패니는 정말 아무것도 모르고……."

"흐음, 그가 죽었다?"

패니 카이저가 천천히 입을 열었다.

"그것참 안됐군. 인생이란 뜬구름과 같다더니……. 그도 그렇게 훌쩍 떠나가 버렸군."

그녀는 결코 놀라는 표정을 지어 보이려고 하지 않았다. 하지만 나는 그녀의 커다란 턱이 당겨지고 두 눈이 어쩔 수 없이 가늘어진 것을 알아차릴 수 있었다.

"그렇지 않아요, 패니. 그는 그런 식으로 훌쩍 떠난 것이 아니오."

그녀는 느긋하게 담배 연기를 내뿜었다.

"오! 그럼, 자살이라도 했단 말입니까?"

"아니, 그 반대요. 살해당했소."

그녀가 다시금 건성으로 "오!" 하고 말했다. 나는 그녀가 짐짓 태연한 척하고는 있지만, 실은 포셋 상원의원이 살해당했을 가능성에 대해 미리 마음을 굳게 먹고 있었고, 게다가 어쩌면 그것이 사실일까 봐 두려워했을지도 모른다고 생각했다.

"그러니까, 패니. 우리가 왜 이러는지 알겠죠? 포셋과는 오늘 밤에 만나기로 미리 약속이 되어 있었던 건가요?"

지방 검사 존 흄이 상냥한 어조로 물었다.

그녀는 큰 소리로 대답했다.

"이 사건 덕분에 당신 입장이 아주 유리하게 됐겠군, 흄…….

약속을 했느냐고? 천만에! 약속 따위는 없었어요. 그냥 한번 들러본 것뿐이라고. 내가 찾아오리라는 걸 그가 알았을 리가 없지……."

그녀는 갑자기 무언가를 결심이라도 하듯 어깨를 으쓱하더니 뒤도 돌아보지도 않고 어깨 너머로 시가를 던져 벽난로 속에 넣었다. 그걸로 보아 그녀는 포셋 의원의 서재 안을 구석구석 잘 알고 있는 게 분명했다. 아버지 역시 그녀의 행동이 의미하는 바를 알아차리셨는지 멍한 표정을 지으셨다.

그녀가 거친 어조로 말을 이었다.

"이것 보라고, 젊은 양반. 당신이 지금 무슨 생각을 하는지는 나도 안다고. 당신은 꽤 똑똑한 사람이지. 하지만 나를 어떻게 엮어볼 수작은 않는 게 좋아. 내가 이 살인 사건과 관계가 있다면 이렇게 한가하게 이곳으로 찾아왔겠어? 나를 귀찮게 하지 말라고, 젊은 양반. 나는 돌아가겠어."

그녀는 문 쪽으로 돌아서며 걸음을 성큼 옮겼다.

"패니, 잠깐 기다려요."

흄은 그 자리에서 꼼짝도 하지 않고 말했다. 그녀가 멈춰 서자 그는 말을 이었다.

"어째서 그렇게 성급하게 결론을 내리는 거요? 나는 당신을 의심한다는 말은 하지 않았소. 다만 한 가지 궁금한 게 있어서 그러는 거요. 오늘 밤 무슨 용건으로 포셋을 찾아온 거요?"

"나를 귀찮게 하지 말라니까."

그녀가 위협적인 어조로 말했다.

"당신은 정말 어리석군, 패니."

"이것 보라고, 젊은이."

그녀는 잠깐 말을 끊고서 이무기처럼 흉측한 미소를 지었다.

그러더니 훔의 뒤에서 일그러진 미소를 머금고 꼼짝 않고 서 있는 루퍼스 코튼에게 의미심장한 눈길을 한 번 보내고 나서 말을 이었다.

"나는 사업상 아는 사람들이 많은 여자라고. 무슨 뜻인지 알겠어? 내가 이 도시의 유지들을 얼마나 많이 알고 있는지 당신은 아마 상상도 못 할 거야. 나를 귀찮게 하려고 들기 전에 그 점을 먼저 생각해보는 게 좋을걸, 훔. 그런데도 만약 나를 어떻게 해보려고 한다면 내 고객이라는 사실이 알려지는 걸 마음에 들어 하지 않는 사람들이 당신을 짓뭉개버릴 거야. 바로 이렇게!"

그녀는 오른발로 융단을 힘껏 짓뭉갰다.

훔은 얼굴이 빨개져서 몸을 돌렸다가 다시 그녀를 향해 거칠게 돌아섰다. 그리고 포셋 상원의원이 그녀에게 보내려고 했던 편지를 그녀의 매부리코 아래에 불쑥 들이댔다.

그녀는 눈썹 하나 까딱하지 않고 그 짧은 편지를 읽었다. 하지만 나는 그녀가 냉정한 표정 아래 감추고 있는 공포의 감정을 느낄 수 있었다. 포셋 상원의원의 필적이 분명한 그 편지는 내용도 수상쩍은 데다 아주 친밀한 어투로 쓰여 있어서 웃어넘긴다든가 위압적으로 얼버무릴 수가 없었다.

훔이 차갑게 말했다.

"이 편지는 대체 뭐죠? 메이지는 누구요? 그리고 상원의원이 도청당하는 걸 그토록 두려워했던 수상쩍은 통화는 대체 어떤 내용이었소? 게다가 '친구 H'란 누굴 말하는 거요?"

"당신이 말해주시지. 당신도 글을 읽을 줄 알 텐데?"

그녀의 눈빛은 얼음처럼 싸늘했다.

케니언이 우스꽝스러울 정도로 근심스러운 표정으로 앞으로 나섰다. 그는 훔을 한쪽으로 데리고 가더니 낮고 긴장된 목소리로 무언가 말을 하기 시작했다. 나는 흄이 그 편지를 패티 카이저에게 내보인 것이 작전상의 실수임을 깨달았다. 그녀는 이로써 한층 더 무장을 하게 된 것이다. 그녀는 냉혹한 결의와 심상치 않은 태도를 노골적으로 드러내고 있었다. 결코 겁에 질린 태도가 아니었다. 오히려 위협적인 태도였다……. 케니언이 쉰 목소리로 흄에게 무언가 항의를 하는 동안, 그녀는 고개를 치켜들고 숨을 깊이 들이마신 뒤, 루퍼스 코튼을 싸늘하게 노려보고 나서는 양 눈썹 사이에 기묘한 주름을 잡으며 서재에서 나갔다.

흄은 그녀가 나가도록 내버려두었다. 그는 화가 나긴 했지만 어쩐지 체념한 듯했다. 흄은 케니언에게 무뚝뚝하게 고개를 끄덕여 보인 뒤 아버지에게로 몸을 돌렸다.

"그녀를 붙잡아둘 수가 없군요. 하지만 감시는 해야겠습니다."

흄이 낮게 말했다.

"대단한 여자로군요. 대체 뭐하는 여자죠?"

아버지가 느릿하게 빈정대며 말했다.

흄이 목소리를 낮추어 무언가를 말하자 아버지의 짙은 눈썹이 치켜 올라갔다.

"알 만하군요! 전에도 저런 부류의 여자를 만난 적이 있었죠. 다루기 힘든 여자들이에요."

"제게도 좀 알려주시면 안 되나요? 설마 저 여자가 결혼의 여신 주노는 아니겠지요?"

나는 흄에게 쌀쌀맞게 물었다.

흄이 고개를 저었고 아버지는 씁쓸하게 미소 지었다.

"그런 건 네가 알아서 좋을 게 못 된다, 패티. 자, 이제 그만 클레이 씨 댁으로 돌아가는 게 어떻겠니? 클레이 청년이 데려다줄 테니……."

"싫어요! 어째서 그러시죠? 저도 이제 스물한 살이나 먹은 성인이라고요. 도대체 그 여자가 그렇게 기고만장할 수 있는 힘의 비밀이 뭐죠? 아마도 성적 매력은 아닐 테고……."

나는 화를 내며 소리쳤다.

"패티, 그런 소리를 함부로 하면 못써!"

나는 좀 더 다루기가 쉬울 듯한 제레미에게 다가갔다. 제레미는 그녀의 정체와 리즈 시에서 그녀가 쥐고 있는 부정한 권력에 대해 잘 알고 있을 터였다. 그러나 불쌍하게도 제레미는 입장이 곤란해졌는지 화제를 바꾸려는 헛된 노력을 했다. 하지만 곧 내 눈길을 피하면서 결국에는 이렇게 말했다.

"실은, 그녀는 매춘 조직의 여왕인 셈입니다."

"난 또 뭐라고!"

나는 화가 나서 말을 이었다.

"세상에, 아버지는 나를 수녀원에서 갓 나온 백합처럼 대했군요! 흐음, 그러니까 마담 카이저라, 그 말이죠? 그런데 모두 왜 저 여자를 두려워하는 거죠? 그리고 케니언의 태도도 이해할 수가 없어요."

"아마도 케니언은 그녀가 운영하는 매춘 조직의 뒤를 봐주는 대가로 돈을 받아먹고 있는 것 같아요."

"그녀는 루퍼스 코튼의 약점도 쥐고 있을 테죠?"

그 질문에 제레미는 당혹스러운 표정을 지었다.

"이봐요, 패티……. 내가 그런 걸 어떻게 알겠어요."

"하긴 당신이 알 리가 없겠죠."

나는 거칠게 말을 이었다.

"아무튼 끔찍한 여자로군! 결국 그녀는 포셋 상원의원과 손을 잡고 함께 일을 해나가고 있었던 셈이군요?"

"들리는 소문으로는 그래요."

제레미가 온순하게 말을 이었다.

"자, 그럼 집으로 돌아갑시다, 패티. 여기는 당신이 있을 곳이 못 돼요."

"당신 할머니가 있을 곳도 못 되죠!"

내가 소리쳤다.

"흥, 당신도 남자니까 신사도를 발휘하시겠다 그 말씀인가요? 바지를 입었으니 위신을 세우겠다고요? 죄송하지만 난 사양하겠어요! 나는 여기 있겠어요……. 그 늙은 뚱쟁이 할망구, 내 손에 걸리기만 해봐라."

잠시 후에 맑은 하늘에 벼락이 친 것과도 같은 중대한 일이 일어났다. 수사가 몇 시간이나 진행된 그때까지도 나중에 포셋 상원의원 살인 사건의 핵심 용의자가 될 그 불쌍한 남자에게 혐의를 둘 만한 점은 전혀 발견되지 않았다. 이제 와서 그 당시를 돌이켜보니, 만약 그 편지가 발견되지 않았더라면 어떻게 되었을까 하는 생각이 든다. 그러나 결과적으로는 그다지 큰 차이는 없을 듯했다. 어쨌거나 그 남자와 포셋 상원의원과의 관계는 필연적으로 밝혀졌을 것이다. 다만, 이후에 일어난 일들의 양상이 약간 달라졌을 뿐이다. 하지만 그가 도망칠 시간적 여유만 있었더라도…….

한 형사가 구겨진 종이 한 장을 머리 위로 흔들면서 급히 서재로 뛰어 들어왔다.

"흄 검사님! 중요한 걸 찾아냈습니다!"

서재로 뛰어든 그 형사는 흥분을 감추지 못한 목소리로 말을 이었다.

"그 나무 상자 토막과 함께 보내졌다는 편지를 찾아냈습니다! 2층에 있는 상원의원 침실의 금고 안에 있더군요!"

흄은 마치 물에 빠진 사람이 구명대를 낚아채듯이 그 편지를 낚아챘다. 모두 흄의 주위로 몰려들었다. 진화론의 산 증거인 듯한 케니언까지도 긴장한 빛을 띠었다. 호흡을 할 때 그의 붉은 두 뺨은 물고기의 아가미처럼 펄럭거렸다. 그 모습을 보고 나는 그의 캄브리아기 선조가 바다 밑에서 꿈틀거리는 장면을 상상할 수 있었다.

방 안은 쥐 죽은 듯이 조용해졌다.

흄이 그 편지를 천천히 읽어 내려가기 시작했다.

친애하는 포셋 상원의원 나리!

톱으로 잘린 그 장난감을 보고 뭔가 떠오르는 게 없나? 그날 교도소 목공부에서 너는 나를 알아보지 못했지. 하지만 나는 너를 알아봤어. 이 아론 다우가 운이 좋았던 셈이지.

내 말 잘 들어라, 이 나쁜 놈아! 나는 이제 곧 석방된다. 바깥 세상에 나가는 날 네놈에게 전화하겠다. 그리고 그날 밤에 네놈은 네 집에서 5만 달러를 내게 주어야만 해. 상원의원 나리, 너 같은 놈이 꽤 출세를 했구나……. 내 말대로 하지 않으면 이곳 경찰에다 사실을 몽땅 불어버릴 테다.

그 사실이 뭔지는 네놈도 잘 알겠지. 순순히 돈을 내놓는 게 좋을 거다. 그렇지 않으면 이 아론 다우가 몽땅 불어버린다. 허튼수작은 부리지 않는 게 좋아.

아론 다우

절망에 빠진 비천한 신분의 남자가 연필을 쥐고서 조잡한 활자체로 한 자 한 자 힘들여 쓴 편지, 더러운 엄지손가락의 지문이 묻어 있는 오자투성이의 그 지저분한 편지를 보고 나는 몸을 부르르 떨었다. 그리고 갑자기 차가운 그림자가 그 방을 뒤덮은 듯한 기분을 느꼈다. 나는 그것이 언덕 위에 있는 교도소의 그림자임을 알았다.

흄은 입을 차갑게 다물며 딱딱한 미소를 띠며 코끝을 추켜올렸다. 그러고는 그 편지를 지갑에 넣으면서 천천히 말했다.
"흐음, 이거야말로 사건의 진전이랄 수 있겠군. 그럼 이제 남은 일은…… 남은 일은…….'
그는 적당한 뒷말을 찾지 못하고 입을 다물었다. 나는 불안해지기 시작했다. 만약 무슨 일이 일어난다면…….
"침착하세요, 흄 씨."
아버지가 낮은 어조로 말했다.
"염려 마십시오, 경감님."
흄이 전화기 쪽으로 갔다.
"교환, 알곤킨 교도소의 매그너스 소장을 연결해주시오. ……소장님입니까? 지방 검사 존 흄입니다. 이런 한밤중에 잠을 깨워서 죄송합니다. 소식은 이미 들으셨겠지요? ……그렇습니다. 포셋 상원의원이 오늘 밤 늦게 살해당했습니다……. 네, 그렇습니다……. 아뇨, 제 말씀을 들어보십시오, 소장님. 아론 다우라는 이름을 들으시고 뭔가 생각나는 게 있으십니까?"
우리 모두는 숨을 죽이고 기다렸다. 흄은 전화기의 송화구를 가슴에 댄 채 물끄러미 벽난로를 바라보았다.
오 분 동안 누구 한 사람 꼼짝하지 않았다.
지방 검사 존 흄의 눈매가 날카로워졌다. 그는 주의 깊게 상대의 얘기를 듣고 나서 고개를 끄덕이며 말했다.
"알겠습니다. 지금 곧 우리가 그리로 가겠습니다, 매그너스 소장님."
이어서 그는 전화를 끊었다.
"어떻게 됐습니까?"
케니언이 쉰 목소리로 물었다.
흄이 미소를 지었다.
"매그너스 소장이 조사해주었소. 목공부에서 일하던 아론 다우라는 죄수가 오늘 오후에 석방되었다고 하오."

6:
아론 다우의 등장

그 순간까지도 나는 우리의 머리 위 어디엔가 어렴풋이 드리워진 그림자를 꿈결처럼 아득히 느끼고 있을 뿐이었다. 어떤 사실들이 내 머릿속에서 술렁거렸고, 그 술렁임 때문에 곧 닥쳐올 재난에 대한 나의 시각은 흐릿해졌다. 하지만 이제는 누군가 뒤에서 칼로 푹 찌른 것처럼 갑자기 눈앞이 밝아지면서 모든 것을 볼 수 있게 되었다. 아론 다우……. 그 이름 자체는 내게 아무런 의미가 없었다. 이름이야 존 스미스, 혹은 크누트 쇠렌센이라도 상관없는 것이다. 나는 이제껏 아론 다우라는 이름을 들어본 적도 없거니와 그런 남자와 만나본 적도 없었다. 하지만 이것을 영적인 힘이라고 하든, 육감의 힘이라고 하든, 반쯤 입력된 자료에서 이끌어낸 잠재의식의 결론이라고 하든, 이 인물, 이 전과자, 이 비뚤어진 사회의 희생자가 지금 우리를 뒤덮고 있는 거대하고 생생하게 살아 있는 그림자의 끔찍한 희생물이 될 것임을 마치 나는 예언자처럼 훤히 꿰뚫어 볼 수 있었다.

사소한 일들은 거의 기억나지 않는다. 내 머릿속은 불완전한 생각들로 혼란스러웠으며, 내 심장은 가슴이 아플 정도로 세차게 뛰고 있었다. 나는 절망감을 느꼈다. 편안하고 믿음직스러운 아버지가 곁에 있었지만 나는 스스로가 무력하게 여겨졌다. 그래서 햄릿 저택에서 우리를 전송하며 함께 갈 수 없음을 아쉬워하던 그 위대한 노신사가 이곳에 있다면 얼마나 좋을까 하는 생각을 나도 모르게 어렴풋이 하게 되었다.

지방 검사 존 흄과 루퍼스 코튼이 다시 낮은 목소리로 무언가를 의논했다. 케니언은 갑자기 힘이 솟은 듯 기세 좋게 돌아다니며 귀에 거슬리는 목소리로 부하들에게 명령을 내렸다. 케니언은 교도소에서 갓 나와 자신을 방어할 능력도 없는 그 불쌍한 남자를 쉽게 잡아넣을 수 있을 거라는 단순한 생각에 힘이 솟는 듯했다. 계속되는 통화와 크게 명령하는 소리를 듣고 나는 몸서리를 쳤다. 자유의 몸이 된 지 불과 몇 시간도 지나지 않은 그 불쌍한 아론 다우를 다시 교도소라는 우리 안에 집어넣기 위해 뒤쫓는 사냥개들이 떠올랐던 것이다.

제레미 클레이가 든든한 팔로 나를 부축해 밖으로 데리고 나가 자동차에 태운 일이며, 상쾌한 밤공기를 가슴 깊이 들이마셨을 때의 기쁨 등을 나는 아직도 기억하고 있다. 지방 검사 존 흄은 제레미와 함께 앞자리에 앉았고 아버지와 나는 뒷자리에 앉았다. 자동차는 힘차게 달려 나갔다. 나는 머릿속이 어지러웠고, 아버지는 깊은 침묵에 잠겼다. 흄은 어둠이 이어지는 밤길을 의기양양하게 바라보았고, 제레미는 입을 굳게 다문 채 운전에 몰두했다. 자동차가 가파른 언덕길을 올라갈 때는 마치 꿈이라도 꾸고 있는 듯이 느껴졌다. 도중의 모든 기억들은 안개 속에 가려진 듯 가물거릴 뿐이었다.

이윽고 악몽을 꿀 때 주위의 어둠 속에서 갑자기 튀어나오는 식인 괴물처럼 우리에게 덮쳐 온 것은…… 알곤킨 교도소였다.

나는 돌과 철로 이루어진 무생물이 사람을 해칠 것 같은 분위기를 자아낼 수 있으리라고는 그때까지 꿈에서도 생각해본 적이 없었다. 어렸을 때에는 유령이 등장하는 음침한 저택, 폐허가 된 낡은 성, 망령이 들끓는 교회 등에 관한 오싹한 얘기를 들으며 무서워서 몸을 떨곤 했었다. 그러나 지난 수년 동안 해외를 여행하면서 유럽의 폐허들을 둘러봤을 때에도 사람이 만든 건물에서 공포를 느꼈던 적은 없었다……. 그런데 제레미가 그 거대한 철문 앞에서 자동차의 경적을 울릴 때 나는 불현듯 건물에 대한 공포가 어떤 것인지를 깨달았다. 교도소는 온통 깊은 어둠에 잠겨 있었다. 달은 이미 오래전에 기울었고 흐느끼는 듯한 바람 소리가 들렸다. 높다란 담장 너머에서는 사람의 소리라고는 전혀 들려오지 않았다. 교도소 인근의 주택가에서도 불빛 하나 보이지 않았다. 나는 뒷좌석에 몸을 웅크리면서 아버지의 손을 더듬었다. 그러자 상상력이라고는 조금도 없는 내 사랑하는 아버지가 재빨리 내 손을 쥐며 낮은 목소리로 말했다.

"왜 그러니, 패티?"

나는 여전히 강직하기만 한 아버지의 목소리로 듣고서야 현실로 돌아올 수 있었다. 머릿속에 있던 유령이 달아나는 듯했다. 가까스로 나는 악몽 같은 기분에서 빠져나왔다.

덜컹하는 요란한 소리와 함께 갑자기 문이 열렸다. 제레미가 안으로 차를 몰고 들어갔다. 눈부신 헤드라이트 불빛 속에 검은 제복을 입고 사각 챙이 달린 제모를 쓴 남자들이 총을 들고 서 있는 것이 보였다.

"지방 검사 존 흄 씨 일행입니다!"

제레미가 큰 소리로 외쳤다.

"라이트를 끄시오!"

짜증 섞인 거친 대답이 들려왔다. 제레미가 시키는 대로 헤드라이트를 끄자, 이번에는 교도관들이 강력한 빛을 내뿜는 손전등으로 우리의 얼굴을 하나하나 비추었다. 그들은 어떤 의혹도 친절함도 깃들지 않은 다만 사무적인 눈길로 우리의 얼굴을 살펴보았다.

"안심해도 좋소. 나는 지방 검사 존 흄이고, 이 사람들은 모두 내 일행이오."

흄이 서둘러 말했다.

"매그너스 소장님께서 기다리고 계십니다, 검사님."

조금 전과 같은 목소리였으나 약간 부드러운 어조였다.

"하지만 이분들은 밖에서 기다려야 합니다."

"이 사람들은 내가 보증하겠소."

이어서 흄이 제레미 클레이에게 속삭였다.

"자네와 섬 양은 밖에 차를 세우고 기다리는 편이 낫겠네, 클레이."

흄이 자동차에서 내렸다. 제레미는 곧바로 결단을 내리지 못했다. 하지만 총을 들고 서 있는 냉혹한 얼굴의 남자들에게 질렸는지 말없이 고개를 끄덕이고선 좌석에 깊숙이 몸을 파묻었다. 아버지가 육중한 걸음걸이로 콘크리트 건물을 향해 움직이자 나는 슬그머니 뒤를 따랐다. 교도관들 한 무리를 지나 교도소 앞뜰에 이르는 동안 아버지도 흄도 내가 뒤따르는 걸 알지 못했다. 교도관들은 나도 당연히 들어가야 할 사람으로 알았던 모양인지 아무 말도 하지 않았다. 조금 뒤에 흄이 뒤돌아보다가 내가 조심스레 따라오는 것을 보았지만, 그는 어쩔 수 없다는 표정으로 그저 어깨를 한 번 으쓱하더니 그대로 성큼성큼 걸어 나갔다.

잠시 후, 우리는 드넓은 건물 앞에 이르렀다. 그 건물이 얼마나 넓은지는 어두워서 알 수가 없었다. 공허한 발소리를 내며 안쪽으로 몇 발짝 더 걸어 나가자 푸른 제복을 입은 교도관이 서둘러 육중한 철문을 열어주었다. 그곳이 교도소 행정 건물인 듯했다. 쥐 죽은 듯이 고요한 가운데 사람의 그림자라곤 찾아볼 수 없었다. 감방이 아닌 사무실들로 이루어진 이곳의 벽면까지도 기분 나쁜 눈길로 나를 바라보며 무언의 공포를 속삭이는 듯했다. 요컨대 나는 그 어떤 섬뜩한 환영 같은 것이 우리를 둘러싸고 있는 듯한 느낌을 지울 수 없었다.

나는 발을 헛디뎌 비틀거리기도 하면서 아버지와 지방 검사 존 흄의 뒤를 따라 돌계단을 올라가 건물 깊숙한 곳으로 걸어 들어갔다. 이윽고 우리는 '교도소장 매그너스'라는 명패가 붙어 있는 방 앞에 이르렀다. 그 방문은 일반적인 사무실의 문처럼 보였다.

흄이 노크를 하자 사복을 입은 눈매가 날카로운 남자가 문을 열었다. 옷차림이 헝클어져 있는 것으로 보아 자다가 일어나 급히 옷을 찾아 입은 듯했다. 그 남자는 교도소장의 서기나 비서쯤 되어 보였는데, 무뚝뚝하기 그지없는 표정으로 불만스레 무어라고 투덜대더니 넓은 응접실과 구석진 사무실을 지나 또 하나의 문 앞으로 우리를 안내했다. 그는 우리에게 문을 열어주고서 말없이 한쪽으로 비켜섰는데, 내가 그 옆을 지나갈 때는 마음에 들지 않는다는 듯 차가운 눈초리로 나를 바라보았다.

이 일과는 상관없는 일이지만, 그때 문득 이 방까지 오는 도중에 본 창이란 창에는 예외 없이 쇠창살이 끼워져 있었다는 사실이 떠올랐다.

깨끗하고 조용한 방에서 우리를 맞이하려고 자리에서 일어선 사람은 언뜻 보기에는 은행가 타입의 남자였다. 수수한 잿빛 양복을 입었는데, 서둘러 매었는지 넥타이가 조금 비뚤어져 있는 점을 제외하고는 어느 한 군데 나무랄 데 없이 단정한 차림새였다. 오랜 세월 동안 범법자들을 상대해온 사람이 흔히 그렇듯이 엄하고 신중하고 지친 듯한 얼굴이었으며, 언제나 위험 속에서 살아온 사람 특유의 경계하는 눈빛을 하고 있었다. 숱이 적은 회색 머리의 소유자였고 입고 있는 옷은 약간 헐렁해 보였다.

"안녕하십니까, 소장님?"

지방 검사 존 흄이 낮은 목소리로 말을 이었다.

"이런 새벽에 잠을 깨워서 죄송합니다. 하지만 살인 사건이란 게 시간을 정해놓고 일어나는 일이 아니라서요……. 자아, 이리로 오시죠, 경감님. 그리고 섬 양도……."

매그너스 소장은 가벼운 미소를 지으면서 손짓으로 의자에 앉기를 권했다.

"이렇게 여러분이 오실 줄은 몰랐습니다."

"실은, 섬 양은…… 아니, 아무튼 소개부터 해드리죠, 소장님. 이쪽은 섬 양 그리고 이쪽은 섬 경감님이십니다. 섬 양은 탐정 일에 뛰어난 능력을 갖고 있죠. 그리고 섬 경감님께선 두말할 필요도 없이 이런 일에는 전문가이시고요."

"그렇군요. 아무튼 잘 오셨습니다."

교도소장은 생각에 잠기는 표정을 지으며 말을 이었다.

"그런데 포셋 상원의원이 살해당했다고요? 정말이지 사람의 운명이란 알 수가 없군요, 흄 씨."

"하지만 그의 경우엔 인과응보라고 할 수 있겠죠."

흄이 조용히 그렇게 말했다.

우리가 자리에 앉자마자 아버지가 갑작스레 말을 꺼냈다.

"아. 이제 생각이 나는군! 저어, 소장님께선 십오 년 전쯤에 경찰 계통에서 일하시지 않았습니까? 그러니까 뉴욕 주 북부 어디에선가 근무하신 적이……?"

매그너스 소장은 눈을 크게 뜨더니 이내 미소를 떠올렸다.

"아, 그러고 보니 나도 이제 생각이 나는군요! 그래요, 버펄로에 있었습니다. 그럼, 당신이 그 유명한 섬 경감이시군요? 이거 정말 뵙게 되어 영광입니다, 경감님. 저는 이미 퇴직하신 줄 알았습니다만……?"

이어서 두 사람은 한동안 지난 시절의 얘기들을 나누었다. 나는 쑤시는 목덜미를 의자 등에 기대고 조용히 눈을 감았다. 알곤킨 교도소……. 이 거대한 침묵이 감도는 교도소 안에는 지금쯤 천 명, 아니 2천 명쯤 되는 사람들이 지친 몸을 간신히 뻗을 수 있는 좁은 감방에서 잠을 자고 있거나 잠을 청하고 있겠지. 그리고 그 바깥 복도에서는 제복을 입은 교도관들이 거닐고 있겠지. 교도소 지붕 위로는 하늘과 밤공기가 있을 테고, 머지않은 곳에는 밤바람에 살랑대는 나무숲이 있겠지. 햄릿 저택에서는 늙고 병든 노신사가 잠들어 있을 테고, 교도소 철문 앞에 세워둔 자동차 안에서는 제레미가 부루퉁한 표정으로 앉아 있겠지. 그리고 리즈 시 시체 안치소에는 한동안 권력을 휘둘렀던 남자가 칼 맞은 시체가 되어 차가운 철판 위에 뻗어 있겠지……. 그런데 아버지나 다른 사람들은 도대체 뭘 기다리는 거지? 아론 다우에 관한 얘기는 왜들 꺼내지 않는 걸까? 그때 문이 삐걱거리는 소리가 나서 나는 눈을 떴다. 날카로운 눈매를 한 아까의 그 직원이 문가에 서 있었다.

"뮤어 신부님께서 오셨습니다, 소장님."

"들어오시라고 해."

잠시 뒤에 주름이 가득한 불그레한 얼굴에 도수 높은 안경을 쓴 키 작은 백발 노인이 들어왔다. 이제껏 나는 그토록 정답고 그토록 온화한 얼굴을 본 적이 없었다. 근심과 고뇌에 잠긴 그 표정도 그의 내면에서 비쳐 나오는 고결함을 뒤덮을 수는 없었다. 이 늙은 신부에게는 사람을 끄는 본능적인 힘이 있었다. 저런 성자 같은 인물이라면 아무리 흉악한 죄수들이라도 감화시킬 수 있을 듯했다.

신부는 이러한 시간에 낯선 사람들이 교도소장의 사무실에 몰려와 있는 것을 보고 몹시 당황한 듯, 손때가 묻어서 반짝반짝 빛나는 작은 기도서를 오른손에 꼭 쥔 채 근시의 눈을 깜박이며 낡고 검은 신부복을 여몄다.

"어서 오십시오, 신부님. 소개해드릴 분들이 있습니다."

매그너스 소장이 정다운 목소리로 말했다.

이어서 소장은 신부에게 우리를 소개했다.

"반갑습니다."

뮤어 신부가 우리에게 차례로 인사했다.

"만나서 반가워요."

신부는 깍듯하고 다정한 어조로 인사했으나 정신은 다른 곳에 가 있는 듯했다. 마지막으로 신부는 내게 인사했다.

"안녕하세요, 아가씨."

그런 뒤에 신부는 소장이 앉은 책상 쪽으로 급히 다가가더니 큰 소리로 외쳤다.

"정말이지 끔찍한 일입니다, 소장님! 저는 도저히 믿을 수가 없어요!"

"진정하시지요, 신부님. 사람이 다시 삐뚤어지기는 쉬운 법입니다. 자, 우선 앉으시지요. 우리도 이제 막 이 사건을 검토해보려던 참이었으니까요."

소장이 상냥한 목소리로 말했다.

뮤어 신부는 떨리는 목소리로 말을 받았다.

"하지만 아론은…… 아론은 참으로 선량하고 성실한 사람이었습니다."

"자, 좀 진정하시지요, 신부님. 그리고 흄 검사님, 제 설명을 빨리 듣고 싶으시겠지만 조금만 참아주십시오. 이제 곧 그 사람의 완전한 기록을 보여드릴 테니까요."

매그너스 소장이 책상 위의 벨을 누르자 예의 그 직원이 나타났다.

"다우의 기록을 갖고 오게. 아론 다우 말이네. 오늘 오후에 석방된 죄수일세."

그 직원은 방에서 나갔다가 잠시 뒤에 큼직하고 푸른 카드 한 장을 가지고 다시 돌아왔다.

"자, 이게 그에 관한 기록입니다. 아론 다우, 수인 번호 83532. 수감될 때 나이는 마흔일곱 살이었습니다."

"몇 년이나 복역했습니까?"

아버지가 물었다.

"십이 년 넘게 복역했군요……. 키 168센티미터. 몸무게 55킬로그램. 눈동자는 푸른색이며, 머리는 희끗희끗하고, 왼쪽 가슴에 반원형의 상처 자국……."

소장은 무언가 생각에 잠기는 표정으로 고개를 들었다.

"하지만 이곳에서 십이 년간 복역하는 동안 외모도 많이 달라졌습니다. 머리카락은 거의 다 빠졌고 몸도 많이 쇠약해졌습니다……. 지금은 나이도 예순 살가량 되었으니까요."

"죄목은 무엇이었습니까?"

흄이 물었다.

"살인이었습니다. 뉴욕의 대리 판사로부터 십오 년 형을 언도받았습니다. 뉴욕 부둣가의 선술집에서 어떤 남자를 살해했답니다. 싸구려 술을 진탕 마시고는 형편없이 취해서 날뛰다가 사람을 죽이게 된 모양입니다. 검찰 조사에 의하면, 피해자와는 서로 모르는 사이였답니다."

"그전에도 전과가 있었습니까?"

아버지가 물었다.

매그너스 소장이 카드를 훑어보았다.

"그건 알 수가 없군요. 다우의 전력 자체가 확인된 게 없다는 얘깁니다. 어쩌면 다우라는 이름도 본명이 아닐지 모릅니다."

나는 아론 다우라는 인물을 눈앞에 그려보았다. 그의 모습이 점차 떠오르긴 했지만 완전히 그려낼 수는 없었다. 어딘가 결정적으로 모호한 부분이 있었다.

"소장님, 다우는 어떤 죄수였나요? 다루기 힘든 사람이었나요?"

내가 조심스레 묻자 매그너스 소장이 미소를 떠올렸다.

"매우 좋은 질문을 하셨습니다, 섬 양. 하지만 다우는 모범수였습니다. 이곳에서의 분류 방법에 의하면 그는 A등급이었습니다. 이곳에 입소한 죄수는 수인복으로 갈아입으면 일정한 유예 기간을 거쳐 석탄을 쌓는 수습 기간을 보낸 다음 정규 수인 작업반에 배치됩니다. 그 후부터는 성적에 따라 여러 가지 특권을 누릴 수 있습니다. 그러니까 정규 직업에 종사하면서부터는 이 교도소라는 작은 사회에서 어떤 신분을 갖게 되느냐는 전적으로 본인의 노력 여하에 달렸습니다. 아시다시피, 이곳은 이곳만으로 거의 하나의 도시를 형성하고 있는 셈입니다. 만약 재소자가 문제를 일으키지 않고 명령에 잘 따르고 규칙을 잘 지키면 바깥 사회가 그들로부터 앗아간 자존심을 어느 정도는 회복할 수가 있습니다. 아론 다우는 이 교도소의 훈육 주임에게 한 번도 폐를 끼친 적이 없었습니다. 그래서 A등급으로 분류되어 특권도 누렸고 모범수로서 삼십 개월이나 감형을 받았습니다."

뮤어 신부가 깊고 그윽한 눈으로 나를 바라보았다.

"섬 양, 아론에 대해서는 제가 보증할 수 있어요. 그는 남을 해칠 줄 모르는 사람이었습니다. 나는 그를 잘 알고 있어요. 비록 나와 같은 종파는 아니었지만 그도 신앙을 갖게 되었지요. 그런 사람이 그토록 끔찍한 일을 저지를 수는……."

"그는 전에도 한 사람을 살해한 적이 있습니다. 그런 전례가 있었다는 얘기입니다."

흄이 무뚝뚝하게 끼어들었다.

"그런데 십이 년 전에 뉴욕에서 그가 살인을 저질렀을 때 어떤 방법을 썼습니까? 상대를 칼로 찔렀습니까?"

아버지가 묻자 매그너스 소장은 고개를 저었다.

"위스키가 가득 담긴 병으로 상대의 머리를 내리쳤습니다. 그 결과, 상대는 뇌진탕으로 숨졌답니다."

"그게 이번 사건과 무슨 상관이 있다는 거죠? 다우에 대해서는 그 밖에 어떤 사실들을 알고 계십니까, 소장님?"

흄이 초조한 어조로 물었다.

"거의 없습니다. 당연한 얘기지만, 형기가 길면 길수록 흉악범인 셈이죠."

매그너스 소장은 푸른 카드를 다시 살폈다.

"아, 그렇군요. 여기 그의 용모를 확인하는 데 도움이 될 만한 사실이 적혀 있군요. 그는 입소한 지 이 년 만에 사고로 오른쪽 눈을 실명했고 오른쪽 팔이 마비되었습니다. 끔찍한 사고였지만, 선반 작업 도중에 자신의 부주의로 일어난 것이었답니다."

"그럼 그는 애꾸눈이겠군요! 이건 대단히 중요한 사실입니다. 아주 중요한 걸 가르쳐주셨습니다, 소장님."

홈이 흥분한 어조로 말했다. 그러자 매그너스 소장이 한숨을 쉬었다.

"물론 우리는 그 사실이 신문에 나지 않도록 숨겼답니다. 그런 일들이 밖으로 새어 나가서 좋을 건 없으니까요. 아시다시피 얼마 전까지만 하더라도 이 교도소를 비롯해 다른 주의 교도소들 모두 지극히 열악한 환경에 놓여 있었습니다. 재소자들은 짐승처럼 취급될 뿐, 이른바 근대 행형학에서 주장하는 것처럼 병자로 받아들여지지는 않았던 것이 사실입니다. 물론 전부는 아니지만, 아직도 사회에서는 적지 않은 사람들이 우리 교도소를 제정 러시아 시대의 시베리아 수용소 같은 곳으로 생각하고 있습니다. 그래서 우리는 그런 인상을 지우기 위해 최선을 다해 노력하고 있습니다. 아론 다우가 사고를 당했을 때……."

"뭐, 그런 거야 이해할 수 있습니다."

얘기하지 않아도 알겠다는 투로 홈이 중얼거리듯 말했다.

"아, 그러시군요."

매그너스 소장은 기분이 약간 상한 듯이 의자에 몸을 기대며 말을 이었다.

"아무튼 얼마 동안 그는 우리의 작은 고민거리였지요. 오른손잡이였던 그가 오른팔을 쓸 수 없게 되었으니 배치국에서는 그를 위해 특별히 일자리를 마련해주어야만 했으니까요. 그런데 그는 교육을 제대로 받지 못한 탓에 글을 쓰는 것도 활자체로밖에는 쓰지 못했고 그나마도 어린애들처럼 서투른 필체였습니다. 지능도 아주 낮았습니다. 앞서 말씀드린 대로 사고가 났을 당시 그는 목공부에서 선반공으로 일하고 있었습니다. 결국 배치국에서도 별다른 방법이 없었으므로 그를 다시 목공부로 되돌려 보낼 수밖에 없었지요. 하지만 이 기록에 의하면 그는 오른손을 쓸 수 없게 되었는데도 목공 일을 상당히 잘해냈던 것 같습니다……. 여러분은 이런 사실이 이번 사건과 아무 관계가 없다고 생각하시겠지요. 그리고 실제로 아무런 관계도 없을 겁니다. 하지만 저로서는 그에 관한 것이라면 빠짐없이 말씀드리고 싶습니다. 그래야만 할 이유도 있고 말입니다."

"그게 무슨 말씀이시죠?"

흄이 몸을 긴장시키며 날카롭게 물었다.

매그너스 소장이 눈살을 찌푸렸다.

"이제 곧 아시게 될 것입니다……. 어쨌든 얘기를 끝까지 들어보시지요. 아론 다우에게는 친척이나 친구가 없었습니다……. 아니, 없는 것 같았습니다. 왜냐하면 이곳 알곤킨 교도소에서 보낸 지난 십이 년 동안 그는 외부로부터 편지 한 통 받은 적이 없었고, 그 또한 외부로 편지를 보낸 적도 없었으니까요. 물론 외부에서 찾아온 면회객도 없었습니다."

"이상하군요. 이상하죠? 정말 놀라운 일입니다."

아버지가 턱 주위의 파르스름한 면도 자국을 어루만지며 중얼거렸다.

매그너스 소장이 말을 이었다.

"제가 교도소에서 근무해온 오랜 기간을 통틀어도 다우처럼 바깥세상과 완전히 단절된 경우는 본 적이 없습니다. 그가 살았는지 죽었는지 관심을 갖고 있는 사람이 이 담장 밖에는 아무도 없는 듯이 보였습니다. 이것은 주목할 만한 점입니다. 아무리 흉악한 재소자라도 대개는 염려해주는 사람이 있기 마련이지요. 예컨대 어머니라든가 누이라든가 애인이라든가 말입니다. 그런데 다우는 바깥세상과의 연락이 전혀 없었을 뿐만 아니라,

이곳에 입소한 첫해에 다른 신입 재소자들과 함께 얼마 동안 도로공사에 배치되었을 때 이외에는 바로 어제까지도 이 교도소 밖으로 나가본 적이 단 한 번도 없었습니다. 본인이 원한다면 얼마든지 나갈 수 있었는데도 말입니다. 모범수가 되면 교도소 밖에서 하는 여러 작업들에 참가할 수가 있거든요. 아마도 다우가 선량하게 행동했던 것은 자신의 인권을 회복하기 위한 욕망에서라기보다는 도덕적인 무기력 때문이지 않나 싶습니다. 즉 그는 너무 지쳐버리고 모든 일에 무관심해진 나머지 나쁜 짓을 할 기력조차 없어졌을지 모른다는 얘기죠."

"그렇다면 협박범은 아닌 듯하군요. 더군다나 살인범일 리도 없을 테고요."

아버지가 말했다.

"그렇고말고요!"

뮤어 신부가 힘주어 외치고는 말을 이었다.

"저 역시도 그렇게 생각하고 있습니다, 경감님! 그리고 여러분께 분명히 말씀드리지만……."

"저어 죄송합니다만, 신부님. 그런 말씀은 아무런 도움이 되지 않습니다."

흄이 불만스레 끼어들었다.

나는 흄이 말하는 걸 꿈결처럼 흘려들으며, 수백 명의 운명이 걸려 있는 이 이상한 성전에 앉아 생각에 잠겨 있었다. 그러던 중 나는 머릿속에서 굉장한 지혜가 번득이는 걸 느꼈다. 지금이야말로 내가 알고 있는 것을, 가장 엄밀한 추론이 지시하는 바를 밝힐 때라고 생각했다. 하지만 나는 말을 하려고 입을 반쯤 열었다가 이내 다시 다물고 말았다. 과연 이런 자질구레한 사항들이 내가 생각하고 있는 의미를 정말로 내포하고 있을까? 나는 머리 좋은 소년 같은 표정을 짓고 있는 흄의 얼굴을 바라보았다. 그리고 아직은 입을 열지 않는 편이 좋겠다는 마음의 경고를 따르기로 했다. 존 흄을 이해시키려면 추론 이상의 것이 필요할 것이다. 그리고 아직은 시간이 있다……

"그럼 지금부터 오늘 여러분을 여기까지 오시라고 한 목적인, 조금 놀랄 만한 얘기를 들려드리겠습니다."

쥐고 있던 푸른 카드를 책상 위에 놓으며 매그너스 소장이 말했다.

"좋습니다! 제가 가장 듣고 싶었던 것도 바로 그 얘기입니다."

흄이 명쾌한 어조로 말했다.

"그 전에 여러분께서 이해해주셔야 할 점이 있습니다."

매그너스 소장이 진지하게 말을 이었다.

"다우가 수인의 신분을 벗어났다고 해서 그에 대한 제 관심이 사라진 것이 아니라는 점입니다. 우리는 재소자가 석방되고 난 다음에도 그 뒤의 행적을 관찰합니다. 왜냐하면 그들 중 적지 않은 사람들이 결국에는 다시 이곳으로 돌아오기 때문입니다. 요즘은 30퍼센트 정도의 비율로 다시 죄를 짓고 이곳으로 돌아옵니다. 그래서 현대 행형학의 체계도 교정보다는 재범 방지 쪽에 더 비중을 두는 쪽으로 흐르고 있습니다. 그렇긴 해도 저로서는 현실적인 사실들을 외면할 수가 없습니다. 그런 이유에서 이 얘기를 해야 하는 것이 저의 의무라고 생각하고 말씀드리는 것입니다."

뮤어 신부의 얼굴은 고통으로 창백하게 질려 있었고 검은 기도서를 손가락 마디가 툭 불거져 나올 만큼 꼭 움켜쥐고 있었다.

"삼 주일 전에 포셋 상원의원이 저를 찾아왔습니다. 그리고 이 교도소에 복역 중인 어떤 죄수에 대해 조심스러운 질문을 했습니다."

"오, 성모 마리아여!"

신부가 신음하듯 외쳤다.

"그 죄수란 물론 아론 다우였습니다."

그러자 흄이 눈을 빛내며 물었다.

"포셋이 무슨 이유로 여길 왔지요? 다우에 관해 무엇을 궁금해하던가요?"

매그너스가 한숨을 쉬었다.

"그러니까 상원의원은 다우의 기록과 사진을 보여달라는 것이었습니다. 원칙적으로 그런 요청은 받아들이지 않지만, 다우는 곧 출옥하게 되어 있는 데다 어쨌든 포셋 상원의원이라면 무시할 수만은 없는 인물이 아닙니까?"

소장은 얼굴을 찌푸리며 말을 이었다.

"그래서 결국 나는 다우의 사진과 기록을 그에게 보여주었지요. 그 사진은 십이 년 전 다우가 이 교도소에 갓 입소했을 당시에 찍은 것이었습니다. 그럼에도 불구하고 상원의원은 그를 알아보는 듯했습니다. 왜냐하면 마른침을 삼키며 안절부절못했으니까요. 그리고 그 후의 일을 간단히 얘기하자면, 포셋 상원의원은 제게 놀랄 만한 요구를 했습니다. 요컨대 아론 다우를 앞으로 이삼 개월 동안만 더 입을 봉할 수 있게 해달라는 것이었습니다! '입을 봉한다'는 말은 그때 그가 한 말 그대로입니다. 여러분은 이 얘기를 어떻게 생각하십니까?"

그러자 흄이 두 손을 비볐는데 내게는 그 동작이 아주 불쾌하게 여겨졌다.

"의미심장하군요, 소장님! 계속하시죠."

"그런 터무니없는 요구를 하는 그의 뻔뻔스러움에 질리기는 했습니다만."

매그너스 소장은 어금니를 꽉 앙다물고 나서 말을 이었다.

"이 문제는 신중히 다루어야 할 필요가 있다고 생각했습니다. 게다가 어쩐지 흥미롭기도 했고요. 어떤 죄수와 어떤 일반인의 관계, 더욱이 그 일반인이 평판 나쁜 포셋 상원의원인지라 저는 조사를 해야 할 의무를 느꼈습니다. 그래서 저는 그의 요구에 답변은 하지 않고 어째서 아론 다우의 입을 봉하고자 하는지 물어보았답니다."

"그가 그 이유를 말하던가요?"

아버지가 미간을 모으면서 물었다.

"물론 처음에는 말하지 않았지요. 마치 감자 술을 처음 마신 사람처럼 벌벌 떨며 땀을 흘렸습니다. 하지만 결국에는 털어놓더군요. 다우가 그를 협박하고 있기 때문이라는 것이었습니다."

"그 점은 우리도 알고 있습니다."

흄이 나직이 말했다.

"그 얘기가 저는 내심 믿어지지 않았지만 그런 내색은 하지 않았습니다……. 그런데 그게 사실이란 말씀입니까? ……아무튼 저는 어떻게 그런 일이 가능한지 이해가 가지 않았으므로 다우가 어떤 식으로 그에게 연락을 취했는지를 물어보았습니다. 아시다시피 이곳에서는 우편물이나 외부와의 접촉을 엄중히 검열하고 있거든요."

"편지와 톱으로 자른 장난감 상자 토막을 교도소에서 만든 장난감이 든 꾸러미 속에 넣어서 포셋에게 보냈답니다."

지방 검사가 설명했다.

"그랬군요."

매그너스 소장은 입을 오므리며 생각에 잠겼다.

"당장 그런 루트를 막아야겠군요. 그런 방법을 이용하면 그다지 어려운 일도 아니었겠군요……. 그때 저는 그 일에 무척 흥미를 느꼈습니다. 왜냐하면 교도소 안과 외부와의 비밀 통신은 우리를 가장 괴롭히는 문제 중 하나였고, 오래전부터 저는 그런 루트가 어디엔가 있으리라고 의심하고 있었기 때문입니다……. 하지만 포셋은 다우가 어떻게 자기와 접촉했는지는 도무지 말하려 들지 않더군요. 그래서 저도 그 점은 더 캐묻지 않았습니다."

나는 입술을 축였다. 입술이 바싹 말라 있었던 것이다.

"포셋 상원의원은 이 다우라는 인물이 실제로 자신의 약점을 쥐고 있다고 인정하던가요?"

"그럴 리가 있겠습니까! 그는 다우가 터무니없고 뻔뻔스러운 거짓말을 지어냈다고 했습니다. 그야말로 흔해 빠진 부인 방식이죠. 물론 저는 그의 말을 믿지 않았습니다. 왜냐하면 다우가 어떤 얘기를 하든 간에 자신이 결백하다면 그토록 당황할 필요는 없으니까요. 그런데 이 점에 대해서 그는 다음과 같이 변명하더군요. 즉 다우의 얘기가 터무니없는 것이긴 하지만 그런 얘기가 밖으로 나돌게 되면 자신이 상원의원으로 재선될 가능성이 완전히 사라지지는 않는다고 하더라도 적지 않은 타격을 입을 염려가 있기 때문이라고 말입니다."

"상원의원으로 재선될 가능성에 타격을 입는다고요?"

홈이 심술궂게 말을 이었다.

"그에게는 처음부터 재선될 가능성이 없었습니다. 하지만 뭐 이런 얘기를 지금 문제 삼을 것은 아니죠. 아무튼 다우가 쥐고 있는 포셋의 약점은 진짜임이 틀림없습니다."

매그너스 소장은 어깨를 으쓱했다.

"저도 물론 그렇게 생각했습니다. 그런데 그때 저는 묘한 입장에 처해 있었습니다. 그래서 저는 그의 말만 듣고서는 다우를 처벌할 수 없으니 다우의 입을 꼭 봉해야만 하겠다면 그 '지어낸 거짓말'이 어떤 것인지 설명해달라고 요구했습니다……. 그러자 그는 A등급으로 분류되어 있는 모범수의 입을 봉할 수 있게 해달라고 말했을 때처럼 무척 당황하면서 그 얘기는 공개하고 싶지 않다고 하더군요. 그리고 만약 이삼 개월 동안 다우를 독방에 감금해주면 저에게 정치적인 '도움'을 줄 수 있을 거라고 넌지시 암시를 주더군요."

매그너스 소장이 쓸쓸하게 웃었다.

"그렇게 해서 우리의 만남은 낡고 통속적인 멜로드라마의 한 장면으로 발전했습니다. 수단과 방법을 가리지 않고 공무원을 타락시키려는 각본대로 말입니다. 하지만 이 교도소 안에는 어떤 권력도 파고들 수 없습니다. 주제넘은 얘기로 들리실지 모르겠지만, 저는 청렴하다는 평을 듣고 있습니다. 그래서 포셋 상원의원에게도 그 점을 일깨워주었지요. 결국 그도 어쩔 수 없다는 걸 알고 돌아갔습니다."

"불안해하던가요?"

아버지가 물었다.

"어쩔 줄 모르더군요. 물론 저도 그 문제를 그냥 넘기지만은 않았습니다. 상원의원이 돌아가자마자 저는 아론 다우를 불렀습니다. 그랬더니 그는 상원의원을 협박한 적이 없다고 시치미를 떼더군요. 하지만 상원의원이 내막을 털어놓지 않았으니 저로서도 무턱대고 추궁할 수만은 없었지요. 그래서 다우에게 만약 그가 협박 비슷한 짓을 했다는 것이 사실로 밝혀지면 가석방을 취소하고 이제까지의 특권도 모두 박탈하겠다고 경고하는 선에서 그칠 수밖에 없었습니다."

"그게 전부입니까?"

흄이 물었다.

"아닙니다. 오늘 아침 아니, 어제 아침이라고 해야겠군요. 포셋 상원의원이 제게 전화를 했습니다. 그 '지어낸 거짓말'이 세상에 나돌게 하느니, 다우에게 돈을 주어 '침묵을 사기로' 했으니 저더러 그 일은 모두 잊어달라는 것이었습니다."

"그거 좀 이상하군요. 어쩐지 수상쩍은데요. 그건 전혀 포셋답지 않은 행동 같습니다. 포셋 상원의원이 틀림없었습니까?"

아버지가 생각에 잠긴 표정으로 물었다.

"그렇습니다. 하긴, 저도 이상하다는 생각이 들더군요. 협박하는 자에게 돈을 주겠다는 얘기를 어째서 제게 알려주는지 이해가 가지 않았으니까요."

"정말로 알 수 없는 일이군요."

흄이 눈살을 찌푸리며 말을 이었다.

"그런데 소장님은 포셋에게 다우가 어제 석방될 예정임을 얘기해주었습니까?"

"아뇨, 그건 묻지 않기에 굳이 얘기하지 않았습니다."

"그 전화가 무얼 의미하는지 이제 알겠군요."

아버지가 두 다리를 포개면서 천천히 말을 이었다.

"포셋 상원의원은 가엾은 아론 다우에게 양다리를 거는 식으로 함정에 빠트리고자 했던 게 분명합니다."

"무슨 뜻입니까?"

매그너스 소장이 흥미로운 듯이 물었다.

아버지가 싱긋 웃었다.

"흔적을 남기고자 했던 것입니다. 소장님. 일종의 알리바이를 준비했던 셈이죠. 흄 씨, 내기를 걸어도 좋습니다. 포셋 상원의원은 은행에서 5만 달러를 틀림없이 인출했을 겁니다. 그는 협박에 못 이겨 돈을 준비해놓았다는 식으로 아주 순진한 척을 한 겁니다. 그런데 그만 뜻밖의 사태가 벌어진 거죠……."

"무슨 말씀인지 모르겠군요."

흄이 불만스레 말했다.

"그러니까 포셋 상원의원은 아론 다우를 살해하려 했던 겁니다! 그리고 죽이고 난 뒤에 문제가 생기면, 자신은 다우에게 주려고 은행에서 돈을 찾아놓기까지 했다면서 소장에게 전화한 사실을 알리바이로 쓸 작정이었던 거죠. 즉 자신이 돈을 건네주려는 과정에서 다우가 말썽을 부렸다, 그래서 서로 싸우던 중에 다우가 죽게 되었다, 이렇게 둘러댈 생각이었던 겁니다. 어쨌든 포셋 상원의원은 다우에게 꽤 큰 약점을 잡혔던 모양입니다. 다우를 멋대로 돌아다니게 놔두는 것보다는 위험을 감수하더라도 차라리 없애버리는 편이 낫다고 생각할 정도로 말입니다."

"그럴 수도 있겠군요."

흄이 골똘히 생각에 잠긴 표정으로 중얼거리며 말을 이었다.

"그러니까 계획이 어긋나서 오히려 자신이 죽게 되었다, 그런 얘기인데…… 과연 가능한 얘기입니다!"

"하지만 제 말을 좀 들어보십시오!"

뮤어 신부가 소리치며 끼어들었다.

"아론 다우는 그 사람이 살해된 것과는 아무런 관계가 없습니다! 이 사건의 배후에는 무서운 악마의 손길이 뻗쳐 있어요, 흄 씨. 하느님께서는 무고한 그가 고통을 받도록 그냥 내버려두지는 않으실 겁니다. 그토록 불행한 삶을 살아온 그 불쌍한 사람을 말입니다…….”

"소장님, 아까 흄 씨가 말하길, 포셋 상원의원 앞으로 배달된 편지와 작은 상자 토막은 이 교도소에서 보낸 장난감 꾸러미 속에 함께 들어 있었다고 했습니다. 이곳의 목공부에서 측면에 금색으로 글씨가 쓰여 있는 작은 나무 상자를 만든 적이 있는지 알아봐 주시겠습니까?"

아버지가 말했다.

"알아보죠."

매그너스 소장은 구내전화로 교환원을 불렀다. 그리고 누군가가 침대에서 일어나기를 기다리는지 잠시 잠자코 있었다. 이윽고 통화를 끝낸 소장이 수화기를 내려놓더니 고개를 저었다.

"목공부에서는 그런 걸 만든 적이 없답니다, 경감님. 실은 이곳의 목공부는 생긴 지 얼마 되지 않습니다. 다우와 다른 재소자 두 명이 조각에 재능이 있다는 걸 알게 되어 사실상 그들을 위해 목공부를 만든 셈이죠."

아버지가 좀 이상하지 않느냐는 뜻의 눈짓을 흄에게 보내자 흄이 얼른 대꾸했다.

"알겠습니다. 그 상자 토막에 어떤 의미가 담겨 있는지 철저히 밝혀야 한다는 의견에는 저도 동감입니다."

그러나 나는 살인 동기와 관련이 있을 법한 그 상자 토막을 흄이 그다지 중요하게 여기고 있지 않다는 걸 눈치챌 수 있었다. 흄이 소장의 전화에 손을 뻗었다.

"전화를 써도 되겠습니까, 소장님……. 경감님, 그 5만 달러에 대한 당신의 예감이 맞는지 확인해보겠습니다."

소장이 눈을 끔벅거렸다.

"다우가 쥐고 있던 포셋의 약점은 정말 대단한 것이었나 보군요. 5만 달러나 되는 거금을 요구했으니 말입니다."

"포셋의 은행 거래를 조사하라고 급히 형사를 한 명 보냈는데 지금쯤 대충 결과가 나왔을 겁니다."

흄이 교도소의 교환원에게 전화번호를 댔다.

"여보세요. 멀카히인가? 나 흄일세. 어떻게 되었나?"

흄의 입가에 긴장이 감돌았다.

"수고했네! 이제부턴 패니 카이저 쪽을 조사해보게. 그녀와 상원의원 사이에 금전 거래가 있었는지 알아보라고."

흄이 전화를 끊으며 무뚝뚝하게 말했다.

"경감님의 말씀대로군요. 포셋은 어제 오후에 유가 증권과 소액권으로 5만 달러를 찾아갔다는군요. 그러니까 결국 포셋이 살해당한 것은 돈을 찾아간 바로 그날 밤이 되는 셈입니다."

"하지만 아무래도 이상하군요. 협박범이 요구 조건을 들어주려는 자를 굳이 죽이기까지 하다니 어쩐지 이치에 어긋난다는 생각이 들어요."

아버지가 심각한 표정으로 말했다.

"그렇습니다. 그 말이 맞습니다. 그건 매우 중요한 점입니다, 흄 씨."

뮤어 신부가 힘주어 말했다.

흄이 어깨를 으쓱했다.

"하지만 싸움이 벌어졌다면 어땠을까요? 흉기가 포셋의 페이퍼 나이프였다는 점을 잊지 말기 바랍니다. 그 점은 살인이 계획적으로 이루어진 것이 아님을 뜻합니다. 만약 계획적으로 살인을 저지를 생각이었다면 따로 준비해 간 흉기가 사용되었을 겁니다. 포셋이 돈을 주고서 트집을 잡았거나, 돈을 주지 않으려고 하던 중에 예기치 못한 싸움이 일어났다고 볼 수도 있죠. 그리고 싸우던 도중에 다우가 그 페이퍼 나이프를 쥐게 되어 살인으로 이어졌을 겁니다."

"흄 씨, 이렇게 생각해볼 수도 있지 않을까요?"

내가 부드러운 어조로 말을 이었다.

"범인은 미리 흉기를 가지고 갔으나 보다 편리한 곳에 페이퍼 나이프가 있었기 때문에 그걸 사용했다고 말이에요."

그러자 존 흄이 초조한 표정을 지으며 쌀쌀맞게 말했다.

"그건 좀 지나친 가설 같군요, 섬 양."

매그너스 소장과 뮤어 신부가 놀란 표정을 지어 보였다. 아마도 여자인 내가 복잡한 가설을 내놓은 것이 뜻밖이라고 생각하는 모양이었다.

그때 매그너스 소장의 책상 위에서 전화벨이 울렸다. 소장이 수화기를 들었다.

"흄 씨, 당신에게 온 전화입니다. 누군지 무척 흥분한 목소리로군요."

흄이 재빨리 의자에서 일어나 수화기를 건네받았……. 잠시 후 흄이 수화기를 놓고 우리 쪽으로 돌아섰을 때 나는 가슴이 철렁 내려앉는 것 같았다. 그의 표정으로 보아 무언가 결정적인 일이 일어났음이 분명했다. 그의 두 눈은 기쁨으로 반짝이고 있었다.

"케니언 서장에게서 온 전화입니다."

흄이 천천히 말을 이었다.

"아론 다우를 리즈 시 외곽의 숲 속에서 결투 끝에 체포했답니다."

한동안 침묵이 이어졌다. 뮤어 신부의 가냘픈 신음만이 들릴 뿐이었다.

"그자는 엉망으로 술에 취해서 제정신이 아니었다고 합니다."

흄의 목소리가 커졌다.

"물론 이것으로 사건은 해결된 셈입니다. 여러모로 고마웠습니다. 소장님. 아마도 법정에서 증언을 해주셔야……."

"잠깐만, 흄 씨."

아버지가 조용히 말을 이었다.

"케니언이 다우에게서 돈을 찾아냈답니까?"

"아니, 그건 듣지 못했습니다. 하지만 그건 중요한 문제가 아닙니다. 어디다 묻어두었을 수도 있으니까요. 중요한 것은 우리가 포셋 살해범을 체포했다는 사실입니다!"

나는 일어서서 장갑을 끼기 시작했다.

"흄 씨, 정말 범인을 체포한 걸까요?"

흄이 나를 뚫어지게 바라보았다.

"무슨 뜻으로 하시는 말씀인지 잘 모르겠군요……."

"아마도 당신은 모르는 것투성이인 것 같군요, 흄 씨?"

"대체 무슨 뜻입니까, 섬 양?"

나는 립스틱을 꺼냈다.

"아론 다우는……."

나는 입술을 오므려 립스틱을 바르고 말을 이었다.

"포셋 상원의원을 살해한 범인이 아닙니다."

그리고 나는 한쪽 장갑을 벗고 거울에 입술을 비춰 보며 말을 이었다.

"게다가 저는 그걸 증명할 수도 있답니다!"

7:
올가미를 죄다

"패티, 이 도시에는 어쩐지 기분 나쁜 냄새가 나는구나."
 그다음 날 아침에 아버지께서 말씀하셨다.
"흐음, 아버지도 그런 냄새를 맡으셨군요."
"네가 그런 말투를 쓰지 않았으면 좋겠다."
 아버지가 불만스레 말을 이었다.
"그런 말투는 숙녀답지 못하잖아……. 그리고 어째서 내게도 말해주지 않는 거냐? 물론 네가 흄을 못마땅하게 여기는 것은 안다. 하지만 내게까지 그런 건 아니겠지? 다우가 범인이 아니라는 걸 네가 어떻게 안다는 거냐? 어떻게 그처럼 단정적으로 말할 수가 있는 거지?"
 나는 움찔했다. 사실 나는 경솔했던 것이다. 사실대로 말하자면, 나는 아직 그걸 증명할 수가 없었다. 아직 한 가지 알 수 없는 점이 있었기 때문이다. 그것만 알아낸다면 그들에게 증명해 보일 수가 있을 텐데…….
"아직은 증명할 수가 없어요."
"흠, 그렇구나. 그런데 내 생각에도 다우가 포셋을 살해한 범인 같지는 않아."
"오, 나의 사랑하는 아버지!"
 나는 아버지에게 달려들어 입을 맞췄다.

"그가 범인이 아니라는 걸 저는 알아요. 그는 마흔 살이나 먹은 곰보 처녀처럼 결백해요. 그는 천벌을 받아 마땅한 상원의원을 죽이지 않았다고요."

나는 길 저편으로 멀어져가는 제레미의 넓은 등을 바라보았다. 가엾게도 그는 오늘 아침부터는 노동자들과 함께 다시 일터로 나가야 했다. 아마도 저녁때가 되어서야 먼지투성이가 되어 돌아올 것이다.

"그런데 아버지는 어째서 그렇게 생각하시는 거죠?"

"뭐라고? 마치 아비를 한 수 가르치겠다는 투로 들리는구나."

아버지가 못마땅하다는 듯이 말했다.

"애야, 말을 함부로 해선 안 된단다. 무죄를 증명한다고? 내 말을 명심해라, 패티. 너는 좀 더 신중히 행동할 필요가 있어. 남들이 너를 보고 뭐라고 할지……."

"아버지는 저 때문에 창피하신가요?"

"패티, 그런 뜻이 아니라……."

"아버지는 제가 쓸데없이 자꾸만 나선다고 생각하시죠? 그리고 저 같은 애는 양털에 싸서 선반 어디에다 쑤셔 넣어두는 게 상책이라고 여기시죠?"

"패티……."

"아버지는 아직도 여자란 집 안에 틀어박혀 있어야 마땅하다고 여기시죠? 여자란 선거에 참여해서도 안 되고, 담배를 피워서도 안 되고, 거친 표현을 써서도 안 되고, 남자 친구를 사귀어도 안 되고, 한바탕 신나게 놀아서도 안 된다고 생각하시죠? 그리고 또 산아 제한이란 것은 악마가 생각해낸 것이라고 믿고 계시죠?"

"패티! 아버지에게 그런 식으로 말하는 게 아니다."

아버지가 잔뜩 찌푸린 표정으로 일어서며 말했다.

그런 뒤에 아버지는 엘리후 클레이 씨의 훌륭한 식민지 양식 저택 안으로 사라졌다. 하지만 아버지는 십 분 뒤에 다시 돌아와 내 담배에 불을 붙여주었다. 그러고는 앞서의 일을 사과하면서 어쩔 줄 몰라 쩔쩔매셨다. 불쌍한 아버지! 아버지는 여자를 이해할 수가 없었던 것이다.

그런 뒤에 우리는 시내로 나갔다.

그 날 아침, 즉 살인 사건 현장과 알곤킨 교도소를 방문했던 다음 날인 토요일 아침에 엘리후 클레이 씨와 아버지가 의논한 결과, 우리 부녀는 그대로 그 저택에 손님으로 머물기로 했다. 아버지는 전날 밤 흄을 비롯한 사람들과 헤어지기 전에, 자신의 신분과 지난날의 경력에 대해서는 다른 사람들에게 비밀로 해주기 바란다고 주의를 주었다. 아버지와 엘리후 클레이 씨는 엄청난 이익을 주는 대리석 계약을 잇달아 물어 오는 수상쩍은 포셋 박사를 조사하는 것이 포셋 상원의원 살해 사건을 해결하기 위한 한 방법이라고 생각했다. 아버지는 자신의 신분을 밝히지 않고 조용히 조사하고 싶었던 것이다. 아버지가 이곳에 계속 머물기로 결정한 것은 나로서는 대단히 중요한 일이었다. 왜냐하면 흄과 그의 부하들이 신의 계시를 받지 않는 한, 불쌍한 아론 다우가 생명에 위협을 받게 될 것임을 나는 잘 알고 있었기 때문이었다.

아버지와 나는 불쌍한 다우가 술에 잔뜩 취해서 체포된 뒤부터 우선 두 가지 일에 관심을 가졌다. 하나는 만약 아론 다우가 할 말이 있다면 그의 말을 들어봐야 한다는 것과, 또 한 가지는 신기루 같은 인물인 포셋 박사를 만나 얘기를 해봐야 한다는 것이었다. 토요일 아침까지도 포셋 박사의 행방을 알 수 없었으므로 우리는 우선 첫 번째 일에 온 힘을 기울이기로 했다.

지방 검사 존 흄의 사무실은 큼직한 석조 건물인 리즈 시청 안에 있었다. 우리가 그곳으로 찾아가자 곧바로 안으로 안내되었다. 흄은 오늘 아침 매우 기분이 좋은 듯했다. 그는 활기차고 친절한 태도와 생기 있는 눈빛으로 의기양양하게 우리를 맞았다.

"안녕하십니까, 안녕하십니까!"

흄은 두 손을 비벼대며 말을 이었다.

"아직도 우리가 무고한 사람을 괴롭히려 한다고 생각하십니까, 섬 양? 아직도 그의 무죄를 증명할 수 있다고 생각하십니까?"

"한층 더 그렇게 생각하고 있답니다, 흄 씨."

그가 권하는 의자에 앉아 담배를 받아 들면서 나는 그렇게 대답했다.

"흠…… 그러시다면 직접 판단할 수 있게끔 해드려야겠군요. 이봐, 빌!"

흄이 옆방에 있는 누군가를 불렀다.

"구치소에 연락해서 다우를 다시 이리로 데려오도록 해주게."

"다우를 신문했습니까?"

아버지가 물었다.

"물론입니다. 이제 곧 두 분을 만족스럽게 해드리겠습니다."

신은 자신의 편이 틀림없다는 투로 그는 의기양양하게 말했다. 흄은 우리의 적대적인 태도에 너그럽게 대하기는 했으나, 아론 다우가 카인과도 같은 죄인이라고 생각하는 것만은 분명했다. 흄의 정직하고 완고한 얼굴을 다시 한 번 보고서 나는 그의 생각을 바꾸기는 힘들겠다고 생각했다. 나의 이론은 철저하게 논리라는 의상으로 이루어져 있었는데, 그는 증거라는 갑옷이 아니면 입지 않을 사람이었다.

 유난스레 체구가 큰 형사 두 명이 아론 다우를 데리고 왔는데, 굳이 그럴 것까진 없어 보였다. 왜냐하면 이 전과자는 작은 키에 어깨가 좁고 기운 없어 보이는 노인이었기 때문이다. 그를 데리고 온 형사 한 명이 한 손으로도 그의 등뼈를 부러뜨릴 수 있을 듯했다. 나는 그때까지 이 보잘것없어 보이는 남자의 모습을 나름대로 상상했었는데, 매그너스 소장의 묘사도 가련한 그의 참모습을 제대로 전달했다고는 할 수 없었다.
 그는 몹시 야위고 주름투성이에 잿빛 피부를 가진 도끼 모양의 작은 얼굴을 하고 있었는데, 아주 무지하고 생기 없어 보였다. 그 얼굴은 지금 공포와 절망으로 일그러져 있었다. 잔인하고 우둔한 케니언과 지나친 의무감에 사로잡힌 흄을 제외하고는 누구의 마음이든 움직이게 할 만한 얼굴이었다. 이렇듯 세파에 찌들고 공포에 질린 인물이 살인과 무관하다는 것은 너무도 명백했다. 하지만 그의 그런 모습 자체가 오히려 그를 죄인으로 보이게 했다. 흄과 케니언 같은 위압적인 사람들이 인간의 기본적인 반응을 알아차릴 리 없었다. 범죄의 내용으로 미루어 볼 때, 조엘 포셋 상원의원의 살해범은 냉정하고 연기력이 뛰어난 자임이 분명했다. 하지만 이 가련한 인물은……
 "앉아요, 다우."
 흄이 그런대로 친절하게 말했다. 다우는 푸른 외눈에 공포와 희망이 뒤범벅된 빛을 담고서 흄이 시키는 대로 자리에 앉았다. 눈알이 있을 자리에는 오른쪽 눈꺼풀만이 있었고 오른팔은 쓸모없이 축 늘어져 있었다. 그 끔찍한 불구의 몸을 보고 나는 몸을 조금 떨었지만 이상하게도 그다지 기분 나쁜 느낌은 들지 않았다. 오히려 그가 더욱 애처롭게 느껴질 뿐이었다. 그의 모습에는 교도소 담벼락의 낙인이 찍혀 있는 것 같았는데, 주위의 환경 때문에 더욱더 그런 느낌이 들었다.

"네, 선생님. 네, 흄 검사님."

그는 귀에 거슬리는 격앙된 목소리로 말했다. 그는 마치 충실한 개가 아양을 떨며 주인의 명령에 재빨리 따르듯이 흄의 명령에 따랐다. 그의 말투는 이미 형이 확정된 죄수의 말투와 다를 바 없었다. 입술이 잔뜩 굳어 비뚤어진 입으로 말을 했다. 그가 느닷없이 외눈으로 나를 바라보았으므로 나는 숨을 죽이며 긴장했다. 아마도 그 자리에 내가 있는 것을 보고 어리둥절해하면서도 그 사실이 자신에게 도움이 될지 어떨지를 저울질하는 듯했다.

아버지가 조용히 자리에서 일어서자 그는 표정이 풍부한 외눈으로 아버지를 쳐다보며 자신에게 관심을 갖고 희망을 달라고 구걸하는 듯한 표정을 지었다.

"이봐요, 다우! 이분은 당신을 도우려는 분이오. 당신과 얘기를 나누려고 뉴욕에서 일부러 여기까지 오셨소."

흄이 말했다.

하지만 나는 흄이 그런 식으로 사실을 과장하는 것은 옳지 않다고 생각했다.

아론 다우의 호소하던 외눈에 갑자기 의혹의 빛이 서렸다.

"네, 검사님."

그의 몸이 의자에서 더 움츠러드는 듯했다.

"하지만 저는 아무 짓도 하지 않았습니다, 검사님. 저는 그를 죽이지 않았습니다."

아버지가 홈에게 눈짓을 하자 홈은 고개를 끄덕이며 자리에 앉았다. 나는 흥미를 느끼며 지켜보았다. 나는 아버지가 신문하는 광경을 이제껏 한 번도 본 적이 없었다. 수사관으로서의 아버지의 솜씨는 그때까지 내게는 전설에 지나지 않았다. 하지만 곧 소문으로 들었던 바와 같이 아버지가 뛰어난 솜씨를 가진 수사관이었음을 알 수 있었다. 아론 다우의 마음을 열기 위해 아버지가 취한 접근 방법은 내게 아버지의 새로운 면모를 보여주었다. 비록 세련되지는 못했지만 아버지는 매우 날카로운 심리학자였다.

"나를 좀 보시오, 다우."

적당한 위엄을 섞어 소탈한 어조로 아버지가 말했다. 가련한 그 노인은 긴장한 눈빛으로 아버지를 쳐다보았다. 두 사람은 잠시 동안 말없이 서로를 마주 보았다.

"내가 누군지 알고 있소?"

그러자 다우가 입술을 핥으며 말했다.

"아뇨, 모릅니다, 선생님."

"나는 뉴욕 경찰 본부의 섬 경감이었오."

"아!"

다우는 놀라며 몹시 경계하는 듯했다. 흰 머리카락이 드문드문 나 있는 작은 머리를 줄곧 옆으로 돌려가며 그는 우리와 시선이 마주치는 것을 피했다. 마치 우리를 경계하면서도 우리에게 희망을 갈구하고, 우리에게 달려올 듯하면서도 우리로부터 달아날 듯한 모습이었다.

"나에 대한 얘기를 들은 모양이군요."

아버지가 중얼거리듯 말했다.

"저어……"

다우는 무슨 말이든 해서는 안 된다는 경계심과 말하고 싶다는 욕망 사이에서 갈등을 일으키고 있었다.

"실은 감방 안에서 절도범으로 들어온 녀석에게서 얘기를 들었습죠. 그 녀석 말로는 자기가 전기의자에 앉을 뻔한 걸 경감님께서 구해주셨다고 했습니다."

"알곤킨 교도소에서 말이오?"

"예, 선생님."

"그렇다면 그 녀석은 휴스턴 스트리트의 갱단이었던 샘 레비였겠군."

아버지는 옛일을 회상하듯 미소를 떠올리며 말을 이었다.

"샘은 좋은 녀석이었는데 갱단에 휩쓸렸다가 배신을 당했지⋯⋯. 자, 말해봐요, 다우. 샘이 나에 대해 뭐라고 하던가요?"

다우는 의자에서 안절부절못했다.

"그건 왜 물어보십니까?"

"그냥 물어보는 거요. 빌어먹을, 그렇게까지 돌봐줬는데 샘 녀석이 내 험담을 한 모양이로군⋯⋯."

"처, 천만에요!"

다우는 흠칫 놀라며 소리친 뒤 덧붙였다.

"그 녀석이 말하길, 경감님은 청렴하고 공정한 분이라고 하던걸요."

아버지가 굵은 목소리로 이어 말했다.

"흐음, 그 녀석이 정말 그렇게 말했단 말이오? 암, 그래야 옳지. 아무튼 내가 죄 없는 사람을 억울하게 벌 받도록 하는 사람이 아니라는 것은 알겠죠? 나는 죄 없는 사람을 족쳐서 거짓 자백을 받아내는 그런 사람은 아니란 말이오. 그렇게 생각하지 않소?"

"그, 그런 것 같습니다, 경감님."

"좋아요! 그럼 우린 이제 서로를 이해하는 셈이오."

아버지는 의자에 앉으며 느긋한 자세로 두 다리를 포갰다.

"이봐요, 다우. 여기 계시는 흄 씨는 당신이 포셋 상원의원을 살해했다고 믿고 있어요. 그러니 당신은 지금 아주 위험한 입장에 놓여 있는 거요. 이건 당신을 괜히 겁주려고 하는 소리가 아니오."

다우의 외눈은 다시금 공포의 빛으로 가득 찼다. 다우는 흄에게로 눈길을 돌렸고 흄은 얼굴을 붉히며 화난 눈길로 아버지를 바라보았다.

"하지만 나는 당신이 포셋 상원의원을 살해했다고 생각하지 않아요. 그건 여기 있는 내 딸도 마찬가지요. 이 애 역시 당신이 결백하다고 믿고 있소."

"그런가요?"

다우는 고개를 수그린 채 나직하게 말했다.

"그런데 어째서 내가 당신을 포셋 상원의원 살해범이 아니라고 생각하는지 알겠소, 다우?"

다우의 둔감한 얼굴은 호기심과 희망으로 밝아지는 듯했다. 그는 아버지를 똑바로 바라보며 이번에는 분명한 어조로 대답했다.

"모르겠습니다, 경감님. 저는 제가 그를 죽이지 않았다는 것밖에 모릅니다. 그런데 어째서 그렇게 생각하시지요?"

"내가 그 이유를 말해주겠소."

아버지는 자신의 큼직한 손을 뼈대가 앙상한 그 노인의 작은 무릎 위에 얹었다. 나는 그의 무릎이 떨리고 있음을 보았다.

"그건 내가 사람을 볼 줄 알기 때문이오. 나는 살인자가 어떤 인간인지 알아요. 물론 당신이 십이 년 전에 술에 취해 싸우다가 우연히 사람을 죽이긴 했지만, 당신 같은 사람은 결코 살인자가 될 수 없어요."

"그렇습니다, 경감님!"

"그리고 설사 누군가와 싸움을 하더라도 당신은 칼을 사용할 사람은 아닌 것 같소. 그렇지 않소?"

"물론입니다! 저는 아니에요! 저는 칼 따위는 쓰지 않아요!"

다우는 가는 목에 푸른 혈관을 세우며 외쳤다.

"물론이죠. 그 점에 있어서 우리 두 사람은 의견이 일치하오. 그러니까 당신은 포셋 상원의원을 살해하지 않았다고 주장하고 있고, 나 역시도 당신의 그 주장을 믿고 있단 말이오. 하지만 누군가가 그를 죽였소. 그렇다면 대체 누가 그를 죽였을까요?"

"맹세코 저는 모릅니다, 경감님. 저는 누명을 쓰고 있을 뿐입니다. 저는 억울합니다."

그는 야위었으나 근육질인 왼손을 불끈 쥐며 대답했다.

"물론 당신이 억울하다는 건 알아요. 하지만 당신도 포셋 상원의원을 알고 있었어요. 그렇지 않소?"

그러자 다우가 의자에서 벌떡 일어났다.

"알고말고요. 놈은 더러운 사기꾼이죠!"

그런 뒤에 그는 갑자기 공포의 빛을 얼굴에 떠올리며 입을 다물었다. 그리고 증오하듯 아버지를 노려보았다. 아마도 그는 엉겁결에 자신이 아버지의 유도 신문에 넘어가 불리한 진술을 하고 말았다고 여기는 듯했다. 그가 너무나도 아버지를 증오하는 눈길로 노려보았으므로 아버지의 딸인 나까지도 얼굴이 화끈거릴 지경이었다.

하지만 아버지는 이 뜻밖의 사태에 놀랄 만큼 기술적으로 대처하는 능력을 발휘했다. 오히려 섭섭한 표정을 지었던 것이다.

"당신은 나를 오해하고 있군요, 다우."

아버지가 불만스러운 듯이 말을 이었다.

"당신은 내가 자백을 받아내기 위해 속임수를 썼다고 생각하는 거로군요. 하지만 결코 그렇지 않소. 당신이 포셋 상원의원을 알고 있었다는 것은 이미 흄 씨가 그 증거를 확보하고 있는 문제요. 당신이 포셋 상원의원에게 보낸 편지를 그의 집에서 찾아냈단 말이오. 알겠소?"

그 늙은 전과자는 뭐라고 중얼거리더니 다시금 얌전해졌다. 그러고는 아버지의 얼굴을 뚫어지게 바라보았다. 나는 그의 얼굴을 보고 약간 몸을 떨었다. 의혹과 희망과 공포가 뒤섞인 그 천박하고 야윈 얼굴은 그 뒤로도 며칠 동안 내 머릿속에서 사라지지 않았다. 이어서 나는 흄을 바라보았다. 그는 아무렇지도 않은 듯한 태도를 취하고 있었다. 나중에 알게 된 사실이지만, 경찰과 지방 검사 존 흄이 처음 그를 신문했을 때 아론 다우는 문제의 그 편지를 눈앞에 들이대는데도 한사코 거기에 관해서는 입을 열지 않았다는 것이다. 이 사실로도 알 수 있듯이, 다우의 단단한 껍질을 깨기 위해 아버지가 발휘한 본능적인 기교는 더욱 돋보였다.

"알겠습니다, 경감님. 알겠어요……."

다우가 중얼거리듯 말했다.

"좋아요. 당신이 솔직하게 말해주어야만 우리가 도와줄 수 있어요. 자, 언제부터 포셋 상원의원을 알게 되었지요?"

아버지가 부드럽게 말했다.

다우는 다시 입술을 핥았다.

"저어, 그러니까 그게…… 아주 오래전부터입니다."

"그가 당신에게 몹쓸 짓을 했소?"

"그 질문에는 대답하고 싶지 않습니다, 경감님."

"흠, 좋아요."

아버지는 즉시 공격의 방향을 바꾸었다. 다우가 어떤 점에 대해서는 절대로 입을 열지 않을 것임을 아버지는 나보다 먼저 알아차린 것이었다.

"하지만 당신은 알곤킨 교도소에서 포셋 상원의원에게 연락을 취했지요?"

침묵이 흘렀다. 그런 뒤에 그가 대답했다.

"네, 그렇습니다, 경감님."

"당신은 톱으로 자른 상자 토막을 편지와 함께 장난감 꾸러미 속에 넣어서 그에게 보냈지요?"

"아마…… 그랬던 것 같습니다."

아무리 좋은 조건을 제시하더라도 다우가 모든 사실을 죄다 털어놓지는 않을 것임이 명백해 보였다. 상자 토막 얘기가 나오자 다우는 갑자기 낙천적이 되었는지 그 일그러진 얼굴에 미소가 떠올랐고 외눈에도 교활한 빛이 감돌았다. 아버지도 그걸 보았으나 실망의 빛을 겉으로 드러내지는 않았다.

다우는 조심스러운 어조로 말을 이었다.

"그건 단지 작은 신호 같은 거였습니다. 그놈에게 나를 알리는 신호였을 뿐이죠."

"알겠어요. 그런데 당신 편지에는 당신이 교도소에서 출감하는 날 상원의원에게 전화를 걸겠다는 내용이 적혀 있던데, 전화를 걸었소?"

"예, 전화를 걸었습니다."

"포셋과 직접 통화했소?"

"물론이죠. 그놈하고 통화를 했고말고요!"

나우는 거칠게 대답하다가 이내 흥분을 가라앉히며 말을 이었다.

"그놈은 알았다고 대답하더군요. 알았다고 말입니다."

"그럼 당신은 어젯밤에 그를 만나기로 약속을 했겠군요?"

그의 푸른 외눈에 다시금 의혹의 빛이 떠올랐다.

"저어…… 그렇습니다."

"몇 시에 만나기로 약속했죠?"

"그러니까…… 11시입니다."

"그래서 당신은 약속대로 그에게 갔소?"

"아뇨. 가지 않았습니다. 경감님. 맹세코 정말입니다!"

다우의 입에서 한꺼번에 말이 쏟아져 나오기 시작했다.

"저는 십이 년 동안이나 갇혀 살았으니 '에이스'인 녀석들과는 다르지요. 십이 년이란 지독하게 긴 세월이랍니다. 그래서 목부터 축이고 싶었지요. 오랫동안 감자 술밖에 마시지 못해서 진짜 술맛이 어떤 건지 잊었을 정도니까요."

나중에 아버지로부터 들은 바에 따르면, '에이스'란 죄수들의 은어로 징역 일 년을 뜻하는 말이었다. 또한 나중에 매그너스 소장에게서 들은 바에 따르면, 감자 술이란 술에 굶주린 죄수들이 감자 껍질과 그 밖의 야채 찌꺼기로 몰래 담가 만든, 제대로 발효도 되지 않은 양조주였다.

다우가 얘기를 계속했다.

"그래서 말입니다. 경감님. 저는 교도소에서 석방되자마자 곧바로 술집으로 달려갔습니다. 시내 채난고와 스미스 거리의 모퉁이에 있는 술집입니다. 그 술집 바텐더에게 물어보시면 제 알리바이를 대줄 겁니다. 경감님."

아버지는 심각한 표정으로 흄을 바라보았다.

"여기에 대해 알아보셨습니까, 흄 씨?"

흄이 미소를 지었다.

"물론입니다, 경감님. 거듭 강조하지만 저는 절대로 무고한 사람을 가두어놓지는 않습니다. 그 술집 주인은 다우가 그 가게에 들렀음을 인정했으나 어젯밤 8시쯤에 그곳에서 나갔다고 진술했습니다. 그러므로 아론 다우의 알리바이는 전혀 성립되지 않습니다. 아시다시피 포셋은 10시 20분에 살해되었으니 말입니다."

"거기에서 저는 술이 취했습니다. 싸구려 술이긴 했지만 너무나 오랜만에 진짜 술을 마셨더니 금방 취해버린 겁니다. 술집에서 나오고 난 뒤에 무얼 했는지는 제대로 기억나지 않습니다. 그냥 여기저기를 떠돌아다녔던 것 같습니다. 그러다가 술이 대충 깬 것이 11시쯤 되어서였습니다."

다우는 몸을 움츠리며 굶주린 고양이처럼 몇 차례 입술을 핥았다.

"계속 얘기해보세요. 그런 뒤에 포셋의 집으로 찾아갔었소?"

아버지가 부드럽게 말했다.

다우는 고뇌 어린 표정을 지으며 큰 소리로 말하기 시작했다.

"그래요. 하지만 집 안으로 들어가지는 않았어요! 집 안에 불이 훤히 켜져 있고 경찰들이 쫙 깔려 있는 걸 보고 포셋이 나를 속였다고 생각했죠. 틀림없이 뭔가 계략이 숨어 있다고 생각했어요. 그래서 저는 도망쳤습니다. 숲 속으로 도망쳤단 말입니다……. 그런데 경찰이 뒤쫓아 와서 저를 체포한 겁니다. 하지만 저는 그놈을 죽이지 않았어요. 하늘에 맹세코 그놈을 죽이지 않았단 말입니다!"

아버지가 자리에서 일어나 초조하게 방 안을 서성거리기 시작했고, 나는 한숨을 내쉬었다. 의기양양한 미소를 떠올리고 있는 지방 검사 존 흄의 표정으로도 알 수 있듯이 이쪽의 형편은 좋지 않았다. 법률 지식이 없는 나로서도 이 불쌍한 노인이 꼼짝 달싹할 수 없는 커다란 소용돌이 속에 휘말려 들었음을 알 수 있었다. 그는 전과자인 데다 그의 증언은 뒷받침할 만한 증거가 하나도 없었다. 그는 자신의 이 증언만으로 전적으로 자신에게 불리한 압도적인 상황 증거와 맞서야만 하는 것이다.

"그럼 5만 달러는 받지 않았단 말이죠?"

"5만 달러라뇨! 나는 그걸 구경도 못 했다고요. 정말입니다!"

다우가 날카롭게 소리쳤다.

"알겠어요. 다우. 당신을 위해 최선을 다해보겠소."

아버지가 굵은 목소리로 말했다.

흄이 두 형사에게 지시했다.

"이자를 구치소로 데려가게."

형사들이 지체 없이 다우를 밖으로 끌고 나갔다.

우리가 큰 기대를 걸었던 아론 다우와의 면담은 이렇듯 아무런 성과도 없이 끝났다. 다우는 기소 배심의 심사를 받기 위해 리즈에 있는 구치소에 수감되어 있었지만, 우리가 그 기소를 막기 위해 할 수 있는 일이란 아무것도 없었다. 우리가 떠나기 전에 흄이 한 말을 듣고, 정치가들의 속성을 잘 알고 있는 아버지는 다우가 순식간에 정의의 희생양이 될 것임을 확신했다. 뉴욕에서는 재판 일정이 많으므로 대개의 형사 소송은 그 준비 과정에만도 몇 달이 걸린다. 그러나 이곳 북부에서는 사건의 수도 적을 뿐 아니라 지방 검사 존 흄이 자신의 정치적 이익을 위해 사건이 서둘러 처리되기를 바라고 있으니, 아론 다우는 매우 짧은 시간 내에 기소되고 심의되어 유죄 판결을 받게 될 게 분명했다.

"시민들이 이 사건이 조속히 해결되기를 원하고 있습니다."

흄이 말했다.

"물론 그렇겠지요."

아버지가 비아냥거리듯 말을 이었다.

"지방 검사 나리께서는 또 하나의 전리품을 원하고 있고, 포셋 일당은 피를 원하고 있으니 말입니다. 그건 그렇고, 포셋 박사는 어디 있습니까? 어디 있는지 알아냈습니까?"

"이것 보세요, 경감님!"

흄은 화가 나서 얼굴을 붉히며 말을 이었다.

"무슨 말씀을 그렇게 하십니까! 거듭 말하지만, 다우가 이번 사건의 범인이 틀림없다고 저는 믿고 있습니다. 어쨌든 상황 증거가 너무나 압도적이란 말입니다. 저는 사실을 믿을 뿐이지 가설 따위는 소용이 없다고 생각합니다. 그리고 제가 이 사건을 정치적으로 이용하고자 한다는 듯한 당신의 말은……."

"아, 흥분하지 마십시오."

아버지가 냉정하게 말을 막았다.

당신이 정직한 인물이라는 것은 저도 압니다. 하지만 당신은 진상을 꿰뚫지 못한 채 다만 이 좋은 기회를 놓치지 않으려고 지나치게 서두르고 있어요. 물론 당신의 입장에서는 그렇게 서두르는 것도 무리는 아닐 테죠. 하지만 흄 씨, 아무리 생각해보아도 이 사건은 모든 것이 지나칠 정도로 잘 맞아떨어지고 있어요. 모든 증거가 이토록 명백하게 한 사람의 용의자를 가리키고 있는 경우는 그다지 흔치 않습니다. 게다가 심리적인 관점에서 볼 때도 이해가 가지 않는 점투성이입니다. 한마디로 그 불쌍한 늙은이가 범인으로 보이지는 않는다는 겁니다. 그건 그렇고, 아이라 포셋 박사는 지금 어디에 있습니까?"

흄은 낮은 목소리로 대꾸했다.

"아직 찾아내지 못했습니다. 그런데 경감님께서 다우에 대해 그런 식으로 생각하신다니 저로서는 유감입니다. 눈앞에 진실이 보이는데 무엇 때문에 그렇게 번거로운 해석을 내리십니까? 그것의 유래 이외에는 그다지 대단한 의미가 있을 것 같지 않은 그 작은 나무 상자 토막에 대한 것과 그 밖의 자질구레한 몇 가지 점을 제외하면 사실상 수사는 종결된 것이나 마찬가지입니다."

"과연 그럴까요?"

아버지가 말을 이었다.

"그렇다면 우린 이제 그만 가보겠습니다."

우리는 몹시 우울한 기분으로 언덕 위에 자리 잡은 클레이 씨의 저택으로 돌아갔다.

일요일 날, 아버지는 엘리후 클레이 씨와 함께 채석장에서 장부와 기록들을 조사하며 성과 없는 하루를 보내고 있었고, 나는 내 방에 틀어박혀서 제레미의 불평에도 아랑곳하지 않고 이번 사건을 되짚어보며 담배만 피워대고 있었다. 나는 잠옷 바람으로 침대 위에 드러누워 있었는데, 햇살이 잠옷 아래 드러난 발목을 따뜻하게 비춰주고 있었으나 그 햇살도 다우가 처해 있는 끔찍한 상황과 거기에 아무런 도움도 줄 수 없는 무력한 나의 심정을 포근하게 감싸주지는 못했다. 내 추리를 하나하나 되씹어보니 이론상으로는 더할 나위 없이 견고했으나 다우의 결백을 증명할 만한 물적인 근거는 너무나도 부족했다. 이래서는 그들이 결코 믿지 않을 것이 뻔했다…….

제레미가 내 침실 문을 노크했다.

"이봐, 패티. 나와 함께 말 타러 나가자고."

"저리 가세요, 철부지 양반."

"날씨가 참 좋다고, 패티. 태양과 나뭇잎들 그리고 모든 것들이 더할 나위 없이 근사하다니까. 아무튼 문 좀 열어보라고."

"뭐라고요! 잠옷 바람인데 젊은 남자를 방으로 끌어들이란 말인가요?"

"그러지 마. 당신과 얘기하고 싶은 것뿐이야."

"이상한 짓 하지 않겠다고 약속하겠어요?"

"그런 약속 따윈 할 수 없어. 아무튼 좀 들어가자고."

"할 수 없군요."

나는 한숨을 내쉬며 말을 이었다.

"문은 잠겨 있지 않아요, 제레미……. 내가 연약한 여자라고 해서 당신이 마음대로 하겠다면 내가 막을 도리는 없겠죠."

제레미가 들어와서 내 침대 끝에 걸터앉았다. 햇살이 그의 곱슬머리 위에서 보기 좋게 반짝였다.

"꼬마 신사님, 오늘 아침에 야채는 많이 드셨나요?"

"농담 말고 내 말 좀 들어보라고, 패티. 얘기하고 싶은 게 있어."

"얼마든지 얘기하세요. 당신의 입은 아주 정상인 것 같으니까요."

그가 내 손을 잡았다.

"어째서 이 끔찍하고 더러운 사건에서 손을 떼지 않는 거지?"

나는 심각한 표정을 지으며 천장으로 담배 연기를 내뿜었다.

"이번에는 인신공격이로군요, 제레미. 나는 당신을 이해할 수가 없어요. 죄 없는 사람이 사형에 처해질 위기에 몰려 있다는 걸 어째서 깨닫지 못하는 거죠?"

"그런 문제는 그런 일의 전문가들에게 맡겨두라고."

"이것 보세요, 제레미 클레이!"

나는 화가 나서 격렬한 어조로 말을 이었다.

"그 말은 이제까지 내가 들어본 말 중에서도 가장 얼빠진 소리로군요. 도대체 누가 전문가라는 거죠? ……흠? 꽤 괜찮은 사람이긴 하지만 자기 위신 세우는 데만 정신이 팔려 한 치 앞도 못 보는 사람이죠. 케니언? 어리석기 짝이 없는 데다 타락까지 한 인물이죠. 바로 그 두 사람들이 이른바 리즈 시의 법인 셈이죠. 그 두 사람 사이에서 불쌍한 아론 다우가 무죄로 풀려날 가능성은 손톱만큼도 없다고요."

"당신 아버지는 어떻지?"

그가 심술궂게 물었다.

"물론 아버지는 제대로 된 수사 방향을 잡고 계시죠. 딸인 내가 다소 도움을 준다고 해서 나쁠 거야 없겠죠……. 그리고 제발 내 손 좀 그만 주물러요, 제레미 클레이 씨. 불쌍한 내 손이 다 닳아 없어지겠어요."

그가 내게로 몸을 기대어 왔다.

"페이션스, 나는……."

나는 침대에서 몸을 일으켜 세우면서 말했다.

"바로 그런 말을 할 때가 당신이 이 방에서 나가야만 할 시점이죠. 젊은 남자가 이상하게 몸이 달아오르고 그런 식으로 두 눈을 욕정으로 빛내며 그런 말을 할 때 말이에요……."

제레미가 나가고 나서 나는 한숨을 쉬었다. 그는 훌륭한 청년이긴 했지만 아론 다우를 상황 증거의 바다에서 구해내는 데는 거의 도움이 되지 않을 사람이었다.

    그런 뒤에 나는 드루리 레인 씨를 떠올려보았다. 그러자 기분이 다소 나아지는 듯했다. 만약 모든 노력이 헛수고로 끝나더라도 그를 방문한다면······.

8:
데우스 엑스 마키나

이제와 생각해보니, 그 당시 내 머릿속에는 피해자의 형인 포셋 박사의 수수께끼 같은 행방불명이라는 요소가 아주 크게 자리 잡고 있었던 것 같다. 흄이 이런 식으로 태만하게 일을 처리하는 것은 그렇다 치더라도 포셋 박사의 기묘한 행방불명을 너무 가볍게 다루고 있는 듯한 느낌이었다. 나는 그 교활한 인물과의 만남에 대비해 어떤 작전으로 나갈 것인지 이미 계획을 세워놓았다. 그런데도 그는 그때까지 모습을 드러내지 않고 있었으므로 나는 더욱더 흥미를 느끼는 한편으로 짜증이 나기도 했다.

아마도 나는 그 문제에 지나치게 신경을 썼던 것 같다. 포셋 박사가 마침내 우리 앞에 모습을 드러냈을 때 나는 지방 검사 존 흄이 그때까지 그가 어디 있었는지 그다지 신경을 쓰지 않았던 점이 이해가 갔다. 하지만 나는 포셋 박사를 가볍게 보아서는 안 되겠다고 느꼈다. 그리고 그와의 만남 이후, 나 역시 엘리후 클레이 씨의 의혹에는 틀림없이 근거가 있다는 아버지의 의견에 찬성하게 되었다.

포셋 박사가 모습을 드러낸 것은 월요일 밤, 즉 아론 다우와의 면담이 성과 없이 끝났던 날로부터 이틀 뒤였다. 월요일은 별다른 일 없이 지나갔고, 아버지는 낙담한 표정으로 클레이 씨에게 이 사건의 조사도 이제는 포기해야만 할 것 같다고 보고했다. 모든 조사가 막다른 골목에 부딪히고 만 것이었다. 포셋 박사의 부정을 입증할 만한 서류나 기록은 아무것도 찾아낼 수 없었다. 아버지는 좋은 결과가 예상되는 몇 가지 가정 아래 조사를 행해보았으나 결과는 여전히 실망스러울 뿐이었다.

포셋 박사가 돌아왔다는 소식을 처음 듣게 된 것은 월요일 점심 무렵 엘리후 클레이 씨를 통해서였다.

"제 동업자가 돌아왔습니다. 오늘 아침에 나타났어요."

클레이 씨가 흥분한 어조로 아버지에게 말했다.

"뭐라고요! 그런데도 어째서 그 원숭이 같은 케니언이나 흄이 내게 알리지 않았을까! 클레이 씨, 언제 그 소식을 들으셨습니까?"

아버지가 외치듯 말했다.

"소식을 듣고서 곧바로 집으로 돌아온 겁니다. 본인이 리즈 시에서 제게 전화를 했더군요."

"뭐라고 얘기하던가요? 이번 사건을 어떻게 받아들이던가요? 이제까지 어디에 가 있었다던가요?"

클레이 씨는 지친 듯한 미소를 지으며 머리를 저었다.

"그런 건 저도 듣지 못했습니다. 아무튼 이번 사건으로 충격을 받은 모양입니다. 흄의 사무실에서 전화하는 거라고 하더군요."

"그자를 만나야겠습니다. 지금 어디 있습니까?"

아버지가 으르렁거리듯 말했다.

"이제 곧 만나실 수 있습니다. 오늘 밤에 여러 가지 일을 의논하러 이곳으로 오겠답니다. 저는 당신의 정체에 관해선 밝히지 않고 다만 우리 집에 손님이 머물고 계신다고만 말해두었습니다."

우리가 저녁 식사를 마친 얼마 후에 이 화제의 인물이 클레이 씨의 저택에 나타났다. 아버지의 비꼬는 듯한 표현에 의하면 그는 '시민들의 세금 덩어리'인 멋진 리무진을 타고 나타났다. 운전사는 권투 선수 출신인 듯 귀도 코도 일그러진 성격이 거칠어 보이는 남자였다. 대번에 나는 그가 포셋 박사의 운전사 겸 경호원임을 알 수 있었다.

포셋 박사는 큰 키에 창백한 얼굴의 소유자로 용모는 살해당한 동생과 비슷했다. 그는 끝이 뾰족한 검은 턱수염을 기르고 있었고, 단단해 보이는 누런 치아가 드러나는 말 같은 미소를 짓는 사람이었다. 그리고 속이 메슥거리는 담배 냄새와 소독약 냄새를 동시에 풍겼는데, 정치와 의학을 뒤섞은 듯한 그 냄새는 흥미롭기는 했으나 결코 유쾌한 것이 아니어서 그의 매력에 보탬이 되지 못했다. 살해당한 인물의 형답게 나이는 더 들어 보였는데, 그에게도 어딘지 혐오감을 느끼게 하는 구석이 있었다. 이러한 유형의 남자라면 과연 작은 고장의 전제 군주가 됨 직하다고 나는 생각했다. 반대 정파의 실력자인 루퍼스 코튼 역시 내게 그다지 유쾌한 인상을 심어주지 못했음을 감안해볼 때, 나는 망치와 모루 사이에 존재하는 틸덴 카운티의 선량한 시민들이 몹시 불쌍하게까지 느껴졌다.

엘리후 클레이 씨가 그에게 나를 소개하자 그는 나를 유심히 바라보았는데 그때 나는 한 가지 사실을 확신하게 되었다. 그것은 비록 온 세상의 황금을 모두 준다고 할지라도 결코 이 남자와 단둘이 있어서는 안 된다는 것이었다. 그는 혀끝으로 입술을 핥는 보기 흉한 버릇을 가지고 있었는데, 내 경험으로 미루어 보면 그것은 틀림없이 남자들이 어떤 좋지 못한 생각을 할 때 나오는 버릇임이 분명했다. 포셋 박사는 제아무리 능수능란한 여자라고 할지라도 쉽사리 다룰 수 있는 남자가 아니었다. 게다가 그는 체면도 부끄러움도 없이 온갖 수단을 사용하여 강제로 밀고 나가는 그런 유형의 남자임이 분명했다.

나는 나 자신에게 타일렀다. '페이션스 섬, 조심해야겠어. 네 계획을 바꾸어야만 해.'

마치 엑스레이로 투시하듯 나를 관찰하고 난 뒤 그는 다른 사람들 쪽으로 시선을 돌렸다. 그리고 다시금 동생의 죽음에 충격을 받은 표정으로 돌아갔는데, 실제로 그는 약간 초췌해 보였다. 그는 클레이 씨가 간단히 섬 씨라고 소개한 아버지를 수상쩍은 듯 바라보았으나 내가 있음으로 해서 다소 안심하는 듯했다. 그런 뒤에 그는 주로 클레이 씨와 얘기를 나누었다.

"흄 검사와 케니언 서장으로부터 소식을 전해 듣고서 정말 놀랐습니다."

포셋 박사는 뾰족한 수염을 잡아당기며 말을 이었다.

"클레이 씨, 이 사건이 제게 얼마나 큰 충격을 주었는지 당신은 아마 상상도 못 하실 겁니다. 살인이라니! 그런 끔찍한 일이 일어날 줄 누가 알았겠습니까!"

"물론입니다."

클레이 씨가 중얼거리듯 말을 이었다.

"그런데 당신은 오늘 아침 이 고장에 도착하기 전까지는 이 사건에 대해 아무것도 모르셨습니까?"

"전혀 모르고 있었습니다. 지난주에 이곳을 떠나기 전에 당신에게 제 행선지를 밝혀두었더라면 좋았을 것을……. 하지만 이런 일이 생길 줄 누가 상상이나 할 수 있었겠습니까! ……실은 이곳을 떠난 뒤로 저는 내내 문명 세계와 완전히 동떨어진 곳에서 지냈답니다. 신문조차 보지 못했으니까요. 그러니 어떻게 알 수가 있었겠습니까! 그 다우라는 놈은…… 그놈은 틀림없이 미치광이일 겁니다!"

"그럼 당신은 다우를 모르십니까?"

아버지가 조심스레 물었다.

"물론이죠. 전혀 모르는 작자입니다. 흄 검사가 제게 동생의 책상에 있던 편지를 보여주더군요……. 아니 그러니까……."

그 순간 포셋 박사는 급히 입술을 깨물며 시선을 번개처럼 재빠르게 움직였다. 자신이 실수를 했음을 깨달았기 때문이었다.

"그러니까 2층 조엘의 침실 금고에서 찾아낸 편지 말입니다. 저는 정말 놀랐습니다. 그놈이 협박을 했다니! 믿을 수가 없더군요. 정말이지, 믿을 수가 없었습니다. 그놈이 무언가 터무니없는 착각을 했던 게 분명합니다."

그렇다면 이자도 역시 패니 카이저를 알고 있군! 그 편지……. 그의 머릿속은 다우가 연필로 갈겨쓴 편지가 아니라, 동생인 포셋 상원의원이 그 괴상한 여자에게 쓴 편지 생각으로 가득 차 있는 것이 분명했다. 지금 그가 느끼는 감정이 전적으로 거짓인 것만은 아닐 거라고 나는 생각했다. 물론 그의 말이 모두 본심에서 우러나온 거라고는 볼 수 없었다. 하지만 마음속으로는 무언가를 고민하고 있음이 분명했다. 신변에 위험을 느끼고 불안해하고 있는 것이었다.

나는 부드러운 어조로 입을 열었다.

"정말 심한 충격을 받으셨겠군요, 포셋 박사님. 박사님의 기분을 이해할 수 있을 것 같아요. 세상에, 살인이라니……."

나는 소름이 끼친다는 듯 몸을 부르르 떨었다. 그가 다시 나를 찬찬히 바라보았는데, 이번에는 개인적인 흥미를 느낀다는 눈길이었다. 그는 낡은 멜로드라마에 등장하는 콧수염을 기른 악당처럼 혀끝으로 입술을 다시 핥았다.

"고마워요, 아가씨."

포셋 박사가 짓눌린 듯한 목소리로 작게 대답했다.

아버지는 초조한 듯 자세를 고치더니 굵은 목소리로 말했다.

"이 다우라는 사람 말입니다. 아마도 동생분의 무슨 약점을 잡고 있었나 봅니다."

마치 유령에게 시달리는 듯한 표정이 되살아나며 포셋 박사는 곧바로 내 존재 따위는 잊어버렸다. 이 경우, 유령이란 구치소에 감금되어 있는 그 말라빠진 늙은 용의자임이 틀림없었다. 패니 카이저의 문제는 이것과는 또 다른 별개의 것이다. 그런데 포셋 박사는 어째서 다우를 이처럼 두려워하는 걸까? 그 비참한 노인에게 대체 어떤 힘이 숨겨져 있기에……?

"이번 사건의 수사에 흄은 대단히 적극적인 것 같더군요."

클레이 씨가 눈을 가늘게 뜨고 여송연 끝을 바라보며 말했다.

포셋 박사는 지방 검사 얘기는 하고 싶지 않다는 듯이 손을 내저었다.

"아, 네, 물론 그렇겠죠. 그 사람은 저를 성가시게 하지 않아요. 대체로 좋은 사람이죠. 하지만 그의 정치적인 신념에는 조금 문제가 있는 것 같습니다. 타인의 비극을 이용해 자신의 이익을 챙기려드는 건 좋지 못한 일이죠. 신문에 실린 대로일 겁니다. 그는 제 동생의 죽음을 자신의 정치적 기회로 이용하려 하고 있어요. 살인 사건처럼 대단한 것이 아니더라도 선거에서 상대편의 표를 가로채기 위한 수단으로 악용했을 테죠. 하지만 그런 것은 중요한 문제가 아닙니다. 중요한 문제는 이 끔찍한 범죄 그 자체에 있습니다."

"흄 씨는 다우가 이번 사건이 범인이라고 굳게 믿고 있는 듯합니다."

 아버지는 마치 남에게서 들은 얘기라는 투로 그렇게 말했다.
 포셋 박사가 눈을 부라리며 아버지를 보았다.
 "그야, 당연하죠! 그놈이 범인이라는 데에 무언가 의문스러운 점이라도 있습니까?"
 아버지가 어깨를 으쓱했다.
 "그런 소문이 있습니다. 저도 자세한 건 모르겠지만, 이 도시의 시민들 중 일부는 그 가엾은 친구가 함정에 빠진 거라고 생각하는 것 같았습니다."
 "그렇습니까?"
 포셋 박사는 눈살을 찌푸리며 말을 이었다.
 "그런 생각은 해보지 않았습니다. 물론 저는 정의가 실현되어야 한다고 주장하지만, 동시에 얄팍한 직감 때문에 정의의 수행이 방해를 받아서도 안 된다고 생각합니다."
 나는 소리를 지르고 싶었다. 이자는 마치 꼭두각시를 다루는 인형술사처럼 입에 발린 말만 늘어놓는다.
 "아무튼 그 점에 대해서도 조사해봐야겠군요. 흄 검사와도 의논해봐야겠고……."
 나는 묻고 싶은 것이 많아 입이 근질거렸으나 아버지의 눈빛 때문에 입을 다물고 있어야만 했다. 아버지의 눈빛은 내게 나서지 말고 잠자코 있으라고 주의를 주었다.
 "자 그럼, 이만 실례해야겠군요, 클레이 씨."
 자리에서 일어선 포셋 박사는 아쉬운 듯이 나를 바라보며 속삭이듯 말을 이었다.
 "그리고 섬 양, 아가씨를 다시 뵙는 영광을 누리고 싶군요……. 혼자서만 말입니다."

그러고 나서 그는 애무하는 듯한 손길로 내 손을 꼭 잡았다.
"이해하시겠지요. 이번 사건은 제게 너무나 큰 충격이었답니다."

그의 목소리가 점차 커졌다.

"이젠 돌아가 봐야 합니다. 처리해야 할 일이 산더미처럼 밀려 있어서요……. 클레이 씨, 내일 오전 중에 채석장으로 갈 테니 그때 다시 얘기하도록 합시다."

그의 리무진이 요란한 소리를 내며 사라지자 엘리후 클레이 씨가 아버지에게 말했다.

"경감님, 제 동업자에 대해 어떻게 생각하십니까?"

"한마디로 악당이로군요."

클레이 씨가 한숨을 쉬었다.

"저는 제가 의심하는 바가 사실이 아니기를 바랍니다. 그건 그렇고, 그가 오늘 밤에 무엇 때문에 여길 왔는지 모르겠군요. 전화로는 뭔가 의논할 일이 있다고 해놓고서 이제 와선 다시 내일 얘기하자고 하니 말입니다."

"그가 오늘 밤 여기에 온 이유는 바로 저 때문입니다."

아버지가 설명을 덧붙였다.

"아마도 흄의 사무실에서 제가 이곳에 와 있는 진짜 이유를 냄새 맡았을 겁니다."

"정말로 그렇게 생각하십니까?"

클레이 씨가 물었다.

"그렇습니다. 그는 제가 어떤 인물인지 한번 봐두고자 찾아온 것입니다. 아마도 단순한 호기심에서 비롯된 것이겠지만 말입니다."

"그렇다면 상황이 좋지 않은 셈이군요, 경감님."

"앞으로는 더욱 나빠질 겁니다."
아버지가 언짢은 표정으로 말을 이었다.
"저는 그자의 배짱이 도무지 마음에 들지 않는군요. 아주 뻔뻔한 작자입니다."

그날 밤 나는 기분 나쁜 괴물들이 내 침대에 기어 올라오는 악몽에 시달렸다. 그 괴물들은 저마다 끝이 뾰족한 턱수염을 달고 있었고 말처럼 이빨을 드러내며 웃었다. 나는 아침이 되어서야 비로소 안도의 한숨을 내쉴 수 있었다.
아침 식사를 마치고서 아버지와 나는 곧바로 리즈 시청 내에 있는 지방 검사 존 흄의 사무실로 찾아갔다.
"말해보시죠!"
흄에게 인사말을 건넬 겨를도 주지 않고 아버지가 따지듯 말을 꺼냈다.
"당신이 어제 포셋 박사에게 내 정체를 알려주었나요?"
흄의 눈이 휘둥그레졌다.
"제가 말입니까? 천만에요! ······아니, 그렇다면 당신이 누군지 그자가 알고 있더란 말입니까?"
"그자는 모든 걸 알고 있어요. 그자가 어젯밤에 클레이 씨 댁으로 찾아왔는데 나를 바라보는 눈빛으로 보아 비밀이 새어 나간 것이 분명했습니다."
"흠, 아마도 케니언의 입에서 새어 나간 것 같군요."
"케니언이 포셋에게 뇌물을 받아먹고 있단 말입니까?"
지방 검사가 어깨를 으쓱했다.
"저는 그런 말을 비공식적으로라도 함부로 해서는 곤란하다는 걸 너무도 잘 알고 있는 법률가입니다. 하지만 경감님 나름대로 결론은 끌어낼 수 있으시겠죠."

"아버지, 너무 흥분하지 마세요."

나는 상냥하게 말을 이었다.

"흄 씨, 어제 이곳에서 어떤 일이 있었죠? 굳이 숨기실 일이 아니시라면 말씀해주세요."

"그다지 특별한 일은 없었습니다, 섬 양. 포셋 박사는 동생이 살해당해 큰 충격을 받았으며 자신은 이곳에 오기 전까지 그 사실을 전혀 모르고 있었다고 했습니다. 대강 그런 얘기를 했을 뿐이지 수사에 도움이 될 만한 얘기는 한마디도 하지 않았습니다."

"주말을 어디에서 보냈는지도 얘기하지 않던가요?"

"그렇습니다. 본인이 말하지 않기에 저도 굳이 캐묻지는 않았습니다."

나는 아버지에게 짓궂은 눈길을 보내며 말했다.

"아마 여자하고 재미 본 모양이죠, 아버지?"

"그런 말 하면 못써, 패티!"

"어쨌든 우리는 긴급회의를 열어 그자를 감시하기로 했습니다. 그자는 어제 이곳을 나간 뒤 곧바로 자신의 패거리인 악덕 변호사들과 비밀 모임을 가졌습니다. 아마도 무언가 좋지 못한 일을 꾸미고 있는 게 분명합니다. 상원의원의 죽음으로 비롯되는 피해를 서둘러 수습하고자 하는 거겠죠……."

흄이 심각한 표정으로 말했다.

"죄송하지만, 흄 씨. 저는 당신이나 그자의 정치적 분쟁에 끼어들어 함께 열을 올리고 싶지는 않습니다. 그보다는 잘린 그 나무 상자에 대해 그자가 뭐라고 말했는지가 궁금하군요."

"아는 바가 없다고 했습니다."

"그자는 다우와도 만났습니까?"

흄은 신중을 기하듯 잠깐 침묵한 뒤에 대답했다.

"네, 대단히 흥미로웠습니다."

흄이 급히 말을 이었다.

"하지만 다우에 대한 혐의를 사라지게 하거나 약화시킬 만한 일은 전혀 일어나지 않았습니다. 오히려 다우의 혐의는 더 짙어진 셈입니다."

"어떤 일이 있었습니까?"

"다우를 만나게 해주려고 우리는 포셋 박사를 구치소로 안내했습니다."

"그래서요?"

"그랬더니 우리의 존경하는 포셋 박사께서는 한사코 다우를 모른다고 잡아떼더군요. 하지만 그는 다우를 알고 있음이 분명했습니다."

흄은 흥분한 듯 주먹으로 책상을 꽝 하고 내리쳤다.

"그들은 서로 아는 사이임이 틀림없었단 말입니다. 두 사람 사이에 무언가 예사롭지 않은 것이 번득였습니다. 그러고는 마치 서로 짜고서 모르는 척하는 듯 행동했습니다. 그들은 어떤 일에 대해 침묵을 지키는 것이 서로에게 유리하다고 믿는 것 같았습니다.

"흄 씨, 당신답지 않게 상당히 추상적인 관찰을 하셨군요."

내가 비꼬듯 그렇게 말하자 흄은 불쾌한 표정을 지었다.

"물론 보통 때라면 저도 그런 일을 주의 깊게 살피진 않습니다. 하지만 포셋 박사는 다우를 단지 알고 있는 정도가 아니라 증오하고 있었습니다. 아니, 그뿐만이 아니라 다우를 두려워하고 있었습니다……. 한편 다우 쪽에서는 포셋 박사와의 짧은 만남에서 희망을 얻은 듯했습니다. 이상하지 않습니까? 실제로 그때 다우는 건방져 보이기까지 했습니다."

"흠, 하지만 저로서는 잘 이해가 가지 않는군요."

아버지는 무뚝뚝하게 말을 이었다.

"그런데 시체 부검에선 뭔가 새로운 소식이 있습니까?"

"새로운 것은 없습니다. 사건이 일어난 날 밤에 밝혔던 검시 소견 그대로입니다."

"패니 카이저 쪽은 요즘 어떻습니까?"

"관심이 있으십니까?"

"물론이죠. 그 여자는 분명 뭔가를 알고 있을 테니까요."

"패니에 대해서는 저도 생각하는 바가 있습니다."

흄이 의자에 등을 기대며 말을 이었다.

"그 여자 역시 입을 열지 않고 있어서 아무것도 알아낼 수가 없지만, 머지않아 우리는 그녀를 깜짝 놀라게 해줄 수 있을 겁니다."

"상원의원의 서류들을 파헤치겠다는 겁니까?"

"글쎄요, 그럴 지도 모르죠."

"열심히 파헤쳐보시죠, 젊은 검사 나리. 그러다 보면 당신이 미합중국의 대통령 자리에 오르게 될지도 모르는 일이죠."

그렇게 말한 뒤 아버지는 자리에서 일어났다.

"그만 가자꾸나, 패티."

"떠나기 전에 한 가지 물어볼 게 있는데요."

내가 천천히 그렇게 말하자, 흄은 머리 뒤로 양손을 깍지 끼고 서는 미소 짓는 눈길로 나를 바라보았다.

"흄 씨, 범행의 세부적인 부분들도 검토해보셨나요?"

"무슨 뜻입니까, 섬 양?"

"예컨대 벽난로 앞에 있던 발자국 같은 것 말입니다. 포셋 상원의원의 슬리퍼나 구두하고 비교해보셨나요?"

"아, 물론이죠! 그건 상원의원의 것이 아닌 걸로 밝혀졌습니다. 슬리퍼는 그보다 훨씬 넓었고 구두도 그보다는 더 컸습니다."

나는 안도의 한숨을 내쉬었다.

"그럼 다우의 신발 쪽은요? 다우의 신발과도 비교해보셨나요?"

흄이 어깨를 으쓱했다.

"섬 양, 우리는 모든 걸 조사했습니다. 하지만 그 발자국이 그다지 뚜렷하지 않았다는 점을 잊지 마시기 바랍니다. 요컨대 그 발자국은 다우의 것일 수도 있다는 겁니다."

나는 장갑을 끼기 시작했다.

"아버지, 가요. 더 얘기하다간 말다툼만 하게 될 것 같으니까요. 흄 씨, 그 융단 위와 벽난로 속의 발자국들이 만약 다우의 것이라면 저는 큰길 한가운데에서 기꺼이 당신의 모자를 씹어 먹겠어요."

아론 다우의 수수께끼 같은 사건을 돌이켜보면, 대체로 그것은 세 가지 국면의 진행 단계로 나눌 수 있다. 물론 그때의 나로서는 사건이 어떤 방향으로 나아가고 있는지 알 수가 없었으나, 지금 생각해보니 그때 우리는 첫 번째 국면의 종말을 향해 놀랄 정도로 빨리 다가가고 있었던 것이다.

하지만 사태를 급속히 진전시킨 일들이 아주 뜻밖에 일어났다고는 말할 수 없다. 실은, 그렇게 될 것임을 나는 무의식적으로 반쯤은 예상하고 있었던 것이다.

살해당한 상원의원의 서재에 모두 모여 있었던 사건 첫날 밤 이래로 나는 아버지에게 카마이클에 대해 물어볼 작정이었다. 앞서 기록한 대로 카마이클이 우리가 모여 있던 그 서재에 처음 들어왔을 때 아버지는 순간적이나마 무척이나 놀랐었다. 그리고 카마이클 역시 아버지가 누구인지 분명히 알고 있는 눈치였다. 어째서 내가 그 후에 카마이클에 대한 것을 아버지에게 물어보지 않았는지 모르겠다. 아마도 잇달아 일어난 일들 때문에 흥분해서 그 일을 깜박 잊고 있었던 모양이다. 그런데 이제 와서 알게 된 바이지만, 아버지에게는 카마이클이 처음부터 중대한 의미를 지닌 인물이었다. 다만 아버지는 때가 될 때까지 그를 비장의 무기로 숨겨두셨던 것이다.

카마이클에 대한 의문이 내 머릿속에서 불쑥 되살아난 것은 모든 일들이 절망적으로 여겨지고 초조한 혼란 상태에 빠져 있던 때였다. 나는 제레미와 함께 베란다에 나와 있었고 아버지는 엘리후 클레이 씨의 서재에서 전화를 받고 있었다. 제레미가 내 발치에 앉아 내 발목을 만지며 열심히 내 다리에 대해 공허한 칭찬을 늘어놓았던 기억이 난다. 그리고 잠시 후 아버지가 몹시 들뜬 모습으로 나타나서 내 발목을 잡고 있는 제레미를 떼어내고 나를 한쪽으로 데리고 갔다.

"패티, 굉장한 소식이 있다!"

아버지가 흥분한 어조로 속삭였다.

"방금 카마이클에게서 전화가 왔단다!"

그 순간 카마이클에 대한 의문이 불쑥 되살아났다.

"어머나! 그렇잖아도 그 사람에 대한 걸 아버지에게 물어볼 작정이었어요. 대체 그 사람은 누구죠?"

"지금은 그런 얘기를 주고받을 시간이 없어. 서둘러 리즈 시

변두리에 있는 로드 하우스_자동차 운전자를 위한 가로변의 여관—옮긴이_로 가서 그 사람을 만나야 해. 너도 빨리 준비를 하려무나."

우리는 아버지가 옛 친구의 초대를 받았다는 엉터리 핑계를 대고 클레이 씨의 자동차 중 한 대를 빌려 카마이클을 만나러 떠났다. 우리는 도중에 여러 번 길을 헤맨 뒤에야 올바른 길로 접어들었다. 그때 아버지와 나는 몹시 들떠 있었다.

"카마이클의 정체를 알게 되면 너는 몹시 놀랄 거다."

아버지는 운전을 하면서 말을 이었다.

"카마이클은 연방 정부의 수사관이란다."

나는 눈을 크게 떴다.

"정말 놀랍군요. 그럼 비밀 정보원인가요?"

아버지가 작은 소리로 웃었다.

"워싱턴에 있는 법무부 소속의 연방 수사관이란다. 법무부 내에서도 아주 유능한 수사관 가운데 한 사람이지. 그가 포셋 상원의원의 서재에 들어섰을 때 나는 곧바로 그를 알아보았지만, 다른 사람들에게는 그의 정체를 알리고 싶지 않았다. 그가 포셋 상원의원의 비서로 가장하고 있는 이상 그의 정체가 탄로 나면 곤란할 테니 말이다."

로드 하우스는 간선 도로에서 조금 떨어진 한적한 곳에 있었다. 아직 이른 시간이어서 그런지 그곳은 아주 한가해 보였다. 아버지는 꽤 교묘한 방법으로 객실을 빌렸다. 아버지가 단둘이서 식사할 수 있는 방을 요구하자 지배인은 능글맞은 미소를 지으며 잘 알겠다고 말했다. 지배인의 태도로 보아, 그는 우리를 남의 눈에 띄지 않게 으슥한 여관에 출입하는 한 쌍의 남녀로 보는 듯했다. 이런 곳에서는 머리가 희끗희끗한 노신사가 딸 같은 젊은 여자를 데리고 와도 눈감아주는 모양이었다.

우리는 객실로 안내되었다. 아버지가 싱긋 웃으며 말했다.

"패티, 안심해도 좋아. 나는 네 아버지니까 말이야."

그때 문이 열리더니 카마이클이 조용히 안으로 들어와 문을 잠갔다. 이어서 보이가 노크를 하자 아버지가 거칠게 소리를 질렀다.

"꺼지라고!"

그런 일에 익숙한 보이가 키득거리며 사라지자 카마이클과 아버지는 반갑게 악수를 나눴다. 이어서 카마이클이 내게 고개 숙여 인사하며 말했다.

"섬 양의 표정을 보니 경감님께서 이미 저에 대해 설명하신 듯하군요."

"카마이클 씨, 당신이 바로 비밀 정보원이시라고요? 굉장해요! 당신 같은 분은 오펜하임의 소설 속에서나 존재하는 줄 알았어요."

나는 흥분한 어조로 말했다.

"우리는 이렇게 실제로 존재한답니다."

카마이클이 씁쓸하게 말을 이었다.

"하지만 소설 속의 인물들처럼 그렇게 흥미진진하지는 않죠……. 경감님, 제겐 한 시간 정도밖에 여유가 없습니다."

그의 모습에는 전에 볼 수 없었던 어떤 새로운 힘이 느껴졌는데, 그것은 위기의식 속에서도 살아 있는 자신감 같은 것이었다. 내 속에 있는 낭만적인 감정이 고개를 쳐들었지만 그의 작달막한 체구와 동안을 보니 한숨이 나왔다. 그가 제레미 클레이 같은 멋진 외모만 갖추고 있었더라면!

"어째서 좀 더 일찍 연락을 주지 않았소? 당신에게서 연락이 오기를 얼마나 기다렸는지 아시오?"

아버지가 나무라듯이 말했다.

"도저히 그럴 수가 없었습니다."

그는 동물처럼 발소리가 나지 않는 묘한 걸음걸이로 방 안을 어슬렁거렸다.

"그동안 저는 죽 감시당하고 있었습니다. 처음에는 패니 카이저의 끄나풀인 어떤 여자에게 감시당했고, 그 후로는 포셋 박사 일당에게 감시당했습니다. 아직은 제 정체가 발각되진 않았습니다만, 머지않아 발각될 것 같습니다. 경감님. 그렇더라도 필요 이상으로 서둘러 퇴장하진 않을 겁니다……. 그럼, 제 얘기를 들어보시지요."

어떤 얘기가 나올까 하고 나는 마음을 졸였다.

"얘기해보시오."

아버지가 말했다.

카마이클은 차분한 어조로 설명하기 시작했다. 그는 오래전부터 포셋 상원의원과 틸덴 카운티 정치인들의 뒷조사를 해오던 중이었다. 그가 뒷조사를 하는 인물들은 모두 연방 정부로부터 소득세 부정에 관한 혐의를 받고 있는 자들이었다.

카마이클은 외곽에서부터 그들 일당의 내부로 교묘히 파고들어 갔다. 아마도 그는 뭔가 술수를 써서 포셋 상원의원의 전임 비서를 물러나게 했을 것이다. 어쨌든 그는 포셋 상원의원의 비서가 된 뒤로 그들 일당의 탈세에 관한 증거 서류들을 조금씩 모아왔다고 했다.

"그 혐의자들 중에 아이라 포셋 박사도 포함돼 있소?"

아버지가 물었다.

"그럼요. 그자야말로 가장 정도가 심하죠."

상원의원이 패니 카이저에게 쓴 편지 속의 C라는 머리글자는 아마도 카마이클을 가리킨 것임이 분명했다. 카마이클은 상원의원 저택 밖의 전화선에다 지선을 연결하여 도청하고 있었는데 그 지선이 발각되고 만 것이다. 그 때문에 살인 사건이 일어난 뒤로 이제껏 몸을 사리고 있었다고 했다.

"패니 카이저란 어떤 여자죠, 카마이클 씨?"

이번에는 내가 물었다.

"틸덴 카운티의 온갖 부정한 장사에 손을 뻗치고 있는 여자입니다. 포셋 일당과 손을 잡고 있죠. 즉 그녀는 포셋 일당의 보호를 받으며 장사를 하고 그 대가로 그들에게 큰돈을 건네고 있습니다. 이제 곧 흄이 그 흑막을 파헤칠 것이고, 그렇게 되면 그 악당들도 끝장나겠죠."

카마이클은 포셋 박사를, 상원의원인 동생의 배후 조정자이자 정직한 엘리후 클레이 씨를 이용해 부당 이득을 꾀하고 있는 사악한 인물이라고 평했다. 이어서 그는 틸덴 카운티와 리스 시의 대리석 계약이 어떤 루트로 클레이 씨도 모르게 불법적으로 체결되고 있는지 아버지에게 얘기해주었고, 아버지는 그것을 열심히 수첩에 받아 적었다.

"그러나 제가 오늘 경감님을 만나기 위해 여기에 온 것은 그보다 더 중요한 일이 있기 때문입니다."

카마이클이 시원스럽게 말을 이었다.

"제가 상원의원의 신변을 정리한다는 구실로 그 저택에 머무르는 동안에 경감님에게 얘기하는 것이 좋을 것 같더군요……. 실은 그 살인 사건에 관해 매우 흥미로운 사실을 알고 있답니다!"

아버지도 나도 놀라서 눈이 휘둥그레졌다.

"범인이 누구인지 아신단 말씀입니까?"

내가 외쳤다.

"아뇨, 그건 모릅니다. 하지만 저만이 알고 있는 어떤 사실이 있습니다. 홈에게도 얘기를 못 하고 있습니다. 왜냐하면 제가 그 사실을 알게 된 경위를 설명하자면 그보다 먼저 제 정체를 밝혀야 하는데, 저는 아직 그에게 제 정체를 밝히고 싶지는 않거든요."

나는 몸을 곧게 펴고 자세를 고쳐 앉았다. 카마이클이 알고 있다는 사실이 과연 내가 찾고 있던 사건의 마무리 열쇠, 즉 최후의 결정적인 단서일까?

"저는 지난 여러 달 동안 상원의원의 동태를 감시해왔습니다. 그 살인 사건이 일어난 날 밤, 그가 나를 밖으로 내보내려 했을 때 저는 직감적으로 수상쩍은 생각이 들었습니다. 아무래도 의심이 갔으므로 저는 외출을 하지 않고 무슨 일이 일어나는지 지켜봐야겠다고 결심했지요. 그래서 저는 외출을 하는 척하고 현관의 층계를 내려와 곧바로 정원 구석의 나무 그늘에 몸을 숨겼습니다. 그때가 9시 45분이었는데 그 후 십오 분 동안은 아무도 나타나지 않더군요······."

"잠깐만요. 카마이클 씨."

나는 몹시 흥분해서 끼어들었다.

"그렇다면 9시 45분부터 10시까지 줄곧 현관문을 지켜보고 계셨단 말씀인가요?"

"그보다 더 오래 지켜봤습니다. 제가 집 안으로 들어갔을 때인 10시 30분까지 말입니다. 아무튼 제 얘기를 계속 들어주십시오."

나는 "만세!" 하고 소리칠 뻔했다.

카마이클이 얘기를 계속했다. 10시가 되었을 때, 복면을 한 남자가 급한 걸음걸이로 정원에 나타나더니 층계를 올라가 현관의 초인종을 눌렀다. 이어서 상원의원이 현관문을 열고 그를 안으로 들여보내 주었는데, 그때 카마이클은 우윳빛 현관문 유리에 비친 상원의원의 흐릿한 모습만을 볼 수 있었다. 그리고 10시 25분에 그 복면을 한 남자가 혼자 밖으로 나왔다. 카마이클은 심상찮은 느낌이 들었으나 오 분을 더 기다렸다. 그런 뒤 10시 30분에 그는 집 안으로 들어갔고, 마침내 의자에 앉은 채로 죽어 있는 포셋 상원의원을 발견했던 것이다. 유감스럽게도 카마이클은 그 유일한 방문객의 인상에 대해서는 아무것도 설명하지 못했다. 그 남자는 눈 아래부터 온통 복면으로 가리고 있었고 주위도 아주 어두웠기 때문이었다. 그렇다면 그 방문객을 아론 다우라고 생각할 수도 있는 문제였다.

나는 초조하게 그 생각을 지워버렸다. 시간, 시간 쪽이 더 중요했다! 인상 쪽보다도 시간 쪽이…….

"카마이클 씨!"

나는 긴장된 어조로 말을 이었다.

"그러니까 당신이 집 안에서 나왔다가 다시 집 안으로 들어갈 때까지 단 한순간도 눈을 떼지 않고 현관문 쪽을 지켜보셨고, 그 결과 그 복면의 남자 이외에는 아무도 집 안에 드나들지 않았다는 것이 틀림없단 말씀이시죠?"

그는 약간 자존심이 상한 듯했다.

"섬 양, 제가 자신이 없었다면 이런 얘기를 꺼내지도 않았을 겁니다."

"들어간 사람과 나온 사람은 분명히 동일인이었나요?"

"틀림없습니다."

나는 숨을 깊이 들이마셨다. 이제 한 가지 사실만 더 알아내면 내 이론은 완벽할 터였다.

"서재에 들어가서 상원의원이 살해당한 걸 발견했을 때 벽난로 앞을 발로 디딘 적이 있나요?"

"아뇨."

우리는 서로의 정체에 대해서는 입을 다물기로 하고 헤어졌다. 클레이 씨 저택으로 돌아가는 동안 내 입술은 줄곧 바짝 말라 있었다. 내 추리가 너무나 산뜻하고 보기 좋게 들어맞아서 나 자신도 놀랄 지경이었다……. 나는 자동차 실내등의 불빛으로 아버지의 옆얼굴을 흘끗 보았다. 아버지는 입을 굳게 다물고 있었고 두 눈에는 근심스러운 빛을 띠고 있었다.

나는 나직하게 입을 열었다.

"아버지, 저는 알아냈어요."

"뭘 말이냐?"

"이제는 아론 다우에게 죄가 없다는 것을 증명할 수 있다고요."

그 순간 차가 몹시 흔들렸다. 핸들을 바로잡으며 아버지가 중얼거렸다.

"또 시작이구나! 카마이클에게서 들은 얘기만으로 다우의 무죄를 증명할 수 있단 말이냐?"

"그렇지는 않아요. 하지만 그 사람은 제 이론에 부족했던 마지막 작은 한 부분을 제공해주었어요. 이제 제 이론은 잘 다듬어진 다이아몬드처럼 찬란한 빛을 발하게 됐고요."

아버지는 한참 동안 묵묵히 운전만 했다.

"실질적인 증거를 내놓을 수 있단 말이냐?"

나는 고개를 저었다. 바로 그 점이 처음부터 나를 괴롭힌 문제였다.

"법정에 내놓을 만한 증거는 아무것도 없어요."

나는 우울한 어조로 말했다.

"아무튼 내게 설명해보렴, 패티."

아버지의 요청에 따라 나는 내 이론을 설명하기 시작했다. 바람 소리가 우리 귓전을 스쳐 지나가는 가운데 나는 십 분 동안 열심히 아버지에게 얘기했다. 아버지는 내가 얘기를 마칠 때까지 묵묵히 듣고만 계시다가 이윽고 고개를 끄덕이며 나직이 말했다.

"아주 훌륭하구나. 마치 드루리 레인 씨의 멋진 추리를 듣는 듯했단다. 그렇긴 하지만······."

나는 실망했다. 가엾게도 아버지는 내 이론을 어떻게 받아들여야 할지 결정을 못 내리고 망설였다.

아버지는 한숨을 내쉬었다.

"내게는 좀 벅찬 문제구나. 어쩌면 내게는 판단을 내릴 자격이 없다고도 할 수 있겠지. 하지만 아무래도 한 가지 점만은 미심쩍구나, 패티."

아버지가 핸들을 잡은 손에 힘을 주며 말을 이었다.

"그래서 말인데, 우리가 잠깐 여행을 떠나보는 게 어떻겠니?"

나는 깜짝 놀랐다.

"어머나, 아버지! 지금 당장에 말인가요?"

아버지가 싱긋 웃었다.

"아니, 내일 아침에 말이다. 아무래도 그 노인 양반한테 가서 의논하는 것이 좋을 것 같구나."

"아버지! 좀 더 분명히 말씀해주세요. 누구를 만나러 간다는 거죠?"

"그야 물론 드루리 레인 씨지. 네 이론에 어딘가 잘못이 있다면 틀림없이 레인 씨가 지적해주실 거다. 어쨌든 잠깐 동안 이 도시를 벗어나자꾸나."

이런 식으로 우리의 여행은 결정되었다. 다음 날 아침, 아버지는 엘리후 클레이 씨에게 출처는 밝히지 않은 채 포셋 박사의 음모에 관한 모든 정보를 알려주고는 우리가 돌아올 때까지 아무런 행동도 취하지 말 것을 충고했다.

그런 뒤, 우리는 햄릿 저택을 향해 출발했다. 하지만 그다지 큰 희망을 걸지는 않았다.

9:
논리학 강의

햄릿 저택은 마치 초록빛 융단을 깔아놓은 듯한 잔디 위에 거대하고 푸른 하늘을 천장으로 삼고, 수천 마리의 새들이 연주하는 음악에 둘러싸여 호화롭게 자리 잡고 있었다. 초근대적인 문명 교육을 받은 나는 낙원 같은 대지의 단순한 아름다움에 취해 감상적인 한숨을 짓는 순진한 젊은 아가씨와는 거리가 멀었다. 그렇긴 하지만, 매연과 철조 건축물 속에서만 생활하는 건조한 아가씨들보다는 더 진지하게 이 낙원의 감미로움과 생기를 온몸으로 느끼며 크게 숨을 들이마셨음을 고백하지 않을 수 없다.

드루리 레인 씨는 햇살을 받으며 야트막한 초록빛 언덕 위에 간디 같은 자세로 앉아 있었다. 그는 약간 우울한 표정을 짓고 있었는데, 요정 같은 퀘이시 노인이 숟가락 가득 담아서 건네주는 약을 받아먹는 중이었다. 질긴 가죽 같은 얼굴을 한 키 작은 퀘이시 노인은 잔뜩 근심스러운 표정을 짓고 있었다. 레인 씨는 끈적끈적한 약을 삼키고는 얼굴을 한 번 찌푸리고 나서 맨살 위에 걸친 면 가운을 여몄다. 그의 상체는 일흔이라는 나이에 비해서 단단해 보이긴 했지만 지독하게 야위어 있어서 건강 상태가 좋지 않음을 알 수 있었다.

이윽고 레인 씨는 고개를 들어 우리를 보았다.

이어서 그는 밝은 표정을 떠올리며 외쳤다.

"섬 경감님! 그리고 페이션스 양! 정말로 뜻밖이로군요! ……이봐, 캘리밴, 이 손님들이 자네가 주는 약보다 낫군!"

레인 씨는 자리에서 벌떡 일어나며 우리의 손을 반갑게 덥석 잡았다. 그는 흥분한 나머지 눈을 빛내며 마치 어린애처럼 떠들어대면서 진심으로 우리를 환영해주었다. 그는 퀘이시 노인에게 시원한 음료를 가져오게 하고는 나를 자신의 발치에 앉혔다.

"페이션스 양!"

레인 씨는 진지한 눈빛으로 나를 바라보면서 말을 이었다.

"아가씨야말로 천국의 숨결입니다. 그 어떤 영감이 당신과 경감님을 이곳으로 인도했을까요? 정말이지 내게는 당신들의 방문이 더할 나위 없이 고마운 선물입니다."

"건강은 좀 어떻습니까?"

아버지가 근심스러운 표정으로 물었다.

"실로 한심한 상태랍니다. 한꺼번에 늙어버린 기분이 듭니다. 의학 서적에 나오는 온갖 노인성 질환에는 모두 걸려버린 것 같아요. 그건 그렇고, 이젠 당신들의 얘기가 듣고 싶군요. 그동안 무슨 일이 있었나요? 조사는 잘 진행되었나요? 그 악당 포셋 박사를 피고석에 몰아넣었습니까?"

아버지와 나는 어이없는 표정으로 서로를 마주 보았다.

"신문을 읽지 않으셨나요, 레인 선생님?"

내가 물었다.

"네?"

그는 미소를 거두고 우리를 예리하게 바라보았다.

"아뇨, 읽지 못했습니다. 주치의가 머리를 자극할 수 있는 것은 모두 금하는 바람에……. 그런데 보아하니 무언가 뜻밖의 일이 생긴 듯하군요."

아버지가 그에게 조엘 포셋 상원의원 살인 사건에 대해 설명했다. '살인'이라는 말을 듣자마자 노신사의 예리한 눈은 더욱 빛났고 볼에는 혈색이 감돌았다. 그는 무심결에 면 가운을 벗어 던지고 숨을 깊이 들이마셨다. 이어서 그는 아버지에게서 내게로 고개를 돌리며 질문을 할 태세를 취했다.

"흥미롭군요. 대단히 흥미롭습니다. 그런데 어째서 현장을 내버려두고 이곳으로 오셨나요, 페이션스 양? 당신답지 않군요. 수사를 포기한 겁니까? 당신이라면 사냥개처럼 끈덕지게 물고 늘어질 거라고 생각했는데 말입니다."

"얘는 아직 포기하지 않았습니다, 레인 씨."

아버지는 불만스러운 어조로 말을 이었다.

"우리가 이곳으로 온 건 당신의 조언이 필요해서입니다. 물론, 패티에게는 자기 나름대로의 생각이 있더군요……. 내게 얘기하는 걸 들어보니 마치 지난날 당신이 얘기를 하는 것 같더군요! 아무튼 우리에게는 당신의 조언이 필요합니다."

"물론 조언해드리지요. 하지만 도움이 될지 모르겠군요. 요즘은 저도 예전 같지가 않아서 말입니다."

레인 씨가 쓸쓸하게 말했다.

이때 퀘이시 노인이 샌드위치와 마실 것이 담긴 간이 식탁을 뒤뚱거리며 들고 들어왔다. 그런 뒤 레인 씨는 우리가 정신없이 먹는 모습을 지켜보았는데, 아마도 우리의 식사가 끝나길 초조하게 기다리는 듯했다.

우리가 식사를 끝내자 레인 씨가 재빨리 말했다.

"이 사건에 관한 것을 처음부터 하나도 남김없이 모두 얘기해 주십시오."

"정말 이것이야말로 '역사는 반복된다.'라는 격언 그 자체로군요!"
 아버지는 한숨을 쉬더니 다시 말했다.
 "기억나십니까? 그러니까 그게 십일 년 전이던가요? 제가 브루노와 함께 롱스트리트 살인 사건에 관한 조언을 구하기 위해 여기에 처음 온 것이 말입니다……. 정말이지 오랜 세월이 흘렀습니다, 레인 씨."
 "공연한 과거사를 들추시는군요, 경감님."
 노신사가 중얼거리더니 나를 향해 말했다.
 "자, 얘기해주십시오, 페이션스 양. 이제부터는 당신의 입술에서 한시라도 눈을 떼지 않을 테니까요. 아마도 당신이라면 하나도 남김없이 얘기해주리라 믿어요."
 나는 포셋 상원의원 살인 사건에 관한 모든 것을 외과의사와 같이 면밀히 설명했다. 부수적인 사건들, 사실들, 모든 등장인물에 관한 것들을……. 레인 씨는 내 입술의 움직임을 읽으며 마치 상아로 만든 불상처럼 조용히 앉아 있었다. 이따금 그 예리한 두 눈을 빛내며 마치 내 설명에서 중요한 점을 찾아낸 듯 가볍게 고개를 끄덕였다.
 나는 시간 순으로 얘기를 해나가다가 바로 어제 로드 하우스에서 만났던 카마이클의 증언을 마지막으로 얘기를 끝맺었다. 내 얘기가 끝나자 레인 씨는 시원스레 고개를 끄덕이며 미소 짓더니 따뜻한 잔디 위에 벌렁 드러누웠다.
 그가 조각처럼 단아한 얼굴에 아무런 표정도 담지 않고서 푸른 하늘을 응시하고 있는 동안 아버지와 나는 말없이 앉아 있었다. 나는 눈을 감고 한숨을 쉬었다. 그리고 그가 어떤 판단을 내릴지 궁금했다. 사건 설명에 있어 뭔가 빠뜨린 점은 없었던가 하고 몇 번이고 되풀이해 생각해보았다. 이제는 머릿속 깊이 새겨진 내 이론을 레인 씨는 과연 어떻게 얘기해보라고 할 것인가?
　나는 눈을 떴다. 레인 씨는 다시 자세를 바로 하고 앉아 있었다.
　"아론 다우는 범인이 아닙니다."
　레인 씨는 성량이 풍부하고도 자연스러운 목소리로 그렇게 말했다.

　"만세!"
　나는 소리치며 말을 이었다.
　"어때요, 아버지? 이제는 딸에 대해 어떻게 생각하시죠?"
　"나 역시 그가 범인이라고 말한 적은 없다. 내 마음에 걸리는 것은 네가 그런 결론에 이르게 된 추리의 과정이 과연 옳은가 하는 점이란다."
　아버지가 햇살이 눈부신지 눈을 두어 번 깜박거리고는 레인 씨에게로 고개를 돌렸다.
　"그런데 레인 씨께선 어째서 그렇게 생각하시지요?"
　"결국 당신들도 나와 같은 결론을 내렸던 거로군요. 페이션스 양은 저로 하여금 새뮤얼 존슨이 언급한 시의 정의를 떠올리게 합니다. 그가 말하기를, 시의 본질은 창의성이라고 했습니다. 경이로움을 탄생시키는 그런 창의성 말입니다. 그런 의미에서 페이션스 양이야말로 아주 놀라운 한 편의 시랄 수 있습니다."
　레인 씨가 중얼거리듯 말했다.
　나는 엄숙한 어조로 대꾸했다.
　"선생님, 그건 흡사 남자들이 구애할 때 쓰는 표현 같군요."
　"만약 내가 이토록 늙지만 않았더라면 아마도 그랬을 겁니다······. 자, 어째서 아론 다우가 범인이 아니라는 결론을 내리게 되었는지 설명해주세요."

나는 자세를 가다듬고 내 이론을 펼치기 시작했다.

"살해당한 포셋 상원의원의 오른팔에는 두 군데의 기묘한 찰과상이 있었어요. 하나는 손목 바로 위에 나 있는 것으로 칼에 베인 듯한 상처였고, 또 하나는 거기에서 10센티미터쯤 위에 있는 상처였는데, 검시관인 불 박사에 따르면 칼에 베인 상처는 결코 아니라고 합니다. 그 밖에도 불 검시관은 이 상처들이 시체가 발견되기 바로 얼마 전에, 그러니까 살인이 일어났던 시간과 거의 유사한 시점에 생긴 것이고, 게다가 거의 동시에 생긴 것이라고 했습니다."

"좋아요. 설명을 아주 잘하시는군요. 어서 계속해보세요."

레인 씨가 나직하게 재촉했다.

"그 상처들이 처음부터 제 마음을 사로잡았어요. 그러니까 각기 다른 원인에 의해 생겼을 두 개의 상처 자국이 어떻게 동시에 생길 수 있느냐 하는 점이죠. 생각해보면 매우 기묘한 일이지요. 그래서 저는 이 점을 즉시 밝혀야겠다고 생각했어요. 저는 호기심이 강한 여자니까요, 레인 씨."

레인 씨는 이를 드러내며 싱긋 웃었다.

"만약 당신이 1만 킬로미터 내에 있을 때는 절대로 살인을 해서는 안 될 것 같군요. 실로 예리한 관찰력입니다. 그래서 어떤 결론에 도달했나요, 페이션스 양?"

"칼에 베인 듯한 상처 쪽은 쉽게 설명이 됩니다. 책상 뒤에 있는 의자에 앉아 있던 시체의 위치로 미루어 보아, 범행이 어떤 식으로 이루어졌는지 재구성해보는 것은 어렵지 않았습니다. 범인은 책상 앞이나 한쪽으로 약간 비켜선 위치에서 피해자와 마주 서 있었던 게 분명합니다. 그런 위치에서 범인은 책상 위에 있던 페이퍼 나이프를 집어 들어 피해자를 찔렀습니다. 그렇다면 어떤 일이 일어났겠습니까? 아마도 상원의원은 그 공격을 피하려고 본능적으로 오른팔을 들어 올렸을 겁니다. 그리고 그런 과정에서 범인이 내지른 칼이 상원의원의 손목을 스치며 날카로운 찰과상을 입혔다고 볼 수 있습니다. 여러 가지 사실들로 미루어 볼 때 그렇게밖에는 생각할 수가 없어요."

"마치 사진을 보여주듯 뚜렷하군요, 페이션스 양. 훌륭합니다. 그럼 또 다른 상처 쪽은요?"

"그렇잖아도 말씀드리려던 참이었습니다. 또 다른 쪽 상처는 칼에 베인 상처가 아니었습니다. 적어도 손목에 찰과상을 입힌 페이퍼 나이프에 의한 상처는 아니라고 할 수 있습니다. 왜냐하면 그 상처는 무딘 무언가에 긁힌 듯이 피부에 거칠게 나 있었으니까요. 그리고 이 두 번째의 상처는 칼이 상원의원의 손목을 스칠 때와 거의 동시에 난 상처입니다. 이 상처는 칼에 스친 상처보다 10센티미터쯤 위쪽에 나 있었습니다."

나는 숨을 깊이 들이마시며 말을 이었다.

"그렇다면 그 상처는 범인이 손에 쥔 칼에서 10센티미터쯤 떨어진 곳에 위치한 뭔가 날카롭진 않지만 딱딱한 물체에 긁혀 생긴 것이라고 볼 수 있습니다."

"훌륭한 추리로군요."

"다시 말해서 두 번째의 상처를 설명하려면 범인의 팔에 지닌 뭔가를 찾아야만 합니다. 그렇다면 손에 쥔 칼에서 10센티미터쯤 떨어진 곳에 위치해 있는, 범인의 팔에 붙어 있었을 법한 것으로는 어떤 것을 들 수 있을까요?"

레인 씨는 기운차게 고개를 끄덕이며 말했다.

"당신의 결론부터 듣고 싶군요, 페이션스 양."

"그건 여자의 팔찌예요."

나는 의기양양하게 말을 이었다.

"보석이 박혔거나 가늘게 줄무늬 세공을 한 금속 팔찌 말입니다. 칼이 포셋 상원의원의 손목을 스칠 때, 동시에 그것이 그의 소맷자락을 걷어 올려 맨살이 드러난 팔을 긁었던 겁니다."

아버지는 낮은 신음을 흘렸고 레인 씨는 미소를 지었다.

"역시 날카로운 추리입니다, 페이션스 양. 하지만 선택 범위를 너무 한정하고 있군요. 그렇게 되면 포셋 상원의원을 살해한 범인도 여자로 한정되는데, 반드시 그렇다고만은 할 수 없습니다. 남자의 경우에도 팔을 들어 올렸을 때 여자의 팔에 낀 팔찌와 비슷한 위치에 붙어 있는 뭔가가 있을 텐데요?"

나는 멍청하게 눈을 크게 떴다. 이것이 내가 저지른 첫 번째 실수란 말인가? 머릿속에서 여러 가지 생각이 들끓었다.

"아, 남자의 커프스단추를 말씀하시는군요? 네, 물론 그래요. 저도 그걸 생각해봤습니다. 하지만 어쩐지 직감적으로 여자의 팔찌가 더 잘 들어맞을 것 같다는 느낌이 들었어요."

레인 씨가 고개를 가로저었다.

"그런 식은 위험합니다, 페이션스 양. 그런 식으로 추리해서는 안 됩니다. 추리는 어디까지나 논리적인 가능성들에 바탕을 두어야만 합니다……. 어쨌든 이렇게 해서 우리는 범인이 남자냐 여자냐 하는 지점에 도달한 셈이로군요."

레인 씨는 희미한 미소를 지으며 말을 이었다.

"아마도 이것은 단지 불완전한 이해에서 비롯된 결과겠지요. 하지만 영국의 시인인 알렉산더 포프는 말하길 '모든 부조화는 이해받지 못하는 조화'라고도 했습니다. 그러니 누가 알겠습니까? 어쨌든 계속하십시오, 페이션스 양. 나는 당신의 추리에 매료되고 있답니다."

"레인 선생님, 칼을 휘두르는 과정에서 두 군데의 찰과상을 낸 범인이 여자든 남자든 간에 한 가지 점만은 분명하다고 봅니다. 즉 범인은 포셋 상원의원을 찌를 때 왼손을 사용했다는 점입니다."

"어째서 그렇게 단정하는 거죠?"

"간단히 추리해볼 수 있는 문제입니다. 칼에 스친 상처는 상원의원의 오른쪽 손목에 나 있었고 커프스단추에 긁힌 상처는 거기에서 10센티미터쯤 위에 나 있었습니다. 즉 칼에 스친 상처의 왼쪽에 커프스단추에 긁힌 상처가 있었다는 겁니다. 여기까지는 명료하죠? 그런데 만약 범인이 오른손으로 칼을 휘둘렀다면 커프스단추의 상처는 칼에 스친 상처의 오른쪽에 났을 겁니다. 이건 아주 기본적인 실험으로도 알 수 있는 문제입니다. 다시 말해, 오른손으로 칼을 잡았다면 커프스단추로 긁힌 상처는 반드시 칼에 스친 상처의 오른쪽에 나게 되고, 왼손으로 칼을 잡았다면 커프스단추의 상처 역시 반드시 왼쪽에 나게 된다는 겁니다. 그런데 실제로는 어떻습니까? 커프스단추에 긁힌 상처는 칼에 스친 상처의 왼쪽에 나 있습니다. 따라서 저는 범인이 왼손을 사용해 칼을 휘둘렀다는 결론에 이르게 된 것입니다. 만약 물구나무서기를 하고서 범행을 저질렀다면 얘기는 달라지겠지만, 그건 물론 말도 안 되는 얘기일 테죠."

"경감님, 당신은 이런 따님을 두신 걸 자랑스러워해야 할 것 같습니다. 이렇듯 뛰어난 추리력을 발휘하다니 정말 놀라울 따름이군요. 페이션스 양, 당신은 그야말로 보배 같은 아가씨입니다. 자, 계속하시죠."

레인 씨가 부드럽게 말했다.

"그렇다면 지금까지의 제 의견에는 동의하시는 건가요, 레인 선생님?"

"나는 당신의 비길 데 없이 견고한 필연성 앞에 굴복하는 바입니다, 페이션스 양."

레인 씨는 낮게 웃으며 말을 이었다.

"적어도 지금까지는 완벽합니다. 하지만 주의하십시오, 페이션스 양. 감히 말하건대 당신은 매우 중요한 점 한 가지를 아직 얘기하지 않았으니까요."

"알고 있습니다, 레인 선생님. 하지만 아직은 얘기가 거기까지 이르지 못했기 때문이에요……. 매그너스 교도소장의 얘기에 의하면, 십이 년 전에 알곤킨 교도소에 입소했을 때 아론 다우는 오른손잡이였다고 합니다. 선생님께서 지적하시는 것이 바로 이 점일 테죠?"

"그렇습니다, 페이션스 양. 당신이 그 점에 대해 어떻게 생각하는지 궁금하군요."

"제 생각은 이렇습니다. 다우는 교도소에 입소한 지 이 년 뒤에 사고로 오른팔을 못 쓰게 되었습니다. 그렇기 때문에 왼손을 사용하는 법을 익히지 않을 수 없었겠죠. 즉 십 년이라는 세월 동안 그는 왼손잡이로 지내야만 했을 테죠."

아버지가 자리에서 일어나며 흥분한 어조로 내 말을 받았다.

"바로 그 점이 중요한 문제입니다. 제가 주춤거렸던 것도 바로 그 점 때문입니다."

"당신이 어째서 주춤거렸는지 알 것 같군요. 자, 얘기를 계속해주십시오, 페이션스 양."

"하지만 제게는 그 점이 문제가 되지 않았습니다. 비록 제 견해를 뒷받침하는 것이 상식과 관찰 이외에는 달리 아무런 권위도 갖지 못함을 인정하지만, 덱스트랠러티(오른손잡이)와 시너스

트랠러티(왼손잡이)라는 것이 팔과 마찬가지로 다리에도 작용한다고 생각합니다."

"우리말로 얘기해라. 도대체 그런 말은 어디서 주워들은 거냐?"

아버지가 불만스레 툴툴거렸다.

"아버지도 참! 제 얘기는 선천적인 오른손잡이는 자연스레 발도 오른발을 사용하고, 마찬가지로 왼손잡이는 주로 왼발을 사용한다는 거예요. 즉 제 경우에는 오른손잡이여서 발도 주로 오른발을 사용하죠. 그리고 제가 관찰한 바로는 다른 사람들도 마찬가지였어요. 레인 선생님, 제 생각이 어떻습니까?"

"나는 그런 방면에는 아무런 권위도 없습니다, 페이션스 양. 하지만 의학자들도 당신의 견해를 지지할 것 같군요."

"그렇게 생각해주시니 제 얘기를 계속할 수가 있겠군요. 아론 다우가 지난 십 년 동안 그랬던 것처럼, 만약 오른손잡이였던 사람이 오른손을 쓸 수 없게 되어 주로 왼손만을 써야 했다면 그는 발도 무의식중에 왼발을 주로 사용하게 되었을 겁니다. 물론 오른발이 멀쩡하더라도 말입니다. 바로 이 점이 아버지가 의문을 느끼는 부분이죠. 하지만 제 얘기가 논리적이지 않나요?"

레인 씨가 가볍게 눈살을 찌푸렸다.

"생리적인 사실에 논리가 언제나 적용될 수 있는 건 아니랍니다, 페이션스 양."

나는 초조했다. 만약 이 부분에서 내 생각이 틀렸다면 내 주장 전체가 기반을 잃게 되고 마는 것이다.

"그렇긴 하지만 페이션스 양, 당신의 얘기 중에는 몹시 희망적인 부분도 있습니다. 그것은 아론 다우의 오른쪽 눈 역시 오른팔과 마찬가지로 못 쓰게 되었다는 사실입니다."

나는 그 말에 다시 희망을 품었다.

"그 사실이 이 사건에 어떤 영향을 끼친다는 겁니까?"

아버지가 의아한 표정을 지으며 물었다.

"아주 중요한 영향을 끼칩니다, 경감님. 몇 해 전에 저는 이 방면의 권위자를 만난 적이 있습니다. 브링커 사건을 기억하시죠? 오른손잡이냐 왼손잡이냐가 중요한 문제로 대두되었던 그 사건 말입니다."

아버지가 고개를 끄덕였다.

"그때 제가 만났던 권위자의 말에 따르면 오른손잡이와 왼손잡이에 관한 이론 중에서 가장 널리 인정받는 것은 '시력설'이라고 합니다. 그 시력설에 의하면 유년기 때의 자발적인 운동은 모두 시각에 의존하고 있다는 겁니다. 또한 시각, 손, 발, 말하기와 쓰기 등에 관련된 신경 자극은 두뇌의 같은 영역에서 비롯된다고 합니다."

레인 씨는 말을 이었다.

"시각은 두 개의 눈에 의한 것입니다만, 각각의 눈은 그 자체가 하나의 단위여서 제각기 받아들인 영상은 완전히 분리되고 구분되어 의식에 도달합니다. 두 개의 눈 중 하나는 조준 기능을 합니다. 마치 총을 조준할 때처럼 말입니다. 그런데 조준 기능을 담당하는 것이 어느 쪽 눈인가 하는 문제는 당사자가 오른손잡이냐 왼손잡이냐에 따라 결정됩니다. 만약 조준 기능을 담당하는 눈이 시력을 잃게 되면 그 기능은 다른 쪽 눈으로 옮겨가게 됩니다."

"무슨 말씀인지 잘 알겠습니다. 즉 시력설에 의하면 오른손잡이는 오른쪽 눈으로 조준한다는 말씀이죠. 그리고 만약 오른쪽 눈을 잃게 되면 어쩔 수 없이 왼쪽 눈으로 조준 기능이 이전되고요. 또한 그 점이 사람에게 생리적인 영향을 끼쳐 점점 왼손잡이가 되게 만든다는 말씀이죠?"

나는 천천히 이야기했다.

"대체로 그런 뜻입니다. 물론 제가 아는 바에 따르면 습관과 같은 다른 요소들도 포함됩니다. 하지만 다우는 지난 십 년 동안 확실히 왼쪽 눈만을 사용할 수밖에 없었으며 마찬가지로 왼팔만을 써왔습니다. 이러한 경우, 습관이나 신경 교대에 의해 발도 왼발잡이가 되었다고 할 수 있습니다."

"어머, 뜻밖의 행운이로군요! 잘못된 사실로부터 답은 올바르게 나왔으니 말예요."

나는 밝은 표정으로 말을 이었다.

"지난 십 년 동안 아론 다우가 왼손잡이였고 발도 왼발잡이였다면 우리는 증거상으로 뚜렷한 모순을 발견하게 됩니다."

"그런데 당신은 앞서 범인이 왼손을 사용해 범행을 저질렀다고 설명했습니다. 그렇다면 그 점은 다우와 완전히 일치하지 않습니까? 모순이라뇨?"

레인 씨가 내 기운을 북돋워주려는 듯이 짐짓 그렇게 물었다.

나는 떨리는 손으로 담배에 불을 붙였다.

"저는 다른 각도에서 그 문제를 설명해보겠습니다. 제가 앞서 벽난로 속의 발자국에 대해 말씀드린 걸 기억하시겠죠? 그것은 오른쪽 발자국이었습니다. 다른 사실들로 미루어 볼 때 그것은 누군가 거기에서 무언가를 태우고 오른쪽 발로 뭉개 껐을 때 생긴 발자국임을 알 수 있습니다. 무언가를 발로 뭉갠다는 행위는 순전히 무의식적인 동작이죠."

"물론입니다."

"누구든 무언가를 발로 뭉개려 한다면 자신이 주로 쓰는 쪽의 발을 사용할 것입니다. 물론 주로 오른발을 쓰는 사람도 경우에 따라 어쩔 수 없이 왼발을 사용할 때가 있다는 것은 인정합니다. 하지만 벽난로 속의 재를 뭉갠 사람의 경우는 그렇지가 않습니다. 왜냐하면 앞서 말씀드린 대로 벽난로 앞의 융단 위에도 왼발 끝 자국이 남아 있었으니까요. 즉 그 사람은 아무런 불편 없이 어느 쪽 발이나 사용할 수 있는 위치에 있었던 겁니다. 이런 경우에는 주로 사용하는 발로 재를 뭉개는 것이 당연합니다. 그런데 그 발이 오른쪽 발이었던 만큼, 그는 오른발잡이이고 따라서 손도 오른손잡이라는 얘기가 됩니다!"

아버지가 불분명하게 뭐라고 중얼거렸다.

레인 씨는 한숨을 쉬며 말했다.

"그래서 결국 당신은 어떤 모순을 발견했다는 겁니까?"

"즉 칼을 휘두른 사람은 왼손잡이였고 재를 뭉개 끈 사람은 오른손잡이였다면, 이 사건에는 언뜻 두 사람이 관계하고 있는 듯이 보인다는 겁니다. 살인을 저지른 왼손잡이와 종이를 태우고 그걸 발로 뭉개 끈 오른손잡이가 말입니다."

"그래서 어디가 잘못되었다는 겁니까, 페이션스 양? 당신 얘기대로 두 사람이 관계하고 있었다고 하더라도 이상할 건 없지 않습니까?"

레인 씨는 다정한 어조로 물었다.

나는 놀라서 눈이 휘둥그레졌다.

"설마 진심으로 하시는 말씀은 아니시겠죠?"

"뭘 말입니까?"

그렇게 되물으며 레인 씨는 껄껄 웃었다.

"농담이시군요! 어쨌든 얘기를 계속하죠. 그렇다면 이러한 결론이 아론 다우에게 어떤 영향을 미칠까요? 다우가 이 사건에 관계되어 있었다고 할지라도 그가 종이를 태우고 그걸 뭉갠 끈 인물이 아니라는 점만은 확실합니다. 왜냐하면 그가 그 인물이었다면 앞서 증명했듯이 왼쪽 발을 사용해 재를 뭉갰을 테니까요."

나는 얘기를 계속했다.

"그런데 그 종이는 언제 태운 걸까요? 책상 위의 편지지 묶음은 새것이었습니다. 단지 두 장이 모자랄 뿐이었죠. 포셋 상원의원의 목숨을 앗아간 상처에서 나온 피는 그가 앉아 있던 책상 위로 뿜어져 나왔습니다. 책상 위 압지에 커다란 핏자국이 직각 형상으로 나 있었으니까요. 핏자국이 직각을 이루고 있었던 것은 압지 위에 놓여 있던 편지지 묶음의 모서리 때문에 그렇게 된 것입니다. 그런데 우리가 그걸 발견했을 때 편지지 묶음의 맨 위 장은 피가 묻어 있지 않은 깨끗한 것이었습니다. 어떻게 그럴 수가 있을까요? 만약 그 편지지 묶음의 맨 위 장이 상원의원이 살해당할 때에도 맨 위에 있었다면, 압지에 피가 묻어 있었던 만큼 그 맨 위 장에도 핏자국이 남아 있어야만 할 것입니다. 그래서 결론적으로 그 편지지 묶음의 맨 위 장은 상원의원이 살해당할 때에도 맨 위에 있었던 것은 아니라고 할 수 있습니다. 다시 말해, 그 편지지 묶음의 맨 위에는 피 묻은 다른 한 장이 더 있었는데 그것이 뜯겨나가 우리가 발견했을 때는 그 아래에 있던 깨끗한 편지지가 맨 위에 있게 된 겁니다."

"과연 옳은 얘기입니다, 페이션스 양."

"우리는 모자라는 편지지 두 장 가운데 한 장에 대해서는 이미 알고 있습니다. 그건 패니 카이저에게 보내려던 편지 봉투 속에 들어 있었고, 살해당하기 전에 포셋 상원의원이 직접 쓴 것입니다. 나머지 한 장은 행방을 알 수 없었는데, 그것이 바로 편지지 묶음 맨 위에 있다가 피 묻은 채 뜯겨나간 편지지입니다. 아버지가 벽난로 속의 재에서 찾아낸 책상 위의 편지지와 동일한 것임을 확인한, 바로 그 편지지이죠."

나는 설명을 계속했다.

"그런데 그 행방을 알 수 없었던 편지지에 피가 묻어 있었다면 그것은 살인이 일어난 뒤에 뜯겨나간 것이 분명합니다. 왜냐하면 핏자국은 살인 행위 때문에 생긴 것이니까요. 따라서 그 편지지는 살인이 일어난 뒤에 태워졌고 발로 뭉개졌다고 봐야 합니다. 그럼 누가 그걸 태웠을까요? 살인자가 태웠을까요? 만약 살인자가 그걸 태우고 그 재를 뭉개 껐다면 다우는 살인자가 아니라는 얘기가 됩니다. 왜냐하면 이미 증명했듯이 다우는 그걸 태우고 그 재를 뭉개 끈 사람이 될 수 없기 때문입니다."

"아, 잠깐만!"

레인 씨가 낮게 외치며 말을 이었다.

"너무 서두르지 마십시오, 페이션스 양. 당신은 살인범과 벽난로 속의 재를 뭉갠 사람을 동일 인물로 보고 있군요. 하지만 그걸 증명할 수 있습니까? 물론 증명할 방법이 없진 않습니다만."

"허, 그것참!"

아버지는 신음하듯 중얼거리며 시무룩하게 발치를 내려다보았다.

"증명할 수 있느냐고요? 물론이죠! 그럼 살인범과 재를 뭉갠 사람이 각기 다른 사람이라고 가정해보죠. 검시관인 불 박사에 의하면 살인은 10시 20분에 일어났다고 합니다. 그리고 카마이클 씨는 집 밖에서 10시 15분 전부터 10시 30분까지 현관문 쪽을 지켜보고 있었는데, 그동안에 단 한 명의 인물이 집 안으로 들어갔고 또한 그 인물이 집 밖으로 나왔다고 했습니다. 그 후 경관들이 도착해 온 집 안을 조사해봤지만 숨어 있는 사람은 없었습니다. 카마이클 씨가 시체를 발견했을 때부터 경찰이 도착할 때까지 집 밖으로 빠져나간 사람이 있을 리도 없습니다. 카마이클 씨가 줄곧 지켜보았던 현관문을 제외하면 아무도 다른 출구를 통해 집 밖으로 달아날 수는 없는 상황이었습니다. 왜냐하면 모든 다른 문들과 창문들은 안쪽에서 잠겨 있었기 때문이죠."

아버지는 다시 신음을 냈고 나는 얘기를 마무리 짓기 위해 말을 이었다.

"레인 선생님, 어떻습니까? 이렇듯 이 사건에는 두 명의 인물이 관계하고 있는 게 아니라 오직 한 인물이 그 죽음의 방에서 살인을 저지르고 편지지를 불태우고 그 재를 발로 뭉개 끈 게 됩니다. 그러므로 앞서 증명한 대로 아론 다우는 재를 뭉갠 사람이 될 수 없으니 범인 또한 될 수 없는 것입니다!"

나는 거기까지 얘기하고 입을 다물었다. 레인 씨의 칭찬을 듣고 싶기도 했고 피곤하기도 했기 때문이다.

레인 씨는 조금 슬픈 듯한 표정을 지으며 말했다.

"경감님, 저도 이제 이 사회에서 쓸모없는 인간이 되고 만 것 같습니다. 당신은 진짜 셜록 홈스를 낳으셨군요. 그리고 그동안 미약하나마 사회에 이바지해온 제 임무를 앗아가 버리시는군요. 페이션스 양, 실로 놀라운 분석입니다. 당신 얘기가 전적으로 옳습니다……. 적어도 지금까지 설명한 바로는 말입니다."

"맙소사! 아직도 뭔가 더 문제 되는 것들이 있단 말입니까?"

아버지가 소리치며 자리에서 일어났다.

"그렇습니다, 경감님. 더욱 중요한 것들이죠."

"그 말씀은 제가 이끌어낸 결론이 충분하지 않다는 뜻인가요? 그렇다면 이렇게 덧붙이기로 하죠. 만약 다우가 결백하다면 누군가가 그를 함정에 빠뜨린 것이라고 말입니다."

나는 초조하게 말했다.

"그래서요?"

"그리고 다우를 함정에 빠뜨린 그자는 오른손잡이입니다. 그는 다우를 범인으로 몰기 위해 의식적으로 왼손을 사용해 범행을 저질렀습니다. 하지만 무의식적으로 오른발을 사용한 점으로 보아 실제로는 오른손잡이임을 알 수 있습니다."

"흠, 나는 그런 뜻으로 말한 게 아닙니다. 페이션스 양. 당신은 더욱 놀라운 추리를 이끌어낼 수 있는 다른 요소를 간과하고 있거나 고려하고 있지 않군요."

아버지는 양손을 들어 보였다. 하지만 나는 아주 얌전하게 말했다.

"그렇습니까?"

그러자 레인 씨는 나에게 예리한 시선을 던졌고 우리는 한순간 눈이 마주쳤다. 그런 뒤에 그는 미소를 떠올렸다.

"당신 역시 알고 있군요, 그렇죠?"

레인 씨는 그렇게 말한 뒤 생각에 잠겼고, 나는 말을 해야 할지 말아야 할지를 망설이며 풀잎을 만지작거렸다.

"패티, 나도 한 가지 물어보마!"

아버지가 투덜대며 말을 이었다.

"방금 떠오른 의문인데 말이야, 네가 설명할 수 있기를 바란다. 어떻게 융단 위에 발자국을 남긴 자와 재를 뭉갠 자가 동일인이라고 단정할 수 있다는 거냐? 물론 나 역시 동일인일 거라고 생각은 한다. 하지만 네가 그걸 증명할 수 없다면 너의 멋진 이론도 한낱 물거품에 지나지 않을지도 몰라."

"설명해드리세요, 페이션스 양."

레인 씨가 상냥하게 말했다.

나는 한숨을 쉬었다.

"정말 딱하시군요, 아버지! 아주 혼란스러우신가 봐요. 잘 들어보세요. 조금 전에 저는 이 사건의 범인이 오직 한 사람뿐임을 증명했어요. 그리고 제가 지난번에 카마이클 씨에게 벽난로 근처의 융단을 밟지 않았느냐고 물었을 때, 그는 밟지 않았다고 했어요. 또한 존 흄 지방 검사로부터도 그 발자국이 포셋 상원의원의 것이 아님을 전해 들었어요. 그렇다면 살인을 하고 편지지를 태우고 그 재를 뭉개 끈 자 말고 누가 벽난로 근처 융단 위에 그 발자국을 남길 수 있단 말이죠?"

"알겠다, 알겠어! 그럼 이제 우린 어떻게 해야 하는 거냐?"

레인 씨가 눈썹을 치켜세웠다.

"경감님, 그거야 뻔하지 않습니까?"

"뻔하다뇨?"

"우리가 취해야 할 다음 행동 말입니다. 당장 리즈 시로 돌아가서 다우를 만나야 합니다."

나는 난감했다. 어째서 레인 씨가 다우를 만나야 한다고 말하는지 알 수 없었기 때문이었다. 아버지 역시 레인 씨의 의도를 이해하지 못하고 어리둥절한 표정을 지었다.

"다우를 만나야 한다고요? 어째서죠? 그 가엾은 사람은 나를 애타게 만들 뿐입니다."

"하지만 그것이 무엇보다도 중요합니다, 경감님."

레인 씨는 서둘러 풀밭에서 일어나며 가운을 어깨에 걸쳤다.

"공판 전에 다우를 만날 필요가 있습니다."

레인 씨는 그렇게 말하고는 깊은 생각에 잠기더니 갑자기 눈을 빛냈다.

"그래요, 경감님! 이제는 저도 이 일에 직접 관여해보고 싶은 생각이 드는군요! 그런데 제가 끼어들 여지가 있을까요? 혹시 존 흄 씨가 저를 리즈 시에서 몰아내지는 않을까요?"

나는 "만세!" 하고 탄성을 질렀다. 아버지 또한 몹시 기뻐하셨다.

"진심으로 환영하는 바입니다, 레인 씨. 패티를 무시하는 건 아니지만, 당신이 관여해주신다니 더는 바랄 게 없습니다."

"그런데 어째서 다우를 만날 필요가 있다는 거죠, 레인 선생님?"

"페이션스 양, 우리는 드러난 사실들로부터 나무랄 데 없는 이론을 확립했습니다."

레인 씨는 팔을 아버지의 어깨에 두르고 내 손을 잡으며 말을 이었다.

"그러니 이제는 이론적인 작업은 여기서 멈추고 몇 가지 실험을 해보기로 합시다."

레인 씨는 잠깐 심각한 표정을 지으며 말을 덧붙였다.

"그렇게 하더라도 숲에서 벗어날 수 있는 건 아닐 테지만 말입니다."

"무슨 뜻이죠, 선생님?"

"아직도 우리는 포셋 상원의원을 살해한 진범이 누구인지에 대해선 일주일 전과 마찬가지로 모르고 있는 셈이니까요!"

레인 씨는 냉정한 어조로 그렇게 말했다.

10:
구치소에서의 실험

햄릿 저택에서 우리 부녀는 캘리밴이라는 별명을 가진 퀘이시 노인을 만났고, 언제나 천진난만한 미소를 얼굴 가득 담고 있으며 폴스태프*셰익스피어 작품에 등장하는 동보 기사—옮긴이*라는 별명으로 불리는 레인 씨의 집사로부터 아주 극진한 대접을 받았다. 그런 뒤 우리는 레인 씨가 드로미오*셰익스피어 작품의 등장인물—옮긴이*라 부르기를 고집하는 빨간 머리의 운전기사가 모는 번쩍이는 리무진을 타고 드넓은 햄릿 저택을 떠났다. 자신의 직업에 자부심과 긍지를 느끼고 있는 듯한 드로미오는 필라델피아의 법률가처럼 솜씨 좋게 그리고 프리마 돈나처럼 경쾌하게 차를 몰았다. 그 덕분에 북부로 향하는 우리의 여행은 더할 나위 없이 안락했고, 언제까지나 계속되었으면 싶을 만큼 즐거웠다.

특히 드루리 레인 씨와 아버지 사이의 화기애애한 대화가 여행의 즐거움을 더해주었다. 나는 그들이 지난날을 떠올리며 나누는 이야기, 특히 레인 씨의 연극배우 시절의 추억담을 꿈결처럼 들으며 여행의 대부분을 기분 좋게 두 사람 사이에 앉아 있었다. 시간이 흐를수록 나는 레인 씨에게 더욱 깊은 호감을 느끼게 되었고 그의 매력의 비밀을 알 것만도 같았다. 그는 언제나 점잖으면서도 부드러운 재치를 구사할 줄 알았고, 그가 하는 얘기는 논쟁이나 의문을 불러일으킬 여지가 없이 명쾌했으며, 무엇보다도 그 내용이 재미있었다. 그는 누구보다도 풍요롭게 인생을 살아왔고, 그 생애는 독창적인 친분들로 꽉 차 있었다. 그는 연극계에서 자신의 황금기를 보내면서 알 만한 가치가 있는 사람들이라면 모두 친하게 사귀어온 듯했다. 한마디로 그는 대단히 매력적인 인물이었다.

누군가가 말했듯이, 여행에서 좋은 동행자가 있다는 것은 좋은 탈것이 있는 것만큼이나 행복한 것이다. 그런데 우리는 이 두 가지를 함께 갖추고 있었기에 시간이 흐르는 것도 잊을 지경이었다. 정말이지, 시간이 얼마나 빨리 지나갔는지! 어느새 우리는 한쪽에는 강물이 반짝이며 흐르고 멀지 않은 곳에 리즈 시와 알곤킨 교도소가 바라보이는 계곡으로 내려가고 있었다. 그러자 이 여행의 끝에서 우리를 기다리고 있는 게 죽음일지도 모른다는 생각이 들어 나는 몸이 떨렸다. 아론 다우의 뾰족하고 작은 얼굴이 언덕 위의 아지랑이 속에서 가물거리는 듯해서 햄릿 저택을 떠난 뒤 처음으로 음울한 생각에 빠져들었던 것이다. 우리는 여기까지 오는 동안 아론 다우 사건을 침묵 속에 감싸둔 채 그의 이름조차 입 밖에 내지 않았다. 그 때문에 나는 한동안 우리의 우울한 사명을 잊고 있었다. 그런데 지금 거기에 생각이 미치자, 만약 우리가 희망이 전혀 없는 자비의 사명만을 지니고 여기까지 온 게 아니라면, 과연 우리가 어떻게 그 가엾고 보잘것없는 목숨을 전기의자로부터 구해낼 수 있을지 걱정이 되었다.

리즈 시로 접어드는 간선 도로를 달리자, 개인적인 이야기는 중단되었고 모두 한동안 침묵을 지켰다. 아마도 그때 우리 모두는 일이 실패로 끝날지도 모른다는 불안감에 사로잡힌 듯했다.

이윽고 아버지가 말했다.

"패티, 아무래도 시내의 호텔에 묵는 편이 나을 것 같구나. 다시 클레이 씨 댁에 신세를 질 수는 없으니 말이다."

"그럼 그렇게 하시죠."

나는 나른한 목소리로 대답했다.

"안 됩니다!"

레인 씨가 이의를 제기했다.

"그렇게 하시면 안 됩니다. 이제 저도 당신들과 함께 일하게 되었으니 앞으로의 행동 방향에 대해서 발언권이 있다고 생각합니다. 경감님, 당신과 따님은 좀 더 클레이 씨 댁에 머무르시는 편이 좋을 겁니다."

"어째서입니까?"

아버지가 항의했다.

"여러 가지 이유 때문입니다. 그 이유들은 어느 것이나 그 자체로는 그다지 중요하지 않지만, 그것들을 종합해보면 작전상 그렇게 행동하는 것이 좋다는 결론에 이릅니다."

"우리가 다시 포셋 박사를 조사하기 위해 돌아왔다고 얘기할 수는 있겠지요."

나는 한숨을 쉬며 말했다.

아버지가 생각에 잠기는 표정으로 말을 이었다.

"그건 사실이지. 어쨌든 그 악당 건이 아직 끝난 것은 아니니까……. 그런데 당신은 어떻게 하시겠습니까, 레인 씨? 당신도 클레이 씨 댁에서……."

"천만에요."

레인 씨는 미소를 떠올리며 말을 이었다.

"저까지 클레이 씨를 성가시게 할 수야 없죠. 실은 달리 생각이 있습니다……. 뮤어 신부의 거처는 어디입니까?"

"교도소 담장 밖의 작은 집에서 혼자 살고 계십니다."
내가 그렇게 대답하고는 아버지를 바라보았다.
"그렇죠, 아버지?"
"그래."
아버지는 레인 씨를 바라보며 말을 이었다.
"그것도 나쁘진 않겠군요. 신부님을 잘 아신다고 하셨죠?"
"그렇습니다. 오랜 친구 사이죠. 호텔 비용도 절약할 겸해서 오랜만에 옛날 친구를 찾아봐야겠습니다."
레인 씨가 웃으며 말을 이었다.
"두 분도 함께 가시지요. 그런 뒤에 드로미오가 당신들을 클레이 씨 댁까지 모셔다드릴 겁니다."
아버지는 드로미오에게 길을 가르쳐주었고, 우리를 태운 레인 씨의 리무진은 시내를 끼고 돈 뒤 언덕 위에 있는 커다란 잿빛 교도소 건물을 향해 비탈길을 올라가기 시작했다. 우리는 클레이 씨 저택 앞을 지나 이윽고 교도소 정문에서 백 미터도 안 되는 곳에 있는 뮤어 신부 댁에 도착했다. 그 집은 담쟁이덩굴에 둘러싸인 작은 건물로, 돌담 가장자리에는 철 이른 장미꽃이 군데군데 피어 있었다. 베란다에는 커다란 흔들의자가 한가롭게 놓여 있었다.

드로미오는 자동차의 경적을 울렸다. 레인 씨가 현관 쪽으로 걸어가자 현관문이 열리며 신부복을 대충 걸친 뮤어 신부가 모습을 드러냈다. 그는 온화한 얼굴을 딱할 정도로 찌푸리면서 도수 높은 안경 너머로 방문객을 확인하려고 애썼다.

방문객이 누구인지 알아차리자 뮤어 신부의 얼굴에는 깜짝 놀라는 빛이 떠오르더니 차츰 기쁜 표정으로 변했다.
"아니, 드루리 레인 씨가 아닙니까!"

뮤어 신부는 큰 소리로 외치며 레인 씨의 손을 덥석 잡았다.

"정말 믿어지지가 않는군요! 어떻게 여기까지? 아무튼 반갑습니다. 자, 어서 안으로 들어갑시다. 어서요."

속삭이는 듯 말하는 레인 씨의 대답은 우리에게 들리지 않았다. 이어서 한동안 신부가 빠른 어조로 계속 말하다가, 이윽고 자동차에 남아 있는 우리를 보더니 옷자락을 여미며 급한 걸음으로 다가왔다.

뮤어 신부는 작고 주름진 얼굴 가득 환한 미소를 떠올리며 말했다.

"와주셔서 감사합니다. 실은 제가 지금 레인 씨에게 이곳에서 묵으라고 설득하고 있는 중이랍니다. 리즈에 볼일이 있어 오셨다기에……. 자, 어쨌든 들어가시지요. 차라도 한잔 드시면서 말씀을 나누기로 합시다. 자, 어서요……."

내가 그 말에 막 대답을 하려고 할 때 현관 쪽에서 레인 씨가 고개를 세차게 내젓는 것이 보였다.

아버지가 뭐라고 끼어들기 전에 나는 재빨리 말을 이었다.

"정말 죄송합니다, 신부님. 저희는 급히 클레이 씨 댁으로 가야만 한답니다. 우리는 그곳에 묵고 있어요. 친절하신 말씀은 감사합니다만 아무래도 다음 기회로 미뤄야겠군요, 신부님."

드로미오가 무거운 여행 가방 두 개를 차에서 현관까지 옮겨놓은 뒤 레인 씨에게 웃으며 인사하고 돌아왔다. 그런 다음 그는 다시 우리를 태운 채 비탈길 아래로 차를 몰았다. 우리가 마지막으로 뒤돌아보았을 때, 뮤어 신부는 섭섭한 듯이 멀어져가는 우리를 돌아보고 있었고 레인 씨의 키 큰 모습은 뮤어 신부보다 먼저 집 안으로 사라지고 있었다.

우리가 다시금 클레이 씨 댁의 손님으로 머무는 데는 아무런 문제가 없었다. 우리가 레인 씨의 차를 타고 저택에 닿았을 때 집 안에는 마사라는 나이든 가정부밖에 없었는데 그녀는 당연하다는 듯이 우리를 손님으로 맞아들였다. 그래서 우리는 전에 쓰던 방을 자연스레 다시 쓸 수 있게 되었다. 한 시간쯤 뒤에 제레미와 그의 아버지가 점심 식사를 하기 위해 채석장에서 돌아왔다. 우리는 태연히 베란다에서 그들을 기다렸다. 내심 약간 불안했으나, 클레이 씨는 우리를 진심으로 환영해주었고 제레미는 입을 쩍 벌리고 눈이 휘둥그레진 채 나를 바라보았다. 마치 한때의 즐거운 추억을 남기고 사라진 환상의 여자를 다시 만난 듯한 표정이었다. 이윽고 마음의 평정을 되찾자, 제레미는 다짜고짜 나를 몰아세워 저택 뒤에 있는 수풀에 싸인 조그만 정자로 데리고 가더니 대리석 가루가 잔뜩 묻은 얼굴로 내게 키스하려고 덤벼들었다. 그의 능숙한 포옹에서 빠져나올 때 그의 입술이 나의 왼쪽 귓불에 가볍게 스쳤다. 그때 나는 옛 보금자리로 돌아온 듯한 편안한 기분을 느꼈다.

바로 그날 오후, 우리는 현관에 앉아 있다가 요란한 자동차 경적 소리에 자리에서 일어났다. 고개를 들어 바라보니 레인 씨의 늘씬한 리무진이 정원으로 난 길을 미끄러져 들어오고 있었다. 드로미오는 핸들을 잡은 채 미소를 짓고 있었고, 레인 씨는 뒷좌석에서 우리에게 손을 흔들었다.

소개가 끝나자 레인 씨가 말했다.

"경감님, 저는 리즈 시의 구치소에 갇혀 있는 그 가엾은 사람 얘기를 듣고서 커다란 관심을 갖게 되었답니다."

레인 씨의 말은 마치 아론 다우의 소문을 듣고서 물어본다는 투였다.

아버지가 태연스레 장단을 맞추었다.

"뮤어 신부님이 그 사람 얘기를 하신 모양이군요. 슬픈 사건이죠. 그런데 그 일로 시내에 나가시는 길이십니까?"

어째서 레인 씨는 이 사건에 대한 자신의 관심사를 솔직히 나타내려 하지 않을까 하고 나는 의아하게 생각했다. 분명 그가 클레이 씨를 의심하는 건 아닐 터였다……. 나는 클레이 씨 부자를 보았다. 엘리후 클레이 씨는 유명한 드루리 레인 씨의 실제 모습을 보게 되어 기뻐할 따름이었고 제레미는 경외심 어린 시선으로 멍하니 그를 바라보고 있었다. 그제야 나는 레인 씨가 유명 인사라는 점에 생각이 미쳤다. 그의 여유 있고 자연스러운 태도는 그가 사람들의 존경과 찬사에 익숙해져 있음을 나타내주었다.

"그렇습니다. 뮤어 신부님은 제가 그를 도와줄 수 있을지도 모른다고 하시더군요. 어쨌든 저는 그 가엾은 사람을 만나보고 싶습니다. 어떻게 손을 좀 써주시겠습니까, 경감님? 경감님께선 지방 검사와 친분이 있으시다고 들었습니다만."

"알겠습니다. 다우를 만날 수 있도록 주선해드리지요. 패티, 너도 함께 가자꾸나. 그럼 실례해야겠습니다, 클레이 씨."

우리는 클레이 씨가 기분이 상하지 않도록 정중하게 인사를 하고, 곧 리무진 안에 레인 씨와 나란히 앉아 시내로 향했다.

"어째서 당신은 이곳에 오신 목적을 클레이 부자에게 숨기셨습니까?"

아버지가 물었다.

"특별한 이유는 없습니다."

레인 씨는 모호하게 대답하며 말을 이었다.

"될 수 있으면 알리지 않는 게 좋을 듯해서입니다. 범인에게

괜한 경계심을 불러일으킬 염려도 있으니까요……. 어쨌든 엘리후 클레이 씨는 정직한 사람인 것 같더군요. 약간이라도 부정한 냄새가 나는 거래라면 겁을 집어먹고 피하겠지만 일단 정당한 거래라고 생각되면 달려들어 냉정하게 이득을 챙길 전형적인 사업가 타입이라고나 할까요."

"레인 선생님. 선생님은 지금 아무렇지도 않게 말씀하셨지만 실제로는 다른 무슨 이유가 있으신 거죠?"

나는 심각한 표정으로 물었다.

레인 씨가 소리 내어 웃었다.

"페이션스 양, 당신은 나를 지나치게 교활하게 생각하고 있군요. 저는 사실 그대로를 말씀드린 겁니다. 제 말에 다른 뜻은 없습니다. 아직 저는 이 도시의 모든 것이 생소할 뿐이어서 일에 착수하기 전에 모든 사정을 주의 깊게 헤아릴 필요가 있지요."

존 흄은 사무실에 있었다.

우리가 두 사람을 소개하자 흄이 먼저 입을 열었다.

"당신이 바로 그 유명하신 드루리 레인 씨로군요. 실로 영광입니다, 레인 씨. 당신은 제 소년 시절의 우상이셨습니다. 그런데 무슨 용건으로 저를 찾아오셨는지요?"

"늙은이의 주책없는 호기심 탓이지요."

레인 씨는 빙그레 웃으며 말을 이었다.

"흄 씨, 저는 남의 일에 참견하는 데는 일가견이 있답니다. 이제는 연극계에서도 잊힌 존재가 되다 보니 쓸데없이 남의 일에 참견이나 하며 골칫거리 노릇을 톡톡히 하고 있죠……. 그래서 말씀인데, 아론 다우를 꼭 좀 만나보고 싶습니다."

"아하! 알겠습니다."

흄이 아버지와 내게 재빨리 눈길을 보내며 말을 이었다.

"경감님과 섬 양을 도와주러 오셨군요. 뭐, 좋습니다. 레인 씨, 전에도 여러 번 말했지만, 저는 검사이지 사형 집행인이 아닙니다. 저는 다우가 살인범이라고 믿고 있습니다만, 만약 당신들이 그렇지 않다는 것을 증명하신다면 기꺼이 그에 대한 기소를 취하하겠습니다."

"물론 그러시겠죠."

레인 씨는 무뚝뚝하게 말을 이었다.

"그런데 언제 다우를 만나게 해주시겠습니까?"

"지금 당장 그를 만나게 해드리지요. 이리로 데려오도록 지시하겠습니다."

"아닙니다, 그러실 것 없습니다. 그렇게까지 하면서 당신 일을 방해하고 싶지는 않습니다, 흄 씨. 허락해주신다면, 우리가 구치소로 가서 만나겠습니다."

레인 씨는 재빨리 말했다.

"정 그러시다면, 좋으실 대로 하십시오."

흄은 어깨를 으쓱하더니 곧바로 지시서를 써주었다. 그 지시서를 받아 들고서 우리는 흄의 사무실을 나와 그곳에서 돌을 던지면 닿을 만한 거리에 있는 구치소로 갔다. 그리고 교도관의 안내를 받아 쇠창살이 달린 작은 방들이 늘어서 있는 어두운 복도를 지나 아론 다우가 있는 독방으로 향했다.

언젠가 오스트리아의 수도 빈을 여행할 때, 나는 한 젊고 유명한 외과의사의 초청으로 새로 지은 병원을 방문한 적이 있었다. 나는 아직도 그때의 일을 기억하고 있는데, 우리가 어느 텅 빈 수술실을 둘러보고 나오자 문 앞 복도의 벤치에 앉아 있던 시름에 잠긴 표정의 한 남자가 일어나더니 의사를 바라보았다. 자신과 관계있는 누군가가 그 병원에 입원해 있는 모양이었다. 그 남자는 나를 안내한 의사가 그 환자의 수술실에서 나온 의사 중 한 명이라고 생각하는 듯했다. 나는 그때의 그 가엾은 남자의 얼굴을 아직도 잊을 수가 없다. 보통 때라면 그저 평범했을 얼굴인데, 공포와 실낱같은 희망이 뒤범벅이 되어 복잡하고 이상한 표정을 띠고 있었다…….

쇠창살로 된 문이 열리는 소리에 고개를 들고서 아론 다우는 우리를 쳐다보았다. 그의 얼굴에 떠오른 표정이 바로 지난날 빈에서 내가 본 그 가엾은 남자의 표정과 똑같았다. 흄은 며칠 전 포셋 박사를 만났을 때 다우가 건방지기까지 했다고 말했지만, 나는 다우의 표정에서 도저히 그런 모습을 떠올릴 수가 없었다. 다우의 표정은 자신의 무죄를 확신하는 용의자의 표정이 아니었다. 공포와 고뇌로 짓눌린 그 얼굴에 순간적으로 희망의 빛이 떠오르긴 했지만 그마저도 더할 나위 없이 가냘픈 것이었다. 그것은 궁지에 몰린 짐승의 내부에 남아 있던 희망의 잔영이 잠시 밖으로 떠오른 것에 지나지 않았다. 그의 뾰족하고 작은 얼굴은 마치 목탄화를 누군가가 일부러 손으로 문질러놓은 것처럼 지저분했고, 잠을 설친 듯 충혈된 눈은 초점을 잃어 공허하게 보였다. 면도를 하지 않아서 얼굴은 꺼칠했고 옷은 지저분했다. 그 가엾은 모습을 보자 내 가슴은 미어지는 듯했다. 레인 씨를 흘끗 쳐다보니, 그 역시도 몹시 침통한 표정을 짓고 있었다.

이 무뚝뚝한 얼굴로 창살문을 활짝 열어젖히며 우리에게 들어가라고 손짓했다. 우리가 안으로 들어가자마자 그는 뒤에서 문을 쾅 닫더니 열쇠로 문을 잠가버렸다.

"어……어서 오십시오……."

아론 다우는 낡은 침대 모서리에 긴장한 모습으로 걸터앉은 채 쉰 목소리로 말했다.
"잘 있었소, 다우?"
아버지가 애써 밝은 표정을 지으며 말을 이었다.
"당신을 만나보고 싶어 하시는 분을 모시고 왔소. 이분은 드루리 레인 씨인데, 당신과 얘기를 나누고 싶어 하오."
"오!"
다우는 그 한마디만 내뱉고는 먹이를 갈망하는 강아지처럼 레인 씨를 뚫어지게 바라보았다.
"안녕하시오, 다우."
레인 씨는 부드러운 어조로 그렇게 말하고는 재빨리 고개를 돌려 복도 쪽을 바라보았다. 교도관은 팔짱을 낀 채 다우의 독방과 마주 보는 벽에 기대어 서 있었는데, 졸고 있는 듯했다.
"몇 가지 물어보고 싶은 것이 있는데 대답해줄 수 있겠소?"
"뭐든, 뭐든 물어보십시오, 레인 씨."
다우가 쉰 목소리로 말했다.
나는 속이 약간 거북해 딱딱한 벽에 몸을 기대었다. 아버지는 두 주먹을 주머니에 찔러 넣으며 무언가 혼잣말을 중얼거렸다. 레인 씨는 자연스러운 어조로 별 의미도 없는 질문들을 다우에게 던졌다. 그 질문들은 이미 우리가 답을 알고 있거나 다우가 절대로 대답을 하지 않을 성질의 것들이었다. 나는 벽에 기대어 있던 몸을 곧게 폈다. 대체 무엇 때문에 저러는 걸까? 레인 씨는 무얼 의도하고 있는 걸까? 이 끔찍한 방문의 목적은 뭘까?
레인 씨와 다우는 그새 친해진 듯이 나직하게 대화를 나눴으나, 내용 면에서는 그다지 성과나 진전이 있는 것 같지는 않았다. 아버지는 영문을 모른 채 안절부절못하고 왔다 갔다 했다.
그러던 중에 그 일이 일어났다. 다우가 무언가 불평을 한참 털어놓고 있는 도중에 레인 씨가 연필 한 자루를 주머니에서 꺼내더니 놀랍게도 다우를 겨냥해 그것을 냅다 던졌다. 마치 그걸로 다우를 침대에 꽂아버리려는 듯한 동작이었다.

나는 놀라서 소리를 질렀고 아버지도 놀란 듯이 레인 씨를 바라보았다. 그러나 레인 씨는 분명한 의도가 담긴 눈으로 다우를 바라보았다. 그래서 나도 곧 그가 취한 행동의 의미를 알 수 있었다……. 다우는 입을 쩍 벌린 채 날아드는 연필을 피하려고 엉겁결에 왼팔을 들어 올렸던 것이다. 그의 오른팔은 옷소매 안에서 쓸모없이 축 늘어져 있을 뿐이었다.

"왜 이러십니까!"

다우는 침대 뒤로 몸을 움츠리며 항의했다.

"어째서 나를…… 나를……."

"별일 아니니 걱정 마요. 나는 가끔 이런 짓을 하오. 하지만 당신을 해칠 생각은 정말이지 조금도 없다오. 이봐요, 다우, 나를 좀 도와주겠소?"

레인 씨가 중얼거리듯 말했다.

아버지는 긴장을 풀고 웃으며 벽에 몸을 기대섰다.

"도와달라고요?"

다우는 떨리는 목소리로 물었다.

"그렇소."

그렇게 대답하고 나서 레인 씨는 허리를 굽혀 바닥에 떨어진 연필을 주웠다. 그리고 지우개가 달린 쪽을 앞으로 해서 다우에게 내밀었다.

"이걸로 나를 찔러보시오."

찔러보라는 말을 듣고서, 그제야 다우는 물기 어린 눈에 이해가 간다는 빛을 띠었다. 그는 왼손으로 연필을 잡고 조심스럽게 레인 씨에게 어설픈 공격을 가했다.

"하!"

레인 씨는 만족스레 외치며 뒤로 물러섰다.

"좋아요, 잘하셨소……. 경감님, 혹시 종이 가지신 것 있습니까?"

다우는 멍한 표정으로 연필을 돌려주었고, 아버지는 퉁명스러운 목소리로 말했다.

"종이요? 뭘 하시려고요?"

"그것 역시 내 별난 정신 착란 증세를 위한 것이죠."

레인 씨가 낮게 웃으며 말을 이었다.

"자아, 어서요. 경감님, 점점 더 둔해지시는 것 같군요!"

아버지가 투덜거리며 수첩을 건네주었다. 레인 씨는 수첩에서 백지 한 장을 뜯어냈다.

"자, 그럼, 다우."

레인 씨는 주머니에 손을 넣어 뭔가를 찾으며 말을 이었다.

"우리가 당신을 해치고자 이러는 게 아니라는 걸 알았겠죠?"

"네, 뭐든 시키는 대로 하겠습니다."

"고맙소."

레인 씨는 주머니에서 작은 성냥갑을 꺼내더니 침착하게 종이에 불을 붙였다. 종이가 활활 타기 시작하자 그는 불붙은 종이를 그대로 바닥에 떨어뜨렸다. 그리고는 아무 말 없이 두세 발짝 뒤로 물러섰다.

"무슨 짓입니까! 여길 불태울 작정입니까?"

다우가 소리치더니 침대에서 벌떡 일어나 불타고 있는 종이를 미친 듯이 왼발로 짓뭉갰다. 그는 재가 완전히 가루가 될 때까지 동작을 멈추지 않았다.

"이것으로 배심원들도 이해시킬 수 있을 것 같은 생각이 드는군요, 페이션스 양."

레인 씨는 미소를 떠올리며 경감을 바라보았다.

"경감님, 이제는 믿으시겠습니까?"

아버지가 얼굴을 찌푸렸다.

"제 눈으로 직접 보지 않았다면 저도 결코 믿지 못했을 것입니다. 그래요, 사람은 죽을 때까지 배운다더니 과연 그 말이 맞는 것 같습니다."

나는 속이 후련해지며 웃음이 절로 나왔다.

"어머, 아버지. 정말로 변하셨나 봐요! 아론 다우, 당신은 정말 운이 좋은 사람이에요."

"하지만 나는 뭐가 뭔지……."

다우는 마냥 어리둥절한 표정을 지었고, 레인 씨는 그의 지저분한 어깨를 두드려주며 위로했다.

"용기를 내시오, 다우. 우리가 당신을 구해줄 수 있을 것 같으니 말이오."

아버지가 교도관을 불렀다. 그는 복도를 가로질러 와서 창살문을 다시 열고 우리를 바깥으로 내보내주었다. 우리가 나가자 다우는 문 쪽으로 달려와 쇠창살에 매달려 목을 한껏 내밀고는 떠나가는 우리를 열심히 바라보았다.

하지만 차가운 복도로 발걸음을 내딛는 순간 나는 문득 불길한 예감이 들었다. 왜냐하면 우리 뒤에서 열쇠를 쩔렁거리는 교도관의 험상궂은 얼굴에 아주 기묘한 표정이 떠올라 있었기 때문이다. 나는 단지 내 기분 탓이려니 하면서 스스로를 달래보았지만 아무래도 그 표정은 불길하게만 여겨졌다. 돌이켜보니, 아까 복도에서 다우의 독방을 향해 벽에 기대서 있던 교도관이 정말로 졸고 있었는지도 정확히 알 수 없었다. 흥! 그자가 아까 있었던 일을 보았다고 해서 우리에게 무슨 해를 입힐 수 있을라고? 나는 레인 씨를 흘끗 쳐다보았다. 하지만 그는 뭔가 깊은 생각에 잠긴 채 성큼성큼 걸음을 옮길 뿐이었다. 나는 레인 씨가 교도관의 그 표정을 보지 못했구나 하고 생각했다.

우리는 흄 지방 검사의 사무실로 돌아왔다. 이번에는 대기실에서 삼십 분쯤 기다려야만 했다. 그동안 레인 씨는 마치 조는 듯이 내내 눈을 감고 앉아 있었다. 흄의 비서가 다가와서 들어가도 좋다고 말했을 때 아버지는 레인 씨의 어깨에 손을 얹어 깨워야만 했다. 레인 씨는 무어라고 사과의 말을 중얼거리며 즉시 자리에서 일어섰다. 아마도 레인 씨는 졸고 있었던 게 아니라, 내 생각을 넘어선 어떤 문제에 대해 깊이 생각하고 있었음이 분명했다.

"레인 씨, 다우를 만나보신 소감이 어떻습니까?"

우리가 사무실에 들어가서 의자에 앉자 흄이 궁금하다는 듯 물었다.

"흄 씨, 제가 길 건너에 있는 그 장엄한 구치로소 가기 전까지는 다우가 포셋 상원의원의 살인범이 아니라고 '믿었을' 뿐이지만, 지금은 그 사실을 확실히 '알게' 되었답니다."

레인 씨가 부드럽게 답했다.

흄이 눈썹을 치켜세웠다.

"정말이지 당신들에게 놀라지 않을 수 없군요. 처음에는 섬 양이 그러더니, 다음에는 경감님이 그러고, 이번에는 또 레인 씨께서 그러시는군요. 정말 집단으로 저와 맞서시는군요. 대체 어째서 다우가 결백하다고 생각하는지 말씀해주시겠습니까?"

"페이션스 양, 아직도 흄 씨에게 그 '논리학 강의'를 하지 않았나요?"

레인 씨가 물었다.

"흄 씨는 들으려 하지 않았어요."

나는 호소하듯 말했다.

"흄 씨, 당신이 편견 없이 들어주실 수 있으시다면 앞으로 잠시 동안만 그렇게 해주십시오. 이 사건에 대해 이제까지 당신이 알고 있는 것은 모두 무시해버리고 맙니다. 그러면 페이션스 섬 양이 어째서 우리 세 사람이 다우가 결백하다고 생각하는지 그 이유를 들려줄 것입니다."

그리하여 나는 불과 사흘 동안에 세 번째로, 이번에는 흄을 위해 내 이론을 설명해야 했다. 하지만 시작하기도 전에, 나는 저렇게 고집스럽고 야망으로 피가 끓는 남자가 단지 논리에 의지할 뿐인 근거를 받아들일 리가 없음을 너무나도 잘 알고 있었다. 내가 사실로부터 끌어낸 나의 추론을 설명하는 동안(나는 이름을 밝히지 않은 채 카마이클의 증언도 얘기했다.) 흄은 아주 예의 바른 태도로 경청하며 몇 번인가 눈을 반짝이며 감탄스럽다는 듯이 고개를 끄덕이기까지 했다. 하지만 나의 설명이 끝나자 그는 고개를 저었다.

"섬 양, 여자로서 그토록 뛰어난 추리력을 발휘하시다니 참으로 훌륭하십니다. 아마 남자라도 그렇게까지는 못할 것입니다. 하지만 제가 보기엔 모호하군요. 무엇보다도 배심원들이 그 분석을 이해할 수는 있더라도 믿지는 않을 것 같습니다. 그리고 그 이론에는 몇 가지 중대한 결점이……."

"결점이라고요?"

레인 씨는 기묘한 표정을 지으며 대꾸했다.

"장미에는 가시가 있고, 은빛으로 반짝이는 샘에도 진흙이 있으며, 모든 사람에게는 결점이 있다고 일찍이 셰익스피어는 그의 소네트에서 노래했습니다. 하지만 흄 씨, 제가 해명을 할 수 있을지는 모르겠습니다만, 그 결점들을 하나하나 지적해주시겠습니까? 어떤 결점들이지요?"

"우선, 오른발잡이니 왼발잡이니 하는 그 믿어지지 않는 사항부터 살펴봅시다. 오른팔과 오른쪽 눈의 기능을 상실한 사람이 시간이 지나면 발도 왼발잡이가 된다고 단정할 수는 없습니다. 그 이론은 공허하게 들립니다. 의학적인 신빙성이 있을 것 같지가 않습니다. 그리고 그 점이 무너지면 섬 양의 이론 전체가 무너지고 맙니다, 레인 씨."

"글쎄, 저렇다니까요."

아버지는 그렇게 말하며 두 손을 번쩍 들어 보였다.

레인 씨가 다시 말했다.

"그 점이 무너진다고요? 천만에요. 그 점이야말로 제가 이 사건과 관련해 확실하게 자신할 수 있는 몇 가지 안 되는 점 중의 하나입니다."

흄이 미소를 떠올렸다.

"레인 씨, 설마 진심으로 그런 말을 하시는 건 아니시겠죠? 설사 그것이 일반적으로는 그렇다고 하더라도……."

"우리가 방금 다우를 만나고 왔다는 사실을 잊고 계시는군요."

레인 씨가 중얼거리듯 말했다.

흄은 턱을 긴장시켰다.

"역시! 그러니까 당신들은……."

"흄 씨, 우리는 일반론을 주장했습니다. 다우와 같은 특수한 사고를 당한 경우에는 손과 함께 발도 왼발잡이가 된다고 말입니다. 그러나 일반적으로 그렇다고 하더라도 당신 말대로 그것이 개개인의 특수한 경우에 모두 해당될 리는 없습니다."

레인 씨는 희미한 미소를 지으며 말을 이었다.

"그래서 우리는 다우의 경우에는 어떤가를 직접 실험해보고자 했던 것입니다. 또한 그것이 바로 제가 리즈에 온 주된 목적이었습니다. 즉 무의식적인 행동을 할 때 아론 다우는 오른발이 아니라 왼발을 사용한다는 것을 입증하기 위해서였지요."

"그래서 다우가 왼발을 사용했습니까?"

"그렇습니다. 제가 그에게 연필을 던졌더니 그는 그걸 피하려고 왼손을 들어 얼굴을 가렸습니다. 그리고 그 연필로 저를 찔러보게 했더니 그는 역시 왼손으로 저를 찌르려 했습니다. 이 실험들은 그가 지금은 왼손잡이가 되었으며 오른손은 전혀 쓰지 못한다는 것을 확인하기 위해 한 거였습니다. 그런 다음에 제가 종이에 불을 붙여 바닥에 떨어뜨렸더니 그는 놀라며 엉겁결에 그걸 발로 짓뭉개 끄더군요. 바로 왼발로 말입니다. 흄 씨, 우리는 이 사실을 당신에게 증거로 제출하는 바입니다."

지방 검사는 묵묵히 생각에 잠겨들었다. 그가 마음속으로 그 문제와 괴로운 싸움을 벌이고 있음을 나는 알 수 있었다. 이윽고 그는 미간에 깊은 주름을 잡으며 입을 열었다.

"이 문제는 좀 더 생각해봐야 하겠습니다. 저로서는 도저히 믿을 수가 없어요. 그런 건 아무래도……."

그는 중얼거리듯 말하더니 초조한 듯 손바닥으로 책상을 내리쳤다.

"한마디로 제게는 그것이 증거가 될 수 없어요! 그러니까 그것은 너무 잘 들어맞고, 너무 잘 짜여 있고, 또 너무 정황에 치우쳐 있습니다. 그가 결백하다는 것을 증명하기 위해서는 보다 현실적인 증거가 필요합니다."

레인 씨의 눈이 얼음처럼 차가워졌다.

"흄 씨, 이 나라의 법률 제도는 피고가 유죄라고 증명되기 전까지는 무죄로 다루는 걸로 알고 있습니다."

"흄 씨! 저는 그래도 당신이 이보다는 좀 더 공평한 분인 줄 알았어요!"

나도 더는 참지 못하고 쏘아붙였다.

"패티!"

아버지가 점잖게 나무랐다.

흄의 얼굴이 빨개졌다.

"아무튼 이 문제는 좀 더 생각해보겠습니다. 그럼 죄송하지만…… 이만 실례해야겠군요. 일이 많이 밀려 있어서……."

우리는 어색하게 작별을 하고 묵묵히 거리로 나섰다.

우리가 차에 올라타고 드로미오가 운전을 시작하자 아버지는 마침내 분통을 터뜨렸다.

"이제까지 숱한 고집불통들을 만나보았지만 저런 녀석은 처음이야!"

레인 씨는 생각에 잠긴 표정으로 묵묵히 드로미오의 붉은 목덜미를 바라보다가 우울한 목소리로 말했다.

"페이션스 양, 아무래도 실패한 것 같습니다. 당신의 노력에도 불구하고 일이 모두 허사가 되어버린 듯합니다."

"그게 무슨 말씀이시죠?"

나는 불안을 느끼며 물었다.

"젊은 흄의 불타는 야망이 그의 정의감을 짓누를 것 같습니다. 그리고 아까 거기에서 얘기하던 중에 문득 무언가가 떠올랐는데, 우리가 아주 중대한 실수를 한 듯합니다. 흄이 끝까지 저렇게 나온다면 우리는 아주 불리해지고 말 겁니다……."

"실수라고요? 그게 무슨 말씀이시죠, 선생님? 우리가 대체 무슨 실수를 했단 말인가요?"

나는 놀라서 외쳤다.

"정확히 얘기하자면, 우리가 아니라 내가 실수를 한 겁니다, 페이션스 양."

레인 씨는 잠시 입을 다문 뒤 물었다.

"다우의 변호사는 누굽니까? 설마 그 가엾은 친구에게도 변호사는 있을 테죠?"

"마크 커리어라는 이 지방 출신 변호사입니다. 클레이 씨가 오늘 그 사람에 대한 얘기를 해주더군요. 하지만 저는 어째서 그가 이 사건을 맡았는지 모르겠습니다. 혹시 다우가 범인이라고 믿고 그가 어딘가에 5만 달러를 숨겨두었을 거라고 생각한다면 또 모르겠지만 말입니다."

아버지가 중얼거리듯 대답했다.

"그럴까요? 그런데 그의 사무실은 어디입니까?"

"재판소 옆의 스코하리 빌딩에 있습니다."

레인 씨는 운전석 뒤의 유리 칸막이를 두드렸다.

"드로미오, 차를 돌려서 다시 시내로 들어가세. 재판소 옆 건물이야."

마크 커리어는 무척 뚱뚱하고 머리가 훌렁 벗어졌으며 빈틈없어 보이는 중년 신사였다. 그는 우리가 들어섰는데도 바쁘게 보이려는 시늉조차 하지 않았다. 마치 터트 씨*아서 트레인의 소설 속에 등장하는 명탐정 변호사—옮긴이*처럼 그는 회전의자에 앉아 다리를 책상 위에 올린 채 거의 자기 몸만큼이나 굵직한 시가를 피우면서 벽에 걸린 윌리엄 블랙스톤 경19세기 영국의 저명한 법률학자—옮긴이의 먼지 묻은 초상화를 황홀하게 쳐다보고 있었다.

우리가 자기소개를 하자 그가 나른하게 말했다.

"아아, 바로 제가 찾아뵙고 싶었던 분들이군요. 자리에서 일어나지 않는 것을 양해해주십시오. 지금은 휴식을 취하는 중인데다 몸이 워낙 뚱뚱해서요⋯⋯. 흄의 얘기로는, 섬 양 당신이 다우 사건에 상당히 힘을 쏟고 있다고 하더군요."

"그 얘기를 들은 건 언제였나요?"

레인 씨가 날카롭게 물었다.

"바로 조금 전에 전화로 알려주더군요. 꽤 친절하죠?"

커리어는 작고 날카로운 눈으로 우리를 위아래로 훑어보며 말을 이었다.

"뭐든 알고 계시는 게 있으시면 제게도 좀 가르쳐주십시오. 이 사건을 맡게 된 제 입장에선 어쨌거나 많은 도움이 필요하답니다."

"그런데 커리어 씨, 우리는 당신에 대해 아무것도 아는 바가 없답니다. 어째서 이 사건을 맡게 되었습니까?"

아버지가 물음에 변호사는 뚱뚱한 부엉이 같은 미소를 떠올렸다.

"그것참 묘한 질문이로군요, 경감님. 어째서 그런 걸 물으시는 거죠?"

두 사람은 느긋하게 서로를 바라보았다.

"뭐, 그냥⋯⋯."

아버지는 어깨를 으쓱하고는 말을 이었다.

"하지만 이것만은 대답해주십시오. 이 사건을 맡은 이유가 단지 경험을 쌓기 위해서인가요, 아니면 다우의 결백을 믿기 때문인가요?"

커리어가 천천히 말했다.

"다우는 유죄입니다."

우리는 서로의 얼굴을 마주 쳐다보았다.

"패티, 설명해드려라."

아버지가 우울한 목소리로 말했다.

그래서 나는 이미 백 번도 더 되풀이한 것처럼 지겨웠지만, 다우 사건에서 드러난 사실들에 근거한 분석을 다시 또 설명해야만 했다. 마크 커리어는 내 설명을 눈 한 번 깜박이지 않고, 고개 한 번 끄덕이지도 않고, 미소 한 번 띠지도 않고서 마치 관심조차 없는 양 들었다. 그리고 내 설명이 끝나자 그는 머리를 저었다. 지방 검사 존 흄이 그랬던 것과 마찬가지로.

"훌륭하긴 하지만 효력이 있을 것 같지 않습니다, 섬 양. 그렇게 어려운 얘기를 이 지방의 시골뜨기 배심원들이 이해할 리 없습니다."

"그 어려운 얘기를 배심원들에게 이해시키는 것이 바로 변호사인 당신이 해야 할 일이 아닙니까!"

아버지가 화가 난 듯 쏘아붙였다.

"커리어 씨, 배심원들은 그렇다 치더라도 당신 자신은 어떻게 생각하십니까?"

레인 씨가 부드럽게 물었다.

"제가 어떻게 생각하든 그게 무슨 상관이 있겠습니까, 레인 씨?"

변호사는 군함에서 연막을 피우듯이 담배 연기를 훅 뿜어내더니 다시 말했다.

"물론 저는 최선을 다할 겁니다. 하지만 오늘 당신들이 구치소에서 다우에게 한 그 어리석은 행동이 그의 목숨을 앗아가게 만들지도 모른다는 생각이 드는군요."

"말씀이 지나치시군요, 커리어 씨. 어째서 그런 말씀을 하시는 거죠?"

나는 그렇게 말하고 나서 슬쩍 레인 씨를 보았다. 그는 두 눈 가득 아주 곤혹스러운 빛을 띤 채 의자에 몸을 움츠리고 있었다.

커리어가 말을 이었다.

"당신들의 행동은 오히려 지방 검사 쪽에 유리하게 작용할 뿐입니다. 피고에 대한 실험은 반드시 증인의 입회 아래 이루어져야만 유효하다는 걸 몰랐단 말입니까?"

"우리가 바로 증인이잖아요!"

내가 외쳤다.

아버지는 고개를 내저었고 커리어는 미소 지었다.

"흄은 배심원들에게 당신들 모두가 이 사건에 어떤 선입관을 가지고 있다는 걸 쉽사리 믿게끔 만들 겁니다. 당신들의 그 행동은 마치 온 시내를 누비며 다우가 무죄라고 주장한 것과 다를 바가 없습니다."

"무슨 뜻인지 좀 더 알아듣기 쉽게 얘기해보시오!"

아버지가 으르렁거렸고 레인 씨는 몸을 더욱 움츠렸다.

"좋습니다. 말씀드리죠. 이제부터는 어떤 일이 당신들을 기다리고 있는지 아십니까? 흄은 당신들이 법정에서 다우에게 치르게 할 쇼를 미리 연습시켰다고 주장할 것입니다!"

구치소의 그 교도관이다! 그제야 비로소 나는 내 예감이 사실에 바탕을 둔 것임을 알았다. 나는 레인 씨로부터 눈길을 돌렸다. 레인 씨는 보기에도 딱할 정도로 풀이 죽어 꼼짝하지 않고 의자에 앉아 있었다.

이윽고 레인 씨가 중얼거리듯 말하기 시작했다.

"제가 염려했던 대로입니다. 뒤늦게 지방 검사의 사무실에서 그 생각이 나더군요. 그건 변명의 여지가 없는 저의 실수였습니다."

그토록 맑던 그의 두 눈은 흐려져 있었다.

잠시 후, 레인 씨는 단도직입적으로 말했다.

"좋습니다, 커리어 씨. 제가 어리석은 탓에 이런 사태가 초래된 것이니만큼, 제가 할 수 있는 유일한 방법으로, 즉 돈으로 보상해드리겠습니다. 당신의 변호료는 얼마입니까?"

커리어가 눈을 깜박이더니 천천히 말했다.

"제가 이 사건을 맡은 것은 그 가엾은 자가 불쌍해서입니다."

"물론 그러시겠지요. 그렇더라도 당신의 변호료를 말씀해주십시오, 커리어 씨. 대가가 주어진다면 당신의 그 영웅적인 동정심도 한층 더 고무될 테니까요."

레인 씨는 주머니에서 수표책을 꺼내 만년필로 기입할 자세를 취했다. 잠시 동안 아버지의 무거운 한숨 소리만이 들렸다. 이윽고 커리어는 손가락 끝으로 모양을 만들며 깜짝 놀랄 만큼 큰 액수를 불렀다. 아버지도 놀라서 입이 딱 벌어졌다.

그러나 레인 씨는 아무 말 않고 수표를 작성해서 그것을 변호사 앞에 내놓았다.

"경비를 아끼지 마십시오. 모자랄 경우에도 제가 모두 지불할 테니까요."

커리어는 빙그레 미소 지었다. 책상 위에 놓인 수표를 곁눈질해 볼 때는 그 통통한 콧구멍이 가볍게 벌름거렸다.

"레인 씨, 이만한 변호료라면 어떤 흉악범이라도 변호할 만합니다."

그는 수표를 자기 몸만큼이나 통통한 지갑 속에 조심스레 챙겨 넣으며 말을 이었다.

"가장 먼저 우리가 할 일은 신뢰할 수 있는 전문가를 확보하는 일입니다."

"그렇습니다. 제 생각으론……."

그들의 대화는 이어졌지만 내게는 마치 딴 세상의 소리처럼 공허하게 들릴 뿐이었다. 내 귀에 확실하게 들린 것은 하나의 소리뿐이었다. 그것은 기적이라도 일어나지 않는 한 멈추지 않을 것 같은, 저주받은 다우의 머리 위로 울려 퍼지는 죽음의 종소리였다.

11:
재판

그 후 몇 주일 동안 나는 깊은 절망의 구렁텅이로 점점 더 빠져들어 갔다. 볼 수 있는 것이라곤 그 구렁텅이 위에 난 작은 틈새뿐이었다. 하지만 그 틈새로 새어드는 빛마저도 몹시 음울한 것이었다. 이제 아론 다우는 죽게 되었구나 하는 생각이 들었고, 그 생각만이 내 머릿속을 온통 차지했다. 나는 차라리 죽고 싶은 심정으로 클레이 씨 저택 안을 망령처럼 서성거렸다. 제레미 또한 나를 대하는 것이 우울했을 것이다. 나는 주위 사람들의 움직임에도 거의 관심을 갖지 않게 되었다. 아버지는 레인 씨와 늘 함께 행동했고, 두 사람은 마크 커리어와 만나며 회의에 회의를 거듭했다.

아론 다우의 재판 날짜가 정해지자 레인 씨는 재판에 대비해 더욱 각오를 다지는 듯했다. 나와 두세 번 만났을 때에도 그는 심각하게 입을 꼭 다물고서 거의 말이 없었다. 그는 고갈될 리 없는 자신의 자금을 마크 커리어에게 쏟아붓고 있었다. 그는 법정에서 피고를 실험할 때 협조하기로 한 이 지방 의사들과 협의하기 위해 분주하게 리즈 시내를 오갔다. 또한 결국 성과는 없었지만 지방 검사의 사무실을 덮고 있는 침묵의 장막을 꿰뚫고 검찰 측의 동태를 알아내고자 애쓰기도 했다. 그러다가 마침내 뉴욕에 있는 자신의 주치의인 마티니 박사에게 재판을 위해 리즈 시로 와줄 것을 요청했다.

　레인 씨와 아버지는 이렇듯 여러 가지로 할 일이 많았으나, 아무 할 일도 없이 기다려야만 하는 나는 참으로 견디기가 어려웠다. 나는 몇 번이나 아론 다우를 만나보려고 시도했으나 허용되지 않았다. 물론 다우의 변호사인 커리어 씨와 함께라면 만날 수도 있었다. 하지만 나는 왠지 그렇게 하고 싶지 않았다. 나는 이리즈의 변호사에게는 어쩐지 처음부터 호감을 가질 수가 없었다. 그와 함께 피고를 만난다는 것이 아무래도 내키지 않았다.

　이리하여 시간은 느리게 지나갔고 마침내 재판 날이 되었다. 각지의 신문사들에서 특파원들이 밀어닥쳤고, 호텔은 방청을 하려는 외지 손님들로 붐볐으며, 거리에는 시민들로 넘쳐 이 도시 전체가 흥분에 휩싸인 가운데 재판은 시작되었다. 처음부터 재판은 극적인 분위기를 띠었고 점차 진행됨에 따라 변호인 측과 검찰 측이 예상외로 심한 공방전을 펼쳤는데, 그것이 다우에게 도움이 되기보다는 오히려 불리하게 작용되는 듯했다. 지방 검사 존 흄은 약간이나마 양심의 가책을 느꼈는지 아니면 결단력이 없었기 때문인지, 자신이 직접 나서지 않고 부하인 스위트 검사보에게 법정에서의 논고를 맡기는 편리한 방법을 택했다. 스위트 검사보와 커리어 변호사는 판사석 앞에 자리를 잡자마자 마치 두 마리의 늑대처럼 서로가 상대의 숨통을 물어뜯으려는 듯한 양상을 펼치기 시작했다. 법정에서 싸우는 걸로 보아서는 서로가 숙명적인 원수 사이인 것처럼 보였다. 그들은 너무나 거친 어조로 서로를 공격해댔고, 그걸 보다 못한 판사가 여러 차례 그들에게 엄중한 주의를 주었다.

　나는 처음부터 이 모든 것이 얼마나 절망적인가를 잘 알고 있었다. 배심원 명부에서 배심원을 한 사람씩 선출할 때마다 커리어가 기계적이라고 해도 좋을 만큼 어김없이 이의를 제기하여 배심원 선정에만도 꼬박 사흘이 걸렸다. 그 지루한 절차가 이어지는 동안 피고석에 앉아 있는 그 가엾고 작은 노인을 나는 차마 제대로 바라볼 수가 없었다. 그는 웅크린 자세로 의자에 앉은 채 판사를 바라보거나, 스위트 검사보와 그 보좌관들을 증오에 찬 눈길로 노려보거나, 혼잣말로 무언가를 중얼거리거나, 몇 분 간격으로 초조하게 주위를 두리번거리며 자신에게 우호적인 얼굴을 찾는 듯했다. 나도 그리고 내 옆에 묵묵히 앉아 있는 레인 씨도 다우가 누구의 얼굴을 찾고 있는지 알고 있었다. 그 반복되는 무언의 호소는 내 가슴을 미어지게 했고 레인 씨의 침울한 얼굴에 주름을 더욱 깊게 만들었다.

우리 일행은 신문기자석 바로 뒤의 적당한 위치에 함께 모여 앉아 있었다. 엘리후 클레이 씨와 제레미도 우리와 자리를 함께 했다. 아이라 포셋 박사는 통로 건너편 좌석에 앉아 짧은 턱수염을 어루만지며 사람들의 동정을 끌려는 듯 크게 한숨을 내쉬고 있었다. 또 방청석 뒤쪽 자리에는 남성적인 차림새를 한 패니 카이저의 모습도 보였는데, 그녀는 남의 시선을 끌지 않으려고 애쓰는 듯 꼼짝하지 않고 조용히 자리에 앉아 있었다. 뮤어 신부도 매그너스 소장과 함께 뒤쪽 자리에 앉아 있었고, 카마이클은 우리 일행으로부터 왼쪽으로 조금 떨어진 자리에 침착하게 앉아 있었다.

변호인 측과 검찰 측의 합의로 마지막 배심원이 선정되고 배심원들이 선서를 마치고 자리에 앉자, 드디어 우리는 재판의 진행을 지켜볼 수 있었다. 오래 기다릴 필요도 없었다. 지방 검사보 스위트가 정황 증거의 그물을 피고의 주위에 펼치기 시작하자 우리는 곧바로 재판의 흐름이 어느 쪽으로 기우는지 알 수 있었다. 범죄의 표면적인 사실들을 확인하기 위한 절차로 케니언 서장과 불 검시관 그리고 그 밖의 사람들이 차례로 판에 박힌 증언을 했다. 그런 뒤에 카마이클이 증언대로 불려 나갔다. 카마이클이 침착하고 공손한 태도로 증언대에 서자 스위트 검사보는 아마도 그를 다루기 쉬운 인물로 여겼던 모양이었다. 하지만 곧 카마이클은 그의 예상과는 달리 상당히 만만치 않은 증인임이 드러났다. 슬쩍 고개를 돌려보니 포셋 박사는 한껏 얼굴을 찌푸리고 있었다.

카마이클은 침착하고도 거침없이 증언하여 전직 비서였던 자신의 역할을 나무랄 데 없이 연기해 보였다. 그는 스위트 검사보에게 좀 더 명확하게 질문을 해달라는 요청을 여러 차례에 걸쳐 되풀이했으므로, 재판이 본격적인 단계에 오르기도 전에 스위트의 신경은 헝클어지기 시작했다……. 카마이클의 증언 도중에 그 잘린 나무 상자 토막과 '아론 다우'라고 서명된 연필로 갈겨쓴 편지가 증거물로 제출되었다.

다음으로 매그너스 소장이 증언대에 올랐다. 그는 포셋 상원의원이 알곤킨 교도소를 방문한 일에 관한 증언을 여러 차례 요청받았다. 그 증언의 대부분은 마크 커리어의 심한 반발에 부딪혀 기록에서 삭제되었으나, 그 삭제된 부분도 기록에 오른 부분과 마찬가지로 배심원들의 마음에 깊이 새겨졌을 게 분명했다……. 왜냐하면 배심원 대다수가 머리가 희끗희끗한 부유한 농장주이거나 이 지방 사업가들이었기 때문이다.

그 가혹하고 격렬한 재판은 며칠 동안 계속되었다. 그리고 스위트 검사보가 논고를 끝마쳤을 때에는 피고의 유죄를 증명하고자 하는 검찰 측의 임무가 너무도 잘 완수되었음을 알 수 있었다. 그 장소의 분위기나, 고개를 끄덕이는 신문기자들의 태도

나, 배심원들의 어둡고 긴장된 모습으로 나는 그것을 확연히 느낄 수 있었다.

 마크 커리어는 이러한 패배의 분위기에도 그다지 동요하지 않는 듯했다. 그는 침착하게 일을 진행해나갔다. 나는 그가 어떤 생각을 품고 있는지 곧바로 알 수 있었다. 그와 아버지와 레인 씨는 변호를 성공적으로 수행할 수 있는 유일한 길은 추리의 근거가 되는 증거들을 하나하나 제출하여 배심원들에게 본질적인 결론을 끌어내 보이는 수밖에 없다고 판단한 듯했다. 나는 또 커리어가 배심원들을 신중하게 골랐음을 알 수 있었다. 그는 누구든 아둔하다 싶으면 무슨 핑계를 대서든 제외함으로써 지적 수준이 높은 사람들로 배심원단이 구성되게 만들었던 것이다.
 이 리즈의 변호사는 논리의 토대를 하나하나 다져나갔다. 그는 카마이클을 증인으로 불러냈다. 카마이클은 여기서 비로소 살인이 일어났던 날 밤에 자신이 현관문을 지켜보았던 사실, 누군지 알 수 없는 복면의 남자가 방문한 사실 그리고 살인이 일어난 시각을 전후해서 오직 한 사람만이 저택을 드나들었다는 사실을 증언했다. 스위트 검사보는 반대 신문을 할 때 카마이클의 증언에서 트집을 잡으려고 애썼다. 나는 카마이클이 그 과정에서 실수를 하지 않을까 가슴을 졸였으나, 카마이클은 일자리를 잃게 될까 봐 이제까지 그 사실들을 숨겨왔다고 침착하게 답변함으로써 죽은 포셋 상원의원의 비밀을 캐내는 자기 본연의 임무를 교묘히 감추었다. 내가 포셋 박사를 슬쩍 훔쳐보니 그의 얼굴은 먹구름처럼 험악했다. 나는 정부를 위한 카마이클의 비밀조사가 곧바로 중단될 운명에 놓였음을 알 수 있었다.
 섬뜩한 연극 같은 재판은 계속되었다. 불 검시관, 케니언 서장, 아버지, 이 지방의 경찰 관계 전문가가 증언대에 섰으며, 내 추리의 근거가 된 다양한 사실들이 조금씩 표면에 떠올랐다. 커리어 변호사는 그러한 사실들을 우회적인 방법으로 기록에 올린 다음 마침내 아론 다우를 증언대로 불러냈다.

그는 보기에도 딱할 지경이었다. 그는 잔뜩 겁에 질려 입술을 축이며 기어드는 목소리로 선서를 한 다음, 증인석에 웅크리고 앉아 몸을 떨면서 애꾸눈을 두리번거렸다. 커리어가 즉시 신문을 시작했다. 나는 다우가 어떤 답변을 해야 하는지 미리 지시를 받았음을 금방 알 수 있었다. 나중에 지방 검사보가 반대 신문에서 범죄 자체와 관련해 피고에게 불리한 증언을 이끌어낼 만한 실마리를 주지 않으려고 신문과 답변은 십 년 전의 사고에 대한 것으로만 한정되었다. 신문을 할 때마다 스위트 검사보가 큰 소리로 이의를 제기했지만, 그때마다 커리어는 침착하게 자신의 질문이 변호를 위해 사건을 재구성하는 데 필요한 것임을 지적했다. 검사보의 이의는 판사에 의해 기각되었다.

"존경하는 판사님 그리고 배심원 여러분. 포셋 상원의원을 살해한 사람은 오른손잡이지만 피고는 왼손잡이입니다. 이제부터 저는 그것을 증명해 보이겠습니다."

커리어가 조용히 말했다.

승리냐 패배냐 하는 것은 오로지 이 점에 달려 있었다. 배심원들은 우리 쪽 의학 전문가들의 의견을 받아들일까? 스위트는 반론할 준비가 되어 있을까? 나는 스위트 검사보의 혈색 나쁜 얼굴을 보자 가슴이 철렁했다. 그는 마치 사냥꾼처럼 이 순간을 초조하게 기다리고 있었던 것이다······.

모든 것이 끝나고 전쟁터의 연기도 사라졌을 때 나는 멍하니 앉아 있었다. 우리 쪽의 전문가들! 그들은 오히려 혼란만을 초래했다. 레인 씨의 주치의인 저명한 마티니 박사마저도 배심원들을 이해시키지 못했다. 스위트 검사보 역시 전문가들을 내세워 오른손잡이가 왼손잡이로 변했을 경우 발도 역시 왼발잡이가 된다는 이론에 의문을 던졌기 때문이다. 의사들의 긴 행렬은 결국 교착 상태를 낳았을 뿐이었다. 저마다 증언대에 올라 앞 사람의 증언을 부정하는 식이어서, 가엾게도 배심원들은 어느 쪽 의견이 옳은지 알 수 없게 되어버렸다.

격렬한 반격이 이어졌다. 마크 커리어가 우리의 추리를 주의 깊고도 간명하게 설명한 점은 훌륭했으나, 스위트 검사보의 반박이 일시에 그것들을 뭉개버렸다. 절망적인 상황에 빠진 커리어 변호사는 전문가들의 실패를 만회하고자 레인 씨와 나 그리고 아버지를 증언대로 불러내 우리가 구치소에서 다우에게 행했던 실험에 관한 여러 가지 질문을 했다. 이어서 스위트 검사보가 거칠게 우리를 반대 신문했다. 그는 우리의 증언들을 사정없이 난도질한 뒤에 사건에 대한 원고 측 재심사 허가를 받고 또 한 명의 증인을 내세웠다. 그 증인이 바로 구치소에서 보았던 험상궂은 교도관이었다. 그는 우리가 다우의 발동작을 미리 연습시켰다고 고의적으로 우리를 비난했다. 커리어는 숱이 적은 머리칼을 쥐어뜯으며 스위트 검사보를 물어뜯을 기세로 큰 소리를 치며 반박했으나 이미 타격은 가해진 뒤였다. 배심원들은 의자 등받이에 몸을 기댔고, 나는 그들이 검찰 측 주장을 받아들이는 걸 알 수 있었……. 나는 온몸이 마비되는 듯했다. 눈앞에 보이는 것은 증언대에 불려 나온 아론 다우가 방청인들의 구경거리가 되는 모습뿐이었다. 몇 시간 동안이나 이 가엾은 인물은 왼손으로 무언가를 잡아 뜯거나 두드렸고, 교대로 발을 구르기도 하며 갖가지 동작과 자세를 취하다가 끝내는 숨을 헐떡이며 공포에 질린 표정을 지었다. 이러한 고통을 참느니 차라리 유죄 판결을 받는 것이 낫겠다고 생각하는 듯이 보였다. 그 모든 것이 음울하고 불안한 분위기를 더해주고만 있었다.

재판 마지막 날 커리어가 최종 변론을 했으나 우리는 이미 패배가 결정적임을 느끼고 있었다. 커리어는 용감히 싸웠으나 패한 것이다. 그 역시 그것을 잘 알고 있었다. 그럼에도 불구하고 그는 강인한 면을 보여주었다. 그는 나름대로 명예를 지킬 줄 아는 사람이었고, 거액의 보수를 받은 대가를 치르고자 최선을 다했던 것이다.

"저는 감히 여러분에게 말씀드리고자 합니다!"

이제는 별로 관심조차 보이지 않는 배심원들이 깜짝 놀랄 정도의 큰 소리로 커리어는 말을 이었다.

"만약 여러분께서 이 사람을 전기의자에 앉히게 된다면 여러분은 정의와 의학의 성과에 최악의 타격을 끼치는 결과를 초래하는 셈입니다! 피고의 죄상은 검찰 측에 의해 교묘하게 날조된 것으로, 운명의 손에 유린된 이 불쌍한 사람에 대해 검찰 측이 엮어놓은 편리한 정황 증거의 얇은 껍질에 지나지 않습니다. 여러분은 전문가들로부터 피고라면 그 불붙은 종이를 끄기 위해 본능적으로 왼발을 사용해 밟아 뭉갰을 것이라는 증언을 들었습니다. 또한 여러분은 살인범이 오른발을 사용해 그 불을 껐음을 알고 있습니다. 게다가 그날 밤 범행 시각을 전후해 그 방에 드나든 사람은 한 사람뿐이었음도 여러분은 알고 있습니다. 그런데도 어떻게 피고가 결백하다는 사실을 의심할 수 있겠습니까! 검찰 측은 교묘하게 반론을 펼쳤습니다. 실로 교활할 정도입니다. 하지만 검찰 측이 아무리 많은 전문가들을 동원하여 반대 증언을 행하더라도, 단언컨대 피고 측 주요 증인으로 본 법정에 참석해주신 뉴욕의 저명하신 마티니 박사의 개인적인 인격과 직업적인 명성 그리고 고도의 전문적인 식견에는 손상을 입힐 수 없을 것입니다! 배심원 여러분, 저는 여러분께 감히 말씀드립니다. 표면적인 증거가 아무리 피고에게 불리하게 보이고, 또한 검찰 측이 변호인 측의 변론에 사전 공작이 행해졌다는 점을 제아무리 교활하게 여러분에게 주입했다고 할지라도, 여러분의 양심이 살아 있는 한 이 가엾고 불쌍한 사람을, 그가 생리적으로 도저히 행할 수도 없는 범죄를 저질렀다는 이유로 전기의자에서 죽게끔 하는 짓은 못 하리라 믿습니다!"

배심원들이 여섯 시간 반 동안이나 토의한 결과, 아론 다우는 기소된 범죄에 대해 유죄라는 판정을 받았다.

몇 가지 증거에 의문이 있음을 감안하여 배심원들은 판사에게 정상을 참작해주기 바란다고 덧붙였다.

그로부터 열흘 뒤에 아론 다우는 종신형을 선고받았다.

12:
여파

마크 커리어는 항소했으나 기각되었다. 아론 다우는 죽어야만 법적으로 끝날 형벌을 받기 위해 건장한 보안관 대리가 채운 수갑에 묶인 채 알곤킨 교도소로 보내졌다.

우리는 뮤어 신부를 통해 어렴풋이 다우의 최근 소식을 접할 수 있었다. 그는 알곤킨 교도소에서 재복역하게 되는 것이었지만, 관례에 따라 하나에서 열까지 신참자와 똑같은 취급을 받아야만 했다. 이미 한 번 복역한 적이 있는데도 불구하고 그는 과거와 같은 권리를 회복하기 위해 또다시 그 지긋지긋한 교도소 규정의 전 과정을 밟아야만 하는 것이었다. 그리하여 자신의 태도와 교도관들의 호의에 의해 보잘것없는 '특권'을 얻은 후로도, 목숨이 붙어 있는 한 쇠창살에 둘러싸인 길 잃은 영혼들의 사회에서 쓸모 있는 구성원이 되고자 노력해야만 했다.

며칠이 지나고 몇 주일이 지나갔다. 하지만 드루리 레인 씨의 얼굴에 드리운 침통한 고뇌의 표정은 조금도 밝아지지 않았다. 나는 그의 고집에 놀랐다. 그는 햄릿 저택으로 돌아갈 생각이 없는 듯이 고집스레 뮤어 신부 댁에 머물렀다. 낮에는 그 집의 작은 뜰에서 일광욕을 했고, 이따금 밤에는 뮤어 신부와 매그너스 소장과 얘기를 주고받았다. 그런 밤에는 매그너스 소장이 대답해주는 한 언제까지고 아론 다우에 관한 질문을 거듭하는 것이었다.

    레인 씨는 무슨 일인가 일어나기를 기다리고 있었고, 나는 벌써부터 그걸 눈치채고 있었다. 하지만 그가 정말 희망을 품고서 기다리는 것인지, 아니면 단지 다우에 대한 미안함 때문에 리즈 시에 머무는 것인지 나로서는 자신 있게 판단할 수가 없었다. 어쨌든 아버지와 나도 레인 씨를 그냥 남겨두고 떠날 수가 없어서 계속 리즈 시에 머물렀다.

    그동안 사건과는 그다지 관계가 없는 일들만이 일어났다. 포셋 상원의원의 사망 이후, 반대파 신문들이 포셋 일당의 부정에 대해 들추는 바람에 포셋 박사는 정치적인 위기에 처했다. 지방 검사 존 흄은 스스로도 다소 석연치 않은 점이 있긴 했지만 포셋 상원의원 살해 사건이 어쨌든 처리되었으므로, 드디어 상원의원으로 진출하기 위해 반대파를 정면으로 공격하기 시작했다. 그의 공격은 정적에 관한 추문을 들추는 식이었다. 상대의 됨됨이로 봐서 그렇게 해도 괜찮다고 여기는 것 같았다. 죽은 상원의원의 인격과 경력에 관련된 몹시 추한 소문들이 온 도시에 퍼지기 시작했고 매일 새로운 내용이 보태졌다. 흄과 루퍼스 코튼이 포셋 상원의원 살인 사건 수사 과정에서 입수한 것이 분명한 그 추악한 정보들은 확실히 포셋 일당에게 심한 타격을 주었다.

    하지만 포셋 박사는 그렇게 쉽사리 패배를 인정할 인물이 아니었다. 그는 그의 성공 비결이었던 탁월한 정치적 재능으로 흄에게 반격을 가했다. 생각이 모자라는 정치가였다면 흄의 심한 비난에 즉각 감정적으로 맞섰겠지만 포셋 박사는 그렇지 않았다. 그는 온갖 험담에 대해 위엄 있게 침묵을 지켰다.

    그의 유일한 대응은 엘리후 클레이 씨를 상원의원 후보로 내세운 일이었다.

우리는 여전히 클레이 씨 댁에 신세를 지고 있었으므로 나는 그 일의 진행 과정을 자세히 지켜볼 수 있었다. 엘리후 클레이 씨는 굉장한 재산가였음에도 불구하고 틸덴 카운티에서 좋은 평판을 얻고 있었다. 그는 견실한 기업체의 사주인 동시에 자선가였으며, 리즈 상공회의소의 유력자인 동시에 노동자들에게는 인심 좋은 고용주이기도 했다. 그러므로 포셋 박사의 입장에서 본다면 클레이 씨야말로 정치적 개혁을 부르짖는 존 흄과 맞설 수 있는 이상적인 후보자였다.

포셋 박사의 그러한 의도를 우리가 처음 눈치챈 것은 어느 날 밤 그가 클레이 씨 저택으로 와서 엘리후 클레이 씨와 밀담을 했을 때였다. 그때 두 사람은 방문을 걸어 잠근 채 두 시간 동안이나 밀담을 나누었다. 이윽고 두 사람이 방에서 나와 포셋 박사가 여느 때와 마찬가지로 입담 좋게 인사를 하고 떠나자, 엘리후 클레이 씨는 어색하게 웃으며 좀 망설이는 듯한 표정을 지어 보였다.

"저 친구가 제게 뭘 원하는지 아마 당신들은 상상도 못 하실 겁니다."

클레이 씨는 스스로도 믿어지지 않는 듯이 말했다.

"아마도 당신이 자신의 정치적 들러리가 되어주길 원했을 테죠."

아버지가 즉시 느긋한 어조로 답했다.

클레이 씨가 놀란 눈으로 아버지를 바라보았다.

"그걸 어떻게 아셨습니까?"

"그거야 뻔하죠. 그자처럼 간교한 악당이 생각할 만한 게 그런 것밖에 더 있겠습니까. 그래, 어떤 제의를 하던가요?"

아버지가 무뚝뚝하게 말했다.

"이번 상원의원 선거에 자신이 소속된 당 후보로 나서달라는 겁니다."

"당신은 그자와 같은 정당에 소속되어 있습니까?"

클레이 씨가 얼굴을 붉혔다.

"그 정당의 당론에는 동의하고 있습니다만……."

"아버지! 설마 그런 자들과 함께 손을 잡으실 생각은 아니시 겠지요?"

제레미가 외치며 끼어들었다.

"아. 물론 그렇단다."

클레이 씨가 급히 말을 이었다.

"물론 나는 거절했단다. 하지만 뜻밖에도 이번에는 그가 진심 으로 얘기하는 것 같더구나. 그는 당이 요구하는 입후보자는 올 바르고 정직한 인물…… 저어, 그러니까 말이야…… 바로 나 같은 사람이라고 하더구나."

"잘됐군요. 그렇다면 출마해보시지요."

아버지가 말했다.

우리는 모두 놀라서 아버지의 얼굴을 쳐다보았다.

아버지는 시가를 입에 문 채 웃으며 말을 이었다.

"놀랄 것 없지 않습니까? 불에는 불로 맞서야 합니다, 클레이 씨. 그리고 잘만 하면 그걸 이용할 수도 있습니다. 입후보를 수 락하십시오!"

"하지만 경감님……."

제레미는 어이없다는 듯이 무언가 말을 하려고 했다.

"자네는 끼어들지 말게나, 젊은 친구."

아버지는 싱긋 웃으며 말을 이었다.

"자넨 자네 부친께서 상원의원이 된다는 게 내키지 않나? 자, 제 말을 좀 들어보십시오, 클레이 씨. 당신의 동업자인 포셋 박사의 부정에 관해 지금까지와 같은 방식으로는 아무리 조사해 봐야 소용이 없다는 걸 이미 당신이나 저나 잘 알고 있습니다. 그 작자는 너무 약아 빠졌습니다. 그래서 바로 그 때문에 그자에게 협력하시라는 겁니다. 그자의 제안을 받아들여 그들과 한패가 되는 겁니다. 아시겠습니까? 그렇게 하면 증거가 될 만한 서류들을 손에 넣게 될지도 모릅니다. 그런 약아 빠진 작자들은 일이 잘 풀린다 싶으면 이따금 실수를 저지르기도 하니까요. 그래서 만약 선거일 이전까지 증거를 잡을 수 있다면 그때 가서 입후보를 취소하고 그자의 부정을 폭로하면 되는 겁니다."

"저는 그렇게 생각하지 않습니다."

제레미가 중얼거리듯 말했다.

클레이 씨도 거북한 듯이 눈살을 찌푸리며 입을 열었다.

"글쎄요……. 어쩐지 그건……. 저는 잘 모르겠습니다만, 경감님…… 아무래도 그건 몹시 비겁한 행동 같군요. 저로서는……."

"물론, 그러자면 용기가 필요합니다."

아버지는 꿈을 꾸듯 말을 이었다.

"그러나 당신이 그렇게 하신다면 당신 자신은 물론이거니와 이 지방 주민들을 위해서도 좋은 일을 하시는 게 됩니다. 클레이 씨, 아무쪼록 시민의 영웅이 되십시오!"

"흠……."

클레이 씨의 두 눈이 빛나기 시작했다.

"경감님, 저는 이 문제를 그런 식으로는 생각해보지 않았습니다만, 아마도 그 말씀이 옳을지도 모르겠군요. 아니, 그 말씀이 틀림없이 옳습니다. 좋습니다, 어디 한번 해보기로 하죠! 지금 당장 포셋 박사에게 전화를 해서 생각을 바꾸었다고 알리겠습니다."

 나는 반대 의견을 내세우고 싶은 충동을 가까스로 억눌렀다. 그런 방법이 무슨 소용이 있단 말인가! 나는 어둠 속에서 머리를 저었다. 나는 아버지의 계략은 그다지 성공할 것 같지 않았다. 그 턱수염을 기른 야심가인 의학 박사는 이미 몇 주 전에 아버지의 의도를 간파했을 것이다. 즉 아버지가 이곳에 온 본래 목적이 클레이 대리석 회사의 장부와 서류 들을 조사해서 자신의 부정 거래를 파헤치기 위한 것이었음을 알고 있을 것이다. 또한 자신이 클레이 씨에게 상원의원 후보로 나설 것을 제안하면 클레이 씨는 거절할 터이지만 아버지가 클레이 씨에게 수락하라고 권유할 것임을 알고 있었을 것이다. 나의 이런 추측들은 어쩌면 너무 지나친 것일지도 모른다. 하지만 아버지가 내게 들려준 바에 따르면, 우리가 이곳에 모습을 드러낸 이후로 클레이 대리석 회사와 포셋 박사 사이에 감돌던 기묘한 부정의 낌새가 싹 가셨다고 했다. 그것은 바로 포셋 박사가 아버지의 의도를 간파했기 때문일 것이다. 그런 포셋 박사가 엘리후 클레이 씨를 자신들 일당이 내세우는 상원의원 입후보자로 삼고자 한다는 것은 정직한 시민인 그의 명예를 더럽히려는 수작일 뿐만 아니라, 나아가 그를 자신들의 부정한 음모에 말려들게 함으로써 앞서 자신이 저지른 부정행위에 대해서도 영구히 그의 입을 막으려는 속셈이라고 볼 수 있었다.

 하지만 나의 이런 추측들이 확실한 근거를 가진 것도 아니었고, 아버지야말로 그러한 사실들을 가장 잘 알고 있을 터였으므로 나는 아무런 의견도 내세우지 않았다.

 클레이 씨가 집 안으로 들어가려고 베란다의 의자에서 일어나자 제레미가 소리쳤다.

"포셋 박사가 그걸 모를 인물이 아니라는 걸 아셔야 합니다! 경감님, 그건 대단히 위험한 조언입니다."

"제레미!"

클레이 씨가 엄한 어조로 주의를 주었다.

"죄송합니다, 아버지. 하지만 할 말은 해야겠습니다. 아버지께서 그자의 제안을 받아들이신다면 나중에 아버지의 명예에 오점을 남기게 될 건 불을 보듯 뻔합니다."

"어쨌든 이건 내가 결정할 문제가 아니냐?"

"좋습니다. 그렇게 하십시오."

제레미는 자리에서 벌떡 일어나서 거칠게 말을 이었다.

"하지만 나중에 가서 저더러 왜 그때 말리지 않았느냐고 원망하진 마십시오."

제레미는 무뚝뚝하게 취침 인사를 덧붙이고선 집 안으로 들어가버렸다.

다음 날 아침 식사 때 내 접시 위에는 쪽지가 한 장 놓여 있었다. 제레미가 아침 일찍 일터로 나가면서 내게 남긴 메모였다. 씁쓸한 투로 적어놓은 그 메모의 내용은 이제부터 아버지는 정치를 하느라 바빠질 테니 자신이 대신 회사 일을 꾸려나가야 할 것 같아 일찍 일터로 나간다는 것이었다. 불쌍한 제레미! 그는 저녁때 일터에서 돌아왔으나 내내 말이 없었고 시무룩한 표정을 짓고 있었다. 그리고 그 후로도 여러 날 동안, 쾌활한 얘기 상대가 절실히 필요한 내게도 전혀 무의미한 존재일 뿐이었다. 나는 시인들이 흔히 "그것을 잃으면 곧 청춘의 종말"이라고 노래하는 아가씨다운 신선한 얼굴빛을 잃어가고 있었다. 나는 혹시 흰 머리칼이라도 생기는 게 아닐까 걱정이 되어 거울 앞에서 살펴보기까지 했다. 그리고 약간 희끗희끗해진 머리칼 한 올을 발견하고는 침대에 몸을 내던진 채 아론 다우도, 제레미도, 리즈 시도, 미국도 몰랐더라면 얼마나 좋았을까 하고 생각했다.

아론 다우의 재판과 판결의 결과는 우리의 신변에 직접적으로 영향을 미쳤다. 그동안 우리는 카마이클과 계속 연락을 취해 왔고, 그로부터 포셋 박사에 관한 유용한 자료를 제공받고 있었다. 그런데 이 연방 수사관이 지나치게 깊이 파고든 탓인지, 아니면 포셋 박사가 날카로운 관찰력으로 그의 정체를 알아챈 탓인지, 혹은 법정에서의 그의 증언이 포셋 박사에게 의혹을 불러일으킨 탓인지, 또 어쩌면 그러한 세 가지 원인이 겹친 탓인지는 모르겠지만, 아무튼 카마이클은 갑작스레 해고당하고 말았다. 포셋 박사로부터 해고 사유에 대한 설명조차 듣지 못한 채 쫓겨난 카마이클은 어느 날 아침, 가방을 들고 씁쓸한 얼굴로 클레이 씨 댁에 나타나 이제 워싱턴으로 돌아가는 참이라고 우리에게 알려주었다.

그는 불만스레 이야기했다.

"아직 절반밖에 임무를 완수하지 못했는데 말입니다. 앞으로 몇 주일만 더 있으면 그들 일당의 비리를 죄다 밝힐 수 있는 충분한 증거를 입수하게 될 텐데 이렇게 되고 말았습니다. 지금으로선 불충분한 서류상의 증거로 소송을 제기하는 수밖에 없게 되었습니다. 그렇긴 하지만 은행 거래에 관한 귀중한 자료며 없애버린 영수증의 선명한 사본, 당신의 팔만큼이나 긴 가명 예금자 명단을 확보했습니다."

헤어질 때 카마이클은 그러한 자료를 워싱턴의 상사에게 제출하기만 하면 곧바로 연방 정부는 틸덴 카운티의 정치 깡패 일당을 처벌하기 위해 필요한 법적 조치를 이행할 것이라고 장담

했지만, 아버지와 나는 포셋 박사가 현재로선 우리보다 유리한 위치에 있음을 느낄 수밖에 없었다. 적의 소굴에서 우리의 첩보원이 밀려남으로써 이른바 정보의 공급원도 당연히 끊어지게 된 것이었다.

나는 더할 나위 없이 우울한 기분으로 이 애석한 사태를 곰곰이 되짚어보았다. 아버지는 아버지대로 기분이 좋지 않았다. 엘리후 클레이 씨는 선거 운동으로 매우 바빴으며, 제레미는 목숨이 달아나건 불구가 되건 상관할 바 아니라는 듯이 아버지의 채석장에서 미친 듯이 발파 작업을 행했다. 바로 그런 무렵에 그 생각이 내 머리에 문득 떠올랐다. 즉 누군가가 카마이클의 역할을 대신해야만 하는 것이다. 그걸 내가 하면 되지 않을까?

생각할수록 그럴듯한 착상이었다. 포셋 박사는 리즈 시에서의 아버지의 본래 임무를 알고 있음이 분명하다. 하지만 그가 여자를 밝힌다는 점과 나의 청순한 외모를 잘만 이용하면 이제까지 많은 악당들이 여자의 유혹에 걸려들었듯이 그 역시 나의 유혹에 걸려들 것이다.

그래서 나는 아버지의 눈을 피해 그 턱수염 난 악당과 가까워지려고 애썼다. 내가 취할 첫 번째 행동은 마치 우연인 듯이 자연스레 그와 거리에서 마주치는 일이었다.

"아니, 섬 양 아니십니까!"

그는 반갑게 소리치며 마치 미술품이라도 감상하는 듯한 눈길로 나를 이모저모 훑어보았다. 물론 나는 이때를 대비해서 그 어느 때보다도 몸치장에 신경을 써서 나의 외모가 한껏 돋보이도록 해놓았다.

"이렇게 만나다니 정말 놀랍고 반갑습니다. 전부터 꼭 한번 찾아뵈려고 생각하고 있었습니다만."

"어머! 정말이세요?"

나는 장난스레 물었다.

"물론입니다. 그런데 제가 좀 게을렀나 봅니다."

그는 미소를 떠올리며 혀끝으로 입술을 핥고는 말을 이었다.

"하지만 이 기회에 그 보상을 해드리죠. 자, 제가 점심을 대접할 테니 같이 가도록 합시다, 섬 양."

나는 짐짓 수줍어하는 듯한 태도를 취했다.

"어머! 상당히 강압적이시로군요, 포셋 박사님."

그는 눈을 빛내며 턱수염을 매만졌다.

"그래요. 나는 당신이 상상하는 것보다도 훨씬 더 강압적인 사람이죠."

그는 낮고도 아주 친근한 목소리로 속삭이며 내 팔을 부드럽게 죄었다.

"자, 어서 제 차에 오르시지요."

그래서 나는 할 수 없다는 듯이 한숨을 내쉬고는 차문으로 다가갔고, 그는 내가 차에 오르는 것을 거들었다. 그런 뒤 그도 서둘러 차에 올라타며 험상궂은 운전사 루이스에게 눈을 찡긋해 보였다. 우리가 도착한 곳은 몇 주일 전에 아버지와 내가 카마이클을 만났던 바로 그 로드 하우스였다. 지배인은 나를 잊지 않았는지 야릇한 미소를 떠올리며 우리를 어느 객실로 안내했다.

빅토리아 시대가 배경인 소설 속의 여주인공처럼 정조를 지키기 위해 싸워야 할 것을 각오하고 있었던 나는 그럴 필요가 없게 되자 안심이 되는 한편으로 가벼운 실망감마저 맛봐야 했다. 포셋 박사는 뜻밖에도 처음부터 끝까지 예의를 다해서 나를 대했던 것이다. 그는 나를 젊고 신선한 먹잇감으로 보는 게 분명했지만, 그렇다고 너무 성급히 달려들어 사냥을 망치고 싶진 않은 모양이었다. 그는 나를 위해 고급 포도주를 곁들인 근사한 점심을 주문하며 식탁 너머로 잠깐 내 손을 잡았을 뿐, 무례한 말을 입에 담는 법도 없이 식사를 마치자 자신의 차로 나를 집까지 바래다주었다.

나는 마치 바람난 아가씨처럼 상대가 접근해 오길 초조하게 기다렸다. 내가 그의 호색가다운 점을 잘못 본 것은 아니었다. 과연 그로부터 며칠 후인 어느 날 밤, 그는 내게 전화를 걸어와 함께 연극을 보러 가지 않겠느냐며 제의했다. 시내에 있는 어느 극장에서 〈칸디다〉를 공연하는 모양인데 그는 아마도 내가 그걸 보고 싶어 할 거라고 생각한 듯했다. 나는 〈칸디다〉를 대여섯 번이나 보았는데, 아마도 대서양 이쪽이든 저쪽이든 여자를 유혹하려는 남자들은 이 버나드 쇼의 연극을 보는 것을 정사의 프롤로그쯤으로 생각하는 모양이었다. 나는 한껏 달콤한 목소리로 전화 저편의 상대에게 말했다.

"어머, 박사님, 그렇지 않아도 그 연극을 꼭 한번 보고 싶었어요. 아주 대담한 연극이라고 들었어요!" (사실이지 이 말은 실없는 소리였다. 왜냐하면 그 연극은 요즘 연극에 비하면 아주 점잖은 편이었기 때문이다.)

그는 기분이 좋은 듯 껄껄 웃더니 다음 날 저녁에 나를 데리러 오겠다고 약속했다.

연극은 그런 대로 훌륭했고 동반자의 태도도 나무랄 데 없었다. 연극이 끝난 뒤 우리는 리즈 시의 권력층 부부들이 개최하는 파티에 참석했다. 그곳 여자들은 모두 보석으로 온통 몸을 휘감고 있었고 남자들은 한결같이 축 처진 붉은 뺨과 정치가 특유의 지쳐 보이면서도 교활한 눈빛을 하고 있었다. 파티장에서도 포셋 박사는 그림자처럼 내 곁에 붙어 다녔다. 그리고 어느 정도 시간이 흐르자, 모두 함께 자기 집으로 가서 칵테일을 들자고 아무렇지도 않은 투로 제의했다. 드디어 시작이로군, 하고 나는 생각했다.

"제가 가도 괜찮은 걸까요? 아무래도 저는 좀……."

나는 난처한 표정을 지어 보이며 말했다.

포셋 박사는 유쾌하게 웃었다.

"괜찮고말고요! 당신 아버님께서도 절대로 반대할 리 없을 겁니다, 섬 양."

나는 할 수 없다는 듯 한숨을 내쉬며 뭔가 대단히 나쁜 짓을 저지르려는 어리석은 여학생 같은 태도로 그 제의를 받아들였다.

그런데 그날 밤 위험한 일이 전혀 없었던 것은 아니었다. 파티 장에서 함께 떠났던 사람들은 아주 편리하게도 도중에서 하나 둘 사라져버렸다. 그래서 결국 포셋 박사의 커다랗고 음침한 저 택에 도착했을 때에는 기적처럼 포셋 박사와 나, 두 사람만이 남 게 되었다. 그가 나를 위해 현관문을 열어주었고, 나는 어쩔 수 없는 두려움을 느끼며 지난번에 왔을 때 시체를 보았던 그 집 안 으로 들어갔다. 나는 뒤따라 들어오는 살아 있는 사람보다도 앞 에서 기다리고 있을 것만 같은 죽은 자가 더 무서웠다. 죽은 상 원의원의 서재 앞을 지나면서 가구의 위치가 완전히 바뀌어 있 는 것과 사건 당시의 흔적이 모두 사라진 것을 보고서야 나는 안 도의 한숨을 내쉬었다.

하지만 나의 이 방문은 포셋 박사를 안심시키고 그의 욕정을 자극한 것 외에는 아무런 성과도 없었다. 그는 꽤 강하게 배합된 칵테일을 열심히 내게 권했다. 하지만 나는 음주가 필수 과목 같 았던 대학 시절을 보낸 바 있으므로, 일부러 술에 취한 척했음에 도 불구하고 그는 나의 주량에 놀라는 듯했다. 시간이 흐름에 따 라 그는 이제까지 보였던 신사적인 태도를 버리고 본색을 드러냈다. 그는 나를 긴 의자로 끌고 가 앉히고는 능숙한 솜씨로 구애하기 시작했다. 그의 요구를 물리치면서도 본래의 목적을 들키지 않기 위해 나는 무용가와 같은 날렵함과 드루리 레인 씨와 같은 연기력을 발휘해야만 했다. 나는 그의 집요한 포옹으로부터 참으로 힘겹게 벗어날 수 있었는데, 그의 구애를 거부하면서도 나에 대한 그의 관심이 계속 유지되게 만든 것은 정말이지 자랑할 만한 일이었다. 그는 기꺼이 다음 기회를 기대하는 듯했다. 아마도 그의 쾌락의 반쯤은 그런 기대감으로부터 생겨나는 건지도 모르겠다는 생각조차 들 정도였다.

이런 식으로 나는 그의 '성벽'을 허물면서 '돌격 부대'를 전진시켜 나갔다. 내가 포셋 박사의 저택으로 찾아가는 횟수는 그의 구애의 강도에 정비례하여 잦아졌다. 이러한 위험한 생활은 아론 다우가 알곤킨 교도소에 재수감된 뒤로 약 한 달쯤 계속되었다. 이 위험한 기간 동안 나를 더욱 괴롭게 만든 것은 아버지의 미심쩍어하는 질문과 내가 자기 것인 양 짜증 내는 제레미의 독점욕이었다. 특히 제레미는 상당한 골칫거리였다. 시내에 사는 누군가와 친하게 지내는 사이가 되었다는 나의 설명에도 아랑곳없이 그는 내 뒤를 미행했다. 나는 그의 미행을 떨쳐버리기 위해 물속의 뱀장어처럼 요리조리 피해 다녀야만 했다.

마침내 기대해왔던 일이 일어난 것은 수요일 밤이었다고 기억한다. 나는 약속 시간보다 조금 일찍 포셋 박사의 저택을 방문했다. 내가 1층에 있는 진료실 바로 옆방인 박사의 연구실로 들어갔을 때, 그는 책상 위에 놓인 무언가 기묘한 물건을 들여다보는 중이었다. 그는 고개를 들어 나를 보고선 뭐라고 낮게 중얼대며 미소 짓더니 황급히 그 물건을 책상 맨 위 서랍에 집어넣었다. 나는 아무렇지도 않은 듯이 행동하기 위해 필사적으로 노력해야만 했다. 그가 들여다보고 있었던 그 물건은…… 나는 내 두 눈을 믿을 수 없었다! 하지만 나는 그것을 똑똑히 보았다. 그렇다면 마침내 올 것이 온 것이다. 믿어지지 않지만 마침내 올 것이 온 것이다.

그날 밤 그 저택에서 나왔을 때 나는 흥분으로 온몸이 떨렸다. 그도 그날따라 마지못해 구애하는 듯했기에 나는 그의 요구를 거절하기 위해 여느 때처럼 애를 먹지 않아도 되었다. 어째서였을까? 그 이유는 그의 마음이 책상 맨 위 서랍 속에 든 그 물건 생각으로 가득 차 있었기 때문일 것이다.

나는 자동차가 대기하고 있는 곳으로 가지 않고 포셋 박사의 연구실 창 쪽을 목표로 하고는 저택 옆으로 슬그머니 발길을 돌렸다. 이제까지 나는 여러 차례 이 저택을 드나들었지만 번번이 목적을 달성하지 못했다. 물론 그 목적이란 포셋 박사를 파멸시킬 만한 증거 서류를 손에 넣는 일이었다. 하지만 이번에야말로 이제껏 내가 기대해온 것보다도 훨씬 더 큰 성과를 거둘 수 있는 기회라고 나는 확신했다. 이번에는 서류가 아니었다. 그러나 이것은 서류보다도 훨씬 중요한 것이기에 나는 숨이 다 막힐 지경이었다. 가슴이 너무나 세차게 뛰는 탓에 심장의 고동 소리가 벽 너머에 있는 포셋 박사에게까지 들리는 게 아닐까 하고 걱정이 될 정도였다.

옷자락을 무릎 위까지 걷어 올린 뒤, 나는 질긴 담쟁이덩굴을 타고 연구실 안이 보일 만한 위치까지 올라갔다. 다행히도 달이 없는 밤이어서 나는 속으로 하느님께 감사했다. 연구실 창 너머로 포셋 박사가 책상 앞에 앉아 있는 모습을 보았을 때 나는 만세라도 부르고 싶었다. 과연 내가 예상했던 대로였다! 그는 내가 사라지자마자 곧바로 그 서랍 속의 물건을 다시 보기 위해 책상 앞에 앉았던 것이다.

책상 앞에 앉은 포셋 박사는 험악하게 얼굴을 찌푸리고 뾰족한 턱수염을 위협적으로 앞으로 내민 채 마치 당장이라도 그 물건을 으깨버릴 듯이 힘껏 손아귀에 움켜쥐고 있었다. 그런데 저게 뭐지? 편지? 아니, 뭔가가 적혀 있는 종이쪽지이다! 그것은 그가 마주하고 있는 책상 한편에 놓여 있었다. 그는 거칠게 그걸 집어 들고 읽으면서 극도로 험상궂은 표정을 지었다. 그 표정이 너무나 끔찍했기 때문에 나는 그만 놀라서 담쟁이덩굴 위에서 균형을 잃고 말았다. 이어서 나는 죽은 사람조차도 깨울 수 있을 만큼 요란한 소리를 내며 땅에 깔린 자갈 위로 떨어졌다.

포셋 박사는 실로 번개처럼 재빨리 의자에서 일어나 창가로 달려왔음이 분명했다. 자갈 위에 주저앉은 다음 내가 맨 먼저 보게 된 것이 바로 창가에서 나를 내려다보고 있는 그의 모습이었으니 말이다. 나는 너무나도 무서워 꼼짝도 할 수가 없었다. 그의 얼굴은 내 주위를 둘러싸고 있는 달빛 없는 밤처럼 어두웠다. 그는 입을 일그러뜨리며 창문을 열어젖혔다. 공포가 나에게 기운을 북돋워주었다. 나는 벌떡 일어나 바람처럼 오솔길을 달려 나갔다. 그 또한 창에서 뛰어내려 내 뒤를 쫓아오는 소리가 둔탁하게 들려왔다.

"루이스! 저 여자를 잡아, 루이스!"

그가 외치자 어둠 속에서 그의 운전사가 나타나 히죽거리며 고릴라 같은 두 팔을 뻗었다. 내가 반쯤 정신을 잃고 비틀거리며 그의 양팔 사이로 쓰러지자 그는 재빨리 우악스러운 손길로 나를 꽉 붙잡았다. 포셋 박사가 숨을 헐떡이며 달려와 내가 비명을 지를 만큼 힘껏 내 팔을 움켜잡았다.

"그러니까 결국은 너도 첩자였군!"

그는 스스로를 납득시키려는 듯이 내 얼굴을 뚫어지게 바라보며 낮게 말을 이었다.

"나를 속이려 들었군. 이 건방진 계집애……."

이어서 그는 운전사를 보며 짧게 명령했다.

"저리 가 있어, 루이스."

"알겠습니다, 포셋 박사님."

운전사는 여전히 히죽거리며 어둠 속으로 사라졌다.

나는 공포로 온몸이 얼어붙는 것 같았다. 포셋 박사의 손아귀에 잡힌 채 한껏 움츠러든 나는 정신이 아득해지며 구토증을 느꼈다. 그는 나를 거칠게 흔들어대며 더러운 욕설을 마구 퍼부었다. 나는 언뜻 그의 두 눈을 보았다. 그의 두 눈은 격심한 분노로 활활 불타오르고 있었는데, 격정적인 두 눈은 살인자의 그것이었다…….

그다음에는 일이 어떻게 진행되었는지 정확히 기억이 나지 않는다. 내가 몸부림친 끝에 그의 손아귀에서 벗어날 수 있었는지, 아니면 그가 자발적으로 나를 놓아주었는지는 알 수가 없다. 어쨌든 그 후에 정신을 차리고 보니 나는 야회복 자락을 질질 끌며 어두운 밤길을 비틀거리며 걸어가고 있었다. 포셋 박사의 손아귀에 붙잡혔던 자리는 마치 불에라도 데인 듯한 통증이 느껴졌다.

한참 후에 나는 멈춰 서서 거무스름한 고목 둥치에 몸을 기대고 화끈거리는 얼굴을 지나가는 바람결에 식혔다. 그러자 문득 치욕과 안도감이 뒤범벅된 쓰디쓴 눈물이 흘러나왔다. 그 순간 아버지가 견딜 수 없이 그리웠다. 탐정 일 따윈 생각도 하기 싫었다! 나는 두 뺨에 흐르는 눈물을 닦고 코를 훌쩍였다. 그래, 나는 난롯가에 앉아 얌전히 뜨개질이나 하고 있어야 했어…….

그때 자동차 한 대가 내 쪽을 향해 천천히 다가오는 소리가 들렸다.

나는 숨을 죽이며 나무 뒤로 몸을 숨겼다. 다시금 온몸이 공포로 굳어졌다. 포셋 박사가 눈을 번득이며 나를 뒤쫓아 온 것일까? 자동차가 길모퉁이를 돌면서 헤드라이트가 내 시야로 들어왔다. 운전자가 뭔가를 망설이는 듯 차는 아주 천천히 다가오고 있었다……. 그런 뒤, 나는 발작적인 웃음을 터뜨리고 미친 여자처럼 두 팔을 한껏 흔들면서 앞으로 뛰쳐나갔다.

"제레미! 오오, 제레미! 나 여기 있어요!"

그 순간만큼은 충실한 젊은 애인이 있다는 것을 신에게 감사하지 않을 수 없었다. 제레미는 자동차에서 뛰어내려 나를 힘껏 끌어안았다. 나는 그의 친근한 얼굴을 다시 대할 수 있게 된 것이 너무나도 기뻤다. 그래서 나는 그가 내게 입을 맞추는 데도 그냥 가만히 내버려두었다. 그는 내 눈물을 닦아주고 거의 안다시피 해서 나를 차로 데려가 운전석 옆에 앉혔다.

그 역시 몹시 충격을 받은 탓인지 아무것도 물으려고 하지 않았으므로 나로서는 이 또한 고마운 일이었다. 아마도 그날 밤 그는 나를 미행하고서 내가 포셋 박사의 저택으로 들어가는 것을 보고는 내가 나올 때까지 줄곧 길에서 기다렸을 것이다. 그는 정원 쪽에서 어렴풋이 들려오는 소동 소리를 듣고 부리나케 달려가 보았더니 이미 내 모습은 보이지 않고 포셋 박사는 집 안으로 돌아가는 중이었다고 했다.

"그래서 어떻게 했나요, 제레미?"

나는 그의 건장한 어깨에 기댄 채 몸을 떨며 물었다.

그는 오른손을 핸들에서 떼어 입에 갖다 대며 아픈 듯이 얼굴을 찡그렸다.
"한 방 먹여줬지."
그는 담담하게 말을 이었다.
"그러자 운전사 녀석이 달려오더군. 그래서 한바탕 쳤지. 그것뿐이야. 내가 운이 좋았던 거지. 마치 짐승 같은 녀석이었으니까."
"당신이 그자를 쓰러뜨렸단 말인가요?"
"별것 아니었어. 유리 턱이었으니까."
이어서 그는 나를 처음 발견했을 때의 흥분에서 벗어난 듯 평소의 모습으로 되돌아가 묵묵히 운전에만 몰두했다.
"제레미……."
"왜?"
"어떻게 된 일인지 궁금하지 않나요?"
"누가…… 내가? 내가 그렇게 보이나? 패티, 당신이 포셋 같은 녀석하고 어울리다 혼이 나건 말건 그건 당신이 알아서 할 일이야. 이번에는 내가 어리석어서 말려들었을 뿐이지. 하지만 이런 경험은 이번 한 번만으로도 충분하다고!"
"당신 정말 멋진 남자로군요."
그는 아무런 대꾸도 하지 않았다. 나도 한숨을 쉬고 도로를 응시하고는 그에게 언덕 위에 있는 뮤어 신부 댁으로 차를 몰아달라고 부탁했다. 나는 문득 경륜 있는 연장자의 조언이 필요하다는 생각이 들었고, 아울러 친절하고 통찰력 깊은 드루리 레인 씨의 얼굴이 보고 싶었다. 내가 목격한 것에 그 또한 깊은 흥미를 느낄 것이다. 아니, 바로 이런 일을 기대하고서 그는 이제껏 리즈 시에 머물러 있었음이 분명했다.

제레미가 작은 정문과 장미꽃이 만발한 돌담 앞에 차를 세웠을 때, 뮤어 신부 댁은 불빛 한 점 없이 어두웠다.

"이거, 아무도 없는 모양인데."

제레미가 가볍게 투덜거렸다.

"어쨌든 확인이라도 해봐야겠어요."

나는 지친 몸으로 차에서 내린 다음 현관으로 가서 초인종을 눌렀다. 그러자 뜻밖에도 집 안에서 불이 켜지더니 키 작은 노부인이 희끗한 머리를 내밀었다.

"어서 오세요, 아가씨. 뮤어 신부님을 뵈러 오셨나요?"

그녀가 말했다.

"꼭 그런 것만은 아니에요. 저어, 드루리 레인 씨는 안 계신가요?"

"안 계시는데요, 아가씨."

그녀는 어두운 표정을 지으며 나직이 말을 이었다.

"레인 씨와 신부님은 지금 교도소에 계신답니다, 아가씨. 나는 크로셋이라고 해요. 이런 일이 있을 때마다 신부님 댁에 와서 집안일을 돌봐드리고 있어요. 아니면 신부님께서 부담스러워하시니까요."

"교도소라고요! 이렇게 늦은 시각에요? 무엇 때문이죠?"

내가 외쳤다.

노부인은 한숨을 쉬었다.

"오늘 밤에는 교도소 안에 있는 '죽음의 집'에서 사형 집행이 있어요, 아가씨. 사형수는 뉴욕의 갱이라더군요. 이름이 스칼지라고 하던가, 아무튼 뭐 그런 외국 이름이었어요. 그래서 뮤어 신부님은 최후의 의식을 베풀어주러 가신 거랍니다. 레인 씨는 입회인 자격으로 함께 가신 거고요. 레인 씨가 사형 집행을 꼭 한번 보고 싶다고 하셔서 매그너스 소장님이 특별히 초대해주셨다더군요."

"그렇군요."

나는 어떻게 할까 망설이다가 물었다.

"저어, 안에 들어가서 기다려도 될까요?"

"당신이 섬 양이신가요?"

"네, 그래요."

노부인의 주름진 얼굴이 밝아졌다.

"그렇다면 들어오세요, 섬 양. 그리고 함께 오신 저쪽의 신사 분도요."

그녀가 목소리를 낮추었다.

"사형 집행은 언제나 밤 11시에 이루어지죠. 그래서 나도 그 시각이 되면 혼자 있기가 왠지 꺼림칙해요."

그녀는 멋쩍은 미소를 지으며 덧붙였다.

"교도소에서는 끔찍할 정도로 시간을 엄격히 지킨답니다."

상대가 아무리 악의 없이 하는 말일지라도 나는 사형 집행에 관한 얘기 따위를 들을 기분이 결코 아니어서 제레미를 불러 함께 뮤어 신부의 작고 아담한 거실로 들어갔다. 크로셋 부인은 우리와 얘기를 나누고 싶어 두세 번 말을 걸어왔지만 효과가 없자 체념했는지 우리를 남겨두고 거실에서 나갔다. 제레미는 우울한 얼굴로 활활 타는 난롯불만 바라보고 있었고, 나 또한 우울하게 그런 제레미를 바라보고 있었다.

그렇게 삼십 분쯤 시간이 흘렀을 때, 현관문이 닫히는 소리가 들리더니 잠시 후에 뮤어 신부가 레인 씨와 함께 비틀거리며 거실로 들어섰다. 노신부의 얼굴은 고통스레 일그러져 있었는데, 핏기가 가셔 있었고 진땀으로 번들거렸다. 그의 작고 통통한 양손은 여느 때와 마찬가지로 반짝거리는 새 기도서를 꼭 쥐고 있었다. 레인 씨는 마치 지옥이라도 엿보고 온 사람처럼 두 눈이 멍해져 있었다. 뮤어 신부는 말없이 우리에게 고개를 끄덕여 보이며 팔걸이의자에 몸을 파묻었고, 레인 씨는 방을 가로질러 와서 내 손을 잡았다.

"안녕하시오, 제레미 클레이 씨……. 그리고 페이션스 섬 양……. 그런데 무슨 일로 여기까지 오셨습니까?"

그는 낮고 긴장된 목소리로 말했다.

"레인 선생님, 선생님께 알려드릴 아주 놀라운 소식이 있어요!"

나는 외치듯 말했다.

레인 씨는 입술을 약간 일그러뜨리며 우울한 미소를 지었다.

"놀라운 소식이라고요? 설마 방금 내가 보고 온 것보다 더 놀라울까요? 나는 방금 한 인간의 죽음을 목격하고 왔답니다. 죽음을 말입니다! 그 죽음이 얼마나 간단하고, 얼마나 잔혹하고, 얼마나 무참하게 행해졌는지 도저히 믿을 수 없을 정도였답니다."

그는 몸을 떨더니 심호흡을 하고 나서 내 옆에 있는 팔걸이의자에 앉았다.

"그런데 그 놀라운 소식이란 대체 뭡니까, 페이션스 양?"

나는 마치 구명대에라도 매달리듯 그의 손을 꼭 잡았다.

"포셋 박사가 그 작은 나무 상자의 또 다른 한 토막을 받았습니다!"

13:
어떤 남자의 죽음

그 후 몇 주일이 지난 다음에야 나는 그날 밤에 사형을 당한 남자에 대해 들었다. 그 남자는 물론 나와도 아무런 상관이 없었고 다우 사건에 관련된 다른 누구와도 전혀 상관이 없었다. 즉 다우와도, 포셋 형제와도, 패니 카이저와도 전혀 관계가 없는 남자였다. 그럼에도 불구하고, 일생을 무의미하게 살다가 비참하게 죽어간 그 남자의 죽음은 결과적으로 다우와 포셋 형제 그리고 패니 카이저뿐만 아니라 다른 사람들에게도 영향을 미치게 되었던 것이다. 그대로 어둠 속에 영원히 파묻힐 뻔했던 어떤 문제가 그의 죽음으로 인해 명백해졌기 때문이다.

레인 씨가 내게 얘기해준 바에 따르면, 뮤어 신부 댁에 머물며 무슨 일인가가 일어나기만을 지루하게 기다리고 있을 때 그는 스칼지라는 남자의 사형 집행일이 다가왔다는 소문을 듣게 되었다고 한다. 스칼지는 폭력으로 한평생을 보낸 악당이라 그의 죽음이 세상 사람들에게는 오히려 도움이 될 그런 남자였다. 그 소문을 들은 레인 씨는 그동안 몹시 무료하기도 했고, 그자와는 반대로 평화로운 일생을 보내온 사람으로서 궁금하기도 해서 사형 집행일 전 주부터 매그너스 교도소장에게 자신이 사형 집행 현장에 입회할 수 있도록 해달라고 부탁했다고 한다.

그때 교도소장과 레인 씨는 전기의자에 의한 사형에 대해서 얘기를 나누게 되었다. 레인 씨는 그 방면에 관해서는 문외한이었다.

교도소장이 설명했다.

"교도소 안의 규율은 언제나 엄하기 마련입니다. 그렇지 않으면 제대로 운영을 해나갈 수가 없기 때문이죠. 더욱이 사형 집행일이 다가올 때는 가혹할 정도로 엄해집니다. 물론 사형수의 방은 격리되어 있지만 지하 정보망을 통해 소문은 상상외로 빨리 퍼지게 됩니다. 그리고 당연한 일입니다만, 재소자들은 흔히 '죽음의 집'이라 불리는 처형실에서 일어나는 모든 일에 신경을 곤두세우죠. 그 결과, 사형 집행을 앞두면 짧은 기간이긴 하지만 교도소 전체가 심한 히스테리 상태에 빠지게 됩니다. 그래서 우리는 전기의자에 의한 사형 집행이 예정되면 특별히 교도소 내의 단속을 강화해야만 합니다. 그 기간 중에는 무슨 일이 일어날지 알 수가 없으므로 우리로서는 최대한 주의를 기울일 수밖에 없는 것입니다."

"듣고 보니 당신의 직업이 하나도 부럽지 않군요."

"물론이죠."

매그너스 교도소장은 한숨을 내쉬며 말을 이었다.

"아무튼 저는 늘 같은 교도관들이 사형 집행을 담당하도록 규정해놓았습니다. 물론 그 교도관들 중 누군가가 병이 나거나 어쩔 수 없는 이유로 출근을 못 하게 되면 다른 교도관으로 교체하지요. 하지만 다행히 아직까지는 그럴 필요가 없었습니다."

"반드시 그래야만 하는 이유라도 있습니까?"

레인 씨가 궁금해서 물었다.

"그렇습니다."

교도소장은 냉정한 어조로 말을 이었다.

"사형 집행을 할 때에는 아무래도 사형 집행에 익숙한 경험자라야 마음이 놓이기 때문입니다. 도무지 무슨 일이 일어날지 알 수가 없으니까요. 그래서 저는 정규 야간 근무자 중에서 선발한 교도관 일곱 명에게 언제나 그 끔찍한 임무를 맡기고 있습니다. 그리고 교도소 소속 의사들도 마찬가지인 셈입니다."

교도소장은 다소 자랑스러운 목소리로 계속 말했다.

"그리고 사실, 제 입으로 얘기하기는 좀 뭣합니다만, 저는 이러한 사형 집행에 관한 업무가 아주 과학적으로 행해질 수 있게끔 만들어놓았습니다. 우리 교도소에서는 이제껏 한 번도 문제가 일어났던 적이 없습니다. 신중하게 선발된 교도관들이 사형을 집행하기 때문이죠. 그리고 교도관들의 규율도 아주 엄하니까요. 한 가지 예로, 이곳에서는 주간 근무자를 야간에 근무하게 하는 일은 결코 없습니다. 사형 집행 업무를 담당하는 교도관들은 각자가 맡은 일이 항상 정해져 있을 뿐만 아니라, 비상사태가 일어날 경우에도 각자가 어떻게 대처해야 하는지를 모두가 잘 알고 있답니다."

교도소장은 레인 씨를 날카롭게 바라보았다.

"스칼지의 사형 집행 현장에 꼭 입회하시고 싶으십니까?"

레인 씨가 고개를 끄덕였다.

"진심이신가요? 하지만 이건 기분 좋은 일이 아닙니다. 게다가 스칼지는 웃으며 죽음을 맞이할 녀석도 아니고요."

"어쨌든 경험이야 될 테지요."

레인 씨가 말했다.

"물론 그렇긴 하겠지요."

교도소장은 다시 냉정한 어조로 말을 이었다.

"꼭 그러시다면 좋습니다. 교도소장인 저는 법에 따라 교도소와는 특별한 관련이 없는 성인으로 열두 명의 명예로운 시민들을 사형 집행 현장의 입회인으로 참석시킬 수가 있습니다. 그런 경험을 꼭 하고 싶으시다면 당신을 그 현장의 입회인으로 받아들이겠습니다. 하지만 끔찍스러운 경험이 될 것입니다. 이건 결코 빈말로 하는 얘기가 아닙니다."

"정말 끔찍합니다, 레인 씨. 저는 이제까지 헤아릴 수 없을 정도로 여러 번 사형 집행 현장에 입회했습니다만, 아직도 그 비인간적인 행위에는 몸서리가 처진답니다."

뮤어 신부도 염려가 되는 듯이 맞장구쳤다.

매그너스 교도소장이 어깨를 으쓱했다.

"우리도 대부분 같은 심정입니다. 때로는 사형 제도가 과연 필요한 건지 의문이 생기기도 한답니다. 아무리 흉악한 인간의 목숨일지라도 어쨌든 남의 목숨을 빼앗는 일에 책임을 져야 한다는 것은 괴롭습니다."

"하지만 그건 당신이 책임질 문제가 아닙니다. 어디까지나 그 책임은 주 당국에 있습니다."

레인 씨가 지적했다.

"그렇긴 해도 제 신호에 따라 사형이 집행됩니다. 제 입장이 되면 문제가 달라진답니다. 예전에 제가 알고 지냈던 어느 주지사는 사형 집행일 밤에는 언제나 관저에서 달아나곤 했답니다. 태연히 있을 수가 없었기 때문이죠……. 아무튼 알겠습니다, 레인 씨. 당신이 입회할 수 있도록 조치를 취하겠습니다."

그와 같은 과정을 거쳐 레인 씨와 뮤어 신부는 내가 포셋 박사의 저택에서 큰 모험을 했던 수요일 밤에 교도소의 높다란 돌담 안에 있게 되었던 것이다. 뮤어 신부는 아침부터 교도소에서 사형수를 돌봐야 했으므로, 레인 씨는 밤 11시가 조금 못 되었을 때 혼자서 교도소에 들어갔다. 교도소에 도착하자 교도관 하나가 곧바로 그를 처형실, 즉 죽음의 집으로 안내했다. 그 죽음의 집은 건물에 둘러싸인 네모난 안뜰 한구석에 따로 지어진 낮고 길쭉한 석조 건물이었는데, 그곳은 교도소 속에 있는 또 하나의 교도소 같았다. 레인 씨는 그 건물의 기묘하고 섬뜩한 분위기에 긴장감을 느끼며 교회 의자 같은 긴 벤치 두 개와 전기의자가 놓여 있는 우중충하고 살풍경스러운 방, 즉 처형실로 들어섰다.

레인 씨의 시선이 곧바로 그 무겁고 딱딱하며 모나고 보기 흉하게 생긴 죽음의 장비에 고정된 것은 당연했다. 의외로 전기의자는 레인 씨가 생각했던 것보다 크지도 않았고 섬뜩한 느낌도 들지 않았다. 의자의 등받이와 팔걸이와 다리 부분에는 축 늘어진 가죽끈이 매달려 있었다. 그리고 의자 등받이 윗부분에는 풋볼 선수의 철제 헬멧을 떠올리게 하는 기묘한 장치가 딸려 있었다. 하지만 그때에는 그 모든 것들이 전혀 위험해 보이지 않았고, 또한 너무도 기묘해서 현실감을 느낄 수 없었을 정도였다.

레인 씨는 주위를 둘러보았다. 그는 딱딱한 두 개의 벤치 중 하나에 앉아 있었고 다른 열한 명의 입회인들도 이미 모두 자리를 잡고 앉아 있었다. 입회인들은 모두 나이가 지긋한 남자들이었는데, 한결같이 입을 굳게 다문 채 창백한 표정을 짓고 있었고 안절부절못했다. 그런데 두 번째 벤치에 앉아 있는 사람들 가운데 뜻밖에도 루퍼스 코튼이 끼어 있는 것을 보고 레인 씨는 깜짝 놀랐다. 그 작고 늙은 정치인은 밀랍처럼 창백한 표정으로 그 독특한 두 눈을 약간 찌푸린 채 지그시 전기의자 쪽을 바라보고 있었다. 약간 당혹스러워진 드루리 레인 씨는 벤치에 등을 기대며 다시 주위를 둘러보았다.

방 한쪽에 작은 문이 나 있었는데, 그것이 영안실로 통하는 문임을 레인 씨는 즉시 알 수 있었다. 주 정부 당국은 사형수가 되살아나는 일을 방지하기 위해 의사가 법적 사망을 선언하면 곧바로 영안실로 옮겨 시체를 해부함으로써 아무리 생명이 불꽃이 기적적으로 남아 있다고 할지라도 효과적으로 꺼버리는 것이다.

 벤치 맞은편에 또 하나의 문이 있었다. 그것은 쇠못이 박힌 어두운 녹색의 작은 문이었다. 그 문이 바로 죽음을 선고받은 남자가 지상에서의 마지막 행로를 더듬을 복도와 통해 있음을 레인 씨는 알고 있었다.

 그 문이 열리더니 남자들 한 무리가 굳은 표정으로 딱딱한 바닥에 발소리를 울리며 들어왔다. 그 가운데 검은 가방을 들고 있는 두 사람은 법이 정한 바에 따라 사형 집행 현장에 입회하여 사형수의 사망을 선언하는 교도소 소속 의사들이었다. 레인 씨가 나중에 알게 된 사실이지만, 수수한 옷차림을 한 또 다른 세 사람은 법정에서 선고된 사형이 제대로 집행되는지 확인하기 위해 참석한 법원의 관리들이었다. 그리고 푸른 제복을 입고 냉엄한 얼굴을 한 나머지 세 사람은 교도관들이었다……. 그때 비로소 레인 씨는 방 한쪽 구석이 움푹 들어가 있고 거기에 건장한 체격의 한 중년 남자가 서 있는 것을 알아차렸다. 그 남자는 그 움푹 들어간 곳에 있는 전기 장치를 매만지고 있었다. 그의 얼굴에는 아무런 표정도 떠올라 있지 않았다. 우둔하고 따분해 보이는 거의 백치 같은 얼굴이었다. 바로 그 사람이 사형 집행인이었다. 그 순간부터 레인 씨는 그 광경이 뜻하는 냉혹하기 그지없는 현실을 뚜렷이 깨달았다. 목의 근육이 긴장되어 거의 숨도 쉴 수 없을 정도였다. 그 방은 이제 더는 비현실적이지 않았다. 그 방은 악마적인 양상을 띠며 불길하게 살아 숨 쉬고 있었다.

레인 씨는 흐릿한 눈으로 시계를 들여다보았다. 11시 6분이었다.

거의 동시에 모두가 갑자기 긴장했고, 방 안은 순식간에 숨 막힐 듯이 무거운 정적에 휩싸였다. 녹색의 문 저편에서 일정하게 발을 끄는 듯한 발걸음 소리가 들려와서 사람들의 신경을 곤두세웠다. 마침내 한 사람도 남김없이 벤치 끝을 잡으며 스프링처럼 몸을 한껏 앞으로 내밀었다. 이어서 그 발소리와 함께 등골이 오싹해질 정도로 기분 나쁜 소리가 들려왔다. 그것은 낮게 중얼거리는 소리와 함께 들리는 목쉰 울음소리였다. 그 소리를 뒤덮으려는 듯이 죽음의 방 바깥 복도에 늘어선 또 다른 죄수들의 동물적인 절규가 마치 밴시(가족 중에 사망자가 생길 때에 이를 예고한다는 요정-옮긴이)의 울부짖음처럼 희미하게 들려왔다. 그들은 지켜보고 있었던 것이다. 자신들의 동료 중 한 명이 영원으로 이어지는 마지막 길을 힘겹게 나아가고 있는 것을.

발걸음 소리가 아주 가까이 다가왔다. 이어서 문이 소리 없이 열렸고 방 안에 모여 있던 사람들은 일제히 그 일행을 보았다…….

매그너스 교도소장은 냉정하고 창백한 얼굴을 하고 있었다. 뮤어 신부는 반쯤 넋이 나간 듯한 모습으로 몸을 앞으로 구부리고 있었는데, 바깥 복도에서 들려오던 기도문을 계속 중얼거리고 있었다. 나머지 교도관들 네 명도 마저 들어왔다. 비로소 모든 사람이 방 안에 모이게 되었다. 문이 다시 닫혔다……. 잠시 동안 다른 사람들에 가려져서 보이지 않았던 그 남자의 모습이 드러나자마자 그를 에워쌌던 사람들은 순식간에 유령처럼 희미한 존재가 되고 말았다.

그는 마마 자국이 있는 거무스레하고 포악한 얼굴에 키가 크고 깡마른 남자였다. 그는 무릎을 조금 구부리고 있었고 두 교도관이 양쪽에서 그의 겨드랑이를 떠받치고 있었다. 남자의 핏기 없는 잿빛 입술 사이에 매달려 있는 담배에서는 연기가 피어오르고 있었다. 발에는 부드러운 슬리퍼를 신고 있었고 축 늘어진 오른쪽 바짓가랑이는 무릎 위까지 찢어져 있었다. 머리는 깎은 것 같았으나 수염은 그대로였다……. 그는 아무것도 보고 있지 않았다. 벤치에 앉아 있는 사람들을 수정 같은 눈으로 바라보았으나, 그 눈은 이미 죽은 자의 눈이었다. 교도관들은 그를 마치 인형처럼 다루었다. 끌어당기는가 하면 가볍게 밀어붙이기도 하고 낮은 목소리로 명령하기도 하며…….

믿어지지 않지만 그는 결국 전기의자에 앉혀졌고, 머리를 가슴까지 푹 떨어뜨린 채 입에는 아직도 연기가 나는 담배를 물고 있었다. 일곱 명의 교도관들 중 네 명이 마치 기름이 잘 쳐진 로봇처럼 정확하게 앞으로 튀어 나갔다. 그들은 단 한 번도 쓸데없는 동작을 취하지 않았고 단 한순간도 시간을 낭비하지 않았다. 그들 중 한 교도관이 무릎을 꿇더니 재빨리 사형수의 다리에 가죽끈을 묶었고, 두 번째 교도관은 사형수의 팔을 의자 팔걸이에 매었다. 세 번째 교도관은 굵은 가죽끈으로 사형수의 몸통을 의자에 고정했고, 네 번째 교도관은 검은 헝겊을 꺼내 사형수의 눈을 단단히 가렸다. 작업을 마친 교도관 네 명은 목각 가면처럼 무표정한 얼굴로 뒤로 물러섰다.

사형 집행인이 그 움푹 들어간 곳에서 조용히 앞으로 걸어 나왔다. 누구 한 사람 입을 열지 않았다. 그는 사형수 앞에 무릎을 꿇더니 긴 손가락으로 사형수의 오른발에 무언가를 장치하기 시작했다. 이윽고 사형 집행인이 몸을 일으켰을 때 드루리 레인 씨는 사형수의 드러난 오른쪽 장딴지에 장치된 것이 전극임을 알 수 있었다. 사형 집행인은 의자 뒤로 재빨리 돌아갔고 이어서 그는 숙련된 동작으로 사형수의 머리에 금속 모자를 씌웠다. 사형 집행인은 소리 없이 재빨리 움직였으며 그가 준비 작업을 끝냈을 때 사형수 스칼지는 마치 지옥의 길목에 놓인 조각상처럼 아래위로 몸을 흔들며 죽음을 기다리듯 앉아 있었다······.

고무창이 달린 신발을 신은 사형 집행인이 그 움푹 들어간 곳으로 급히 돌아갔다.

매그너스 교도소장은 시계를 손에 들고 말없이 서 있었다.

뮤어 신부는 어느 교도관에게 몸을 기댄 채 간신히 입술을 움직이며 성호를 그었다.

그 순간 시간은 걸음을 멈추었다. 그때 아마도 천사의 날갯짓 소리라도 들었는지 스칼지는 몸을 부르르 떨었다. 그리고 그 핏기 가신 입술에서 담배가 떨어졌다. 그 순간 짓눌린 듯한 기묘한 신음이 흘러나와 방음 장치가 되어 있는 방의 벽에서 벽으로 전해지더니 길 잃은 영혼의 승천을 알리듯이 사라져 갔다.

매그너스 교도소장의 오른팔이 커다란 호를 그리듯 올라갔다가 다시 내려왔다.

이어서 드루리 레인 씨는 무어라 형언할 수 없는 감정에 휩싸여 질식할 듯이 거친 숨을 몰아쉬었고, 사형 집행인이 푸른 제복에 감싸인 왼팔을 뻗어 그 움푹 들어간 곳의 벽에 있는 소켓에 스위치를 꽂는 것을 보았다.

잠깐 동안 레인 씨는 마치 사차원의 세계에서 오는 신호처럼 자신의 가슴을 얼얼하게 만드는 진동이 자신의 심장에서 비롯된 듯한 느낌을 받았다. 하지만 다음 순간, 그 현상은 전원에서 뿜어져 나와 전선 가득히 날뛰며 흐르는 전기의 외침에 자신의 피부가 얼얼하게 감응한 것임을 깨달았다.

환하게 켜져 있던 죽음의 방의 불빛이 흐릿해졌다.

그리고 스칼지는 스위치가 꽂힘과 동시에 자신을 속박하고 있는 가죽끈을 있는 힘을 다해 끊어버릴 듯이 몸을 한껏 뻗쳤다. 금속 모자 밑에서 한 줄기 잿빛 연기가 천천히 피어올랐다. 팔걸이에 묶여 있던 스칼지의 양손은 차츰 빨개졌다가 이어서 같은 속도로 천천히 하얘졌다. 목덜미의 혈관이 마치 타르를 칠한 밧줄처럼 부풀어 오르더니 보기 흉한 납빛으로 변했다.

스칼지는 마치 차렷 자세를 취한 듯이 몸을 꼿꼿이 세운 채 앉아 있었다.

방 안의 전등이 다시 밝아졌다.

의사 두 사람이 앞으로 나가 스칼지의 드러난 가슴에 차례로 청진기를 갖다 댔다. 이어서 그들은 뒤로 물러서서 서로 얼굴을 마주 보더니 무표정한 눈을 한 연장자 쪽이 말없이 신호를 했다.

다시금 사형 집행인이 왼팔을 뻗었고, 또다시 전등이 흐릿해졌다…….

두 번째 검진을 마쳤을 때, 역시 연장자 쪽 의사가 법이 정한 바에 따라 낮은 목소리로 선언했다.

"소장님, 저는 이 남자가 사망했음을 선언합니다."

이제 시체는 의자에 기댄 채 축 늘어져 있었다.

누구 한 사람 미동도 하지 않았다. 영안실 겸 해부실로 통하는 문이 열리고 바퀴 달린 흰 탁자가 들어왔다.

드루리 레인 씨는 무심코 시계를 들여다보았다. 밤 11시 10분이었다.

이렇게 해서 스칼지는 죽은 것이다.

14:
두 번째 상자 토막

제레미는 자리에서 일어나 방 안을 서성거렸다. 뮤어 신부는 넋이 나간 사람처럼 꼼짝도 하지 않고 앉아 있었다. 그는 아무 얘기도 듣지 않은 것이 분명했다. 그의 시선은 우리가 눈으로 볼 수 없는 어떤 것에 고정되어 있는 듯했다.

드루리 레인 씨가 눈을 깜박이며 천천히 물었다.

"페이션스 양, 포셋 박사가 그 나무 상자의 또 다른 한 토막을 받았다는 걸 당신은 어떻게 알았습니까?"

그래서 나는 그에게 그날 밤에 있었던 나의 모험담을 얘기해주었다.

"포셋 박사의 책상 위에 놓여 있던 그 물건을 어느 정도로 확실히 볼 수 있었나요?"

"제가 직접 이 두 눈으로 5미터도 떨어지지 않은 곳에서 보았답니다."

"그건 포셋 상원의원의 책상 위에서 발견된 것과 똑같은 모양이었습니까?"

"아니요, 그렇지 않습니다. 양옆으로 뚫려 있었어요."

"오! 그렇다면 그건 가운데 토막이겠군요."

레인 씨는 중얼거리듯 말을 이었다.

"그런데 그 겉면에 무슨 문자들이 쓰여 있지 않던가요? 그러니까 포셋 상원의원이 받았던 것에 쓰여 있던 'HE' 같은 문자들 말입니다."

"그러고 보니 겉면에 어떤 문자들이 적혀 있었던 것 같군요. 하지만 그걸 알아볼 수 있을 만큼 가까운 거리는 아니었어요."

"그것참 애석하군요."

레인 씨는 조용히 생각에 잠겼다. 그런 뒤 몸을 앞으로 내밀며 내 어깨를 가볍게 두드리며 말했다.

"아무튼 하룻밤에 해낸 일치고는 대단합니다, 페이션스 양. 물론 그것이 어느 정도로 도움이 될지 아직은 잘 알 수 없습니다만……. 그럼 이제 그만 클레이 씨 댁에 돌아가서 푹 쉬시는 게 좋을 듯하군요. 오늘 밤은 아주 호된 경험을 하셨으니 말입니다……."

우리의 눈이 마주쳤다. 뮤어 신부는 의자에 앉은 채 뭔가 고통스러운 신음을 흘리며 입술을 떨고 있었고, 제레미는 물끄러미 창밖을 내다보고 있었다.

"하지만 제 생각엔 선생님께서 더……."

내가 천천히 말을 꺼냈지만 레인 씨는 희미하게 미소 지으며 고개를 내저었다.

"저는 괜찮답니다, 페이션스 양. 염려 마시고 돌아가서 푹 쉬도록 하십시오."

15:
탈옥

다음 날은 목요일이었고, 오후가 되면 몹시 더워질 듯 아침부터 아주 화창한 날씨였다. 아버지는 내가 억지로 권해서 리즈 시내에서 산 흰 리넨 양복을 입었는데, 나는 그 새 양복을 입은 아버지가 몹시 근사해 보였다. 하지만 아버지는 자신이 '흰 백합'은 아니라고 투덜대며, 누군가 아는 사람이라도 만날까 봐 두렵다면서 꼬박 삼십 분가량이나 클레이 씨 저택에서 한 발짝도 움직이려 하지 않았다.

그날의 일은 하나도 남김없이 마치 사진처럼 생생하게 떠올릴 수 있다. 그날은 우리가 리즈에 머물렀던 날들 중의 하루를 제외하고는 가장 충격적인 일이 벌어졌던 날이었다. 나는 미적 감각이 있는 사람이라면 누구나 그 리넨 양복에 잘 어울린다고 생각할 게 틀림없는 짙은 오렌지색 넥타이를 아버지에게 사드린 기억이 난다. 내가 직접 그 넥타이를 매드리는 동안에도 아버지는 줄곧 불평을 하며 투덜거렸다. 만약 남들이 본다면 마치 내가 아버지에게 교도소의 죄수복이라도 입혀드리는 줄로 착각할 정도였다. 지독한 보수주의자인 가엾은 아버지! 그런 아버지를 멋지게 꾸며드리는 것이 딸인 나의 즐거움이긴 하지만, 과연 아버지는 나의 이러한 애정 어린 노력을 언제쯤에나 완전히 이해하실까?

우리가 산책하러 나가기로 한 것은 정오가 다 되었을 무렵이었다. 사실 '우리'라기보다는 내가 그렇게 결정한 것이었다.

"함께 언덕 위로 산책 나가는 게 어때요, 아버지?"

내가 그렇게 말을 꺼냈다.

"이런 차림으로 말이냐?"

"물론이죠!"

"싫다. 나는 가고 싶지 않아."

"그렇게 노인네처럼 말씀하시지 마시고 함께 가요. 날씨도 굉장히 좋잖아요."

"난 그렇지 않아. 게다가 오늘 나는 몸이 좋지 않아. 왼쪽 다리에 신경통이 재발한 모양이다."

아버지가 퉁명스레 말했다.

"이렇게 날씨가 좋은데요? 거짓말 마세요! 그러지 마시고 저와 함께 언덕을 산책하고 나서 레인 씨를 만나 아버지의 새 양복을 자랑하자고요."

그렇게 해서 우리는 함께 산책을 하게 되었다. 나는 길가에 핀 들꽃을 한 아름 땄으며, 아버지도 어색한 기분을 잊어버리고 한동안 몹시 즐거워하셨다.

우리가 뮤어 신부 댁에 도착했을 때 레인 씨는 베란다에 나와 책을 읽고 있었다. 그런데 놀랍게도 그 역시 아버지와 똑같은 리넨 양복에 오렌지색 넥타이 차림이었다!

아버지와 레인 씨는 한 쌍의 멋쟁이 노신사 같은 차림으로 서로를 마주 쳐다보았다. 아버지는 멋쩍어하는 표정을 지었고 레인 씨는 껄껄 웃었다.

"아주 멋지게 차려입으셨군요, 경감님. 아마도 페이션스 양의 도움을 받으신 것 같군요. 정말이지 당신 곁에는 따님이 있어야겠습니다, 경감님!"

"아직도 이 애와의 생활이 익숙하지 않아서 힘이 든답니다."

아버지는 어색한 미소를 떠올리며 말을 이었다.

"어쨌든 똑같은 차림을 한 동지를 만났으니 다행입니다."

뮤어 신부도 베란다로 나와 우리를 반갑게 맞이해주었다. 뮤어 신부는 아직도 어젯밤에 있었던 일 때문인지 안색이 좋지 않아 보였다. 친절한 크로셋 부인이 알코올 성분이 들어 있지 않은 찬 음료수를 쟁반에 받쳐 들고 왔다. 세 사람이 얘기를 주고받는 동안 나는 조각구름이 떠 있는 하늘을 바라보았다. 그리고 뮤어 신부 댁 바로 근처에 솟아 있는 알곤킨 교도소의 높은 잿빛 담장 쪽은 바라보지 않으려고 애썼다. 이쪽은 화창한 여름날이지만 그 담장 안에는 언제나 황량한 겨울밖에는 없을 것이다. 문득 나는 아론 다우가 어떻게 지내고 있는지 궁금했다.

시간은 소리 없이 흘러갔다. 나는 흔들의자에 앉아 푸른 하늘에 마음을 빼앗긴 채 황홀한 무아의 경지에 잠겨 있었다. 그러다가 차츰 내 생각은 어젯밤의 일을 둘러싸고 움직이기 시작했다. 문제의 작은 상자의 두 번째 토막, 그건 무얼 예고하는 것일까? 아이라 포셋 박사에게 그 상자 토막은 무언가 의미를 지닌 것임이 분명했다. 그의 얼굴에 떠올랐던 험악한 표정은 그 상자 토막이 무엇을 의미하는지 알기 때문에 생긴 것이지, 결코 미지에 대한 공포에서 비롯된 것은 아니었다. 그런데 그 물건은 대체 어떤 방법으로 그에게 전달된 것일까? 그리고 누가 보낸 걸까? ……문득 나는 몸을 긴장시키며 앉음새를 고쳤다. 어쩌면 그건 아론 다우가 보낸 게 아닐까?

나는 생각다 못해 다시금 의자에 몸을 파묻었다. 이 두 번째 상자 토막으로 인해 사건은 전혀 달리 구성될 수도 있었다. 첫 번째 토막은 다우가 보낸 것이었다. 그리고 그 사실은 다우 스스로도 고백했다. 그건 다우가 교도소 목공실에서 만든 것으로 추측된다. 그런데 이 두 번째 토막도 그가 만들어 교도소 내의 어떤 비밀 루트를 통해 제2의 희생자에게 보낸 게 아닐까? 거기까지 생각이 미치자 나는 몹시 흥분이 되어 가슴이 마구 방망이질 쳤다. 하지만 그것은 모순이다. 왜냐하면 아론 다우는 포셋 상원의원을 살해하지 않았으니까……. 나는 혼란스러워지기 시작했다.

12시 반이 조금 지났을 때 우리의 관심은 교도소 정문 쪽으로 날카롭게 쏠렸다. 바로 조금 전까지만 해도 여느 때와 다름이 없었다. 무장한 경비원들이 두터운 담벼락 위를 천천히 거닐고 있었고, 보기 흉한 경비 초소에는 희미하게 빛나는 총부리가 튀어나와 있는 것만 제외하면 마치 아무도 없는 듯이 조용했다. 그런데 지금 그곳은 분명히 여느 때와는 다르게 술렁거렸다.

우리는 모두 앉은 자리에서 허리를 폈다. 세 사람은 대화를 중단했고 모두가 교도소 정문 쪽을 유심히 바라보았다.

커다란 철문이 안쪽에서 열리더니 권총과 소총으로 무장한 푸른 제복의 교도관 한 명이 모습을 드러냈다. 이어서 그는 뒤로 한 걸음 물러서며 등을 돌리더니 우리에게 들리지는 않았지만 뭔가를 외치는 듯했다. 두 줄로 늘어선 남자들이 문 밖으로 나왔다. 그들은 재소자들이었다……. 저마다 곡괭이며 커다란 삽을 들고 고개를 쳐든 채 부드러운 바깥 공기를 개처럼 킁킁 맡으며 흙먼지가 이는 길을 따라 발을 질질 끌면서 걸어갔다. 모두가 한결같은 복장이었다. 그들은 무겁고 투박한 구두를 신었고 구겨진 회색 바지와 웃옷을 걸쳤으며, 웃옷 속에는 올이 성긴 면 셔츠를 받쳐 입었다. 재소자들은 모두 스무 명이었는데 도로 공사를 하기 위해 언덕 저편의 숲 속 어딘가로 가는 듯했다. 교도관이 소리치자 맨 앞에서 가던 재소자가 몸을 왼쪽 방향으로 돌렸고, 이어서 그들은 차츰 우리의 시야에서 사라져 갔다. 또 다른 무장한 교도관이 맨 뒤에서 따라갔고, 처음에 모습을 보였던 교도관은 두 줄로 걸어가는 재소자들의 오른쪽에 붙어서 걸어가며 이따금 뭐라고 명령을 내렸다. 이윽고 그 스물두 명의 남자들은 우리의 시야에서 완전히 사라졌다.

우리가 다시 의자에 등을 기대었을 때 뮤어 신부가 꿈꾸듯 말했다.

"저들은 저렇게 바깥으로 일을 나갈 때 천국에서와 같은 기쁨을 느낀답니다. 물론 허리가 휘어질 듯이 몹시 고된 일입니다. 하지만 성 제롬이 말했듯이 '악마가 달려들 틈을 주지 않기 위해선 언제나 무슨 일이든 해야'만 하는 거지요. 그리고 저렇게 일을 나감으로써 어쨌든 교도소의 울타리에서 한때나마 벗어날 수 있는 셈이니까요. 그래서 저들은 모두 도로 공사에 나가길 좋아한답니다."

말을 마친 뮤어 신부는 한숨을 쉬었다.

그로부터 정확히 한 시간 십 분 뒤에 그 일이 일어났다.

크로셋 부인이 차려준 간단한 점심 식사를 마치고 다시 베란다에 앉아서 쉬고 있을 때였다. 교도소 담장 위의 예사롭지 않은 분위기가 아까와 마찬가지로 우리의 주의를 끌었으므로 우리는 대화를 멈추었다.

담장 위를 걸어 다니던 한 경비원이 갑자기 멈추어 서더니 긴장된 태도로 아래쪽의 뜰을 열심히 내려다보았다. 아마도 그는 무슨 말인가를 듣고 있는 듯했다. 우리는 의자에 앉은 채 몸을 긴장시켰다.

그 소리가 들렸을 때 우리는 놀라서 순간적으로 몸을 움츠렸다. 그것은 격렬하게 울려 퍼지는 찢어질 듯한 사이렌 소리였다. 사이렌 소리는 주위의 언덕에 울려 퍼지다가 죽어가는 악마의 신음처럼 사라져 갔다. 하지만 그 소리는 다시 울렸고, 사라졌다가 또다시 울리기를 거듭했다. 나는 귀를 막지 않을 수 없었고 비명이라도 지르고 싶은 심정이었다.

첫 번째 사이렌이 울렸을 때 뮤어 신부는 의자의 팔걸이를 꽉 붙잡았는데, 그의 얼굴은 목에 두른 흰 깃보다도 더 하얗게 질려 있었다.

"비상경보입니다……."

뮤어 신부가 긴장한 목소리로 낮게 말했다.

우리는 의자에 얼어붙은 듯이 그 악마의 교향악 같은 소리를 듣고 있었다. 마침내 레인 씨가 날카롭게 물었다.

"불이 났습니까?"

"누군가 탈옥한 모양입니다."

아버지는 입술을 축이며 말을 이었다.

"패티, 집 안으로 들어가라……."

뮤어 신부가 교도소 담장을 바라보며 외쳤다.

"탈옥이라니! ……오오, 하느님!"

우리는 일제히 의자에서 벌떡 일어나 급히 정원을 가로질러 가서 장미꽃이 만발한 돌담에 기대섰다. 마치 알곤킨 교도소의 담벼락 자체가 사이렌 소리에 놀라 긴장하고 있는 듯이 느껴졌다. 그 담장 위에 서 있는 교도관들도 잔뜩 긴장해서 날카롭게 주위를 경계하고 있었다. 그들은 총을 든 채 다소 떠는 듯한 모습으로 비상사태에 대처했다. 잠시 후 철문이 다시 열리더니 푸른 제복 차림에 소총으로 무장한 남자들을 가득 태운 커다란 자동차가 요란한 엔진 소리를 내며 달려 나왔다. 그러고는 차 한쪽이 크게 기울 정도로 급히 왼쪽으로 방향을 틀더니 순식간에 시야에서 사라졌다. 그 뒤를 이어 계속해서 차들이 달려 나왔다. 모두 다섯 대의 자동차가, 완전 무장을 하고 한결같이 전방을 주시하는 남자들을 태운 채 지나갔다. 나는 첫 번째 자동차의 운전석 옆자리에 창백하게 굳은 표정을 한 매그너스 교도소장이 타고 있는 것을 보았다.

"실례하겠습니다!"

뮤어 신부가 급히 말하더니 신부복 옷자락을 걷어 올리고 흙먼지를 일으키며 교도소 정문을 향해 달려갔다. 잠시 후 우리는 그가 정문 바로 안쪽에 무장한 채 서 있는 교도관 한 무리와 얘기를 나누는 것을 볼 수 있었다. 교도관들이 손을 들어 왼쪽을 가리켰다. 그곳은 무성하게 우거진 나무들이 교도소 아래쪽의 언덕 기슭을 뒤덮고 있는 숲이었다.

뮤어 신부는 무거운 발걸음으로 우리에게 되돌아왔다. 그는 고개를 푹 숙인 채 몹시 절망한 모습이었다.

흙먼지가 묻은 신부복을 만지작거리며 그가 우리 옆에 멈춰서자 나는 급히 물어보았다.

"무슨 일이죠, 신부님?"

그는 고개를 들지 않았다. 그 얼굴에는 당혹스럽고 고통스러운 빛이 가득했고 알 수 없는 격분 같은 것도 엿보였다. 그는 마치 갑작스레 배신이라도 당한 듯했고 그로 인해 이제껏 한 번도 경험해보지 못한 정신적인 고통을 겪는 사람 같아 보였다.

뮤어 신부는 손을 떨며 더듬더듬 입을 열었다.

"도로 공사를 하던 재소자 가운데 한 사람이…… 작업 도중에…… 달아났다고 합니다."

"그렇다면 그건……?"

드루리 레인 씨는 언덕 쪽을 응시하며 물었다.

"그 사람은……."

키 작은 신부의 목소리가 떨렸다. 이어서 그는 결심한 듯 고개를 들었다.

"아론 다우입니다."

우리 모두는 놀라서 말문이 막혔다. 적어도 아버지와 내게는 너무도 뜻밖의 일이어서 곧바로 이해하기가 힘들었다. 아론 다우가 도망치다니! 이것은 내가 전혀 예측하지도 못했던 일이었다. 그렇다면 레인 씨는 과연 이번 일을 예측하고 있었을까? 나는 흘끗 레인 씨를 보았다. 하지만 그의 예리한 상아빛 얼굴은 평온했다. 그는 마치 너무도 아름다운 일몰의 광경에 마음을 빼앗긴 화가 같은 모습으로 여전히 저편 언덕을 응시하고 있을 뿐이었다.

우리는 사태의 추이를 지켜볼 수밖에 없었으므로 그날 오후 내내 뮤어 신부 댁에서 기다렸다. 대화도 거의 사라졌고 웃음소리도 전혀 들을 수 없었다. 레인 씨와 신부는 다시금 어젯밤의 꺼림칙한 기분에 사로잡혀 있는 듯이 보였다. 나는 죽음의 그림자가 그 작은 베란다에 실제로 스며들고 있는 것처럼 느껴졌다. 심지어 그 기분 나쁜 죽음의 방에서 스칼지가 자신의 생명을 속박하고 있는 가죽끈으로부터 벗어나려고 애쓰는 모습을 보고 있는 듯한 느낌마저 들었다.

오후 내내 교도소 안팎에서는 개미 같은 활동이 펼쳐졌다. 하지만 우리는 다우의 탈옥이 초래한 충격에서 여전히 벗어나지 못한 채 그저 공허한 침묵을 지키며 바깥의 상황을 지켜볼 수밖에 없었다. 노신부는 정보를 얻기 위해 여러 번 교도소를 드나들었지만, 그때마다 아무런 새로운 소식도 듣지 못한 채 돌아왔다. 다우의 행방은 여전히 알 수 없었다. 인근 지역은 샅샅이 수색되었고, 시민들에게는 경고가 전해졌으며, 사이렌은 계속 울려댔다. 교도소 내에서는 첫 번째 사이렌 소리와 함께 모든 재소자들이 그들의 감방에 감금되었다. 탈옥한 재소자가 체포될 때까지 그들은 그대로 갇혀 있어야만 했다……. 다우와 함께 도로공사에 나갔던 재소자들은 오후 일찍 돌아왔다. 그들은 교도관 여섯 명에 의해 총부리로 위협당하고 감시당하면서 뻣뻣한 걸음걸이로 돌아왔다. 그들은 두 줄로 나란히 걷고 있었는데 돌아온 재소자들은 모두 열아홉 명뿐이었다. 나는 멍청하게도 그들의 인원을 일일이 세어보았던 것이다. 그들은 순식간에 교도소 정문 안으로 사라졌다.

오후 늦게 수색하러 나갔던 자동차들이 돌아오기 시작했다. 맨 앞차에는 매그너스 교도소장이 타고 있었다. 정문 바로 안쪽에서 지친 듯한 부하들이 차에서 내리자 교도소장은 한 교도관에게 큰 소리로 위엄 있게 무언가를 명령하는 듯했지만 우리로서는 그 내용을 알아들을 수 없었다. 그런 뒤 그는 매우 지친 모습으로 우리 쪽으로 걸어왔다. 숨을 몰아쉬며 천천히 걸어오는 그의 단단한 몸집에는 피로한 기색이 역력했고 얼굴은 흙먼지와 땀으로 더러워져 있었다.

그는 지친 듯이 팔걸이의자에 몸을 파묻으며 긴 한숨을 내쉬었다.

"그자는 정말 골칫덩어리로군요. 당신의 그 소중한 다우를 지금은 어떻게 생각하십니까, 레인 씨?"

교도소장이 그렇게 묻자 레인 씨가 침착하게 대답했다.

"똥개도 궁지에 몰리면 대드는 법입니다, 매그너스 씨. 누구든 자신이 저지르지도 않은 범죄로 인해 종신형을 살아야 한다는 건 참기 힘든 노릇이죠."

"아직 아무런 단서도 못 잡았나요, 소장님?"

뮤어 신부가 낮은 목소리로 물었다.

"그렇습니다. 마치 땅속으로 사라지기라도 한 듯합니다. 분명히 말씀드리지만, 이건 단독 범행이 아닙니다. 틀림없이 공범이 있을 겁니다. 만약 그렇지 않다면 그는 벌써 몇 시간 전에 우리에게 붙잡혔을 겁니다."

우리는 침묵을 지키며 앉아 있었다. 아무런 할 말이 없었다. 그때 교도관들 몇 명이 교도소 정문을 나와 우리에게로 걸어왔다. 그러자 매그너스 소장이 재빨리 말했다.

"신부님, 실례인 줄 압니다만 이 베란다를 좀 이용해도 되겠습니까? 이번 일 관계로 좀 조사할 것이 있는데, 교도소 내에서 하면 모두의 사기를 떨어뜨릴까 봐 염려가 되어서 그럽니다. 다소 거북하실 텐데, 부탁드려도 괜찮겠습니까?"

"네, 물론 괜찮습니다."

"무슨 일 때문에 그러십니까, 소장님?"

아버지가 묻자 교도소장은 굳은 표정을 지으며 대답했다.

"아무래도 석연찮은 점이 많아서요. 대개의 경우, 탈옥 계획은 내부에서 꾸며집니다. 즉 다른 재소자들이 도와주고, 도와준 자들은 입을 다뭅니다. 하지만 그렇게 하더라도 탈옥은 거의 실패하고 맙니다. 아무튼 탈옥이 성공적으로 이루어지는 일은 거의 없습니다. 지난 십구 년 동안 이곳에서 탈옥이 시도된 건 불과 스물세 번밖에 없었으며 그중 단지 네 번만이 성공했을 뿐입니다. 그러므로 재소자는 탈옥을 시도하기 전에 상당히 치밀하게 준비 공작을 하기 마련입니다. 만약 실패하는 경우에는 잃는 것이 너무 많으니까요. 무엇보다도 그때까지의 특권은 모두 박탈당하게 되는데 당사자에게 그건 대단히 심각한 문제랍니다. 따라서 이번 경우에도 사전에 준비 공작이 행해졌다고 볼 수 있습니다. 게다가 한 가지 짚이는 점도 있습니다……."

그는 문득 입을 다물고 턱을 긴장시켰다. 교도관들 한 무리가 뮤어 신부 댁 마당에 도착해 부동자세를 취했다. 그 가운데 두 사람은 무장을 하고 있지 않았다. 그리고 그 두 사람을 에워싸고 있는 나머지 교도관들의 태도에는 어쩐지 나를 몸서리치게 하는 그 무엇이 있었다.

"파크! 캘러한! 이리로 올라와!"

매그너스 소장이 소리쳤다.

이름이 불린 두 교도관이 머뭇머뭇 층계를 올라왔다. 그들의 얼굴은 창백했고 흙먼지로 더러워져 있었다. 두 사람 모두 몹시 불안해하고 있었는데, 특히 파크는 너무나 겁에 질려 마치 야단을 맞는 어린애처럼 아랫입술을 떨며 울먹이기까지 했다.

"어떻게 된 일이지?"

파크가 말하려고 입술을 핥았으나 캘러한 쪽이 먼저 입을 열었다.

"그자는 우리의 감시가 소홀한 틈을 타 달아났습니다. 소장님도 아시다시피, 이곳에서는 지난 팔 년 동안 도로 공사 중에 탈옥하려는 시도는 한 번도 없었잖습니까? 그래서 우리는 바위에 걸터앉아서 작업을 감시했던 겁니다. 그때 다우는 물 긷는 일을 맡고 있어서 도로에서 좀 벗어난 곳에 있었습니다. 그런데 갑자기 물통을 내팽개치더니 쏜살같이 숲 속으로 달아나는 것이었습니다. 그래서 파크와 저는 다른 자들에게는 도로에 엎드리라고 소리친 뒤 곧장 다우의 뒤를 추적했습니다. 제가 총을 세 발이나 쐈지만 아마도 그자는······."

교도소장이 손을 들어 캘러한의 얘기를 중단시켰다.

"데일리."

매그너스 소장은 아래쪽에 있는 한 교도관에게 조용히 말을 이었다.

"내가 지시한 대로 그 도로를 조사해보았나?"

"예, 소장님."

"그래, 뭔가 찾아낸 게 있나?"

"다우가 숲으로 도망쳐 들어간 곳으로부터 6미터 떨어진 지점에 있는 한 나무에서 찌그러진 총알 두 개를 찾았습니다."

"도로에서 숲을 향한 쪽이었나?"

"아닙니다. 그 반대였습니다, 소장님."

"흐음, 역시 그랬군."

매그너스 소장이 여전히 조용한 어조로 말을 이었다.

"그래. 파크, 캘러한, 너희는 다우가 달아날 수 있게 해주는 대가로 얼마를 받았지?"

"아닙니다, 소장님. 우리는 절대로······."

캘러한이 우물거리며 그렇게 말했지만 이어서 파크가 무릎을 덜덜 떨면서 외쳤다.

"내가 말한 대로잖아, 캘러한! 우리도 무사할 리 없다고! 그런데도 네가 억지로 나를 끌어들였어, 이 나쁜 놈!"

"너희는 뇌물을 받았지?"

매그너스 소장이 짧게 물었다.

파크가 양손에 얼굴을 파묻었다.

"예, 소장님."

그때 나는 레인 씨가 속으로 몹시 동요하는 듯이 느껴졌다. 그는 두 눈을 깜박이더니 생각에 잠기는 표정으로 의자에 몸을 파묻었다.

"누가 주었지?"

"리즈 시내에 있는 어떤 건달입니다."

파크가 기어드는 목소리로 말했다. 캘러한은 그런 파크를 죽이기라도 할 듯이 노려보았다. 파크가 말을 이었다.

"그자의 이름은 모릅니다. 그자 역시 누군가의 중간 역할인 듯했습니다."

레인 씨는 목구멍 깊은 곳에서 새어 나오는 듯한 묘한 한숨을 내쉬더니 교도소장 쪽으로 몸을 기울여 그의 귀에다 뭔가를 속삭였다. 이어서 매그너스 소장이 고개를 끄덕였다.

"다우는 어떻게 그런 계획을 알게 되었지?"

"그건 저희도 모릅니다, 소장님. 맹세코 정말입니다. 모든 계획은 이미 짜여 있었습니다. 우리는 그동안 다우에게 접근한 적이 한 번도 없었습니다, 소장님. 우리가 들은 건 단지 다우 쪽은 염려할 게 없다는 얘기뿐이었습니다."

"그래, 얼마나 받았지?"

"한 사람 당 5백 달러씩입니다. 하지만 저는…… 저는 처음부터 그럴 생각은 없었습니다, 소장님. 하지만 아내가 수술을 받아야만 하는 데다 아이까지……."

"됐네."

교도소장은 냉정하게 말을 끊으며 고개를 홱 돌렸다. 이어서 교도관들이 그 두 사람을 교도소 쪽으로 끌고 갔다.

"매그너스 소장님."

뮤어 신부가 걱정스러운 듯이 입을 열었다.

"너무 심하게 처리하진 말아주십시오. 당국에 고발은 하지 마시고 해직하는 것만으로 용서해주십시오. 저도 파크의 아내를 알고 있습니다만, 그녀는 정말로 수술을 받아야 할 처지입니다. 그리고 캘러한 쪽도 마찬가지로 집안 사정이 좋지 않습니다. 두 사람은 모두 가족을 부양하고 있는 데다 당신도 아시다시피 박봉이니……."

매그너스 소장이 한숨을 쉬었다.

"저도 알고 있습니다, 신부님. 알고말고요. 하지만 그렇게 해서 선례를 남길 수는 없습니다. 직책상 저로서는 어쩔 수가 없습니다. 그리고 이런 중대한 문제를 적당히 넘기게 되면 교도관들의 기강이 해이해질 염려가 있는 데다, 신부님도 아시다시피 재소자들에게도 나쁜 영향을 미칩니다."

이어서 매그너스 소장은 약간 의아한 표정을 짓더니 중얼거리듯 말을 이었다.

"그런데 아무래도 이상하군요. 파크의 말이 사실이라면, 다우는 어떻게 외부와 연락을 주고받을 수 있었을까요? 물론 저도 오래전부터 교도소 내에 비밀 통신망이 있을지도 모른다고 의심은 하고 있었지만, 그 방법이 아주 교묘해서요……."

레인 씨는 차츰 붉게 물들기 시작하는 태양을 아쉬운 듯이 바라보다 입을 열었다.

"그 점은 제가 도와드릴 수 있습니다, 매그너스 씨. 당신 말대로 아주 교묘한 방법이긴 하지만 알고 보면 아주 간단합니다."

"네? 어떻게 말입니까?"

매그너스 교도소장이 눈을 빛내며 되물었다.

레인 씨가 어깨를 으쓱했다.

"매그너스 씨, 저는 얼마 전부터 교도소 안팎을 연결하는 비밀 통신망이 있다는 걸 알게 되었습니다. 어떤 기이한 현상을 관찰한 결과죠. 그런데 제가 거기에 대해 이제까지 침묵을 지켰던 이유는, 놀라시겠지만 저의 오랜 친구인 뮤어 신부가 그 일에 관련되어 있었기 때문이랍니다."

뮤어 신부의 주름진 입이 떡 벌어졌다. 이어서 매그너스 소장이 잔뜩 찌푸린 표정으로 벌떡 자리에서 일어나며 외쳤다.

"그건 말도 안 됩니다! 뮤어 신부님이야말로……."

"아, 물론이죠. 알고 있습니다."

레인 씨가 부드럽게 말을 이었다.

"앉으세요, 매그너스 씨. 그리고 진정하십시오. 신부님도 놀라지 마시고요. 신부님께서 어떤 부정한 일을 저질렀다는 게 아니니까요. 아무튼 제 얘기를 들어보십시오. 신부님과 함께 이 댁에서 지내는 동안 저는 여러 번 기묘한 현상을 목격했습니다, 매그너스 씨. 물론 그 일 자체만으로는 대단한 건 아니었습니다. 하지만 교도소 내의 비밀 통신과 결부해서 생각해볼 때 너무나 잘 들어맞기 때문에 저는 그렇게 결론을 내리게 되었던 것입니다……. 신부님, 최근에 시내에 나가셨을 때 뭔가 이상한 일을 종종 겪지 않으셨습니까?"

뮤어 신부의 흐릿한 두 눈이 도수 높은 안경알 속에서 뭔가를 생각해내고자 애쓰는 듯했다. 하지만 끝내 그는 고개를 가로저을 뿐이었다.

"전혀…… 아무것도 생각나는 게 없습니다."

뮤어 신부는 미안한 듯이 미소 지으며 말을 이었다.

"거리에서 사람과 종종 부딪친 일 말고는 말입니다. 레인 씨도 아시겠지만 저는 심한 근시인 데다 좀 멍하니 걷기 때문에……."

레인 씨는 미소를 떠올렸다.

"과연 제가 생각했던 대로군요. 신부님은 근시인 데다 약간 멍하니 걸으시기 때문에 리즈 시내에 나가셨을 때는 종종 거리에서 사람들과 부딪칩니다. 바로 이 점을 유념해주십시오, 매그너스 씨. 비록 정확히 어떤 형태로 이뤄지는지는 알 수 없었지만, 저는 얼마 전부터 그런 일이 있었을 거라고 짐작했습니다. 신부님, 거리에서 낯선 사람과 부딪칠 때는 어떤 일이 일어납니까?"

뮤어 신부는 당황하는 표정을 지었다.

"그게 무슨 말씀이시죠? 사람들은 언제나 저를 친절하게 대하고 제가 입고 있는 신부복을 보고는 정중하게 경의를 표합니다. 저는 때로 우산을 떨어뜨리기도 하고 모자나 혹은 기도서를……."

"아! 기도서라고요? 과연 제가 생각했던 대로군요. 알겠습니다. 그런데 그 친절하고 정중한 사람들은 신부님의 우산이나 모자나 혹은 기도서를 어떻게 하던가요?"

"그야 물론 집어서 내게 건네주지요."

레인 씨가 껄껄 웃었다.

"이제 아시겠지요, 매그너스 씨? 문제가 얼마나 간단한지 말입니다. 그러니까 신부님, 당신이 거리에서 부딪친 그 친절한 사람들은 당신이 떨어뜨린 그 기도서를 집어서는 자신들이 갖고, 그 대신 자신들이 준비해 온 다른 기도서를 당신에게 건네주는 겁니다. 언뜻 보기에는 같지만 다른 기도서를 말입니다! 바꿔치기한 그 기도서 속에 신부님이 교도소 안으로 가져가게 될 메시지가 들어 있고, 바꿔치기해 간 기도서 속에는 교도소 안에서 밖으로 내보내는 메시지가 들어 있었던 겁니다!"

"그런데 어떻게 그런 놀라운 추리를 하실 수가 있었습니까?"

교도소장이 중얼거리듯 물었다.

레인 씨는 미소 띤 얼굴로 대답했다.

"그다지 어려운 일은 아니었습니다. 그러니까 저는 신부님이 집이나 교도소 밖으로 외출하실 때는 분명히 좀 낡은 기도서를 지니고 나가셨는데 돌아오실 때에는 틀림없이 새것으로 보이는 깔끔한 기도서를 갖고 계시는 걸 종종 보았던 겁니다. 요컨대, 신부님의 기도서는 마치 재 속에서 되살아나는 불사조처럼 언제나 새것으로 되살아나는 듯했습니다. 그러니 제가 그런 추리를 하게 된 것은 당연하지요."

매그너스 소장은 다시 자리에서 벌떡 일어나더니 베란다를 성큼성큼 거닐었다.

"그렇군요! 정말 교묘한 방법입니다! 아, 신부님, 그렇게 상심하실 것까진 없습니다. 이건 신부님 잘못이 아니니까요. 그런데 어느 녀석이 그런 일을 꾸몄을까요?"

"저는…… 저는 전혀 짐작이 가지 않습니다."

뮤어 신부가 더듬거리며 말했다.

"태브의 짓이 분명합니다!"

매그너스 소장이 우리 쪽으로 몸을 틀며 말을 이었다.

"이건 태브만이 가능한 짓입니다. 아시겠지만, 뮤어 신부님께서는 우리 교도소에서 목사로 일하고 있을 뿐만 아니라 교도소 부속 시설인 도서관도 관리하고 계십니다. 신부님의 도서관 일을 돕기 위해 딸려 있는 조수가 바로 태브라는 재소자입니다. 모범수이긴 합니다만, 역시 범죄자라서 별수 없는 모양입니다. 그 태브 녀석이 신부님을 이용한 게 틀림없으니까요. 재소자들과 외부인들 사이에서 중개 역할을 하며 그 과정에서 얼마씩 돈을 챙겼을 테죠. 이제야 모든 게 분명해졌습니다! 정말 감사합니다, 레인 씨. 이제 저는 당장 가서 그 나쁜 녀석을 다그쳐봐야겠습니다."

매그너스 소장은 눈을 빛내며 서둘러 교도소 쪽으로 발걸음을 옮겼다.

어두운 숲 그늘이 언덕 위에 길게 드리워지며 차츰 땅거미가 지기 시작했다. 주위가 어두워지자 대부분의 수색대원들이 밝은 탐조등을 길에 휘저으며 돌아왔다. 하지만 아무런 성과도 없이 돌아온 것이었고 다우는 여전히 행방이 묘연했다.

아버지와 나는 클레이 씨 저택으로 돌아가든지 아니면 이대로 계속 기다리든지 둘 중 한쪽을 택해야만 했는데, 결국 우리는 이대로 기다리는 쪽을 택했다. 아버지가 전화를 걸어 엘리후 클레이 씨에게 우리 걱정은 하지 말라고 전했다. 어쨌든 아버지와 나는 이 인간 사냥의 결과를 알지 못하고는 알곤킨 교도소 부근에서 떠날 수 없을 것 같았다. 차츰 밤이 깊어갔지만 우리는 침묵을 지키며 계속 모여 앉아 있었다. 그러던 중 나는 개 짖는 소리를 한 번 들은 듯했다…….

뮤어 신부는 책에 그렇게 관심이 많고 재소자들에게 독서를 보급하는 일에 열심이었던 도서관 조수가 그동안 부정을 저지른 장본인이었음을 믿으려 들지 않고 근심에 잠겼지만, 그를 제외하고는 사악한 태브는 우리에게 그다지 중요한 관심사가 될 수 없었다. 그때까지 우리는 점심 식사 이후로 아무것도 먹은 것이 없었으나 누구 한 사람 배고픔도 느끼지 못하는 듯했다. 밤 10시쯤 되었을 때, 뮤어 신부는 태브에 대한 걱정 때문에 더는 가만히 있을 수가 없다며 우리에게 양해를 구하고 교도소 쪽으로 달려갔다. 그가 다시 돌아왔을 때, 그는 몹시 비탄에 잠긴 모습이었다. 그는 양손을 쥐어짜듯 맞잡은 채 괴로워했으며 우리가 건네는 위로의 말에도 귀를 기울이려고 하지 않았다. 그의 얼굴은 이제까지 재소자들에게 쏟아왔던 아름다운 장밋빛 믿음이 무참히 배신당한 것을 결코 인정할 수가 없다는 듯이 고통스레 일그러져 있었다.

"매그너스 소장님을 만나고 왔습니다."

뮤어 신부는 몸을 의자에 파묻으며 힘겹게 말을 이었다.

"그건 사실이었습니다. 정말이었단 말입니다! 태브가…… 대체 그 불쌍한 청년이 무엇 때문에 그런 짓을 했는지 저는 도저히 이해할 수가 없습니다! 태브가…… 자백을 했답니다."

"역시 그가 신부님을 이용한 거로군요?"

아버지가 부드럽게 물었다.

"네, 그렇습니다! 정말 끔찍한 일입니다. 나는 태브를 잠깐 만나보았습니다. 그는 이제까지의 지위와 특권을 박탈당했더군요. 매그너스 소장이 그를 C등급으로 떨어뜨린 것입니다. 물론 당연한 일이기는 합니다만 그래도 너무 가혹하다는 생각이 듭니다. 태브는 내 얼굴을 쳐다보지도 못하더군요. 어째서 그가 그런 짓을……"

"아론 다우의 메시지는 몇 통이나 전했다던가요?"

레인 씨가 물었다.

뮤어 신부는 주춤거리며 대답했다.

"다우가 보낸 것은 한 통뿐이었답니다. 몇 주일 전 포셋 상원의원에게 보냈다고 하는데 메시지의 내용은 태브 자신도 모른답니다. 그리고 다우에게 온 메시지도 한 통인가 두 통 있었답니다. 놀랍게도 태브는 이런 일을 부업 삼아 몇 년 동안이나 해왔답니다. 그는 단지 내가 가지고 들어가는 새 기도서 안에서 메시지를 꺼내거나, 내가 외출할 때 가지고 나가는 기도서 속에 메시지를 넣기만 하면 되었답니다. 메시지는 기도서 표지 안감에 꿰매어진 채 오갔답니다. 하지만 메시지의 내용에 대해선 전혀 모른다고 하더군요……. 아무튼 정말 끔찍한 일입니다. 어떻게 그런 일이!"

그런 식으로 우리 모두는 우리가 두려워하고 있는 일이 일어나기를 기다리며 앉아 있었다. 수색대원들은 탈옥한 다우를 찾아낼 수 있을까? 아무래도 다우가 언제까지나 수색대원들의 추적을 피할 수 있을 것 같지는 않았다.

"교도관들끼리 하는 얘기를 들었는데 아마도 개들을 풀 모양이더군요."

뮤어 신부가 떨리는 목소리로 말했다.

"그래요. 저도 아까 개 짖는 소리를 들은 것 같아요."

내가 작은 소리로 말했다.

다시금 모두 침묵에 잠겨들었다. 시간은 몹시 느리게 흘러가는 듯했다. 교도소에서는 남자들이 외치는 소리가 들려왔고, 이따금 밤하늘을 향해 불빛이 미친 듯이 내뿜어졌다. 밤새도록 자동차들이 교도소 안팎을 드나들었다. 어떤 차들은 숲으로 통하는 도로로 내달렸고, 어떤 차들은 뮤어 신부 댁 앞을 요란스레 지나갔다. 우리는 거무스름한 옷을 입은 한 남자가, 혀를 늘어뜨린 사나운 개들을 묶은 여러 개의 가죽끈을 잡아당기며 지나가는 모습도 실제로 볼 수 있었다.

뮤어 신부가 10시 조금 지나 교도소에서 돌아왔을 때부터 자정이 될 때까지, 우리 모두는 꼼짝도 하지 않고 베란다에 모여 앉아 있었다. 그동안 레인 씨는 가면처럼 무표정한 얼굴을 하고 있었지만 마음속으로는 명확히 잡히지 않는 어떤 생각과 씨름하고 있는 듯했다. 그는 줄곧 말이 없었는데, 앞으로 내민 양손은 느슨하게 깍지 낀 채 눈을 반쯤 감고서 어두운 밤하늘을 물끄러미 바라보며 생각에 잠겨 있었다. 그에게는 우리가 존재하지 않는 것이나 마찬가지인 듯했다. 아론 다우가 알곤킨 교도소에서 석방되던 날 포셋 상원의원이 살해당했다……. 그는 그 사실과 관련된 어떤 점을 확실히 인식하려고 저렇게 애를 쓰는 것일까? 내가 한번 말을 걸어볼까?

그 사건은 마치 운명의 신에 의해 미리 예정되어 있었던 것처럼 한밤중에 일어났다. 자동차 한 대가 리즈 시내 쪽에서 쏜살같이 언덕을 달려와 마침내 요란한 소리를 내며 뮤어 신부 댁의 대문 밖에 멈춰 섰다. 우리 모두는 무심결에 벌떡 자리에서 일어나며 어둠 속으로 고개를 내밀었다.

한 남자가 자동차 뒷좌석에서 뛰쳐나오더니 현관을 향해 달려왔다.

"섬 경감님! 레인 씨!"

그가 외쳤다.

그는 지방 검사 존 흄이었는데, 복장은 흐트러져 있었고 숨을 헐떡이며 몹시 흥분해 있었다.

"무슨 일이십니까!"

아버지가 무뚝뚝하게 소리쳤다.

흄은 지친 듯이 현관 층계에 주저앉으며 말했다.

"당신들에게 알려줄 소식이 있습니다……."

이어서 그는 문득 생각이 난 듯이 급히 덧붙여 말했다.

"그런데 당신들은 아직도 다우가 결백하다고 믿고 있을 테죠? 그렇지 않습니까?"

드루리 레인 씨가 앞으로 몇 발짝 내딛더니 우뚝 멈춰 섰다. 나는 희미한 별빛 속에서 그의 입술이 소리 없이 움직이는 것을 보았다. 이어서 그가 낮고 불안한 목소리로 말했다.

"설마 그 소식이……."

"그렇습니다."

흄이 중얼거리듯 말했다. 그의 목소리는 지쳐 있었고 고통이 배어 있었으며 또한 울분까지 담겨 있었다. 마치 무언가 개인적으로 모욕이라도 받은 듯 흄은 말을 이었다.

"제가 얘기하고자 하는 것은 당신들의 친구인 아론 다우가 오늘 오후에 알곤킨 교도소를 탈옥했다는 겁니다. 그리고 오늘 밤, 그러니까 바로 조금 전에 아이라 포셋 박사가 살해된 채 발견되었다는 것입니다!"

16:
Z

그 사건이 일어난 후에야 비로소 나는 처음부터 일이 그렇게 진행될 수밖에 없었음을 깨달았다. 그러니까 나는 여태껏 사건의 주위만 맴돌았을 뿐이지 그 적나라한 심장부에까지는 파고들지 못했던 것이다. 포셋 박사가 살해당한 데 대해 레인 씨는 몹시 곤혹스러워 했고, 지난 날 구치소에서 법적 증인을 입회시키지 않은 채 다우를 실험한 일에 대해 자신을 도저히 용서할 수 없는 듯이 보였다. 지금 그는 드로미오가 운전하는 차에 우리와 함께 탄 채 어둠을 가르며 언덕 아래로 내달리는 흄의 자동차를 따르고 있었다. 그는 고개를 푹 숙이고서 포셋 박사의 죽음을 예견하고 막지 못한 것을 몹시 괴로워했다.

"아무래도 저는 이곳에 오지 말았어야 했나 봅니다……."

레인 씨는 기운 없이 말을 이었다.

"모든 사실로 미루어 보아 포셋 박사의 죽음은 예정되어 있었습니다. 제가 너무 어리석었습니다……."

그는 더는 아무 말도 하지 않았다. 아버지와 나는 그를 위로할 마땅한 말을 찾을 수가 없었다. 나는 비참한 기분에 젖었고, 아버지도 침울한 표정으로 묵묵히 앉아 있었다. 뮤어 신부는 우리와 함께 동행하지 않았다. 포셋 박사의 살해 소식이 그에게 너무도 큰 충격을 준 탓에, 우리는 거실에 앉아 멍하니 성경책만 바라보고 있는 그를 남겨두고 현장으로 떠났던 것이다.

이윽고 우리는 또다시 포셋 저택의 어두운 정원 길로 접어들었다. 저택은 온통 불빛으로 환했으며 현장 수사를 벌이는 경찰 관계자들이 분주하게 드나들고 있었다. 차에서 내린 우리는 피살자와 살인자의 운명을 결정지은 듯한 문턱을 넘으며 곧바로 집 안으로 들어갔다.

집 안은 한 달 전에 보았던 첫 번째 사건 때와 거의 흡사한 분위기였다. 지난번과 마찬가지로 건장한 체구의 케니언 서장이 무뚝뚝한 부하들에게 둘러싸여 있었고, 시체가 발견된 문제의 방도 1층에 있는 방이었다……

그러나 사건이 일어난 곳은 지난번과 같은 상원의원의 서재가 아니었다. 죽음의 고통으로 일그러진 포셋 박사의 시체는 진료실 융단 위에 쓰러져 있었는데, 그 방은 바로 전날 밤 그가 수수께끼의 작은 상자의 가운데 부분으로 여겨지는 기묘한 토막을 살펴보며 앉아 있던 책상에서 불과 몇 걸음밖에 떨어지지 않은 곳이었다. 잘 손질된 검고 뾰족한 수염이 핏기 없는 턱에서 빳빳이 곤두서 있었다. 그는 등을 바닥에 댄 채 쓰러져 있었는데, 크게 뜬 생기 없는 눈으로 천장을 응시하고 있었다. 사후 경직으로 손발이 뒤틀려 있지만 않았더라면 그의 시체는 마치 영원을 명상하며 누워 있는 이집트 왕의 미라가 아닐까 하는 생각이 들 정도였다.

그의 왼쪽 가슴에는 둥근 손잡이가 달린 흉기가 튀어나와 있었는데, 나는 그것이 외과 수술용 칼임을 곧바로 알 수 있었다.

내가 가벼운 현기증을 느끼며 아버지에게 기대자 아버지는 나를 안심시키려는 듯이 내 팔을 꼭 붙잡아주었다. 역사는 반복되고 있었다. 나는 현기증으로 눈앞이 흐릿해지는 가운데 귀에

익은 사람들의 얘기 소리를 들었으며 낯익은 사람들의 얼굴을 보았다. 키 작은 불 검시관은 천장을 향해 드러누워 있는 시체 옆에 무릎을 꿇고서 재빠른 손놀림으로 시체를 살펴보고 있었다. 케니언 서장은 지난번과 마찬가지로 얼굴을 찌푸린 채 천장을 응시하고 있었다. 그리고 지방 검사 존 흄의 정치적 후견인인 루퍼스 코튼은 포셋 박사의 책상에 기대어 서 있었는데, 그의 분홍빛 대머리는 땀으로 번들거렸고 사악하고 총명한 두 눈은 곤혹과 공포의 빛을 담고 있었다.

"루퍼스 씨!"

존 흄이 외치며 말을 이었다.

"대체 이게 어떻게 된 일입니까? 당신이 시체를 발견했단 말입니까?"

"그래. 내가 발견했네. 그게 그러니까……."

늙은 정치인은 손수건으로 이마의 땀을 닦으며 말했다.

"그러니까…… 내가 불쑥 찾아온 거라네, 존……. 그에게는 알리지도 않고 말이네. 포셋 박사와는…… 뭐 그러니까…… 이것저것 좀 의논할 일이 있었거든. 자네도 알다시피 선거도 앞두고 있고 해서……. 그런데 여보게, 제발 그런 눈으로 나를 바라보지 말라고! 어쨌든 나는 시체를 발견한 것뿐이란 말이네. 자네가 보고 있는 것과 똑같이 말이야."

흄은 루퍼스 코튼을 잠시 뚫어지게 바라보다가 낮은 어조로 말했다.

"알겠습니다. 어쨌든 이 자리에서는 당신의 사적인 문제를 파고들진 않겠습니다. 그런데 시체를 발견한 건 몇 시였나요?"

"존, 제발 나를 그런 식으로……."

"몇 시에 발견했습니까?"

"12시 십오 분 전이었네, 존……. 그때 이 집 안은 텅 비어 있었네. 정말이라고! 그리고 물론 당연한 일이지만 나는 곧바로 케니언 서장에게 전화로 신고를 했다네……."

"이곳에서 뭐 만진 것이라도 있습니까?"

아버지가 물었다.

"천만에요."

늙은 정치인은 약간 떨고 있는 듯했다. 그는 책상에 힘겹게 기대어 선 채 곤혹스러운 듯이 존 흄의 눈길을 피했다.

그때까지 샅샅이 방 안을 둘러본 드루리 레인 씨는 이윽고 불 검시관 옆으로 조용히 다가가더니 몸을 약간 굽히며 말했다.

"당신이 검시관이시죠? 피살자의 사망 추정 시각을 좀 알고 싶습니다만?"

불 검시관이 싱긋 웃었다.

"흐음, 또 한 명의 새로운 탐정이 등장하시는 건가요? 뭐 어쨌든 좋아요. 대답해드리죠. 피살자는 11시 조금 지나서 죽었어요. 11시 10분쯤일 겁니다."

"즉사했습니까?"

불 검시관이 눈을 가늘게 뜨며 고개를 쳐들었다.

"글쎄요. 단정적으로 대답하기가 좀 힘든 질문이군요. 어쩌면 흉기에 찔리고서도 잠시 동안은 숨이 붙어 있다가 죽었을지도 모릅니다."

레인 씨가 눈을 빛냈다.

"감사합니다."

이어서 레인 씨는 허리를 펴고 책상 쪽으로 가더니 그 위에 놓여 있는 물건들을 무표정한 얼굴로 바라보았다.

케니언 서장이 큰 소리로 말했다.

"훔 검사님, 이 집의 고용인들과 얘기를 나눠봤더니 포셋 박사는 초저녁에 그들을 모두 외출하게 했다는군요. 이상하지 않습니까? 지난번에 그의 동생이 살해당했을 때와 같은 식이니 말입니다."

불 검시관이 시체 옆에서 일어서며 검은 가방을 닫았다. 그런 뒤 그는 자신 있게 말했다.

"아무튼 이건 의심의 여지가 없는 타살입니다. 흉기는 '비스터리'라고 부르는 세모날입니다. 간단한 외과 수술용 메스죠."

"책상 위의 이 쟁반에 놓여 있던 거로군요."

레인 씨가 생각에 잠긴 표정으로 중얼거렸다.

불 검시관이 어깨를 으쓱거렸다. 아마도 레인 씨의 의견이 옳은 듯했다. 책상 위에는 고무를 깐 쟁반이 놓여 있었는데, 거기에는 별의별 모양의 외과용 도구들이 잔뜩 담겨 있었다. 탁자 곁에 있는 전기 소독기에서는 아직도 김이 모락모락 피어오르고 있었다. 아마도 포셋 박사는 그 소독기로 쟁반에 담긴 도구들을 살균하려고 했던 것 같았다. 불 검시관이 급히 다가가서 소독기의 스위치를 껐다. 방 안의 광경이 점차 뚜렷이 들어오기 시작했다. 그 방은 훌륭한 시설이 갖추어진 진료실로, 한쪽에는 진찰대가 놓여 있었고 커다란 형광 투시경과 X선 장치, 그 밖에도 나로서는 용도를 알 수 없는 갖가지 장비들이 놓여 있었다. 책상 위의 쟁반 옆에는 불 검시관의 것과 비슷한 검은 왕진 가방이 열려 있었다. 그 가방에는 '의학 박사 아이라 포셋'이라는 글씨가 깨끗이 인쇄되어 있었다.

"상처는 한 군데뿐입니다."

불 검시관이 시체에서 뽑아낸 흉기를 찬찬히 들여다보며 말했다. 그 흉기의 가늘고 긴 날 끝은 낚싯바늘처럼 휘어져 있었고 날 전체에는 거무스름한 피가 묻어 있었다.

"볼품없어 보이지만 살인 도구로서는 상당히 효과적이었던 셈이죠, 흄 씨. 보시다시피 이렇게 피가 많이 흘렀으니까요."

불 검시관이 발로 시체를 가리켰다. 시체 곁의 짙은 회색 융단에는 핏자국이 커다랗게 나 있었는데, 상처에서 뿜어 나온 피가 입고 있는 옷을 거쳐 바닥에 스며든 것 같았다.

"실제로 칼날이 늑골 한 대를 스치며 지나갔어요. 그 때문에 치명적인 상처를 입은 거죠."

"하지만……."

흄이 초조한 듯이 말을 꺼내는 순간, 레인 씨가 눈을 가늘게 뜨면서 시체 옆에 무릎을 꿇고 앉더니 시체의 오른팔을 들어 올려 자세히 들여다보았다.

레인 씨가 고개를 들고 물었다.

"이건 무엇입니까, 불 검시관님? 이걸 보셨습니까?"

검시관은 별 관심 없는 투로 레인 씨가 받쳐 들고 있는 시체의 오른팔을 내려다보았다.

"아, 그거 말입니까? 물론 봤습니다. 하지만 그건 별로 중요한 게 아닙니다. 신경이 쓰이시나 봅니다만, 그건 상처가 아닙니다."

레인 씨가 지적한 것은 포셋 박사의 오른쪽 손목 안쪽에 눌러 붙어 있는 타원형에 가까운 세 군데의 혈흔이었다.

"잘 보십시오. 동맥 위입니다."

불 검시관이 말했다.

"네, 그건 저도 압니다."

레인 씨가 냉정한 어조로 말을 이었다.

"하지만 전문가인 당신의 의견에도 불구하고 저는 이것이 중요하다고 봅니다."

나는 레인 씨의 팔을 잡으며 외쳤다.

"레인 선생님, 그건 가해자가 범행을 저지른 뒤에 피 묻은 손으로 피살자의 맥박을 짚어본 자국 같아요!"

"훌륭합니다, 페이션스 양."

레인 씨는 희미하게 미소를 떠올리며 말을 이었다.

"내 생각도 마찬가지입니다. 그런데 가해자는 어째서 그랬을까요?"

"아마도 포셋 박사의 죽음을 확인하려고 그랬을 테죠."

"그거야, 물론 그럴 테죠."

존 흄이 끼어들며 말을 이었다.

"하지만 그게 무슨 상관이랍니까? 자, 일을 서두릅시다, 케니언 서장. 그리고 불 선생님께선 시체 부검을 잘 좀 해주십시오. 아무튼 모든 걸 철저히 하고 싶으니까요."

불 검시관은 공중위생국의 시체 운반용 트럭이 오기를 기다렸다. 그가 시체에 흰 시트를 덮기 전에 나는 포셋 박사의 죽은 얼굴에 마지막으로 한 번 더 눈길을 던졌다. 그 얼굴에 떠오른 표정은 공포와는 거리가 멀었다. 그것은 냉혹하면서도 어쩐지 놀란 듯한 표정이었다.

지문 감식반 형사들이 작업을 시작했다. 케니언 서장은 방 안을 성큼성큼 걸어 다니며 큰 소리로 부하들에게 이것저것 명령을 내렸고, 존 흄은 루퍼스 코튼과 한쪽에서 얘기를 주고받고 있었다. 그러던 중 드루리 레인 씨가 낮게 외치는 소리가 들리자 모두 일제히 그를 향해 고개를 돌렸다. 그때 레인 씨는 책상 뒤에 서 있었는데 분명히 서류 밑에서 발견한 듯한 어떤 물건을 들고 있었다.

그것은 전날 밤 포셋 박사가 잔뜩 일그러진 표정으로 들여다보았던 그 상자 토막이었다.

"허어! 이거 정말 놀랍군요. 틀림없이 여기 있으리라고 생각은 했습니다만……. 그런데 페이션스 양, 이것에 대해 어떻게 생각하십니까?"

레인 씨가 나에게 물었다.

그것은 지난번에 발견한 첫 번째 것과 마찬가지로 톱으로 자른 상자의 일부였다. 이번 것은 양쪽 면이 톱으로 잘린 것으로 보아 상자의 가운데 부분인 듯했다. 겉면에는 역시 금색으로 대문자 두 개가 쓰여 있었다.

그러나 이번의 문자는 'JA'였다.

"처음 것에는 'HE'가 쓰여 있었는데 이번에는 'JA'로군요."

나는 중얼거리듯 말을 이었다.

"그렇지만 선생님, 저는 전혀 무슨 뜻인지 모르겠어요."

"정말 터무니없군요!"

흄이 화가 난 듯 외쳤다. 그는 아버지의 어깨 너머로 그것을 들여다보며 말을 이었다.

"도대체 그(HE)가 누구란 말입니까! 그리고 또 'JA'라니……."

"독일어로 'JA'는 영어로 '예스(YES)'라는 뜻이지요."

나는 별 생각 없이 그렇게 말했다. 그러자 흄이 소리쳤다.

"그렇군요! 그렇다면 의미가 통하는군요."

레인 씨도 맞장구쳤다.

"페이션스 양. 이건 아주 중요한 단서랍니다. 게다가 아주 묘합니다, 정말 묘해요!"

레인 씨는 무언가를 찾는 듯이 재빨리 방 안을 둘러보더니 눈을 빛내며 서둘러 방 한쪽 구석으로 다가갔다. 거기에는 크고 두툼한 사전이 작은 탁자 위에 놓여 있었다. 흄과 아버지는 의아한 표정으로 레인 씨를 바라보았다. 하지만 나는 레인 씨가 무엇을 하려는 것인지 알고 있었다. 나도 열심히 생각해보았다. H-E-J-A……. 분명히 이런 순서일 것이다. 두 자씩 따로 나누면 무의미해진다. 그러므로 이것은 하나의 단어일 것이다. H-e-j-a……. 하지만 그런 단어는 없다. 분명히 없다고 나는 단정했다.

레인 씨는 천천히 사전을 덮으며 부드럽게 말했다.

"과연 생각했던 대로군요."

그런 뒤 그는 생각에 잠긴 채 시체 앞을 왔다 갔다 했다.

"두 상자 토막을 합쳐볼 수 있다면, 그건 아마도……."

그는 낮은 음성으로 말을 이었다.

"하지만 지난번에 발견한 그 첫 번째 토막이 이곳에 없는 게 유감이로군요."

"누가 그게 이곳에 없다고 하던가요?"

케니언이 냉소적인 어조로 그렇게 말하더니 뜻밖에도 주머니에서 그 첫 번째 토막을 꺼냈다.

"어쩌면 이게 필요할지도 모른다는 생각이 들어서 이리로 오기 전에 증거물 보관실에 들러 빼내 온 겁니다."

그는 레인 씨에게 불쑥 그것을 내밀었다.

레인 씨는 낚아채다시피 재빨리 그것을 집어 들었다. 이어서 그는 책상 위로 허리를 굽히며 순서대로 그 두 토막을 세워보았다. 그러자 작은 금속 고리며 모든 부분들이 잘 맞물렸다. 그것들은 본래는 하나의 작은 나무 상자였음이 분명한 것이다. 겉면에 쓰인 문자들도 'HEJA'라는 글자로 명확히 이어졌다. 그때 내 머릿속에서는 섬광이 번득였다. 이 네 개의 문자는 완전한 하나의 단어가 아니라는 것을 깨달은 것이었다. 즉 또 하나의 문자, 혹은 두 개의 문자가 그 뒤에 분명히 이어져야만 했다. 왜냐하면 하나의 단어가 그 작은 상자에 쓰였다면 분명히 상자 가운데 부분을 중심으로 쓰였을 텐데, 'A'자가 가운데 상자 토막에 쓰여 있으니 뒤에 이어지는 문자가 없다면 단어 전체의 위치가 치우치게 되는 것이었다.

레인 씨가 중얼거리듯 말했다.

"보시다시피 여기에 또 하나의 토막이 더 있어야만 본래의 완전한 상자가 될 수 있습니다. 그리고 조금 전에 사전을 찾아본 결과, 여기에는 없는 또 하나의 토막에 쓰여 있는 문자가 무엇인지도 알게 되었습니다. 영어 사전에 'h-e-j-a'로 시작되는 단어가 딱 하나 있었으니까요."

"그럴 리가 없습니다! 그런 단어는 이제껏 한 번도 들어본 적이 없어요."

흄이 단호하게 말했다.

"반드시 그게 특정한 의미를 가진 보통 명사일 필요는 없습니다."

레인 씨가 부드럽게 미소 지으며 말을 이었다.

"다시 말씀드립니다만, 영어 사전에는 'h-e-j-a'로 시작되는 단어가 딱 하나 있습니다. 그 단어는 단순한 영어가 아니라 외래어입니다."

"그게 무엇이죠?"

내가 천천히 물었다.

"그건 바로 'Hejaz'입니다."

그 말을 듣고 우리 모두는 마치 레인 씨가 뜻 모를 주문이라도 외는 듯이 어리둥절한 표정을 지으며 눈을 끔벅거렸다. 흄이 항의하듯 큰 소리로 말했다.

"좋습니다. 그렇다고 칩시다. 하지만 그 단어의 뜻이 대체 뭐란 말입니까?"

"'Hejaz'란 아라비아의 어느 지방 이름입니다."

레인 씨는 조용히 말을 이었다.

"그리고 묘하게도 'Hejaz'의 수도는 메카입니다."

흄은 어이가 없다는 듯이 양손을 번쩍 들어 올려 보였다.

"대체 무슨 말을 하시고 싶은 겁니까? 아라비아라뇨? 메카라고요? 이거야 원, 황당하기 그지없군요!"

"황당하다고요, 흄 씨? 이것을 둘러싸고 두 명의 남자가 살해되었는데도 말입니까? 물론 문자 그대로 아라비아나 아라비아인과 관계가 있다고만 해석한다면 황당하게 여겨질 수도 있다는 것은 저도 인정합니다. 하지만 꼭 그런 식으로만 해석할 수 있는 건 아닙니다. 그래서 저는 좀 다른 각도에서 생각을 해봤습니다……."

냉정하게 말하던 레인 씨는 문득 입을 다물더니 곧이어 조용히 덧붙였다.

"그리고 아시겠지만, 이로써 범행이 모두 끝났다고 볼 수는 없습니다, 흄 씨."

"끝난 게 아니라고요? 그렇다면 또 다른 살인 사건이 일어난다는 말씀입니까?"

아버지는 믿어지지 않는 듯이 눈썹을 치켜세우며 되물었다.

레인 씨는 뒷짐을 지며 대답했다.

"그렇게 봐야 하지 않을까요? 지난번 최초의 피해자는 상자의 'HE' 부분을 받고 난 뒤에 살해되었습니다. 그리고 이번의 피해자는 상자의 'JA' 부분을 받은 뒤에 살해됐습니다……."

"그래서 다음번에는 누군가가 상자의 마지막 부분을 받고 난 뒤에 살해당한다, 그 말씀인가요?"

케니언 서장이 천박한 미소를 흘리면서 그렇게 말했다.

"반드시 그렇다는 것은 아닙니다."

레인 씨는 한숨을 쉬며 말을 이었다.

"만약 이제까지 일어난 두 사건이 어떤 의미를 지니고 있다면 세 번째 인물은 상자의 마지막 토막을 받을 것이고, 거기에는 'Z'라는 문자가 쓰여 있을 것이며, 또한 그 인물은 살해당할 것이라고 생각할 수 있습니다. 요컨대 'Z' 살인이라고나 할까요."

레인 씨는 언뜻 미소를 떠올리며 말을 이었다.

"하지만 다음번에도 종전과 같은 수법으로 범행이 저질러진다고 볼 수는 없겠지요."

이어서 레인 씨는 날카로운 어조로 얘기를 마무리 지었다.

"중요한 것은 제3의 인물이 존재한다는 점입니다. 즉 포셋 상원의원과 포셋 박사와 함께 삼인조를 이루고 있는 최후의 인물이 말입니다!"

"어떻게 그걸 알 수 있습니까?"

아버지가 물었다.

"아주 간단합니다. 어째서 처음부터 상자는 세 부분으로 잘렸겠습니까? 그 이유는 말할 것도 없이 세 사람에게 보내기 위해서입니다."

"하지만 그 제3의 인물이 바로 범인인 다우란 말입니다. 그러니 보내기는 누구에게 보낸단 말입니까? 그 마지막 토막이 바로 자기 것인데!"

케니언이 퉁명스레 말했다.

"천만에요! 전혀 그렇지 않습니다, 케니언 씨."

레인 씨가 부드럽게 말을 이었다.

"그 제3의 인물은 다우가 아닙니다."

그런 뒤에 레인 씨는 그 상자에 관해서는 더는 아무 말도 하지 않았다. 존 흄이나 케니언이 그 상자에 관한 레인 씨의 견해를 받아들이지 않는다는 것은 그들의 표정으로 보아 잘 알 수 있었다. 아버지마저도 거기에 대해서는 미심쩍어하는 듯한 표정이었다.

레인 씨는 힘주어 입술을 한 번 꾹 다무는가 싶더니 별안간 물었다.

"그런데, 편지는 어디 있습니까?"

"아니 어떻게 그걸······."

케니언이 놀란 표정을 지으며 멍청하게 입을 벌리고 그를 바라보았다.

"자, 괜히 시간 낭비하지 맙시다. 당신이 편지를 발견했습니까?"

케니언이 고개를 설레설레 저으며 주머니에서 작은 쪽지를 꺼내 레인 씨에게 건네주었다.

"책상 위에서 발견했습니다."

케니언이 쑥스러운 듯이 말을 이었다.

"그런데 편지가 있다는 걸 어떻게 알았습니까?"

그것은 어젯밤 내가 포셋 박사의 방을 훔쳐보았을 때, 포셋 박사가 그 작은 상자의 가운데 토막을 움켜쥔 채 마주하고 있던 책상 한편에 놓여 있었던 쪽지였다.

흄이 레인 씨의 손에서 그 쪽지를 가로채며 외쳤다.

"허어! 대체 이게 어떻게 된 일이오, 케니언! 어째서 내게 이 편지에 대해 진작 얘기해주지 않았소?"

흄이 혀를 끌끌 차며 중얼거리듯 말을 이었다.

"어쨌든 이제 다시 현실적인 문제로 돌아오게 되었군."

그 편지의 내용은 잉크로 적혀 있었고 종이는 여러 사람의 손을 거친 듯 더럽혀져 있었다. 흄이 소리 내어 그 내용을 읽었다.

탈옥은 수요일 오후로 결정되었다. 도로 공사 도중에 도망쳐라. 감시하게 될 교도관들 쪽에는 이미 손을 써놓았다. 지난번 쪽지로 알려준 오두막에 식량과 옷이 있다. 그곳에 숨어 있다가 수요일 밤 11시 30분에 이곳으로 오라. 돈을 준비해놓고 혼자 기다리겠다. 조심하기 바란다.

I. F.

"'I.F.'라면 아이라 포셋이 분명하군요! 잘됐군요, 아주 잘됐습니다! 이번에야말로 다우에 대한 움직일 수 없는 증거를 잡게 되었으니까요. 어떤 이유에서인지는 알 수 없지만 포셋 박사가 다우의 탈옥을 도왔고 교도관들을 매수했던 겁니다……."

지방 검사 존 흄이 외치듯 말했다.

"포셋 박사의 필적이 맞는지 확인해보시지요."

아버지가 무뚝뚝하게 말했다. 레인 씨의 표정은 공허한 듯하면서도 약간은 흥미를 느끼는 듯도 했다.

포셋 박사의 필적 견본이 몇 가지 제출되었다. 비록 그곳에 필적 감정에 정통한 사람이 아무도 없었지만, 누가 비교해보더라도 그 편지의 필적이 포셋 박사의 것임은 한눈에 알 수 있었다.

"다우가 결국은 포셋 박사를 속인 겁니다. 이로써 모든 게 확실해졌습니다. 다우는 돈을 챙긴 뒤 포셋 박사를 죽이고 도망친 겁니다."

케니언 서장이 우쭐거리듯 말했다.

"그리고 저 편지는 증거품으로 남기기 위해 일부러 여기에 두었단 말이죠?"

아버지가 빈정대듯 말했다.

아버지의 빈정거림이 케니언 서장에게는 통하지 않았지만, 지방 검사 존 흄은 이 사건 현장에 도착한 이래 벌써 열 번도 넘게 근심스러운 표정을 짓고 있었다.

케니언 서장이 의기양양하게 말했다.

"흄 검사님, 당신이 이곳에 도착하시기 전에 저는 이미 은행 쪽도 전화로 조회해봤습니다. 저는 빈틈없는 사람이니까요. 그랬더니 과연 제가 짐작한 대로였습니다. 포셋 박사는 어제 오전에 자신의 예금 구좌에서 2만 5천 달러나 찾아갔다는 겁니다. 그리고 그 돈은 지금 이 집에는 없습니다."

"방금 어제 오전이라고 하셨습니까? 케니언 씨, 그게 정말입니까?"

레인 씨가 다급하게 물었다.

케니언이 으르렁거리듯 말을 받았다.

"이봐요, 레인 씨. 내가 어제 오전이라고 하면 어제……."

"아, 흥분하지 마십시오. 이건 아주 중요한 문제입니다."

레인 씨가 낮게 말했다. 나는 그때 그토록 생기에 넘친 레인 씨의 모습은 처음 보았다. 두 눈은 한껏 빛났고 양 볼에는 젊은이처럼 건강한 혈색이 감돌았다.

"그러니까 당신이 말씀하신 어제 오전이란 수요일 오전이라는 뜻이지, 목요일 오전은 아닐 테죠?"

"아, 그렇다니까요."

케니언이 퉁명스레 대답했다.

"그러고 보니 어째 좀 이상하군요."

흄이 중얼거리듯 말을 이었다.

"이 편지에도 다우의 탈옥이 수요일로 정해져 있는데 다우는 오늘, 그러니까 목요일에 탈옥했습니다. 아무래도 이건 좀……."

"편지를 한번 뒤집어보시지요."

레인 씨가 부드럽게 제안했다. 그는 확실히 날카로운 관찰력의 소유자였다. 우리 모두가 간과했던 바로 그 점을 그가 지적했던 것이다.

흄이 재빨리 그 쪽지를 뒤집어보았다. 그러자 과연 거기에는 또 다른 내용이 적혀 있었다. 연필로 쓴 서툰 활자체는 지난번에 포셋 상원의원의 금고에서 찾아냈던 그 첫 번째 편지에서 보았던 낯익은 필체였다. 그 내용은 다음과 같았다.

수요일에는 탈옥할 수 없다. 목요일에 하겠다. 소액권으로 돈을 준비하고 목요일 밤 같은 시간에 기다려라.

아론 다우

"아하! 이제 확실히 알겠군요."

흄이 의문이 풀린 듯이 밝은 표정으로 말을 이었다.

"다우는 자신의 메시지가 진짜임을 나타내 보이기 위해 포셋이 보낸 쪽지 뒷면에다 글을 써서 교도소 밖으로 내보냈던 겁니다. 어째서 탈옥 날짜를 하루 연기했는지는 문제될 게 없습니다. 아마도 교도소 내부 사정으로 하루 더 연기할 수밖에 없었든지, 혹은 막상 구체적인 탈옥 계획이 잡히고 보니 겁이 나서 용기를 가질 시간이 하루 더 필요했는지도 모르죠. 레인 씨, 포셋 박사가 수요일 오전에 돈을 찾은 것이 아주 중요하다고 하신 이유는 바로 이 때문일 테죠?"

"천만에요."

레인 씨가 말했다.

흄은 뜻밖이라는 표정으로 레인 씨를 바라보다가 어깨를 으쓱했다.

"뭐 어쨌든 상관없습니다. 이번 사건의 경우에는 의심할 여지가 없으니까요. 이번에야말로 다우는 전기의자 신세를 지지 않을 수 없을 겁니다."

흄은 만족스레 미소를 지었다. 처음에 품었던 의혹들은 이제 말끔히 가신 듯했다.

"레인 씨, 당신은 아직도 다우가 결백하다고 믿으십니까?"

레인 씨는 한숨을 쉬었다.

"여기에서도 저는 아직 다우가 결백하다는 저의 믿음을 흔들리게 할 만한 것을 하나도 발견하지 못했습니다."

이어서 레인 씨는 문득 생각이 난 듯이 덧붙였다.

"오히려 이 모든 상황은 다른 누군가가 범인임을 가리키고 있습니다."

"그게 누구죠?"

아버지와 나는 동시에 소리쳤다.

"아직은 누구라고 단정 지을 수가 없군요."

17:
위험한 활약

이제 와서 그 몇 시간 동안에 벌어졌던 경황없던 일들을 돌이켜 보니, 사건이 얼마나 빠르고도 필연적으로 그 놀라운 클라이맥스를 향해 달려갔는지를 알 수 있었다. 하지만 그때 적어도 아버지와 나의 경우에는 전혀 앞을 내다볼 수 없는 짙은 안개에 싸여 있었다. 그러므로 그때 일어났던 일도 나는 체계적으로 설명할 수가 없다. 흰 시트를 씌운 시체의 운반 광경, 지방 검사 존 흄이 활달하게 명령하는 소리와 알곤킨 교도소의 매그너스 소장과 통화하는 소리, 여전히 행방을 알 수 없는 탈옥수의 체포 계획을 의논하는 소리, 조용히 현장에서 물러나온 우리, 이어서 차 안에서 느껴지던 레인 씨의 무거운 침묵 등.

그리고 그다음 날…… 모든 일들은 너무도 빠르게 진행되었다. 제레미는 클레이 씨와 약간 심각한 말다툼을 한 뒤 여느 때처럼 아침 일찍 채석장으로 나갔다. 클레이 씨는 포셋 박사가 살해당했다는 소식을 들은 이래 몹시 동요하고 있었고, 자신에게 상원의원 선거에 입후보할 것을 권유한 아버지를 원망하는 듯했다. 결과적으로 살해당한 두 악당의 대역이 된 셈인 그가 그런 태도를 보이는 것도 무리는 아니었다.

아버지는 무뚝뚝한 태도로 클레이 씨에게 입후보를 취소하라고 충고했다.

"뜻밖의 사태가 벌어진 것뿐입니다. 나를 원망하지 마십시오. 그리고 걱정할 것도 없습니다, 클레이 씨. 신문기자들을 불러서 당신은 처음부터 포셋 일당의 비행을 밝혀내기 위해 입후보했을 뿐이라고 말씀하시면 됩니다. 진실을 밝히는 것입니다. 그러면 됩니다. 설마 진짜로 상원의원이 되고 싶으셔서 입후보하신 건 아닐 테죠?"

"물론 그렇지는 않습니다."

클레이 씨가 눈살을 찌푸리며 답했다.

"그렇다면 좋습니다. 이제 저는 흄을 만나서 포셋의 부정 거래에 대해 그동안 제가 수집한 모든 증거들을 건네주겠습니다. 그런 뒤, 당신은 제가 말씀드린 대로 기자들에게 진실을 밝히고 입후보 사퇴를 발표하는 겁니다. 그렇게 되면 흄은 경쟁자 없이 상원의원에 당선될 수 있으므로 당신에게 고마워할 것이고, 또한 틸덴 카운티의 모든 주민들도 당신을 더욱 존경할 것입니다."

"글쎄……."

아버지는 밝은 표정으로 말을 이었다.

"그리고 이제…… 이곳에서의 제 본래 임무도 끝난 셈입니다. 하지만 제가 별 도움을 드리지 못했으니 실제로 쓴 비용만 받기로 하겠습니다. 그것은 이미 받은 착수금만으로도 충분합니다."

"그럴 수는 없습니다, 경감님! 결코 저는 그런 뜻으로……."

그때 가정부 마사가 내게 전화가 왔다고 알려주었다. 나는 두 사람이 사이좋게 다투는 곳에서 물러났다. 그 전화는 제레미에게서 온 것이었는데, 그의 첫마디를 듣자마자 나는 그가 몹시 흥분해 있다는 것을 곧바로 느낄 수 있었다.

"패티! 옆에 누가 있어?"

그가 낮고 긴장된 목소리로 거의 속삭이듯 말했다.

"아뇨, 그런데 무슨 일이죠, 제레미?"

"잘 들어, 패티. 중요한 일이야."

제레미는 빠른 어조로 말을 이었다.

"이 전화는 지금 채석장 사무실에서 걸고 있는 건데, 비상사태라고. 즉시 이리로 와줘야겠어, 패티, 지금 당장 말이야!"

"하지만 제레미, 대체 무슨 일이죠?"

내가 힘주어 말했다.

"아무것도 묻지 말고 당장 내 차를 몰고 이리로 와줘. 그리고 이 사실은 아무에게도 말하지 말라고. 내 말 알겠지? 당장 서둘러줘, 패티. 급한 일이니 제발!"

나는 재빨리 행동했다. 수화기를 놓자마자 옷매무새를 바로 하고는 모자와 장갑을 가지러 2층으로 올라갔다가 계단을 급히 내려와 다시 베란다로 침착하게 걸어 나갔다. 아버지와 클레이 씨는 그때까지도 옥신각신하고 있었다.

"저어, 제레미의 자동차로 바람 좀 쐬고 올게요. 괜찮겠죠?"

다행히도 두 사람의 귀에는 내 얘기 따윈 들리지도 않는 듯했다. 그래서 나는 재빨리 차고로 달려가서 제레미의 차에 뛰어올랐다. 이어서 나는 휘청대며 날아가는 화살처럼 저택 도로를 빠져나오며 마치 지옥의 사자들에게 쫓기기라도 하듯 쏜살같이 언덕길 아래로 차를 몰았다. 그때의 나는 오로지 한시라도 빨리 채석장으로 가야 한다는 생각에 사로잡혀 있었을 뿐이었다.

내가 10킬로미터나 되는 그 거친 길을 돌파하는 데는 단 칠 분 정도밖에 걸리지 않았다. 내가 흙먼지를 일으키며 채석장 사무실 앞 공터에 차를 대자, 제레미는 마치 젊은 남자가 뜻밖에 젊은 여자의 방문을 받았을 때 흔히 보이는 얼빠진 미소를 지으며 자동차 발판에 한쪽 발을 올렸다.

하지만 그의 말투는 얼이 빠져 있지 않았다. 내 시야의 한쪽에서 이탈리아 출신의 노동자 한 사람이 능글맞은 미소를 띠고서 우리를 바라보는 것이 보였다.

"잘 왔어, 패티."

제레미는 여전히 표정을 바꾸지 않은 채 말했지만 그 목소리에는 굉장한 긴장감이 깃들어 있었다.

"그런 놀란 표정 짓지 말고 내게 웃어 보이라고."

할 수 없이 나는 그가 시키는 대로 억지웃음을 지어 보였다.

"패티, 나는 아론 다우가 숨어 있는 곳을 알고 있어!"

"오, 제레미!"

나는 너무 놀라서 숨이 막힐 정도였다.

"쉿! 계속 웃으라고. 얘기해줄 테니……. 그러니까 여기서 일하는 석공 한 사람이 아까 내게 와서 슬쩍 알려주더군. 믿을 만하고 입이 무거운 사람이라서 이 사실을 함부로 입 밖에 내지 않을 거야. 아무튼 그는 점심시간에 산책을 하다가 시원한 그늘을 찾아 숲 속으로 들어가게 되었다더군. 이곳에서 약 1킬로미터쯤 떨어진 곳이야. 그런데 거기에 있는 낡은 오두막에 다우가 숨어 있는 것을 언뜻 봤다는 거야!"

"다우가 확실한가요?"

내가 속삭이듯 물었다.

"그래, 확실하댔어. 그는 신문에 실린 사진을 봐서 다우의 얼굴을 알고 있다고 했어. 그런데 이제 우린 어떡해야 하지, 패티? 다우가 결백하다고 당신이 믿고 있는 걸 알지만……."

"제레미 클레이 씨, 그는 정말 결백해요. 그리고 어쨌든 내게 연락해주어서 고마워요."

나는 힘주어 말했다.

더러운 흙먼지투성이 작업복을 걸치고 있는 그의 모습은 소년 같았으며, 어쩐지 별 도움이 될 것 같지도 않았지만 나는 말을 이었다.

"제레미, 나와 함께 그곳으로 가요. 그를 숲 속에서 데리고 나와 어딘가 다른 곳으로 도망갈 수 있게 해주자고요……."

우리는 마치 겁먹은 공범자처럼 한동안 서로의 얼굴을 마주보았다.

이윽고 제레미가 결심을 굳힌 듯 단호히 말했다.

"좋아, 가자고! 하지만 자연스럽게 행동해야 해. 숲 속으로 산책 나가는 듯이 말이야."

여전히 웃음 띤 얼굴로 제레미는 내가 차에서 내리는 것을 도와준 뒤, 내게 힘을 북돋워주려는 듯이 내 팔을 꼭 잡았다. 이어서 그는 장난스레 우리를 바라보는 석공들에게 마치 정다운 연인처럼 보이려는 듯 고개를 숙이고 뭔가를 열심히 중얼거리면서 나를 이끌고 숲 쪽으로 향했다. 나는 나직하게 웃으면서 짐짓 애정이 담긴 눈길로 그를 바라보았다. 하지만 그러는 동안에도 줄곧 내 머릿속은 혼란스러웠다. 이제부터 우리가 하려는 일은 아주 위험한 일이었다. 하지만 만약 이번에 다우가 잡히고 만다면 끔찍한 전기의자에 앉게 되는 신세를 결코 면치 못할 것은 불을 보듯 뻔했다…….

숲 속으로 들어서기까지는 몹시도 시간이 지루하게 느껴졌다. 하지만 일단 숲 속으로 발을 내딛자, 머리 위의 푸른 나뭇가지들이 드리우는 시원한 그늘과 향기롭게 풍겨 오는 전나무 냄

새로 우리는 마치 딴 세상에 들어선 듯했다. 이따금 들려오는 채석장의 발파음조차도 아주 먼 곳에서 들리는 것처럼 희미했다. 우리는 그때까지 취했던 바보 같은 태도를 버리고 힘껏 내달리기 시작했다. 앞장선 제레미는 인디언처럼 경쾌하게 내달렸고, 나는 그의 뒤를 따라 숨을 헐떡이며 쫓아갔다. 그러던 중 갑자기 그가 멈춰 서는 바람에 나는 그와 부딪쳤다. 고개를 들어보니, 그의 젊은이다운 정직한 얼굴에는 놀라움과 공포와 절망의 빛이 차례로 떠오르고 있었다.

나 역시 그 소리를 들었다. 그것은 목에 매단 방울을 울리며 개들이 짖는 소리였다.

"맙소사! 이건 바로 이 근방에서 나는 소리야. 패티, 개들이 다우의 냄새를 맡은 모양이야!"

제레미는 나직하게 말했다.

"그래요. 우리가 너무 늦었군요."

나는 몹시 상심한 나머지 제레미의 팔에 매달렸다. 그러자 그는 내 어깨를 꽉 붙잡더니 내 이빨이 딱딱 마주칠 정도로 세게 나를 흔들어댔다.

"지금은 그렇게 나약하게 굴 때가 아니라고, 제기랄!"

그는 화가 난 듯이 말을 이었다.

"가자! 아직도 희망이 있을지 모르니까."

그는 몸을 틀더니 곧바로 그늘진 오솔길을 날쌔게 달려갔다. 혼란스럽고 당혹스럽고 게다가 화가 나기까지 했지만 아무튼 나는 그의 뒤를 따라 달렸다. 나를 흔들고 욕까지 했겠다!

다시 한 번 그는 우뚝 멈춰 서더니 손으로 내 입을 막았다. 이어서 그는 몸을 낮추더니 손과 무릎으로 기듯이 하여 흙먼지투성이의 작은 관목 덤불을 빠져나가며 나를 끌어당겼다. 나는 입술을 깨물며 새어 나오려는 비명을 억지로 참았다. 덤불을 빠져나가느라 내 옷은 나뭇가지에 걸려 찢어졌고 무언가 날카로운 것에 손가락이 찔려 몹시 아팠다. 하지만 다음 순간 우리 앞에 펼쳐진 그 작은 빈터를 보자 나는 손가락의 아픔 따위는 곧바로 잊을 수 있었다.

과연 그 빈터에는 금방이라도 쓰러질 듯이 지붕이 내려앉은 작은 오두막이 있었다. 하지만 역시 너무 늦었다! 빈터 맞은편에서 개들이 으르렁거리는 소리가 점점 가까이 들려왔다.

한순간 그 빈터는 고요하고 평화스러워 보였다. 하지만 다음 순간 푸른 제복의 남자들이 오두막 쪽으로 총부리를 들이대며 위협하듯 나타났다. 그리고 사납게 생긴 큰 개들이 번개같이 오두막으로 달려가 굳게 닫힌 문을 마구 긁어대며 요란하게 짖어댔다. 곧 세 남자가 달려가 가죽끈을 붙잡고 개들을 뒤로 끌어당겼다.

제레미와 나는 절망적인 침묵 속에서 그 광경을 지켜보았다.

그때 갑자기 찢어질 듯한 총성과 함께 붉은 섬광이 오두막의 작은 두 창문 중 한쪽에서 뿜어져 나왔다. 이어서 리볼버의 총신이 재빨리 오두막 안쪽으로 도로 들어가는 걸 볼 수 있었다. 그리고 그와 거의 동시에 사나운 사냥개 중 한 마리가 괴상한 모양으로 공중에 튀어 올랐다가 풀썩 땅으로 떨어지며 고꾸라졌다.

"모두 물러서!"

흥분한 날카로운 목소리가 들렸다. 바로 아론 다우의 목소리였다.

"물러서라고! 그렇지 않으면 저 개 꼴이 되게 해줄 테다. 행여 나를 산 채로 잡을 생각은 말라고. 물러서! 물러서라니까!"

그의 목소리는 흡사 비명에 가까웠다.

나는 상체를 일으켜 세웠다. 나는 마치 막다른 골목에 몰린 듯한 기분이 들었고 황당한 생각이 머릿속에서 들끓어 올랐다. 다우가 방금 한 말은 진심일 거라고 생각했다. 이번에는 정말로 자신의 손으로 살인을 저지르게 될 것이다. 하지만 그것을 막을 방법이 없는 것은 아니다. 제정신으로는 생각할 수 없고 가능성도 실낱같은 방법이긴 하지만……

제레미가 내 몸을 아래로 끌어당겼다.

"대체 무슨 짓을 하려는 거야, 패티?"

그가 긴장한 목소리로 속삭였다. 내가 그의 손을 뿌리치자 그는 어이없는 듯한 표정을 지었다…….

내가 제레미와 몸으로 승강이를 벌이는 동안 빈터의 광경은 달라지고 있었다. 나는 부하들 사이에서 조용히 웅크리고 있는 교도소장 매그너스의 모습을 보았다. 그들은 모두 나무숲 쪽으로 후퇴해 있었다. 그중 몇 명인가는 이미 우리 쪽을 목표로 이동하고 있었다. 그리고 어느 쪽이든 그곳에는 탐욕스러운 눈빛의 무장한 교도관들이 있었다…….

매그너스 소장이 빈터로 나아갔다.

"다우! 어리석은 짓 말기 바란다. 오두막은 이미 완전히 포위되었다. 너는 반드시 잡히게 되어 있다. 우리는 너를 죽이고 싶지 않다……."

탕! 마치 꿈속에서처럼 매그너스 소장의 오른손에서 붉은 핏줄기가 마술처럼 치솟는 것이 보였다. 이어서 마른땅에 붉은 핏방울이 뚝뚝 떨어졌다. 다우의 권총이 다시 한 번 불을 뿜은 것이었다. 교도관들 중 한 명이 나무숲에서 뛰쳐나가 멍하니 서 있는 소장을 데리고 뒤로 다시 돌아갔다.

나는 필사적으로 제레미의 손을 뿌리쳤다. 그리고 숨이 막힐 듯이 심장이 세차게 고동치는 것을 느끼며 있는 힘껏 빈터로 달려 나갔다. 시간이 멈춰버린 듯한 그 순간, 주위의 모든 것들이 죽은 듯이 조용해지는 것을 나는 느낄 수 있었다. 매그너스 소장도, 교도관들도, 사냥개들도 그리고 다우마저도 불속으로 뛰어드는 듯한 나의 무모한 행동에 어이가 없어 멍해진 것 같았다. 하지만 나는 흥분으로 반쯤 광란 상태에 빠져 있었고, 제정신으로는 이해할 수 없는 어떤 목적에 공포를 느낀 나머지 스스로를 뜻대로 통제할 수가 없었다. 나는 제레미가 나를 붙잡으려고 뒤쫓아 나오지 않기를 마음속으로 빌었다. 그리고 바로 그 순간, 나는 그가 뒤에서 들이덮친 교도관 세 명에게 붙잡혀 몸부림치는 것을 볼 수 있었다.

나는 고개를 들었다. 그리고 또렷하게 외치고 있는 나 자신의 목소리를 들었다.

"아론 다우 씨, 저를 안으로 들어갈 수 있게 해주세요. 당신은 제가 누군지 아시지요? 저는 페이션스 섬이에요. 당신에게 꼭 해야 할 얘기가 있으니 제발 저를 안으로 들어갈 수 있게 해주세요."

그런 뒤 나는 오두막을 향해 뚜벅뚜벅 걸어 나갔다.

내 머릿속은 완전히 마비되어 있었다. 그때 만약 다우가 공포에 사로잡힌 나머지 나를 쏘았더라도 나는 아무것도 느끼지 못했을 것이다.

날카로운 목소리가 내 귀청을 울렸다.

"다른 놈들은 모두 물러서! 지금 나는 저 여자를 겨누고 있다. 누구든 다가오기만 하면 저 여자를 쏠 테다. 모두 뒤로 물러서!"

어쨌든 나는 오두막 문에 다다랐다. 그리고 문이 열리자 나는 음습한 오두막 안으로 휘청거리며 들어갔다. 뒤에서 큰 소리로 문이 닫히는 소리가 들렸다. 나는 문에 기댄 채 공포에 사로잡혀 학질에 걸린 노파처럼 몸을 떨었다……

가엾게도 다우는 차마 눈뜨고 볼 수 없을 만큼 비참한 모습이었다. 흙먼지투성이의 몸으로 침을 흘리고 있었으며 수염이 더부룩하여 마치 '노트르담의 꼽추'처럼 추하고 역겨운 몰골을 하고 있었다. 하지만 그 외눈만은 침착했고 피할 수 없는 죽음과 맞서는 용사처럼 확고한 결의를 담고 있었다. 그리고 그의 왼손에는 아직도 연기가 가시지 않은 리볼버 권총이 쥐어 있었다.

그가 거친 목소리로 말했다.

"빨리 말해. 만약 이게 무슨 속임수라면 죽여버리겠어."

그는 재빨리 창밖을 살피며 재촉했다.

"어서 말해보라니까."

나는 속삭이듯 입을 열었다.

"아론 다우 씨, 이런 식으로는 아무것도 얻을 수가 없어요. 당신도 아시다시피, 저는 당신이 결백하다고 믿는 사람이에요. 그리고 구치소에서 만났던 친절하고 현명한 노신사 레인 씨와 지난날 뉴욕 경찰 본부 경감이었던 제 아버지도 당신의 결백을 믿고……"

"아무도 이 아론 다우를 산 채로 잡을 수는 없어."

다우가 중얼거리듯 말했다.

"아론 다우 씨, 이런 식으로는 죽음을 자초할 뿐이에요! 자수하세요. 그것만이 생명을 구할 수 있는 유일한 길이에요……"

나는 쉬지 않고 얘기를 계속했다. 나 자신이 무슨 말을 지껄이는지 제대로 의식하지 못하면서도 얘기를 계속했던 것이다. 아마도 우리가 그를 구하기 위해 최선을 다하고 있다는 것과 틀림없이 그를 구해주겠다는 말을 한 것 같다……

마치 어딘가 먼 곳에서 들려오는 듯한 다우의 띄엄띄엄 속삭이는 소리를 나는 흐린 어둠 속에서 들었다.

"나는 죄가 없어요, 아가씨. 나는 절대로 그 녀석을 죽이지 않았어요. 정말입니다. 구해줘요, 제발 구해주세요!"

  다우는 무릎을 꿇으며 내 손에 입을 맞추었다. 나는 무릎이 덜덜 떨렸다. 아직도 연기가 새어 나오는 듯한 권총이 바닥에 떨어졌다. 나는 노인을 부축해 일으켜 세운 뒤, 그의 쇠약한 어깨에 팔을 두르고는 문을 열고 오두막 밖으로 걸어 나갔다. 그리고 몇 걸음 옮기던 중에 나는 그만 기절하고 말았다.

  아마도 그는 아주 순순히 자수했을 것이다. 내가 정신이 들었을 때에는 제레미가 내 얼굴을 들여다보고 있었고 누군가가 내 머리에 물을 끼얹고 있었다.

  그날 오후의 일을 돌이켜볼 때마다 언제나 나는 몸서리가 쳐진다. 아버지와 레인 씨가 어디에선가 모습을 나타내어 나와 함께 존 흄의 사무실에서 가엾은 다우의 진술을 듣기 위해 앉아 있었던 일이 기억난다. 그리고 또한, 다우가 의자에 웅크린 채 비참한 표정으로 나와 레인 씨와 아버지의 얼굴을 번갈아 바라보며 끊임없이 동정을 구하고자 한 것이 기억난다. 그때 나는 마음이 아파 멍하니 앉아 있었고, 레인 씨는 몹시도 비극적인 표정을 하고 있었다. 흄의 사무실에 도착하기 한 시간쯤 전에 나는 레인 씨에게 내가 오두막에서 다우에게 했던 약속을 얘기했는데, 그때 그가 떠올린 표정과 그가 한 말을 나는 결코 잊을 수가 없을 것 같다.

  그때 레인 씨는 더할 수 없이 괴로운 심정에서 우러나오는 목소리로 이렇게 말했다.

"페이션스 양! 그런 약속은 하지 말았어야 했습니다. 아직은 어떻게 될지 알 수 없습니다. 정말입니다. 물론 나는 어떤 실마리를 잡았습니다. 어쩌면 엄청난 것일지도 모르죠. 하지만 아직은 자신할 수 없습니다. 그러니 지금으로선 그를 구할 수 있을지 어떨지 알 수가 없단 말입니다."

그제야 나는 내가 저지른 행위의 중대함을 깨달았다. 나는 다우로 하여금 다시 한 번 희망을 품게 만든 것이었다. 아무도 책임질 수 없는 희망을…….

다우는 자신이 포셋 박사를 살해하지 않았으며 또한 그 저택에도 들어가지 않았다고 진술했다……. 그러자 지방 검사 존 흄은 책상 서랍에서 다우가 오두막에서 가지고 있던 권총을 꺼내 들었다.

흄이 엄한 어조로 말했다.

"이건 포셋 박사의 것이오. 그리고 포셋 박사의 조수는 바로 어제 오후에 이것이 포셋 박사의 진료실 책상 맨 위 서랍에 들어 있는 걸 봤다고 증언했소. 그러니 거짓말할 생각 마시오. 이건 당신이 거기에서 꺼낸 게 분명하오, 다우. 즉 당신은 틀림없이 그 저택에 갔었소."

다우는 고개를 떨구며 그 사실을 인정했다. 하지만 자신은 결코 포셋 박사를 죽이지 않았다고 강하게 부인했다. 그는 포셋 박사와 만나기로 약속이 되어 있었고, 밤 11시 반에 그가 저택 안에 들어갔을 때 포셋 박사는 피투성이가 되어 바닥에 쓰러져 있었으며, 그때 공포에 질린 상태에서 책상 위에 놓인 권총을 발견하고는 그대로 집어서 밖으로 뛰쳐나갔다고 진술했다……. 그리고 그 상자 토막 역시 자신이 보낸 것임을 인정했다. 하지만 그걸 보낸 방법과 거기에 쓰인 'JA'가 무엇을 뜻하는지는 굳게 입을 다물었다.

"그때 포셋은 이미 숨진 상태였나요?"

레인 씨가 긴장한 어조로 물었다.

"그래요. 하지만 나는 그 녀석이 죽어 있는 걸 보자마자……."

"확실한가요, 다우? 그가 죽어 있었다는 게 말이오?"

"그래요. 네, 선생님. 틀림없습니다!"

이어서 지방 검사 존 흄이 포셋 박사의 책상 위에서 발견한 쪽지를 다우에게 내보이며 그 뒷면의 메시지가 다우 본인이 쓴 것이 맞는지 확인하려고 했다. 그런데 뜻밖에도 다우는 강력하게 그 사실을 부인했다. 게다가 그의 주장이 너무도 진지해 보였기 때문에 적어도 드루리 레인 씨를 제외한 우리 모두는 깜짝 놀라고 말았다. 다우는 자신은 결코 그 쪽지를 본 적이 없다며 펄쩍 뛰었다. 즉 잉크로 'I.F.'라고 서명된 포셋의 필기체 편지를 자신은 읽은 적이 없으며, 또한 '아론 다우'라고 연필로 서명된 활자체의 편지도 자신은 쓴 적이 없다는 것이었다.

레인 씨가 재빨리 물었다.

"그렇다면 다우, 당신은 지난 며칠 동안 포셋 박사로부터 아무런 메시지도 받지 않았다는 말인가요?"

"아뇨, 선생님, 받았습니다. 하지만 이 편지는 아닙니다! 그러니까 화요일이었습니다. 저는 포셋에게서 편지를 받았어요. 목요일에 탈옥하라고 적혀 있었습니다. 정말입니다, 선생님. 분명히 목요일이라고 적혀 있었어요!"

"지금도 그 편지를 가지고 있나요?"

레인 씨가 천천히 물었다.

하지만 다우는 그 편지를 교도소의 하수구에 버렸다고 대답했다.

"이해가 가지 않는군요. 어째서 포셋 박사가 이자를 그런 식으로 속여야만 했을까요? 아니, 어쩌면······."

흄이 중얼거리듯 말했다.

레인 씨는 무언가를 말하려다가 고개를 저으며 침묵을 지켰다. 그리고 내게는 서서히 아주 조금씩 빛이 보이기 시작했다.

지방 검사 존 흄은 이번에도 편리한 방법을 택했다. 그는 또다시 재판의 논고를 지방 검사보인 스위트에게 맡긴 것이다. 다우는 아무런 문제 없이 제1급 살인범으로 기소되었고 모든 절차가 놀랄 만큼 신속히 진행되었으므로 우리가 숨 돌릴 틈도 없이 재판일이 다가왔다. 가장 큰 두통거리는 리즈 시민들로부터 다우를 보호하는 일이었다. 동일인이 두 번이나 살인죄로 기소된 데 대해 리즈 시민들이 격분했기 때문이다. 그래서 다우의 호송인들은 구치소와 법정을 오갈 때마다 특별히 엄중한 경호와 보안을 유지할 필요가 있었다.

마크 커리어는 수수께끼 같은 인물이었다. 그는 레인 씨로부터 변호료를 받으려 하지 않았다. 그의 살찐 얼굴은 무표정해서 대체 무슨 생각을 하고 있는지 도무지 추측할 수가 없었다. 어쨌든 다시 한 번 그는 승산 없는 재판에서 최선을 다해 싸웠다.

드루리 레인 씨가 절망과 무력감에 휩싸여 말없이 앉아 있는 가운데 아론 다우는 재판을 받았다. 배심원들이 사십오 분간 토의한 결과 그는 제1급 살인범으로 판정받았으며, 불과 한 달여 전에 그에게 종신형을 선고한 판사에 의해 전기의자에 의한 사형을 선고받았다.

"본 법정은 피고 아론 다우를 사형에 처하기로 하며······ 그 집행일은 다음 주 중에 법이 정한 바에 따라 결정하기로 한다."

보안관 대리 두 명이 그에게 수갑을 채우고 무장한 교도관들이 그를 둘러쌌다. 아론 다우는 겨울 묘지의 얼어붙은 흙과도 같은 사형수 독방의 침묵이 그의 머리를 덮어씌우려고 기다리고 있는 알곤킨 교도소로 호송되었다.

18:
암담한 시기

그 후 우리는 희망의 미풍이 불어오기를 간절히 빌면서 무풍지대에 갇혀 지냈다. 뜨거운 햇살이 내리쬐는 가운데 전혀 미동도 하지 않는 거울 같은 바닷속으로 침몰하는 것 같은 상태였다. 우리 모두는 너무나 지쳐 있었다. 도무지 불어올 줄 모르는 바람을 맞이하고자 돛을 펼치느라 지쳤고, 싸우느라 지쳤으며, 생각하느라 지쳤다.

아버지와 클레이 씨도 서로의 이견을 조정했다. 아버지나 나나 더는 다툴 기운조차 없었으므로 클레이 씨가 제안하는 대로 당분간 그의 저택에 계속 머물기로 했다. 하지만 우리는 그곳에서 거의 잠만 잘 뿐이었다. 아버지는 침착하게 있지 못하고 거구의 유령처럼 내키는 대로 시내를 쏘다녔고, 나는 나대로 언덕 위의 뮤어 신부 댁을 자주 방문했다. 어쩌면 다우에 대한 죄책감 때문에 되도록 그가 있는 곳 가까이에 있어주어야 할 것 같은 생각이 들었는지도 모른다. 뮤어 신부는 매일 아론 다우를 만났지만 어떤 이유에서인지 다우의 근황을 입 밖에 내려 하지 않았다. 뮤어 신부의 얼굴에 고뇌의 빛이 가득한 걸로 미루어 보아 아마도 다우는 우리를 저주하고 있는 게 분명한 듯했다. 그래서 우리의 기분도 더욱 무겁기만 했다.

최선을 다해 노력했지만 성과는 없었다. 나는 드루리 레인 씨가 다우가 판결을 기다리며 구치소에 갇혀 있을 때 비밀리에 그를 찾아갔던 사실을 알게 되었다. 그때 두 사람 사이에 구체적으로 어떤 얘기가 오갔는지는 알 수 없었지만, 그 후 며칠 동안 레인 씨의 얼굴에 떠올랐던 공포의 빛으로 미루어 보아 그 만남이 예사롭지 않은 것이었음이 분명했다.

그래서 결국 나는 그에게 무슨 일이 있었느냐고 물어보았다. 그는 한참 동안 침묵을 지키다가 결국 대답해주었다.

"'HEJAZ'가 무엇을 뜻하는지 물어봤지만 대답을 하려 들지를 않더군요."

그 만남에 대해 레인 씨가 내게 들려준 말은 그것뿐이었다.

그리고 또 한 번은 레인 씨가 갑자기 행방을 감춰버려서 우리는 꼬박 네 시간 동안이나 미친 듯이 그를 찾아 헤맸던 적도 있었다. 하지만 그는 태연히 돌아와서 마치 그동안 전혀 아무 일도 없었던 사람처럼 뮤어 신부 댁 베란다의 자기 의자에 다시 앉았다. 그리고 지치고 무거운 표정으로 흔들의자에 몸을 파묻은 채 혼자 깊은 생각에 잠겨들었다. 나는 한참 후에야 레인 씨가 그 특유의 불가사의한 추리를 더듬어 루퍼스 코튼을 방문했다는 걸 알게 되었다. 그가 무엇을 알아내기 위해 루퍼스 코튼을 방문했는지 그때는 몰랐지만, 그의 태도로 미루어 보아 그의 방문 목적이 무엇이었든 간에 성과가 없었음이 분명했다.

이런 일도 있었다. 몇 시간 동안이나 돌부처처럼 묵묵히 앉아 있던 그가 벌떡 일어나 드로미오에게 자동차를 가져오게 하고는 흙먼지를 일으키며 리즈 시내로 이어지는 언덕길로 사라졌다. 그는 오래지 않아 돌아왔는데, 그 후 몇 시간이 지나자 우편배달부가 자전거로 언덕길을 올라와 전보 한 통을 배달해주었다. 레인 씨는 두 눈을 빛내며 그 전보를 읽고 나서 그걸 내게 건네주었다.

문의하신 연방 수사관은 현재 공무로 중서부 지방에 출장 중임. 공무 내용은 극비 사항임.

전보에는 법무성 고위 관리의 서명이 있었다. 한 가닥 희망을 품고 레인 씨는 카마이클에게 연락을 취했던 모양이지만, 전보의 내용으로도 알 수 있듯이 그것마저 무산되고 만 것이었다.

레인 씨야말로 진심으로 고뇌하고 있었다. 그가 바로 몇 주일 전에 나이든 뺨을 흥분과 기쁨으로 붉게 물들인 채 우리와 함께 이곳에 도착했던 바로 그 레인 씨라고는 거의 믿을 수가 없을 정도였다. 지금 그는 그의 내부에 있는 무언가가 빠져나간 듯 허약하고 늙은 병자의 모습을 하고 있었다. 이따금 생기가 돌 때는 뮤어 신부와 마주 앉아 도무지 헤아릴 길 없는 생각에 잠긴 채 길고도 무의미한 시간만 보냈다.

시간은 느릿느릿 지나가는가 싶더니 갑자기 속도가 빨라졌다. 아무런 변화도 없이 하루하루가 굉장히 느리게 지나간다고 생각했는데, 어느 날 아침 기운 없이 침대에서 빠져나왔을 때 나는 벌써 금요일이 되었다는 것과 아울러 법률이 정한 바에 따라 다음 주 중에 매그너스 소장이 다우의 사형 집행일을 결정하게 된다는 걸 깨닫고는 현기증을 느끼며 공포로 몸이 굳어졌다. 하지만 그 일은 어디까지나 형식에 지나지 않는 문제였다. 알곤킨 교도소에서는 관례적으로 수요일 밤에 사형을 집행하는 것으로 굳어져 있었기 때문이다. 그러므로 기적이 일어나지 않는 한 아론 다우는 이 주일 내에 전기의자에 묶인 채 목숨을 잃게 될 것이다……. 그런 생각이 들자 나는 공포에 사로잡혔고, 아울러 교도소 담장 안에 있는 그 억울한 사형수를 구하기 위해 당장이라도 사람들을 만나고 당국에 탄원도 하며 아무튼 온갖 노력을 다하고 싶었다……. 하지만 누구를 찾아가야만 하는 것일까?

그날 오후에도 나는 여느 때처럼 뮤어 신부 댁을 방문했다. 그곳에는 이미 아버지도 와 있었는데, 아버지와 레인 씨와 뮤어 신부가 함께 무엇인가 열심히 의논하는 중이었다. 나는 조용히 의자에 등을 기대고는 눈을 감았다. 하지만 곧이어 레인 씨가 하는 얘기를 듣고서 이내 눈을 떴다.

레인 씨는 다음과 같이 말했다.

"경감님, 상황은 절망적입니다. 아무래도 올버니로 가서 브루노 주지사를 만나봐야겠습니다."

그것은 우정과 공무 간의 갈등을 묘사한 드라마의 한 장면과도 같았다. 불행한 상황이 아니었더라면 오히려 재미있을 수도 있는 일이었다.

아버지와 나는 모처럼 몸을 움직여볼 기회가 생겼다는 것이 무척 반가워서 레인 씨에게 동행하겠다고 주장했고, 레인 씨도 그 주장을 기꺼이 받아들였다. 드로미오는 지칠 줄 모르는 스파르타의 용사처럼 쉬지 않고 열심히 차를 몰았으나, 우리가 구릉지에 위치한 뉴욕의 주도에 도착했을 때 적어도 아버지와 나는 몹시 지쳐 있었다. 왜냐하면 미리 리즈에서 전보를 쳐놓았으므로 브루노 주지사가 이미 우리를 기다리고 있을 거라는 이유를 들며 레인 씨가 잠깐 쉬어 가자는 우리의 제의를 들어주지 않았기 때문이다. 그래서 아버지와 나는 도중에 조금도 휴식을 취하지 못한 채 레인 씨와 함께 드로미오가 이끄는 대로 주 의사당 건물 앞에 도착했다.

땅딸막한 체구에 숱이 적은 갈색 머리 그리고 강한 의지가 담긴 눈동자를 지닌 브루노 주지사는 레인 씨의 예상대로 자신의 집무실에서 우리를 기다리고 있다가 따뜻하게 맞이해주었다. 그는 비서 한 사람에게 샌드위치를 가져오게 한 뒤, 아버지와 레인 씨를 상대로 담소를 나누었다……. 그의 눈매는 예리하고 신중했으며 입가에는 미소를 띠고 있었으나 진심으로 웃고 있지는 않았다.

우리가 겨우 기운을 되찾고 편안한 자세를 취하자 주지사가 물었다.

"그런데 레인 씨, 무슨 용무로 이곳까지 오셨는지요?"

"아론 다우 사건 때문입니다."

레인 씨가 조용히 말했다.

"저도 그럴 거라고 짐작은 했습니다."

브루노 주지사는 피아노 건반을 짚듯 책상 위를 손가락으로 재빨리 두드려대며 말을 이었다.

"그 사건에 대해서 자세히 말씀해주시겠습니까?"

레인 씨는 어떠한 상상의 여지도 용납하지 않을 정도로 냉정하고 간명하게 사건에 대해 설명했다. 그는 아론 다우가 첫 번째 희생자였던 포셋 상원의원을 살해할 수 없었음을 자신의 추론을 총동원해가며 설명하고자 애썼다. 브루노 주지사는 눈을 지그시 감은 채 레인의 설명을 열심히 들었다. 하지만 아무런 내색도 하지 않았으므로 그가 레인 씨의 설명에 공감하는지는 알 수 없는 노릇이었다.

레인 씨가 결론을 짓듯 말을 이었다.

"그래서 이상의 사실들로 비추어 볼 때 아론 다우의 유죄 판결에는 의문의 여지가 많으므로 다우의 사형 집행을 연기해달라는 부탁을 하기 위해 이렇게 찾아온 것입니다."

브루노 주지사가 눈을 떴다.

"여느 때처럼 탁월한 분석을 하셨습니다, 레인 씨. 보통의 경우라면 저는 아마도 레인 씨 의견을 받아들였을 것입니다. 하지만…… 이번 경우에는 아무런 증거가 없으니 말입니다."

그러자 아버지가 으르렁거리듯 끼어들었다.

"이것 보시오, 브루노. 당신의 입장이 곤란하다는 것은 나도 잘 알고 있소. 하지만 본래의 당신으로 돌아가서 생각해달란 말이오. 나는 오래전부터 당신을 잘 알고 있소! 지난날의 당신은 어디까지나 신념을 가지고 임무를 충실히 수행하지 않았소! 당신은 반드시 이번의 사형 집행을 연기해야만 하오!"

브루노 주지사는 한숨을 쉬었다.

"이건 제가 주지사로 취임한 이래로 가장 어려운 문제 중의 하나로군요. 섬 그리고 레인 씨, 저는 법률의 도구에 지나지 않습니다. 그리고 저는 정의에 봉사할 것을 선서했습니다. 그런데 우리의 사법 제도에서 정의는 증거에 입각하도록 짜여 있고 당신들은 아무런 증거를 가지고 있지 않습니다. 당신들의 그 추론은 훌륭하고 설득력이 있긴 합니다. 하지만 그건 어디까지나 추론일 뿐입니다. 배심원들의 유죄 평결에 따라 판사가 선고한 사형 집행에 관해 제가 아무런 증거도 없이 관여한다는 것은 있을 수 없는 일입니다. 그러니 증거를 제시해주십시오. 증거를 말입니다!"

잠시 동안 어색한 침묵이 이어졌다. 나는 공허한 절망감에 사로잡혀 의자에서 몸을 뒤척였다. 그때 레인 씨가 자리에서 일어났다. 큰 키의 레인 씨는 몹시 침통한 표정을 짓고 있어서 피곤한 노안에는 창백한 대리석 조각상 같은 선이 새겨져 있었다.

"브루노 씨, 저는 아론 다우가 결백하다는 것에 관해 추론 이상의 것을 가지고 있습니다. 이 두 차례의 살인 사건으로부터 범인이 누구인지 필연적이고도 절대적인 결론을 이끌어낼 수 있다는 얘기입니다. 하지만 당신도 지적했듯이 그것을 뒷받침하는 물적 증거가 없는 한 저의 추론은 결국 결정적인 것이 될 수 없습니다. 그리고 불행하게도 저는 그런 증거를 갖고 있지 못합니다."

아버지의 두 눈이 휘둥그레졌다.

"아니, 그렇다면 범인이 누군지 아신다는 말씀입니까?"

아버지가 소리쳤다.

레인 씨는 답답한 듯이 기묘한 몸짓을 했다.

"저는 거의 모든 걸 알고 있습니다."

레인 씨는 브루노 주지사의 책상에 몸을 기대고서 그의 두 눈을 지그시 들여다보며 말을 이었다.

"지난날에는 나를 그토록 잘 믿어주시더니 어째서 이번에는 저를 믿어주시지 않으려는 겁니까, 브루노 씨?"

주지사는 눈길을 떨구었다.

"죄송하지만, 레인 씨……. 현재의 저는 그럴 수 있는 입장이 못 됩니다."

"그럼, 좋습니다."

레인 씨는 자세를 바로 하며 말을 이었다.

"한 걸음 더 나아가기로 하죠. 저는 지금 포셋 형제의 살인범으로 딱 한 사람의 결정적인 인물을 지목할 수 있는 단계에는 도달하지 못했습니다. 하지만 브루노 씨, 저는 지금 범인이 세 사람 가운데 한 명일 수밖에 없다는 사실을 단언할 수 있는 단계에까지는 와 있습니다!"

아버지와 나는 휘둥그레진 눈으로 레인 씨를 바라보았다. 세 사람 가운데 한 명이라니! 그것은 너무도 놀랍고 믿어지지 않는 얘기였다. 물론 나 역시도 범인일 가능성이 있는 용의자들을 특정한 범위로 좁혀보기는 했지만……. 세 사람이라니! 우리가 현재까지 알고 있는 사실들을 근거로 어떻게 그런 대담한 결론을 이끌어낼 수 있는지 나로서는 도무지 알 수가 없었다.

"그러니까 아론 다우는 그 세 사람 가운데 한 명이 아니라는 말씀이죠?"

브루노 주지사가 중얼거리듯 물었다.

"그렇습니다."

레인 씨의 대답은 조용했지만 확신에 차 있었다. 나는 브루노 주지사의 눈빛이 당혹스럽게 흔들리는 것을 보았다.

"브루노 씨, 저를 믿고 제게 시간을 주십시오. 시간을 말입니다. 아시겠습니까? 제가 필요로 하고 원하는 것은 단지 그것뿐입니다. 시간만이 진상을 밝혀줄 것입니다……. 아직은 한 가지, 중요한 점 한 가지가 빠져 있습니다. 제가 그걸 찾아내려면 무엇보다도 시간이 필요합니다."

"어쩌면 그 한 가지가 존재하지 않을지도 모르지요. 제가 듣기엔 너무도 모호하니까요. 만약 그렇다면 어쩌시겠습니까? 제 입장도 이해해주시기 바랍니다."

브루노 주지사는 중얼거리듯 말했다.

"만약 그렇게 될 경우에는 깨끗이 물러나겠습니다. 하지만 그 한 가지 점이 존재하지 않는다는 것이 확인되기 전까지는, 다우의 운명을 올바르게 판단할 의무가 있는 당신이 그가 저지르지도 않은 범죄 때문에 억울하게 사형에 처해지는 것을 허용할 수는 없습니다."

브루노 주지사가 자리에서 벌떡 일어났다.

"알겠습니다."

그는 입가에 굳은 결의를 나타내 보이며 말을 이었다.

"거기까지는 제가 양보하겠습니다. 사형 집행일까지 당신이 그 마지막 한 가지 점을 찾지 못한다면 사형 집행을 딱 일주일만 연기하겠습니다."

"고맙습니다, 브루노 씨. 정말 감사합니다. 과연 당신다운 결정이십니다. 당신 덕분에 오랜만에 밝은 햇살을 보는 듯하군요. 자 그럼, 섬 경감님, 페이션스 양, 이제 그만 돌아가기로 할까요?"

"아, 잠깐만 기다려주십시오."

주지사는 책상 위에 놓인 서류를 만지작거리며 말을 이었다.

"실은 아까부터 말씀을 드릴까 말까 망설였습니다만, 이렇게 우리가 합의를 본 이상 제가 입을 다물고 있을 수만은 없다는 생각이 드는군요. 어쩌면 중요한 일인지도 모르겠습니다."

레인 씨가 눈을 빛내며 고개를 들었다.

"무슨 말씀이시죠?"

"아론 다우의 사형 집행을 중지해달라고 이곳으로 찾아온 사람이 당신들 외에도 또 한 사람 있었습니다."

"정말입니까?"

"리즈 시에서 찾아온 어떤 사람이었죠……."

"그러니까 우리가 알고 있고 사건과도 관련된 어떤 인물이 우리보다 앞서 이곳으로 찾아와 당신에게 다우의 사형 집행을 연기해달라는 요청을 했단 말씀이십니까, 브루노 씨?"

레인 씨는 눈을 한껏 빛내며 흥분한 목소리로 물었다.

"사형 집행을 연기해달라는 것이 아니라, 다우를 완전히 사면

해달라는 요청이었습니다."

브루노 주지사는 중얼거리듯 말을 이었다.

"그녀는 이틀 전에 이곳으로 찾아왔습니다. 하지만 무엇을 근거로 그런 요청을 하는지 그 이유는 말하지 않고······."

"여자로군요!"

우리는 깜짝 놀라 거의 동시에 소리쳤다.

"패니 카이저였습니다."

레인 씨는 브루노 주지사의 머리 위에 걸려 있는 유화를 멍한 눈길로 바라보았다.

"패니 카이저······ 그랬었군······. 그런데도 나는······."

레인 씨는 주먹으로 주지사의 책상을 내리치며 말을 이었다.

"나는 어떻게 그토록 눈이 멀고 멍청했을까! ······그녀가 그 이유를 말할 수 없었던 것은 당연합니다!"

레인 씨는 융단 위를 급히 가로질러 와 아버지와 나의 팔을 꽉 움켜잡으며 말을 이었다.

"페이션스 양, 경감님, 서둘러 리즈로 돌아갑시다! 아직 우리에겐 희망이 있습니다!"

19:
결정적인 인물

리즈로 돌아오는 여정은 무척이나 기묘했다. 날씨가 서늘해진 탓에 레인 씨는 커다란 외투로 몸을 감싼 채 웅크리고 있었고 그의 두 눈은 열에 들떠 있는 듯이 보였다. 마치 그의 강인한 의지가 리무진을 달리게 하고 있는 듯이 느껴졌다. 그는 이따금 드로미오에게 좀 더 빨리 차를 몰라고 재촉할 때만 고개를 들었을 뿐이었다.

하지만 그런 그도 자연의 섭리까지는 어쩔 수가 없었다. 우리는 식사와 수면을 취하기 위해 하룻밤 차를 멈추지 않을 수 없었던 것이다. 다음 날 아침 우리는 다시 출발했고 리즈 시에 도착했을 때는 정오가 거의 다 될 무렵이었다.

거리는 평소와 같이 술렁대고 있었다. 신문팔이 소년들이 1면에 뭔가 큰 제목이 나붙은 신문을 높이 펄럭이며 무언가를 외쳐대고 있었다. 내 귀에 돌연 어떤 낱말이 날아들어 왔다. "패니 카이저!" 그것은 신문팔이 소년의 입술에서 새어 나온 낱말이었다.

"세워주세요! 무슨 일이 생긴 모양이에요!"

나는 드로미오에게 다급히 외쳤다.

나는 아버지나 레인 씨가 몸을 움직이기도 전에 얼른 차 밖으로 뛰쳐나갔다. 그러고는 그 소년에게 동전을 던져주고 재빨리 신문을 낚아챘다.

　나는 차로 기어들며 외치듯 말을 이었다.

　"이제 알았어요! 이 기사를 좀 읽어보세요!"

　〈리즈 이그재미너〉의 그 기사는 통쾌할 정도로 시원하게 패니 카이저에 대해 폭로하고 있었다. "지난 수년간 리즈 시에서 악명 높았던 패니 카이저가 존 흄 지방 검사에 의해 체포되었다……." 이어서 그 기사에는 인신매매, 마약 거래, 그 밖의 불미스러운 그녀의 악행들이 나열되어 있었다. 그 기사 내용으로 미루어 볼 때 지방 검사 존 흄은 첫 번째 살인 사건을 수사할 때 포셋 저택에서 찾아낸 서류들을 훌륭하게 이용한 게 분명했다. 그리고 패니 카이저 소유의 몇몇 업소가 경찰에 의해 급습당했다고 쓰여 있었다. 부정한 악행의 냄비 뚜껑이 열린 것이다. 온갖 종류의 추악한 소문들이 흘러넘쳤다. 리즈 시의 사교계와 실업계와 정계의 여러 유명 인사들이 직접적으로 패니 카이저와 관련되어 있다고 그 기사는 거의 숨김없이 폭로하고 있었다.

　그녀는 부과된 2만 5천 달러의 보석금을 즉시 지불했고 현재 불구속 상태에서 기소를 기다리는 중이었다.

　레인 씨는 생각에 잠기며 입을 열었다.

　"이 소식은 우리에게도 다행스러운 일입니다, 경감님. 이루 말할 수도 없을 정도로 다행스러운 일이지요. 이제 패니 카이저는 발등에 불이 떨어진 셈입니다……."

　레인 씨는 이번 일로 패니 카이저의 기세가 좀 꺾이게 되었을 것이라는 점 이외에는 그녀의 체포와 기소 문제는 그다지 비중 있게 여기지 않는 듯했다.

　"하지만 그런 여성은 곤경에 처해도 언제나 용케 빠져나오는 법이지요……. 드로미오, 지방 검사의 사무실로 가자!"

우리가 그의 사무실에 들어섰을 때 존 홈은 책상 앞에 앉아 여유 있게 시가를 피우고 있었는데 기분이 아주 좋아 보였다. 패니 카이저는 지금 어디에 있느냐고 물었더니 보석금을 지불하고 석방되었다고 했다. 그녀의 본거지가 어디냐고 묻자 그는 미소를 떠올리며 주소를 가르쳐주었다.

우리는 서둘러 그곳으로 향했다. 그곳은 시 외곽에 위치한 커다란 저택이었는데 가택 수사가 벌어지고 있는 탓에 경찰관들로 북적댔다. 실내는 사치스럽고 호화롭게 꾸며져 있었고 예술적 가치가 의심스러운 선정적인 누드화들이 곳곳에 걸려 있었다. 그녀는 그곳에 없었다. 보석으로 석방된 뒤 이곳에는 한 번도 오지 않았다는 것이었다.

우리는 초조하고 흥분된 표정으로 미친 듯이 그녀를 찾아다니기 시작했다. 세 시간쯤 이곳저곳 찾아다니다가 지쳐버린 우리는 절망적으로 서로의 얼굴을 묵묵히 마주 보았다. 어디에서도 그녀를 찾을 수가 없었던 것이다.

어쩌면 그녀는 보석금을 포기하고 뉴욕 주를 떠나버린 게 아닐까? 아니면 아예 미국을 떠나버린 건 아닐까? 그녀를 기다리고 있을 법한 엄한 형벌을 생각한다면, 우리에게는 불운한 노릇이지만 그럴 수도 있는 일이었다. 레인 씨가 준엄한 태도로 존 홈과 경찰에게 주의를 환기하고 있는 동안에도 우리는 초조하게 마음을 졸이고 있었다. 곧 경찰들은 사방으로 전화 연락을 하기 시작했다. 그녀의 행방을 알아내기 위해 모든 형사들이 총출동되었고, 패니 카이저가 자주 드나들던 곳은 모조리 수색되었다. 뉴욕 경찰 본부 쪽에도 연락이 취해졌고, 형사들이 모든 역을 감시했다. 하지만 아무런 소용이 없었다. 그녀는 완전히 자취를 감춰버린 게 분명했다.

"문제는 보석을 허락한 삼 주 안에는 그녀를 강제로 구인할 수 없다는 것입니다."

우리가 지친 몸으로 지방 검사의 사무실에서 바깥소식을 기다리며 앉아 있을 때 흄이 중얼거리듯 말했다.

"즉 다음 목요일로부터 이 주 후가 되기 전까지는 우리로서도 강제로 연행할 수는 없다는 얘기입니다."

우리는 동시에 신음을 흘렸다. 그렇다면 브루노 주지사가 사형 집행을 일주일 연기해준다고 하더라도 소용이 없는 노릇이었다. 아론 다우의 사형이 집행된 그다음 날에야 비로소 그녀를 구인할 수 있기 때문이었다. 물론 그것도 그녀가 그때까지 모습을 드러낼 경우의 얘기지만.

그 후의 끔찍스러운 며칠 동안 나는 우리 모두가 갑작스레 굉장히 늙어버린 듯한 기분이 들었다. 한 주일이 지나고 다시 금요일이 되었다. 하지만 우리는 패니 카이저를 찾는 일을 포기하지 않았다. 레인 씨는 지칠 줄 모르는 정력의 소유자였다. 그는 경찰 당국의 협조를 얻어 지방 방송국을 마음대로 이용할 수 있게 되었다. 그렇게 해서 그는 패니 카이저 본인에게는 자진 출두를 권고하고 일반인들에게는 그녀의 소재에 관한 제보를 구하는 호소를 전파에 실어 보냈다. 그녀와 관계있다고 알려진 곳곳에 퍼져 있는 모든 못된 업소들이 경찰의 감시를 받게 되었고, 리즈 시의 지하 세계에서 활동하는 그녀의 고용인들인 매춘부들, 악덕 변호사들, 심부름꾼들, 폭력배들도 일제히 경찰의 조사를 받아야만 했다.

토요일, 일요일, 월요일……. 월요일에 우리는 뮤어 신부와 신문 기사를 통해 매그너스 소장이 다우의 사형 집행 일시를 수요일 밤 11시 5분으로 결정했다는 것을 알게 되었다.

화요일……. 패니 카이저의 행방은 여전히 묘연했다. 유럽 항로의 모든 기선들에도 무선으로 연락이 취해졌지만, 누가 보아도 알 수 있을 정도로 두드러진 용모를 지닌 그녀와 비슷한 여자는 어느 기선에도 타고 있지 않았다.

수요일 아침……. 우리는 넋이 빠져 있었고, 식사도 건성으로 했으며, 거의 말도 하지 않았다. 아버지는 사십팔 시간 동안이나 옷을 벗지 않았고, 레인 씨의 두 뺨은 더할 수 없이 창백했으며 두 눈은 마치 무슨 지독한 병이라도 앓고 있는 듯이 흐릿했다. 우리는 다우를 면회하려고 무척 애를 써보았지만 교도소 규정에 어긋난다는 이유로 끝내 거절당했다. 하지만 으레 그렇듯이 소문은 새어 나왔다. 다우는 이상할 정도로 침착해졌고, 대단히 과묵해졌으며, 이제는 우리를 저주하지도 않았고, 마치 우리의 존재를 아주 잊어버린 듯하다는 소문이었다. 사형 집행 시각이 다가옴에 따라, 우리는 그가 눈에 띄게 동요하기 시작했으며 감방 안을 초조한 발걸음으로 서성거리고 있다는 것도 알게 되었다. 뮤어 신부는 눈물이 글썽한 눈으로 우리에게 미소를 떠올리며 다우가 신앙에 매달리고 있다고 전했다. 가엾은 신부님! 아론 다우는 그렇듯 정신적인 신앙에 매달릴 인물이 아니었다. 그는 좀 더 현세적인 희망에 매달리고 있음이 분명했다. 왜냐하면 레인 씨가 어떤 경로를 통해 어쨌든 그날 밤에는 사형 집행이 이루어지지 않을 거라는 말을 다우에게 전했다는 것을 나는 본능적으로 느낄 수 있었기 때문이다.

수요일은 공포와 경악의 하루였다. 우리는 아침 식사도 제대로 들지 않았다. 뮤어 신부는 지치고 늙은 몸을 이끌고 서둘러 교도소 안의 사형수 독방으로 향했다. 그런 뒤에 초조한 모습으로 돌아와 2층 침실로 올라가버렸다. 하지만 기도서를 손에 들고서 다시 모습을 나타냈을 때에는 상당히 마음의 평정을 되찾고 있었다.

당연한 일이겠지만, 그날 우리 모두는 뮤어 신부 댁에 모여 있었다. 제레미도 찾아와서 그 생기 있던 얼굴을 처량하게 늘어뜨리고는 줄담배를 피워대면서 뮤어 신부 댁의 작은 대문 밖을 서성대던 것이 희미하게 떠오른다. 한번은 내가 말을 걸어보려고 내려갔더니, 그는 자기 아버지가 끔찍한 역할을 떠맡았다고 씁쓸하게 말했다. 매그너스 소장이 엘리후 클레이 씨를 사형집행장의 입회인으로 초청했는데 클레이 씨가 그 초청을 받아들였다는 것이었다. 나는 무슨 말을 해줘야 좋을지 알 수 없었다……. 그렇게 해서 그날 오전이 지나갔다. 레인 씨의 얼굴은 긴장으로 굳어져 있었고 반점까지 돋아 있었다. 이틀 밤 동안이나 잠을 자지 못한 그의 얼굴에는 지난날의 병세가 다시 재발한 듯 번민의 주름이 깊이 새겨져 있었다.

그것은 마치 임종을 앞둔 환자의 병실 밖에서 친척들이 모여 있는 것과 흡사한 분위기였다. 누구든 함부로 입을 여는 사람이 없었고, 어쩌다 누군가가 말을 하더라도 아주 낮은 목소리로 말했다. 이따금 우리 중 누군가가 베란다로 나가 묵묵히 교도소의 회색 담장을 바라보곤 했다. 어째서 우리 모두가 이렇게 다우의 생사 문제를 마치 자기 일인 양 걱정하는 걸까 하고 나는 생각해 보았다. 그는 개인적으로 우리와는 아무런 상관도 없는 사람이었다. 그런데도 어찌 된 일인지 그의 생사 문제가 지금 우리에게 커다란 그늘을 드리우며 무겁게 압력을 가해 오는 것이었다.

그날 오전 11시가 조금 못 되었을 무렵, 레인 씨는 시내의 지방 검사 사무실에서 보낸 심부름꾼으로부터 마지막 보고를 받았다. 모든 노력이 수포로 돌아갔다는 내용이었다. 어디에서도 패니 카이저를 찾을 수가 없었으며, 그녀의 행방에 관한 그 어떤 단서도 찾을 수가 없었다는 것이었다.

레인 씨가 어깨를 펴며 말했다.

"이제 우리가 할 일은 하나밖에 없습니다."

그가 나직이 말을 이었다.

"즉 브루노 씨에게 약속대로 사형 집행을 연기하게끔 요청하는 일입니다. 우리가 패니 카이저를 찾아낼 때까지……."

그때 현관의 초인종이 울렸고, 우리가 깜짝 놀라는 표정을 보고서 레인 씨는 즉각 무슨 일인지 알아차렸다. 뮤어 신부가 현관으로 급히 나갔고, 곧이어 우리는 그의 입에서 새어 나오는 숨막힐 듯한 기쁨의 외침을 들을 수가 있었다.

우리는 멍한 표정으로 거실 입구를 바라보았다. 아니, 그곳 문설주에 기대서 있는 어떤 사람을…….

그것은 패니 카이저였다. 마치 무덤에서 부활한 듯한 모습이었다.

20:
Z의 비극

시가를 입에 물고 조금도 흔들림 없이 냉정하게 존 흄을 묵살하던 그 기묘한 아마존의 여걸 같은 모습을 지금의 패니 카이저에게서는 전혀 찾아볼 수가 없었다. 지금의 패니 카이저는 그때와는 전혀 다른 여자였다. 지난날 보았던 타오르는 듯이 붉었던 머리칼은 지저분한 분홍빛과 잿빛이 섞여 빛이 바래 있었다. 남자 같던 복장도 더럽고 주름이 져 있었을 뿐만 아니라 군데군데 찢어져 있기까지 했다. 화장기 없는 두 뺨과 입술은 축 처진 젖가슴과 마찬가지로 아래로 축 늘어져 있었다. 그리고 그녀의 두 눈에는 공포의 빛이 어려 있었다.

한마디로 지금의 그녀는 겁에 질린 한 명의 늙은 여자에 지나지 않았다.

우리 모두는 함께 뛰어나가 그녀를 반쯤 끌다시피 거실 안으로 데려왔다. 뮤어 신부는 아이처럼 기뻐하며 춤이라도 추는 듯이 우리 주위를 맴돌았다. 누군가가 의자를 권하자 그녀는 뜻 모를 이상한 신음을 내며 맥없이 주저앉았다. 레인 씨는 이제까지의 불안해하던 태도를 떨쳐버리고 다시금 평소의 표정을 되찾았다. 하지만 그런 태도와 표정에도 불구하고 도저히 기쁨을 감추지는 못하겠는지 손가락이 떨렸고 관자놀이가 가늘게 춤을 추었다.

그녀는 마른 입술을 축이며 쉰 목소리로 입을 열었다.

"나는…… 이곳에서 멀리 떨어진 곳에서 숨어 있었어요. 그러던 중에…… 소식을 듣게 되었어요……. 당신들이 나를 찾고 있다는 것을."

"소식을 듣게 되었다고요! 대체 어디에 가 있었소?"

아버지가 흥분한 목소리로 소리치며 물었다.

"애디론댁 산맥에 있는 한 오두막에 숨어 지냈어요."

그녀는 지친 목소리로 말을 이었다.

"나는…… 이곳에서 벗어나고 싶었단 말이에요……. 아시겠어요? 이곳…… 이 리즈에서 벌어진 더럽고 지긋지긋한 소동들이…… 나를 지치게 만들었으니까요. 그래서 나는 그 산속으로 들어간 거예요……. 그곳은 완전히 문명 세계와는 동떨어진 곳이죠……. 전화도 우편도 아무것도 거기까진 침투하지 못해요. 물론 신문도 들어오지 않고요. 하지만 나는 라디오를 가지고 있어서……"

"포셋 박사의 오두막이로군요! 동생인 포셋 상원의원이 살해당했을 때 그가 머물렀던 오두막 말이에요!"

나는 머릿속에 떠오르는 대로 반사적으로 외쳤다.

그녀의 무거운 눈꺼풀이 올라갔다가 다시 내려갔고, 두 뺨은 아까보다 더욱 늘어져 가엾은 늙은 바다표범처럼 보였다.

"맞아요. 그곳은 아이라 포셋의 오두막이에요. 그리고 이른바 그곳이 그에게는 사랑의 보금자리였던 셈이죠."

그녀는 멋쩍게 웃어 보이며 말을 이었다.

"그는 종종 여자들을 그곳에 데려가곤 했죠. 자기 동생이 살해당했던 주말에도 그는 어떤 여자하고 그곳에 있었어요……."

"지금 그런 것은 아무래도 좋습니다. 마담, 어째서 리즈로 다시 돌아왔습니까?"

레인 씨가 조용히 말했다.

그녀는 어깨를 으쓱했다.

"이상하죠? 실은, 내게도 그런 게 있을 줄은 몰랐으니까요. 이러다가는 울음을 터뜨릴 수도 있을 것 같군요."

그녀는 허리를 펴며 레인 씨에게 대들 것처럼 말을 이었다.

"그래요. 내게도 양심이라는 게 남아 있었던 모양이라고요!"

그녀는 마치 자신이 비웃음거리라도 된 듯이 말했다. 우리가 믿지 않을 거라고 여기는 듯한 태도였다.

"잘 알겠습니다, 마담. 그 얘기를 들으니 매우 기쁘군요."

그녀는 뜻밖이라는 듯 눈을 깜박거렸고, 레인 씨는 그녀 쪽으로 의자를 당겨 앉았다. 우리는 묵묵히 그들을 지켜보았다.

"그러니까 그게 아론 다우가 구치소에 있을 때, 즉 그가 재판을 앞두고 있을 때였죠? 당신이 그로부터 그 상자의 마지막 토막, 즉 'Z'라는 문자가 쓰여 있는 세 번째 토막을 받은 것이 말입니다."

그녀는 마치 커다란 도넛 구멍처럼 커다랗게 입을 벌렸다. 그리고 벌겋게 충혈된 두 눈을 번쩍 떴다.

"세상에! 그걸 어떻게 알았죠?"

그녀는 숨을 헐떡이며 말했다.

레인 씨는 답답한 듯이 손을 흔들었다.

"그거야 뻔하지 않습니까? 당신은 주지사를 찾아가서 당신과는 아무런 상관도 없을 듯한 아론 다우의 사면을 탄원했습니다. 어째서 다름 아닌 패니 카이저, 바로 당신이 그래야 했을까요? 그 이유는 단 한 가지밖에 생각할 수 없습니다. 즉 다우가 당신의 약점을 쥐고 있었기 때문입니다. 그리고 제가 판단하기에 그

약점은 다우가 포셋 형제에 대해 쥐고 있었던 것과 같은 것이었습니다. 그러므로 다우가 그 상자의 마지막 토막을 당신에게 보냈다는 건 뻔하지요. 그리고 그 'Z'라는 문자는……."

"흐음, 그렇군요……."

그녀가 중얼거렸다.

레인 씨는 그녀의 통통한 무릎을 가볍게 두드리며 말했다.

"자 그럼 이제 그 상자와 관련된 비밀을 밝혀주시겠습니까?"

그녀는 입을 다물고 있었다.

레인 씨가 속삭이듯 말했다.

"하지만 마담, 저는 그 비밀을 대강은 알고 있답니다. 그러니까 그 배에 관한 것을……."

그녀는 깜짝 놀란 듯 양손으로 두툼한 의자의 팔걸이를 힘껏 누르며 상체를 일으켜 세우다가 다시 의자에 몸을 파묻었다.

"놀랍군요!"

그녀는 짤막하고 신경질적이면서도 어쩐지 애처롭기도 한 웃음소리를 내며 말을 이었다.

"당신은 도대체 누구죠? 당신이 알아챘으니 이제는 비밀이랄 것도 없겠군요. 하지만 대체 당신이 어떻게……. 설마 다우가 얘기한 건 아닐 테죠?"

"물론입니다."

"죽을 때까지 움켜쥐고 있으려고 하는군, 불쌍한 멍청이."

그녀는 중얼거리면서 말을 이었다.

"하긴, 그것도 죄 많은 인간의 업보랄 수 있겠죠……. 결국에는 이렇게 찬송가를 부르는 패거리들에게 덜미를 잡히고 마는 데도 말이에요……. 아, 죄송합니다, 신부님……. 그래요, 다우는 내 약점을 쥐고 있었어요. 그리고 난 그가 내 약점을 떠벌리지 못하게 그를 구하려고 애썼던 거고요. 하지만 그를 구할 수 없다는 것을 깨닫게 되자 도망쳤던 거죠……."

레인 씨의 두 눈에 기묘한 빛이 번득였다.

"다우가 떠벌렸을 경우의 뒷일이 두려웠기 때문에 모습을 감췄던 겁니까?"

그녀가 통통한 팔을 내저었다.

"아뇨, 그렇지 않아요. 그 점은 별로 두렵지 않았어요. 내가 리즈에서 도망쳤던 것도 역시 양심의 가책 때문이라고나 할까요……. 어쨌든 이제 그 빌어먹을 장난감 상자의 의미를 얘기해 드리겠어요. 그것이 바로 포셋 형제와 나에 대해 다우가 쥐고 있던 약점이기도 하죠."

그것은 놀랍고도 믿기 어려운 이야기였다. 아주 오래전, 그러니까 그녀도 이십 년 전인지 이십오 년 전인지 정확히 기억하지 못할 정도로 오래된 일이었다. 그 당시 포셋 형제는 세계를 떠돌아다니며 돈이 되는 일이라면 수단과 방법을 가리지 않는 젊은 미국인 부랑자들이었다. 그들은 주로 손쉽게 돈을 벌 수 있는 일을 찾았으므로 자연히 부정한 일에 손을 대게 되었다. 그 무렵 그들의 이름은 지금과는 달랐으나 그런 것은 상관이 없었다. 그리고 패니 카이저는 미국 출신의 부랑자와 영국에서 추방된 여자 도둑 사이에서 태어났는데, 그 당시 프랑스령 인도차이나의 수도로 문호가 개방되어 활기가 넘쳤던 사이공에서 꽤 손님들이 모여드는 싸구려 카페를 운영하고 있었다. 그러던 어느 날 항구 도시에 그 두 형제가, 그녀의 표현을 빌리자면 '한탕 하기 위해' 흘러들어 왔고, 그래서 그녀는 그들을 알게 되었다. 그녀는 그 형제의 스타일이 마음에 들었다. 그들은 배짱이 두둑하고 약아 빠진 젊은 사기꾼들로 기독교적인 양심 따위와는 거리가 먼자들이었다.

 그녀의 카페에는 여러 종류의 뱃사람들이 자주 드나들었는데, 그녀는 그들을 통해 극비에 속하는 사항들을 엿듣는 경우도 종종 있었다. 항해 중 오랫동안 술에 굶주렸던 그들이 오랜만에 술을 진탕 마시고 취하는 바람에 입 밖에 내선 안 될 얘기를 지껄일 때가 있었기 때문이다. 그녀가 중요한 비밀 정보를 알게 된 것은 그 무렵 항구에 정박 중이던 어느 부정기선의 이등 항해사로부터였다. 그 남자는 술에 취해 그녀에게 추근거렸고 그녀는 그에게서 정보를 캐냈던 것이다. 그 정보는 그 부정기선이 양은 많지 않지만 상당한 금액의 다이아몬드 원석을 싣고 홍콩으로 떠날 예정이라는 것이었다.

 "정말이지 귀가 솔깃해질 만한 정보였죠."

 그녀는 기억을 더듬으면서 쉰 목소리로 말했다. 나는 몸서리를 치면서 그녀를 바라보았다. 저 시들고 늙은 여자도 한때는 젊고 아름다웠을 텐데!

 "나는 포셋 형제에게 그 얘기를 해주고 거래를 맺었어요. 물론 그들이 나를 속일 수는 없었죠. 나는 그 후 카페까지 휴업하고 그들 곁을 떠나지 않았거든요. 나는 그들을 전혀 믿지 않았으니까요. 그래서 결국은 나도 그들과 함께 승객으로 가장하고 그 배에 승선했죠."

 그 후의 일은 어이없으리만큼 쉬웠다. 그 배의 선원들은 모두가 중국인들과 인도인들이었는데 대부분 나약하고 패기가 없어 쉽게 위협할 수 있었기 때문이다. 포셋 형제는 무기고를 습격하고 선장을 침상에서 살해한 다음, 상급 선원들을 죽이거나 크게 다치게 했고 일반 승무원들도 반수 이상은 사살했다. 그런 뒤에 값어치가 나가는 것들을 모두 약탈하고는 배 밑에 구멍을 뚫어놓고 패니 카이저와 함께 대형 보트를 타고 달아났다. 포셋 형제는 그 배에서 살아남을 수 있는 자가 한 명도 없을 거라고 확신했다. 어둠 속에서 인기척이 없는 해안에 상륙한 그들은 약탈한 물건들을 나눈 다음 뿔뿔이 흩어졌다가 몇 달이 지난 후에 몇천 마일이나 떨어진 곳에서 다시 만났다.

"아론 다우는 누구였나요?"

레인 씨가 급히 물었다.

그녀가 몸을 움찔했다.

"이등 항해사였어요. 그러니까 내게 그 배의 비밀을 가르쳐주었던 주정뱅이였죠. 어떻게 생명을 건졌는지는 모르겠지만 어쨌든 그 불쌍한 인간은 거기서 살아남았던 거예요. 아마도 그 상처 입은 몸으로 용케도 바닷가까지 헤엄쳐 나왔을 테죠. 그러고는 이제껏 수많은 세월 동안 포셋 형제와 나를 증오하며 복수심을 불태워왔던 거겠죠."

"그런데 어째서 그는 그때 즉시 가까운 경찰에다 신고하지 않았을까요?"

아버지가 물었다.

그녀가 어깨를 으쓱했다.

"아마도 처음부터 우리를 찾아내 협박할 작정이었겠죠. 어쨌든 배는 항해 중 행방불명으로 처리되었다고 들었어요. 해상 보험회사가 조사를 했지만 아무것도 알아내지 못한 모양이더군요. 그리고 우리는 암스테르담의 어느 규모가 큰 장물아비를 통해 다이아몬드를 현금으로 바꾸었습니다. 그런 뒤에 포셋 형제와 나는 미국으로 건너와 언제나 손을 잡고 함께 일해왔어요."

그녀의 쉰 목소리는 점차 엄한 기색을 띠기 시작했다.

"내가 그렇게 하도록 만들었던 거죠. 나는 결코 그들에게서 눈을 뗄 수 없었으니까요. 우리는 얼마 동안 뉴욕에서 지내다가 이곳 북부로 옮겨 왔어요. 그들 형제의 진로는 순조로웠어요. 특히 형인 아이라 포셋 쪽이 더 그랬죠. 머리도 그가 더 좋았고요. 그는 동생인 조엘에게는 법률 공부를 시켰고 자신은 의학을 전공했죠. 어쨌든 우리 모두는 돈도 풍족했으니까요……."

우리는 묵묵히 앉아 있었다. 해적 행위, 인도차이나, 구멍 뚫린 배, 다이아몬드 약탈, 살해된 선원들, 이러한 피비린내 나는 이야기들이 도저히 믿어지지 않았다. 그 모든 것이 너무나도 현실과 동떨어진 터무니없는 이야기처럼 생각되었다. 하지만 그것들을 이야기하는 패니 카이저의 귀에 거슬리는 목소리에는 진실의 울림이 담겨 있었다……. 나는 레인 씨의 깊고 차분한 목소리에 문득 정신이 들었다.

"이제 대체로 앞뒤가 들어맞는 것 같군요. 하지만 딱 한 가지 점이 아직도 석연치 않아요. 저는 어떤 사소한 점들로부터 이 사건의 배경에는 바다가 관계되어 있음을 짐작하게 되었습니다. 다우가 두 번쯤인가 뱃사람들만이 쓰는 말을 한 적이 있었으니까요. 그리고 그 작은 상자의 모양도 어쩐지 선원들의 옷상자처럼 느껴졌기 때문입니다. 그래서 처음에는 'HEJAZ'를 경마의 말 이름이거나 새로운 도박의 일종, 아니면 동양 융단의 일종이 아닐까 하는 터무니없는 생각도 해보았습니다. 하지만 결국에는 배 이름이라고 간단히 결론짓게 되었습니다. 하지만 오래된 해사 기록들도 뒤져보았지만 그런 이름의 배를 도무지 찾아낼 수가 없었습니다……."

"그럴 만도 하죠."

패니 카이저가 지친 목소리로 말을 이었다.

"배의 이름은 'STAR OF HEJAZ(헤자즈의 별)'이었으니까요."

"아하!"

레인 씨가 소리쳤다.

"저는 그런 줄도 모르고 죽을 때까지 찾아 헤맬 뻔했군요. 'STAR OF HEJAZ'였다니! 그렇다면 그 다이아몬드는 선장의 옷상자 속에 들어 있었던 게 분명하겠군요. 그리고 다우는 약탈당한 옷상자의 모형을 만들어서 그걸 세 토막 내어 당신들 세 사람에게 각자 하나씩 보냈던 거로군요. 그걸 받아 보면 당신들이 금세 그 의미를 알아차릴 수 있을 거라는 생각에서 말입니다!"

그녀가 한숨을 쉬며 고개를 끄덕였다. 그제야 나는 지난 몇 주 동안 레인 씨가 배와 선원용 의복 상자에 관한 추리에 골몰했음을 알게 되었다……. 레인 씨는 자리에서 일어나서 패니 카이저를 내려다보았다. 그녀는 이제부터 닥쳐올 일이 두려운 듯이 걱정스러운 표정으로 꼼짝 않고 의자에 웅크리고 있었다. 우리는 어리둥절한 가운데 묵묵히 자리에서 일어났다. 이제부터 무슨 일이 일어날지 나로서는 전혀 추측도 할 수 없었다.

레인 씨의 콧구멍이 약간 벌름거렸다.

"마담, 앞서 당신은 지난주 리즈에서 모습을 감췄던 것이 당신 자신의 안전을 위해서가 아니라 양심의 가책 때문이라고 하셨습니다. 그건 어떤 뜻에서 하신 말씀입니까?"

지친 모습의 늙은 여걸은 빨갛게 매니큐어 칠한 굵은 손가락으로 절망스러운 손짓을 해 보였다.

"사람들은 다우를 전기의자에 앉히려 하고 있어요. 그렇지 않나요?"

그녀는 쉰 목소리로 나직이 말했다.

"다우는 사형 선고를 받았습니다."

"바로 그거예요!"

그녀가 외치면서 말을 이었다.

"사람들은 죄 없는 자를 사형시키려 한단 말이에요! 아론 다우는 포셋 형제를 죽이지 않았어요!"

우리 모두는 저항할 수 없는 그 어떤 힘에 이끌리기라도 하듯이 동시에 몸을 앞으로 내밀었다.

그녀 쪽으로 몸을 굽혔을 때, 레인 씨의 목덜미에 있는 혈관들이 한껏 부풀어 오른 것이 보였다.

"어떻게 당신이 그걸 안단 말입니까?"

레인 씨가 큰 소리로 물었다.

그녀는 의자 속으로 몸을 더 깊이 파묻으며 양손으로 얼굴을 감쌌다.

"왜냐하면 아이라 포셋이 죽기 직전에……."

그녀가 흐느끼듯 말을 이었다.

"내게 그렇게 말했단 말이에요."

21:
마지막 단서

"역시 그랬군요……."

레인 씨가 조용히 그렇게 중얼거리는 소리를 듣고서, 나는 그만이 아는 불가사의한 방법에 의해 기적이 일어났음을 알 수 있었다. 레인 씨는 안도의 미소를 지었다. 그것은 실로 오랜 고생 끝에 보답을 받은 사람만이 떠올릴 수 있는 그러한 미소였다. 그는 더는 아무 말도 하지 않았다.

"그가 내게 그렇게 말했어요."

패니 카이저는 다소 기운을 되찾으며 가라앉은 목소리로 그 말을 되풀이했다. 이제 그녀는 흐느끼지 않았다. 하지만 그 사건의 기억이 이제껏 좀처럼 동요하지 않던 그녀의 마음속 깊숙한 곳까지 뒤흔들었는지 그녀는 공허한 눈길로 멍하니 벽을 바라보고 있었다.

"나는 늘 그 두 형제와 연락을 취했어요. 물론 비밀리에 말이에요. 사업상의 연락이었죠……. 조엘 포셋이 칼에 찔려 살해당했던 그날 밤에 내가 그 저택으로 찾아갔을 때, 존 흄이 내게 조엘이 죽기 전에 내 앞으로 쓴 편지를 보여주었죠. 그래서 나는 우리가 매우 난처한 입장에 처한 것을 알게 되었지요. 아이라 포셋과 나도 그전부터 카마이클을 수상쩍게 생각했으니까요……. 사실 그 사건이 일어나기 전에, 그러니까 그 상자의 첫 번째 토막이 조엘에게 보내졌을 때, 우리 세 사람은 대책을 의논하기 위해 함께 모였습니다. 그때 처음으로 우리는 다우가 아직 살아 있다는 것을 알게 되었죠. 어쨌든 우리는 다우의 일을 은밀히 처리하기로 결심했어요. 하지만 조엘 포셋은……. 그 상원의원이라는 자가!"

그녀는 콧방귀를 뀌며 말을 이었다.

"그는 겁을 집어먹고 있었어요. 다우에게 돈을 주어 해결하고 싶어 했지요. 그래서 아이라와 내가 그를 설득해야 했어요."

그녀는 잠시 입을 다물었다가 급히 말을 이었다.

"조엘 포셋이 살해당한 날 밤에 내가 그 저택으로 찾아갔던 것은 겁을 줘서 다우를 쫓아버리기 위해서였습니다. 나는 다우가 찾아온다는 걸 알고 있었고, 또한 그럴 경우엔 조엘이 겁을 집어먹고 다우에게 5만 달러라는 거금을 줄 게 뻔하다고 생각했기 때문이죠."

그녀는 거짓말을 하고 있었다. 그녀는 재빨리 눈동자를 굴리며 우리의 눈치를 살폈다. 그녀는 무슨 짓이든 할 수 있는 여자임이 분명했다. 나는 그녀가 그날 밤에 뚜렷한 목적을 품고 그 저택으로 찾아갔음을 확신했다. 즉 다루기 힘들다는 판단이 설 경우에는 아론 다우를 살해할 작정이었을 것이다. 그리고 포셋 상원의원 또한 살해당하기 전에 그 비슷한 계획을 마음속에 품고 있었음이 분명했다.

그녀가 쉰 목소리로 말을 이었다.

"아이라 포셋이 살해당한 그날 밤에도 나는 재수 없이 그 저택을 또 찾아갔던 거죠. 아이라 포셋은 다우가 그 상자의 두 번째 토막을 보내왔다는 것과 그날 밤에 자신을 찾아가겠다고 낮에 전화가 왔다는 사실을 내게 알려주었어요. 아이라는 철면피 같은 인물이었지만 그래도 마음이 불안했던 모양입니다. 그 전날 은행에서 돈을 찾아놓고 다우에게 줄 것인지 말 것인지 결정을 못 내리고 망설이고 있었으니까요. 그래서 나는 그 일이 어떻게 진행되는지 궁금해서 그곳으로 찾아갔던 거예요."

나는 그녀가 또다시 거짓말을 하고 있음을 알았다. 그 돈은 지불할 의사가 있었음을 나타내기 위해 은행에서 인출했을 뿐이었지, 사실상 아이라 포셋과 패니 카이저는 그날 밤 아론 다우를 살해하려고 했던 것이 분명했다.

그녀는 눈을 빛내며 말을 이었다.

"하지만 내가 그곳에 가보니 아이라는 가슴에 칼이 꽂힌 채 진료실 바닥에 죽어 있었어요."

"하지만 당신은 그에게서 얘기를 들었다고······."

레인 씨가 약간 초조한 표정으로 급히 말했다.

"그래요. 하지만 그땐 나는 그가 죽은 줄 알았어요. 아무튼 온몸에 소름이 쫙 끼치더군요."

그녀가 몸서리치자 그녀의 풍만한 체구가 파도가 일렁이는 바다처럼 넘실댔다.

"그래서 나는 곧장 달아나려고 했죠. 하지만 몸을 돌리려고 했을 때 언뜻 그의 손가락 하나가 움직이는 것이 눈에 띄었어요······. 그래서 급히 그의 곁으로 다가가 무릎을 꿇고 앉아 '아이라, 아이라, 당신을 찌른 자가 다우였나요?' 하고 물었죠. 그러자 그는 거의 들리지도 않을 정도의 낮은 목소리로 간신히 대답하더군요. '아냐, 다우가 아냐. 그건······.'"

그녀는 말을 멈추고 주먹을 꽉 쥐었다.

"거기까지 말하고는 몸을 한 번 부르르 떨더니 죽어버린 거예요."

"빌어먹을! 그런 경우는 나도 지긋지긋하게 많이 겪었소. 하필이면 범인이 누구라는 걸 말하기 직전에 꼭 죽고 말더라고. 아무튼 당신은 거기까지밖에 듣지 못했단 말이죠?"

아버지가 투덜대듯 말했다.

"분명히 말씀드리지만, 그는 범인에 대해 말하기 직전에 죽고 말았어요. 그리고 나는 그 빌어먹을 집에서 정신없이 도망쳐 나왔고요."

그녀의 목소리가 낮아지는가 싶더니 다시 높아졌다.

"아무튼 나는 아주 곤란한 입장에 처하게 된 거죠. 내가 그 사실을 털어놓으면 흄은 틀림없이 나를 범인으로 몰 테니까요……. 그래서 나는 달아났던 거예요. 하지만 산속에 틀어박혀 지내는 동안에도 다우가 무고하다는 것을 아는 이상 그가 억울하게 사형을 당하도록 내버려둘 수는 없다는 생각을 떨쳐버릴 수가 없더군요……. 그 불쌍한 녀석이 어떤 악마 같은 놈에게 이용당하고 있는 거예요. 이용당하고 있는 거라고요!"

그녀는 비명을 지르듯 얘기를 맺었다.

뮤어 신부가 급히 다가가 그녀의 살찐 손을 자신의 작고 메마른 손으로 잡아주며 부드럽게 말했다.

"패니 카이저, 당신은 이제까지 죄인으로 인생을 살아왔습니다. 하지만 오늘 당신은 신의 은총을 회복했습니다. 당신으로 말미암아 무고한 사람이 죽음으로부터 벗어나게 되었습니다. 당신에게 신의 축복이 가득하기를."

이어서 뮤어 신부는 두꺼운 안경 너머로 노안을 빛내며 드루리 레인 씨를 돌아보며 외쳤다.

"당장 교도소로 갑시다! 지체할 시간이 없습니다!"

"진정하시지요, 신부님. 아직 우리에겐 시간이 있으니까요."

레인 씨는 엷은 미소를 떠올리며 말했다.

그의 목소리는 침착했고 확신에 차 있었다. 곧이어 그는 살짝 아랫입술을 깨물어 보이더니 말을 이었다.

"그리고 아직은 한 가지 문제가 더 남아 있습니다. 상당히 미묘한 문제인데……."

레인 씨의 태도가 나를 놀라게 만들었다. 그는 패니 카이저의 얘기 속에서 마지막으로 무언가 중요한 단서를 잡은 것이 분명해 보였다. 하지만 그게 무엇인지 나로서는 알 수가 없었다. 물론 다우가 무죄라는 것이 입증되었지만, 나는 그녀의 얘기 속에서 사건 해결에 도움이 될 만한 단서는 전혀 찾을 수가 없었던 것이다. 그런데 레인 씨는 그녀의 얘기를 듣기 전과는 완전히 딴사람이 된 듯이 낙관적인 태도를 취하는 것이었다…….

레인 씨가 조용히 말했다.

"마담, 당신이 이제까지 우리에게 들려준 얘기로 이번 사건은 해결됐습니다. 한 시간 전까지만 하더라도 저는 포셋 형제를 살해한 범인이 세 사람 중 한 명이라는 것밖에는 알 수가 없었습니다. 그런데 당신의 얘기를 듣던 중에 나는 그중 두 명을 제외할 수가 있었습니다."

레인 씨는 어깨를 펴며 말을 맺었다.

"자 그럼, 잠깐 실례하겠습니다. 지금 즉시 해야 할 일이 있어서 말입니다."

22:
대단원의 막

레인 씨가 손짓으로 나를 불렀다.
"페이션스 양, 나를 좀 도와주십시오."
나는 숨을 몰아쉬며 재빨리 그의 옆으로 다가갔다.
"브루노 주지사에게 전화를 좀 해주기 바랍니다. 아시다시피 나는 귀가 먹어서……."
레인 씨는 자기 귀를 만지며 미소를 지어 보였다. 그는 독순술로 주위 사람들과 의사소통을 했으므로 상대의 입술을 읽을 수 없는 전화 통화는 불가능했던 것이다.
나는 올버니의 주지사 관저로 장거리 전화를 신청하고 가슴을 두근거리며 기다렸다.
한동안 레인 씨는 깊은 생각에 잠긴 듯하다가 패니 카이저를 바라보며 입을 열었다.
"마담, 당신은 포셋 박사의 시체 곁에 있었을 때 혹시 그 시체의 손목을 만지지는 않았습니까?"
"네, 만지지 않았어요."
"시체의 손목에 핏자국이 나 있는 것은 보았습니까?"
"그래요."
"정말 한 번도 만진 적이 없단 말씀이죠? 포셋 박사가 죽기 전이든 죽은 후든 말입니다."

"그렇다니까요!"

레인 씨가 미소를 떠올리며 고개를 끄덕일 때 전화 교환원의 호출이 있었다.

"브루노 주지사님이십니까?"

나는 숨을 깊이 들이마시고 그렇게 말했다. 그리고 대여섯 명의 비서들이 차례로 내 이름을 전하는 동안 기다려야만 했다. 이윽고 주지사가 나왔다.

"저는 페이션스 섬입니다. 레인 선생님 부탁으로 대신 전화를 걸고 있습니다. 잠깐만 기다려주세요……. 주지사님에게 뭐라고 전할까요, 레인 선생님?"

"사건이 해결되었으니 즉시 리즈로 와달라고 전해주십시오. 그리고 이제 아론 다우의 무고함을 밝힐 수 있는 나무랄 데 없는 증거를 확보했다고도 전해주십시오."

불멸의 위대한 인물의 대변자인 나 페이션스 섬이 그 내용을 전하자, 전화선을 타고 주지사가 놀라서 숨을 들이마시는 소리가 들려왔다. 아마도 그 소리를 아무나 들을 수 있는 건 아닐 것이다.

"지금 당장 그곳으로 가겠습니다. 그곳이 어디지요?"

"뮤어 신부님 댁입니다. 알곤킨 교도소 바로 옆이랍니다, 브루노 주지사님."

내가 전화를 끊자 레인 씨는 의자에 앉았다.

"고맙습니다, 페이션스 양. 그런데 한 가지 부탁을 더 드려야겠군요. 패니 카이저 씨를 좀 쉴 수 있도록 해드렸으면 합니다. 괜찮겠지요, 신부님?"

그런 뒤, 그는 눈을 감고 온화한 미소를 떠올리며 말을 이었다.

"자, 이제 우리가 할 일은 기다리는 것뿐입니다."

그 후 우리는 여덟 시간쯤 기다렸다.

 밤 9시, 즉 사형 집행 두 시간 전에 오토바이를 탄 주 경찰대원 네 명의 호위를 받으며 검은 리무진 한 대가 뮤어 신부 댁 앞에 멈췄다. 이어서 브루노 주지사가 지친 얼굴에 엄숙하고 초조한 빛을 띤 채 차에서 내려 빠른 걸음으로 현관 층계를 올라왔다. 우리는 흐릿한 전등 빛이 음울하게 드리워진 베란다에서 그를 맞이했다.

 뮤어 신부는 사형수를 돌보기 위해 몇 시간 전에 교도소로 떠나고 없었다. 레인 씨로부터 앞으로의 계획을 남들이 절대로 눈치채지 못하도록 행동해야 한다는 당부를 여러 차례 들은 뒤였다. 교도소로 떠나기 직전에 뮤어 신부와 레인 씨 사이에 오갔던 대화로 미루어 보아 아마도 아론 다우에게만은 희망을 버리지 말라는 얘기를 해주기로 했던 것 같았다.

 그동안 패니 카이저는 목욕을 하고, 휴식을 취하고, 식사를 마쳤다. 그런 뒤, 이제 한낱 쓸쓸한 노파에 불과한 듯한 그녀는 붉게 충혈된 겁먹은 눈빛으로 묵묵히 베란다에 앉아 있었다. 우리는 그녀와 주지사와의 역사적인 만남을 감개무량한 심정으로 지켜보았다. 주지사는 신경질적이고 퉁명스러웠으나 상당히 의욕적이었던 반면에 패니 카이저는 겁을 먹고 있었으며 풀이 죽어 있었다. 레인 씨는 그들을 조용히 지켜볼 따름이었다.

 우리는 그들의 대화에 귀를 기울였다. 그녀는 우리에게 들려주었던 내용을 주지사에게 다시 되풀이했다. 그리고 주지사가 포셋 박사가 죽기 직전에 남긴 말에 대해 신중히 되물었을 때도 그녀는 이미 우리에게 대답했던 것과 똑같은 말을 되풀이했다.

 그녀와의 얘기가 끝나자 브루노 주지사는 이마의 땀을 닦으며 의자에 앉았다.

"레인 씨, 또다시 해내셨군요. 현대판 멀린이 기적을 일으킨 듯하군요……. 자 그럼, 알곤킨 교도소로 가서 즉시 사형 집행을 중지시킵시다."

"아, 그렇게 해선 안 됩니다. 브루노 씨."

레인 씨는 침착하게 말을 이었다.

"이 경우에는 범인의 기를 꺾기 위해 불시에 허를 찌르는 심리 전술을 써야만 합니다. 아시다시피, 우리에게는 아무런 물증이 없으니까요."

"그렇다면 당신은 이 두 살인 사건의 범인을 알고 계신다는 말씀입니까?"

주지사가 천천히 물었다.

"그렇습니다."

레인 씨는 우리에게 양해를 구한 뒤, 브루노 주지사를 베란다 한쪽으로 데리고 가서 한동안 얘기를 했고 주지사는 고개를 끄덕이며 경청했다. 우리가 있는 곳으로 돌아왔을 때 두 사람은 신중한 표정을 짓고 있었다.

"마담, 당신은 제 경호원들과 함께 이곳에 남아주십시오."

주지사가 단호한 어조로 패니 카이저에게 말한 뒤 아버지와 나에게로 고개를 돌렸다.

"물론 경감님과 섬 양은 저와 함께 가도록 합시다. 레인 씨와 저는 우리가 취할 행동에 대해 의견의 일치를 보았습니다. 약간 위험하긴 하지만 그렇게 하는 수밖에 없습니다. 자 그럼, 시간이 될 때까지 기다립시다."

우리는 다시 기다렸다.

그리고 10시 30분에 우리는 뮤어 신부 댁을 조용히 나섰다.

집 안에는 패니 카이저가 제복을 입은 건장한 젊은이 네 명에게 둘러싸인 채 웅크리고 앉아 있었다.

　우리는 묵묵히 알곤킨 교도소의 정문을 향해 걸어갔다. 주위의 어둠 속에서 교도소의 탐조등들만이 캄캄한 하늘을 배경으로 괴물의 눈처럼 번득였다.
　그 후 삼십 분 동안의 섬뜩한 기억은 지금도 나의 뇌리 속에 생생하게 남아 있다. 브루노 주지사와 레인 씨가 무엇을 하려고 하는지 나로서는 알 수 없었다. 나는 도중에 혹시 무언가가 잘못되지는 않을까 하는 불안감에 몸이 떨렸다. 하지만 정문을 통과해 교도소 안마당에 들어섰을 때부터 모든 것이 놀랄 만큼 순조롭게 진행되었다. 주지사의 출현은 당직 교도관들을 긴장시키기에 충분했다. 주지사의 권위는 당연히 절대적이었고, 우리는 곧바로 안으로 안내되었다. 곧이어 우리는 직사각형의 안마당 한쪽 구석에 있는 사형수 독방의 불빛을 볼 수 있었고, 그 견고한 회색의 담벼락 안에서 진행되고 있을 사형 준비의 섬뜩한 기운을 느낄 수 있었다. 일반 재소자들의 감방 쪽은 조용했고, 교도관들의 움직임은 초조하고 긴장되어 보였다.
　주지사는 우리를 안내한 교도관들에게 우리 곁을 떠나지 말 것과 아울러 우리의 도착을 다른 사람들에게는 절대로 발설하지 말 것을 엄하게 명령했다. 교도관들은 의아해하면서도 순순히 주지사의 명령에 따랐다……. 그리하여 우리는 눈부시게 밝은 교도소 안마당의 어느 그늘진 구석에서 기다렸다.
　시간은 느릿느릿 흘러갔고, 아버지는 뭔가를 작은 소리로 끊임없이 중얼거렸다.
　나는 레인 씨의 긴장된 얼굴을 보고서 사형 집행 직전까지 기다렸다가 행동으로 옮기는 것이 그의 계획에서 매우 중요한 부분임을 알 수 있었다. 물론 아론 다우가 사형당할 위험은 주지사의 출현으로 거의 사라졌으나, 나는 그것만으로는 마음을 놓을 수 없었다. 운명의 시간이 점차 다가옴에 따라, 나는 우리의 맞은편에 솟아 있는 그 고요하고 커다란 건물을 향해 마구 소리를 내지르며 뛰어나가고 싶은 충동을 느꼈다……

10시 59분이 되었을 때, 주지사는 갑자기 몸을 긴장시키더니 날카로운 어조로 교도관들에게 무언가 명령을 내렸다. 이어서 우리 모두는 사형 집행장을 향해 마당을 가로질러 쏜살같이 달려 나갔다.

우리가 그 건물로 뛰어들었을 때는 정확히 11시였다. 그리고 11시 1분에 브루노 주지사는 운명의 신과도 같은 엄숙한 표정으로 두 교도관을 옆으로 밀어젖히며 죽음의 방 문을 활짝 열었다.

우리가 뛰어들었을 때 그 죽음의 방 안에 있던 사람들의 얼굴에 떠올랐던 엄청난 경악의 표정을 나는 평생 동안 잊을 수가 없을 것이다. 그들의 눈에 비쳤을 우리의 모습은 아마도 어떤 신성한 의식에 뛰어든 야만인과도 같았을 것이다. 그 광경은 지금도 내 기억 속에서 사진처럼 선명하게 남아 있다. 마치 각각의 순간이 그 자체로서 살아 숨 쉬고 있는 듯했다. 그들의 얼굴 표정, 손의 움직임, 고개를 끄덕이는 동작 등 그 모든 것이 사차원의 영역에서 그대로 고정되어 버린 듯했다.

흥분으로 질식할 것만 같았으므로, 나는 그런 광경이 아마도 합법적인 사형 집행장에서는 이제껏 한 번도 일어나지 않았던 것이며, 우리가 형법 역사상 가장 극적인 순간을 연출하고 있다는 사실도 잊고 있었다.

나는 모든 사람들과 모든 사물들을 포착했다. 전기의자에는 가엾은 다우가 눈을 꼭 감은 채 앉아 있었다. 한 교도관이 그의 다리를 묶던 중이었고, 또 한 교도관은 그의 몸통을 그리고 세 번째의 교도관은 그의 팔을 묶던 중이었다. 그리고 네 번째 교도관은 다우의 눈을 가리려다가 놀라서 두 손을 그대로 허공에 띄우고 있었다. 그 네 명의 교도관들은 모두가 놀란 나머지 동작을 멈추고 입을 벌린 채 꼼짝하지 않았다. 전기의자로부터 몇 미터쯤 떨어진 곳에는 매그너스 소장이 회중시계를 손에 든 채 그 자리에 못 박힌 듯 꼼짝도 하지 않고 서 있었다. 뮤어 신부도 흥분으로 정신을 차릴 수 없었는지 다른 교도관 한 명에게 몸을 기댔다. 그 밖에도 여러 사람들이 저마다 놀란 표정으로 우리를 쳐다보았다. 법원에서 나온 관리인임이 분명한 세 명의 남자들, 교도소 소속 의사 두 명, 움푹 들어간 벽 쪽에서 전기 장치를 매만지고 있던 사형 집행인 한 명. 그리고 입회인 열두 명이 있었는데, 그중에서도 나는 엘리후 클레이의 놀란 표정을 보고는 순간적으로 깜짝 놀랐다. 하지만 곧이어 제레미가 앞서 해주었던 얘기가 떠올랐다.

브루노 주지사가 날카롭게 외쳤다.

"소장, 이 사형 집행을 중지하시오!"

아론 다우는 짐짓 놀란 듯이 눈을 떴다. 하지만 그 표정은 흐리멍덩했다. 주지사의 명령이 신호이기라도 한듯 활인화그림 속의 인물들처럼 배우들이 정지해 있는 상태를 보여주는 구경거리—옮긴이의 한 장면처럼 정지해 있던 사람들이 생기를 되찾았다. 전기의자 주위에 있던 교도관 네 명은 어떻게 해야 할지 몰라서 당혹스러운 표정으로 매그너스 소장을 바라보았다. 소장은 눈을 깜박거리더니 들고 있던 회중시계의 문자판을 멍청히 바라볼 뿐이었다. 뮤어 신부는 기묘한 한숨을 내쉬었고 그의 창백한 두 뺨에는 혈색이 감돌기 시작했다. 다른 사람들도 숨을 삼키며 서로를 마주 보았다. 약간의 술렁임이 일었지만 매그너스 소장이 한 걸음 걸어 나오자 술렁임은 곧 가라앉았다.

소장이 입을 열었다.

"하지만……."

드루리 레인 씨가 재빨리 말을 가로챘다.

"소장님, 아론 다우에게는 죄가 없습니다. 우리는 그가 사형을 선고받게 된 살인죄의 혐의를 완전히 벗겨줄 수 있는 새로운 증언을 입수했습니다. 그래서 주지사님께서……."

그 후, 이러한 비극적인 법 집행 과정에서 일찍이 선례가 없던 일이 일어났다. 일반적으로 주지사의 형 집행 중지 명령이 사형 집행장에 접수되면 사형수는 즉시 자신이 있었던 독방으로 다시 옮겨지고, 입회인들과 그 밖의 참석자들도 물러나면서 그에 따른 모든 일이 마무리된다. 하지만 이번에는 아주 예외적인 경우였다. 모든 일이 사전에 아주 치밀하게 계획되어 있었고, 바로 이 죽음의 방에서 진상을 밝히게 되어 있음을 나는 알 수 있었다. 하지만 브루노 주지사와 레인 씨가 이렇듯 극적인 방법으로 대체 무엇을 얻고자 하는지는 도무지 알 수가 없었다…….

그곳에 있던 모든 사람들은 항의할 엄두조차 못 낼 정도로 어안이 벙벙해 있었다. 만약 관리들 중 누군가가 절차상의 타당성에 문제를 제기할 생각이었더라도 브루노 주지사의 긴장한 턱을 보았다면 입을 다물 수밖에 없었을 것이다……. 그리고 그때, 레인 씨가 가까스로 죽음의 손에서 풀려나 꼼짝도 않고 전기의자에 앉아 있는 늙은 다우의 곁에 서서 얘기를 시작하자, 그런 것들은 모두 잊히고 말았다. 레인 씨의 첫마디에서부터 사람들은 더할 나위 없이 숙연해졌다.

드루리 레인 씨는 그때까지 내가 설명했던 어떤 경우보다도 간결하고 신속하고 명료하게 포셋 상원의원 살인 사건에 대한 자신의 추리를 설명했다. 그는 아론 다우가 왼손잡이이므로 그 범행을 저지를 수 없으며 진범은 오른손잡이임을 논증했다.

"즉 오른손잡이인 범인이 다우에게 죄를 뒤집어씌우기 위해 고의로 왼손을 사용해 범행을 저질렀던 것입니다."

레인 씨는 성량이 풍부하고 박진감 넘치는 목소리로 얘기를 계속했다.

"여러분, 이제부터 주목해주시기 바랍니다. 그렇다면 아론 다우에게 죄를 뒤집어씌우기 위해 범인은 아론 다우에 관한 어떤 점들을 알아야만 했겠습니까? 드러난 사실들로 미루어 볼 때 범인은 다음 세 가지 점을 알아야만 합니다.

첫째, 범인은 다우가 알곤킨 교도소에 입소한 이후에 오른팔을 다쳐서 왼손잡이가 되었음을 알아야만 합니다.

둘째, 다우가 그날 밤에 포셋 상원의원을 방문한다는 사실, 그리고 그것을 알기 위해선 다우가 그날 교도소에서 석방된다는 사실도 또한 알아야만 합니다.

셋째, 다우가 포셋 상원의원을 살해하더라도 이상하지 않을 만한 동기를 가지고 있음을 알아야만 합니다.

그럼 이상의 세 가지 점을 순서대로 검토해보기로 하지요."

레인 씨는 유창한 어조로 계속 얘기를 끌고 나갔다.

"다우가 알곤킨 교도소에 복역 중에 오른손을 다친 사실을 알고 있는 사람은 누구겠습니까? 매그너스 소장이 우리에게 들려준 바에 따르면, 지난 십이 년 동안 다우에게는 단 한 사람의 면회객도 찾아온 적이 없으며 단 한 통의 편지도 날아든 적이 없었다고 했습니다. 게다가 다우 자신도 정상적인 통로로는 단 한 통의 편지도 띄운 적이 없습니다. 다만 교도소 부설 도서관의 조수였던 태브가 운영하는 불법적인 비밀 통로를 통해 단 한 차례 편지를 보낸 적이 있습니다. 그것이 바로 그가 포셋 상원의원에게 보낸 협박 편지였는데 우리도 이미 그 내용을 알고 있습니다. 하지만 그 편지에도 자신의 팔에 관한 언급은 없었습니다. 더욱이 다우는 십 년 전 오른팔을 다친 이후 석방될 때까지 교도소 담장 밖으로는 한 번도 나간 적이 없었습니다. 다우에게는 가족은 물론이거니와 친구도 없었습니다. 그런데 그 기간 중에 다우가 보았던 외부인이 꼭 한 사람 있었습니다. 그가 바로 포셋 상원의원입니다. 포셋 상원의원이 다우가 일하고 있던 교도소 목공실을 시찰했을 때 그들은 서로 마주쳤는데, 그때 다우가 그를 알아보았던 것입니다. 하지만 증언과 여러 가지 정황들로 미루어 보면, 그때 포셋 상원의원은 다우를 알아보지 못한 게 분명한 듯합니다. 스무 명이 넘는 재소자들이 모여 있는 실내에서 그중 한 사람인 다우를 알아본다는 것도, 또한 다우가 오른팔을 못 쓰게 되었음을 기억한다는 것도 거의 불가능한 일입니다. 그래서 이 점에 대해선 무시해도 될 것 같습니다."

레인 씨는 잠깐 미소를 떠올렸다가 말을 이었다.

"그러므로 우리는 자신 있게 다음과 같이 단언할 수 있습니다. 즉 다우가 오른팔을 사용할 수 없다는 사실을 알 수 있었던 그자는 교도소와 관계가 있는 인물임이 분명하다는 것입니다. 다시 말해, 그자는 재소자나 교도소 관리자들 중 한 명이거나 혹은 정기적으로 알곤킨 교도소를 드나드는 직업을 가진 일반 시민 가운데 한 명인 것입니다."

불이 환히 켜져 있는 죽음의 방에는 불길한 침묵이 감돌았다. 비록 레인 씨처럼 명확히 알진 못하더라도 거기까지는 나도 추리할 수 있었다. 따라서 레인 씨가 이제부터 어떻게 얘기를 진행해나갈 것인지도 나는 알았다. 다른 사람들은 마치 시멘트 바닥에 발이 붙어버리기라도 한 듯이 꼼짝도 하지 않았다.

레인 씨가 말을 이었다.

"그런데 이 문제에는 또 다른 견해도 있을 수 있습니다. 다우에게 죄를 뒤집어씌운 자, 즉 다우가 교도소에 복역 중에 왼손잡이가 되었음을 알고 있는 그자는, 그 사실과 다우에 관한 다른 모든 정보를 교도소 안에 있는 어떤 공범자로부터 제공받았다고 보는 견해입니다. 그렇다면 이상의 두 가지 견해 가운데 어느 것이 옳을까요? 저는 이 두 가지 견해 중에서 다우에게 죄를 뒤집어씌운 자가 교도소와 관계가 있는 인물이라는 첫 번째 견해가 좀 더 타당한 것임을 증명해 보이겠습니다.

잘 들어주시기 바랍니다. 포셋 상원의원이 칼에 찔려 살해되었을 때 그의 책상 위에는 봉해진 편지 다섯 통이 놓여 있었습니다. 그 봉투 중 하나가 훌륭한 단서를 제공해주었습니다. 아마도 페이션스 섬 양이 첫 번째 살인 사건을 사진을 보여주듯 정확하고 자세하게 내게 보고해주지 않았더라면 나는 그것을 알아내지 못했을 겁니다. 그 봉투 위에는 종이를 끼운 클립 자국이 한 곳이 아니라 두 곳에 나 있었습니다. 한 곳은 오른쪽, 다른 한 곳은 왼쪽에 뚜렷이 나 있었던 것입니다. 하지만 지방 검사가 봉투 속의 내용물을 꺼내보았을 때 거기에는 하나의 클립밖에 끼워져 있지 않았습니다! 그렇다면 어떻게 하나의 클립이 봉투의 양쪽에 두 개의 자국을 남길 수 있었을까요?"

누군가가 길게 한숨을 내쉬었다. 레인 씨가 몸을 앞으로 구부리자 그때까지 전기의자에 앉은 채 꼼짝도 하지 않던 아론 다우의 모습이 가려졌다.

"어떻게 그런 일이 가능했는지 말씀드리겠습니다. 포셋 상원의원의 비서였던 카마이클 씨는 상원의원이 그 편지를 다급히 봉투에 넣어 봉하는 것을 보았다고 했습니다. 그러므로 상식적으로 생각하더라도, 포셋 상원의원이 봉투를 봉하려고 눌렀을 때는 한 개의 클립 자국밖에 남지 않았을 것입니다. 하지만 우리는 두 개의 클립 자국이 각각 다른 곳에 나 있는 것을 보았습니다. 여기에 대한 해석은 단 하나밖에 있을 수 없습니다."

레인 씨는 잠깐 입을 다문 뒤 설명을 계속했다.

"누군가가 봉해진 봉투를 열고 내용물을 꺼내 보았다가 그 후 엉겹결에 그것을 뒤집어 넣었던 것입니다. 그래서 다시 봉투를 봉하려고 눌렀을 때 클립 자국이 전혀 엉뚱한 쪽에 하나 더 생긴 것입니다.

그렇다면 누가 그 봉투를 다시 열었을까요? 이미 알려진 대로 가능성이 있는 인물은 두 명입니다. 한 명은 상원의원 자신이고 또 한 명은 범행 시각을 전후해서 포셋 저택에 들어갔다가 나오는 것을 카마이클이 보았다는 방문객, 즉 앞서 논증했듯이 상원의원을 살해하고 난로 속에 편지를 태운 재를 남긴 인물입니다.

포셋 상원의원이 카마이클을 외출시킨 뒤 방문객이 오기 전에 그 봉투를 열고 자신이 쓴 편지를 다시 꺼내 보았을까요? 물론 이론적으로는 그것도 가능합니다. 하지만 우리는 상식적으로 생각해야 합니다. 그래서 여러분께 묻겠습니다. 포셋 상원의원은 어째서 자신이 쓴 편지를 다시 꺼내 보아야만 했을까요? 내용을 수정하기 위해서일까요? 하지만 그 편지에는 수정된 부분이 없었습니다. 다섯 통의 편지 모두가 사본과 완전히 일치했습니다. 그렇다면 자신이 구술해서 타이핑하게 한 내용을 다시 읽어보기 위해서일까요? 하지만 그것 역시 이치에 맞지 않습니다! 그 편지의 사본들이 책상 위에 놓여 있었으니까요.

그리고 설사 그런 점들을 전부 무시하더라도, 포셋 상원의원이 그 편지를 다시 보고 싶었다면 봉투를 찢어서 꺼내 본 뒤 나중에 그걸 새 봉투에 넣으면 됩니다. 더욱이 그는 카마이클에게 다음 날 아침에 그것들을 부치라고 말했다니 시간적 여유도 충분했을 테고요. 하지만 그 봉투는 새것이 아니었습니다. 두 군데에 클립 자국이 나 있었으니까요. 만약 새것이었다면 한 군데에만 클립 자국이 나 있었을 테죠. 따라서 그 봉투는 누군가가 열어보았을 뿐만 아니라 처음에 봉해졌던 원래의 그 봉투였습니다. 그렇다면 어떻게 그 봉투를 열었을까요? 책상 옆에는 전기 커피 여과기가 있었는데, 그것은 살인이 일어난 뒤에도 여전히 따뜻했습니다. 어떻게 그 봉투를 열었는지 달리 추측할 수 있는 단서가 없으므로 그 봉투는 커피 여과기의 증기로 열린 분명합니다. 그렇다면 여기서 우리는 묻지 않을 수 없습니다! 포셋 상원의원이 자신의 편지를 증기에 쐬어서까지 열어야 할 필요가 있었을까요?"

모두 일제히 마네킹처럼 고개를 끄덕이는 것으로 보아 그들은 긴장하여 숨소리도 죽인 채 레인 씨의 주장에 전적으로 동의하는 것이 분명했다. 레인 씨가 희미한 미소를 지으며 설명을 계속했다.

"포셋 상원의원이 그 봉투를 열어보지 않았다면 살인이 일어난 시각을 전후해서 유일하게 그 저택에 들어갔다가 나온 인물, 그 정체불명의 방문객이 그것을 열어보았음이 분명합니다.

그렇다면 그 방문객, 즉 살인범이 행동을 조심해야 할 위험한 살인 현장에서 꼭 열어보아야만 했던 그 편지는 대체 어떤 것이었을까요? 그 편지는 알곤킨 교도소장 앞으로 보내는 것으로서 봉투에는 알곤킨 교도소 관계자들의 승진에 관한 추천장 사본이 동봉되어 있다고 쓰여 있었습니다. 여러분, 이 점에 주의를 기울여주십시오. 이것은 대단히 중요한 점입니다."

나는 엘리후 클레이 씨를 흘끗 보았다. 그의 표정은 창백했으며 떨리는 손으로 턱을 어루만지고 있었다.

"앞서 말씀드린 대로 우리에게는 두 가지 견해가 가능합니다. 첫 번째는 보다 가능성이 높은 것으로서 범인은 교도소와 관계가 있는 인물이라는 견해, 두 번째는 보다 가능성이 적은 것으로서 범인 자신은 교도소와 관계가 없으나 필요한 모든 정보를 제공해준 공범이 교도소 내에 있었다는 견해입니다. 그럼 여기서 두 번째 견해가 옳다고 가정해봅시다. 즉 범인은 교도소와 관계가 없지만 교도소 내에 정보 제공자를 가진 외부인이라고 가정해봅시다. 그럴 경우, 범인은 어째서 알곤킨 교도소 관계자들의 승진에 관한 추천장 내용에 관심이 있었을까요? 범인이 외부인이었다면 그런 일에는 아무런 관심도 없었을 것입니다. 물론 교도소 내의 정보 제공자를 위해서 열어보았다고 생각할 수도 있겠지요. 하지만 굳이 위험을 무릅쓰면서까지 그런 수고를 할 필요가 있었을까요? 교도소 내의 공범이 승진을 하더라도 범인에게는 어떤 영향도 끼칠 수가 없을 것입니다. 또한 공범이 승진을 못 하게 되더라도 범인은 손해 볼 것이 아무것도 없습니다. 그러므로 외부인이 범인이라면 그 봉투를 열지 않았을 것이라고 단언할 수 있습니다.

하지만 범인은 그 봉투를 열었습니다! 그러므로 범인은 앞서 얘기한 가능성이 높은 쪽인 첫 번째 견해대로 교도소와 관계가 있는 인물이 분명합니다. 알곤킨 교도소의 승진에 관한 추천장 내용을 지나칠 수 없을 만큼 말입니다."

레인 씨는 잠시 말을 멈추며 굳은 표정을 지었다.

"실은 제가 지금 당장 범인을 밝힌다면 여러분은 범인이 그 봉투를 열어본 것에 제가 방금 지적한 것보다도 더욱 흥미로운 이유가 있었음을 알게 될 것입니다. 하지만 지금은 범인이 교도소와 관계가 있는 인물이라는 일반론 이상의 것은 말씀드리지 않겠습니다.

첫 번째 살인 사건에서 드러난 여러 가지 사실들로부터 우리는 또 하나의 추리를 이끌어낼 수 있습니다. 언젠가 매그너스 소장님에게서 들었습니다만, 교도소 내의 규율은 대단히 엄격하다고 합니다. 예컨대 교도관들의 근무 시간도 결코 변경되는 법이 없다고 합니다. 그런데 방금 알곤킨 교도소와 관계가 있다고 증명된 그 범인이 포셋 상원의원을 살해한 것은 밤이었습니다. 그러므로 그가 교도소 내에서 어떤 위치에 있든 간에 정규 야간 근무자가 아님은 분명합니다. 그렇지 않다면 그 시간대에 이곳을 빠져나가 포셋 상원의원의 저택에서 범행을 저지를 수는 없었을 테니까요. 따라서 범인은 정규 주간 근무자이거나 시간에 구애받지 않는 인물입니다. 이것 또한 매우 중요한 점이므로 이제부터 제가 다른 사실을 설명하는 동안에도 유념해주십시오."

레인 씨의 목소리는 시간이 흐름에 따라 더욱 예리해졌고 그의 얼굴에는 강철 같은 주름이 새겨졌다. 그가 실내를 둘러보자 몇몇 입회인들이 딱딱한 벤치 위에서 몸을 움츠렸다. 장중하게 울려 퍼지는 감정이 없는 목소리, 눈부시게 밝은 실내, 전기 의자와 거기에 꼼짝 않고 앉아 있는 수인, 제복을 입은 교도관들……. 입회인들이 불안해하는 것도 무리는 아니었다. 나 역시도 소름이 끼쳤다.

"자 그럼, 이번에는 두 번째 살인 사건에 대해 살펴보기로 하죠."

레인 씨는 빠른 어조로 말을 이었다.

"이 두 차례의 범행이 서로 연관되어 있음은 분명합니다. 같은 상자의 두 번째 토막, 두 피살자 모두가 다우와 관계가 있을 뿐만 아니라 그들이 형제인 점 등을 생각해보십시오……. 그런데 다우는 첫 번째 범행에 무고하다는 것이 증명되었습니다. 그러므로 두 번째 범행에도 무고하다고 추측할 수 있습니다. 즉 다우는 첫 번째 범행에서와 마찬가지로 두 번째 범행에서도 누명을 쓴 것이라고 볼 수 있습니다. 하지만 확증이 있을까요? 네, 있습니다. 다우는 포셋 박사로부터 수요일에 알곤킨 교도소를 탈옥하라는 편지를 받은 적이 없습니다. 그 대신 다우는 포셋 박사로부터 목요일에 탈옥하라는 편지를 받았다고 합니다. 이것은 수요일에 탈옥하라고 쓰인 포셋 박사의 진짜 편지를 누군가가 가로채고 그 대신 목요일에 탈옥하라는 내용의 가짜 편지를 다우가 받게 만들었음을 뜻합니다. 살인 현장에 있던 책상 위에서 발견된 포셋 박사의 진짜 편지를 가로챈 인물이야말로 자신이 저지른 사악한 범행을 감추기 위해 처음부터 다우를 이용해온 자, 즉 다우에게 누명을 씌운 자입니다.

그렇다면 여기에서 우리는 무엇을 알 수 있을까요? 이로써 범인은 교도소와 관계가 있다고 한 앞서의 결론이 옳다는 것을 다시 한 번 분명히 알 수 있는 것입니다. 왜냐하면 범인이 포셋 박사가 보낸 진짜 편지를 가로채 가짜 편지와 바꿔치기할 수 있다는 것은, 그가 교도소 내의 비밀 통신망을 알고 일을 꾸밀 수 있을 정도로 교도소와 관계가 있음을 뜻하기 때문입니다.

"이제 우리의 추리는 이 두 사건의 해결을 위한 가장 중요한 단계에 이르렀습니다. 어째서 범인은 다우의 탈옥 날짜를 수요일에서 목요일로 바꾸려고 했을까요? 다우에게 누명을 씌우고자 했으므로 범인은 다우가 탈옥하여 자유로운 몸이 된 날 밤에 포셋 박사를 살해할 필요가 있었던 것입니다! 다우의 탈옥일을 수요일에서 목요일로 바꾼 단 하나의 이유는, 범인 자신이 포셋 박사를 살해하는 것이 수요일에는 불가능했지만 목요일에는 가능했기 때문입니다!"

드루리 레인 씨는 여윈 얼굴을 긴장시키며 집게손가락을 흔들었다.

"그럼 범인은 어째서 수요일에는 포셋 박사를 살해할 수가 없었을까요? 우리는 첫 번째 살인 사건으로 범인이 야간 근무자가 아님을 알 수 있었습니다. 그러므로 그는 어느 날이든 밤에는 범행을 저지를 수 있었을 것입니다. 그런데도 수요일 밤만은 그럴 수가 없었던 것입니다. 어째서였을까요?"

레인 씨는 몸을 펴며 말을 이었다.

"그 의문에 대한 단 하나의 가능한 대답은 교도소 내에서 일반적인 일과가 아닌 어떤 특별한 일이 생겨 범인인 교도소 관계자가 수요일 밤에는 빠져나올 수가 없었다는 것입니다! 그렇다면 수요일 밤, 즉 포셋 박사가 살해당하기 전날 밤에 야간 근무자가 아닌 교도소 관계자가 교도소를 떠날 수 없었던 특별한 일이란 대체 무엇이었을까요? 여러분, 단언컨대 이것이야말로 이 사건의 핵심이며 그 결론은 자연의 법칙과 마찬가지로 확고부동한 것입니다. 그 수요일 밤에 바로 이 공포의 방에서 스칼지라는 사형수의 전기의자에 의한 사형이 집행되었던 것입니다. 따라서 우리가 마지막 심판의 날을 피할 수 없듯이 다음과 같은 결론도 피할 수가 없는 것입니다. 즉 포셋 형제의 살인범은 스칼지의 사형 집행 현장에 입회해야만 했던 사람들 중 한 명인 것입니다!"

실내에는 은하계 공간과도 같은 무거운 정적이 드리워졌다. 나는 숨을 쉬는 것도, 목을 움직이는 것도, 눈망울을 굴리는 것조차도 두려웠다. 아무도 손가락 하나 움직이지 않았다. 전기의자 옆에 선 채 범죄의 경위와 진범에게로 향하는 절박한 운명의 비극에 대해 한 마디 한 마디 힘차게 얘기해나가는 레인 씨의 타오르는 눈에는 우리 모두가 박물관에 전시된 밀랍 인형들처럼 비쳤을지도 몰랐다.

"여기서 잠깐 정리를 해보기로 하죠."

레인 씨는 조금도 흥분하지 않고 종유석처럼 차가운 목소리로 말을 이었다.

"범인이라면 갖추고 있을 게 분명한 필요조건을 열거해보기로 하죠. 즉 두 차례의 범행 과정을 통해 마치 범인이 시간의 문자판에 새겨놓은 듯이 뚜렷이 남긴 여러 사실들로부터 이끌어낸 범인의 필요조건 말입니다.

첫째, 범인은 오른손잡이여야 합니다.

둘째, 범인은 알곤킨 교도소와 관계가 있어야 합니다.

셋째, 범인은 정규 야간 근무자가 아니어야 합니다.

넷째, 범인은 스칼지의 사형 집행 현장에 입회했어야 합니다."

다시금 침묵이 흘렀는데, 이번의 침묵에서는 생동감이 느껴졌다.

레인 씨는 미소를 떠올리는가 싶더니 곧바로 말을 이었다.

"여러분 몹시 심각해지시는군요. 특히 스칼지의 사형 집행 현장에 참석했던 교도소 관계자들 모두가 지금 이 방에 계시니 말입니다! 제가 어떻게 그것을 알 수 있느냐 하면, 매그너스 소장님으로부터 사형 집행 업무를 담당하는 알곤킨 교도소 관계자들은 결코 변경되는 일이 없다는 말을 들었기 때문입니다."

교도관들 중 한 명이 겁에 질린 어린애처럼 짧고 공허한 소리를 냈다. 모두가 무의식적으로 그 사람을 쳐다보다가 다시 드루리 레인 씨를 바라보았다.

"그럼 이제부터 스칼지의 사형 집행 때 입회했던 분들을 차례로 용의 선상에서 제외해봅시다. 그렇게 해서 마지막에 남게 되는 인물이 바로 범인입니다."

레인 씨는 천천히 말을 이었다.

"그 전에 여러분이 잊지 말아야 할 것이 있습니다. 즉 범인은 앞서 말씀드린 네 가지 조건을 모두 충족해야만 한다는 사실입니다……. 그러므로 법률의 요청에 따라 참석한 '열두 명의 명예로운 시민들'인 입회인 여러분은 염려하실 필요가 없습니다. 여러분은 당연히 교도소와는 무관한 분들이십니다. 즉 일반 시민들인 여러분은 둘째 조건에 해당되지 않으므로 범인일 가능성이 없는 것입니다."

두 개의 긴 벤치에 앉아 있던 열두 명의 입회인들은 동시에 한숨을 내쉬었다. 그들 중 몇몇은 조심스레 손수건을 꺼내 이마에 배어 나온 땀을 닦았다.

"그리고 법이 정한 바에 따라 사형이 집행되는지의 여부를 확인하기 위해 입회하신 세 명의 법원 관리 여러분도 같은 이유로 제외됩니다."

그 세 명도 긴장을 풀며 앉음새를 고쳤다.

"다음은 일곱 명의 교도관들입니다."

드루리 레인 씨는 꿈꾸는 듯한 표정으로 말을 이었다.

"제가 소장님의 말씀을 잘못 듣지 않았다면, 이 일곱 분들은 스칼지의 사형 집행을 담당했던 바로 그분들입니다."

레인 씨는 잠시 입을 다물었다가 말을 이었다.

"당신들도 마찬가지로 제외됩니다! 당신들은 언제나 밤에 행해지는 사형 집행을 담당하는 정규 야간 근무자이므로 셋째 조건에 어긋납니다. 따라서 당신들 중 누구도 범인이 될 수가 없습니다."

푸른 제복 차림의 교도관 일곱 명 중 한 명이 작은 목소리로 뭐라고 투덜댔다. 실내에 충만한 긴장감이 드디어 참을 수 없을 정도가 되어 감정의 정전기를 일으키는 듯했다. 나는 슬며시 아버지를 보았다. 아버지는 몹시 흥분해서 목덜미가 벌게져 있었다. 브루노 주지사는 조각상처럼 꼼짝도 하지 않고 서 있었다. 뮤어 신부의 눈은 잔뜩 흐려 있었고 매그너스 소장은 숨 쉬기조차 힘든 듯했다.

"또한 사형 집행인도 제외됩니다!"

레인 씨는 조용하고 준엄한 목소리로 말을 이었다.

"스칼지의 사형 집행 때 다행히 저도 입회했습니다만, 그때 저는 사형 집행인이 두 번이나 왼손으로 스위치를 다루는 것을 보았습니다. 그러므로 사형 집행인은 첫 번째 조건, 즉 범인이 오른손잡이여야 한다는 조건에 어긋나므로 제외됩니다."

나는 눈을 감았다. 심장의 고동 소리가 요란하게 고막을 두드려댔다. 레인 씨의 목소리가 잠시 그쳤다. 그리고 그가 다시 얘기를 시작했을 때 힘차고 예리한 그의 목소리는 두려움에 떠는 실내의 헐벗은 벽면들에 그득히 울려 퍼졌다.

"법이 정한 바에 따라 사형수의 사망을 확인하기 위해 입회한 두 명의 의사."

레인 씨는 씁쓸한 미소를 떠올리며 말을 이었다.

"그동안 당신들을 제외할 수가 없었기 때문에 이 사건의 해결이 늦어진 것입니다."

검은 왕진 가방을 들고 얼어붙은 듯이 서 있는 의사들을 향해 레인 씨는 말을 이었다.

"하지만 오늘 패니 카이저가 당신들 두 분을 완전히 제외할 수 있는 단서를 제공해주었습니다. 이제부터 그 점에 대해 설명하겠습니다.

다우를 포셋 박사의 살해범으로 누명 씌운 진범은 자신이 범행 현장을 떠난 뒤에 곧이어 다우가 그곳에 나타나리라는 것을 알고 있었습니다. 그러므로 그자는 자신이 그곳을 떠날 때 피해자가 완전히 숨이 끊어졌는지를 확인할 필요가 있었습니다. 그렇게 하지 않으면 만약의 경우에 피해자가 다우나 혹은 그 밖의 뜻하지 않은 인물에게 진범인 자신의 정체를 가르쳐줄지도 모르는 일이니까요. 이 점은 포셋 상원의원의 경우에도 같았습니다. 범인은 상원의원을 두 차례에 걸쳐 흉기로 찔렀습니다. 즉 첫 번째 공격이 치명적이 아니었으므로 한 번 더 찔렀습니다. 확실히 숨통을 끊어놓고자 했던 겁니다.

그런데 포셋 박사의 손목에는 피 묻은 손가락들에서 옮겨진 듯한 세 군데의 혈흔이 있었습니다. 이것은 의심할 여지 없이 범인이 포셋 박사를 쓰러뜨린 뒤에 맥박을 짚어본 흔적입니다. 그렇다면 어째서 범인은 피해자의 맥박을 짚어봤을까요? 그것은 말할 나위도 없이 피해자의 죽음을 확인하기 위한 것이었습니다. 하지만 바로 이 명백한 사실에 주의하시기 바랍니다!"

레인 씨의 목소리가 한층 더 커졌다.

"이렇듯 범인이 맥박을 짚어보았을 정도로 주의를 기울였음에도 불구하고 피해자는 범인이 떠난 뒤에도 살아 있었습니다. 왜냐하면 몇 분 뒤에 패니 카이저가 현장에 도착했을 때 그녀는 포셋 박사가 숨이 끊이지 않았음을 확인했으며, 게다가 그에게서 다우가 범인이 아님을 전해 들었기 때문입니다. 물론 그가 진범의 정체는 말하지 못한 채 숨이 끊어지긴 했지만요……. 그런데 어째서 이 사실이 스칼지의 사형 집행 때에도 입회했고 오늘 밤에도 이곳에 계신 두 의사를 용의 선상에서 제외할 수 있게 하는 걸까요? 그 이유는 이렇습니다.

가령 두 명의 의사 중 한 명이 범인이라고 가정해봅시다. 범행은 가해자와 마찬가지로 의사인 피해자의 진료실 안에서 일어났습니다. 그리고 시체에서 불과 몇 걸음 거리밖에 안 되는 책상 위에는 여느 왕진 가방과 마찬가지로 당연히 청진기가 들어 있는 피해자의 왕진 가방이 놓여 있었습니다. 의사라 할지라도 맥박을 짚어보는 것만으로는 죽기 직전의 희미한 생명의 고동을 감지하지 못할 수도 있는 법입니다. 하지만 필요한 모든 도구가 구비되어 있는 진료실에서 의사가 범행을 저지른 경우라면, 범인인 의사는 결코 그런 실수를 하지 않았을 것입니다! 그럴 경우, 범인인 그 의사는 무엇보다도 청진기를 사용했을 겁니다. 반사경을 쓸 수도 있었을 테고요. 아무튼 의사라면 그 밖에도 사망을 확인할 방법이야 많았을 것입니다…….

그러므로 의사가 범인이었다면 피해자의 죽음을 확인할 수 있는 여러 수단들이 근처에 있었는데도 결코 피해자를 살려둔 채 떠나지는 않았을 것이라고 단언할 수 있습니다. 즉 범인은 피해자의 꺼져가는 마지막 생명의 불꽃을 찾아내었을 것이며 다시 한차례 흉기를 휘둘러 그 불꽃을 완전히 끄고야 말았을 겁니다. 하지만 범인은 그렇게 하지 않았습니다. 그러므로 범인은 의사가 아니었습니다. 따라서 두 명의 교도소 소속 의사들은 용의 선상에서 제외되어야만 합니다."

나는 너무도 긴장한 나머지 소리를 지를 뻔했다. 아버지는 주먹을 불끈 쥐고 있었다. 맞은편에 있는 사람들의 얼굴은 한결같이 창백한 가면처럼 보였다.

드루리 레인 씨는 낮은 목소리로 말을 이었다.

"이번에는 뮤어 신부님 차례입니다. 포셋 형제를 살해한 범인은 동일인이었습니다. 그리고 포셋 박사는 밤 11시가 조금 지났을 때 살해되었습니다. 그런데 뮤어 신부님은 그날 밤 10시부터 줄곧 저와 함께 자택의 베란다에 계셨으니 포셋 박사를 살해하는 것이 물리적으로 불가능합니다. 그렇다면 당연히 신부님은 포셋 상원의원도 살해하지 않았다고 볼 수 있습니다."

내 눈과 사람들의 창백한 얼굴들 사이로 붉은 안개가 흐르는 듯했다. 나는 그 안개 속에서 힘차게 고동치는 레인 씨의 목소리를 들었다.

"이 방에 모여 있는 스물일곱 명 가운데 한 명이 포셋 형제를 살해한 범인입니다. 우리는 이제까지 스물여섯 명을 용의 선상에서 제외했습니다. 그렇다면 남은 사람은 오직 하나, 그는……. 여러분, 그를 잡으십시오! 놓치면 안 됩니다! 경감님, 그가 권총을 사용하지 못하도록 뺏으십시오!"

순식간에 실내는 소음과 비명과 격투의 도가니가 되었다. 그 소용돌이의 중심에서 마침내 누군가가 아버지의 강철 같은 손아귀에 붙잡혔다. 얼굴을 보랏빛으로 일그러뜨리고 두 눈을 붉은 광기로 불태우고 있는 그 남자는 교도소장 매그너스였다.

23:
뒷이야기

이제까지 써온 이 기록들을 넘겨보며 나는 포셋 형제의 살해범이 매그너스 소장이 아닌 그 어떤 다른 인물인 듯한 인상을 독자들에게 심어준 게 아닌지 염려스럽다. 단언할 수는 없지만 아마도 그렇지는 않았을 것으로 생각한다. 때때로 내게는 여러 대목에서 간담을 서늘하게 하는 진실이 드러나 있었던 것처럼 여겨진다.

나는 추리소설(그것이 사실에 근거한 것이든 허구이든)을 쓰는 기술을 충분히 익혔기 때문에 드루리 레인 씨와 그리고 쑥스럽지만 내가 이 사건을 해결하는 과정에서 드러났던 모든 단서들을 남김없이 이 기록 속에 언급했음을 확신한다. 이 점은 단순히 대조해보면 알 수 있는 일이다. 즉 우리가 찾아낸 단서를 문장 속에서 간파해서 그것과 사건 해결과의 연관성을 따져보면 될 일이다. 그 결과에 대해선 독자들의 판단에 맡겨야겠지만, 어쨌든 나는 이 놀라운 사건을 일어난 그대로 정확히 재구성하고자 최선을 다했다. 내가 독단적으로 주인공으로 내세운 비범한 노신사 레인 씨는, 모든 것을 주의 깊게 분석하는 가운데 우리 모두가 수긍할 수 없는 것은 무엇 하나 단서로 채택하지 않았다. 레인 씨는 사건의 진상을 파악하고 이용했지만, 우리는 그와 같은 명민함을 갖추지 못했던 것이다.

사건이 해결된 후, 그동안 우리가 알 수 없었던 다양한 사실들이 밝혀졌다. 그러한 사실들은 당연히 사건의 해결과는 본질적으로 무관한 것이지만, 이 이야기를 완전히 매듭짓기 위해서는 밝혀둘 필요가 있다. 예컨대 매그너스 소장이 범행을 저지르게 된 동기도 그런 사실들 중의 하나이다. 누구든 교도소장이라는 사람이 어떻게 그런 피비린내 나는 범죄의 유혹에 넘어갔는지를 쉽게 이해하기는 힘들 것이다. 하지만 도저히 뜻밖인 범죄를 저지르고 현재 투옥 중인 또 다른 교도소장의 사례도 있다고 나는 들었다.

불쌍한 매그너스 소장이 자술서에 밝힌 바에 따르면 그 동기는 아주 진부한 것이었다. 즉 그는 돈이 필요했던 것이다. 그는 오랫동안 충실하게 직장 생활을 하며 모았던 자신의 거의 전 재산을 주식에 투자했다가 깡그리 잃고 말았다. 한창 일할 나이가 조금 지났을 때 그는 완전히 빈털터리가 되어 있었던 것이다. 그 무렵에 포셋 상원의원이 그를 찾아와서 다우에 관한 야릇한 관심을 나타내었고 결국에는 자신이 다우에게 협박당하고 있음을 밝혔다. 그리고 다우가 석방되었던 그 운명의 날에 포셋 상원의원은 매그너스 소장에게 전화를 걸어 자신은 다우의 요구를 들어줄 생각이어서 5만 달러를 마련해놓았음을 알렸던 것이다. 가엾은 매그너스! 절망적인 재정 상태였던 그에게 그 사실은 물리치기 힘든 유혹이었다. 그는 그날 밤 상원의원의 저택으로 갔다. 처음부터 상원의원을 살해할 작정은 아니었고, 다만 위협을 해서 그 5만 달러를 뺏어야겠다고 막연히 생각했을 뿐이었다. 아시다시피, 그와 같은 일은 드물지 않은 법이다! 그때까지는 다우가 쥐고 있는 포셋 형제의 약점이 무엇인지 매그너스는 알지 못했다. 포셋 상원의원과 마주 대했을 때, 매그너스는 곧바로 충동적으로 결심을 하고 말았다. 아마도 그 현금이 눈에 띄었기 때문이겠지만. 이미 주사위는 던져진 셈이었다. 그는 상원의원을 살해하고 돈을 훔친 다음 다우에게 죄를 뒤집어씌우기로 결심했다. 그래서 그는 책상 위에 있던 페이퍼 나이프를 집어 들고 그 끔찍한 범행을 저질렀던 것이다. 그런 뒤, 그는 주위를 둘러보다가 편지지 묶음의 맨 위 장에다 포셋 상원의원이 형인 포셋 박사에게 자필로 써놓은 편지를 보게 되었다. 그 편지를 읽어 보고서 매그너스는 포셋 박사 역시 다우의 협박 대상임을 알게 되었다. 또한 그 편지에는 '헤자즈의 별'이라는 배 이름도 적혀 있었다. 나중에 매그너스는 그것을 출발점으로 삼아 과거의 기록들을 조사한 끝에 다우와 포셋 형제 사이에 얽힌 과거의 비밀도 간단히 알아낼 수 있었다. 매그너스는 그 편지를 벽난로 속에서 불태워 경찰의 손에 들어가지 않게 만들었다. 만약 그 비밀이 밝혀진다면 자신은 앞으로 포셋 박사를 협박할 수 없을 터였다. 하지만 비밀이 밝혀지지 않는다면, 어쨌든 다우는 포셋 상원의원 살해범이라는 누명을 쓰고 사형을 당할 테니 그 후로 자신은 얼마든지 마음대로 포셋 박사를 협박할 수 있다고 생각했기 때문이다.

그것은 꽤 그럴듯한 계략처럼 여겨졌다. 하지만 다우는 포셋 상원의원 살인범으로서 사형이 아니라 종신형에 처해졌다. 그런데 그 점이 오히려 매그너스에게는 도움이 되었다. 그는 다시 한 번 다우를 이용할 수 있게 되었던 것이다. 그는 때를 기다렸다. 언제부터인가 매그너스는 모범수인 태브가 교묘한 수법으로 교도소 내에서 비밀 통신망을 운영하고 있음을 알았으나 일부러 모르는 척하면서 때가 오기를 기다렸다. 드디어 때가 왔다. 매그너스는 비밀 통신망을 감시하고 있다가 드디어 어느 날 포셋 박사가 다우에게 보내는 편지를 뮤어 신부의 기도서에서 가로챘다. 그는 태브 몰래 그것을 읽고서 다우의 탈옥 계획을 알게 되었고, 다시 한 번 자신에게 절호의 기회가 찾아왔음을 깨달았다. 하지만 다우의 탈옥은 자신이 스칼지의 사형 집행에 책임자로서 참석해야만 하는 수요일로 예정되어 있었다. 그래서 매그너스는 자신이 자유롭게 행동할 수 있는 목요일에 다우가 탈옥하게 만들려고 가짜 편지를 써서 다우에게 전해지게끔 손을 썼다. 그런 뒤, 자신이 가로챈 포셋 박사의 진짜 편지 뒷면에다 다우의 필체를 흉내 내어 수요일에는 탈옥할 수 없으므로 목요일로 변경한다는 내용을 써서 비밀 통신망을 통해 포셋 박사에게 전해지게 만들었던 것이다. 이런 종류의 범죄에서 흔히 따르는 실수이지만, 매그너스 역시 지나치게 술수를 부린 결과 오히려 자신의 술수에 자신이 넘어가고 말았다. 포셋 박사에게 그 편지를 보냈을 때는 안전해 보였겠지만 결국은 그 편지가 매그너스 자신을 옭아맸던 것이다.

이제, 얘기해야 할 것은 얼마 되지 않는다. 사건이 해결된 그 다음 날 우리 모두는 뮤어 신부 댁 베란다에 모여 앉아 있었다. 엘리후 클레이 씨는 어째서 매그너스 소장이 '알곤킨 교도소 관계자들의 승진에 관한 추천장 사본'이 동봉되어 있다고 봉투에 적힌, 자신에게 오는 편지를 꺼내 보았는지 궁금해하며 레인 씨에게 물었다.

레인 씨는 한숨을 쉬고는 말했다.

"흥미로운 질문입니다. 어젯밤에 제가 설명하던 과정에서, 범인을 알게 되면 그가 봉투를 열어 본 것에 대해 더욱 흥미로운 이유를 알게 될 것이라고 말씀드린 것을 기억하시겠지요. 저는 매그너스 소장이 어째서 그랬는지 알 것 같습니다. 아시다시피 저의 일반적인 분석으로는 교도소 관계자가 그 봉투를 열어보았다면 그것은 당연한 일입니다. 하지만 매그너스 소장만은 그 봉투를 열어볼 필요가 없는 인물입니다. 그 편지는 자신에게 오는 것이었으며 '알곤킨 교도소 관계자들의 승진에 관한 추천장'은 교도소장인 자신에게는 아무런 영향도 끼칠 수 없는 것이었으니까요. 그래서 저는 범인이 매그너스 소장이라는 결론에 이르렀을 때 어째서 그가 봉투를 열어보았는지 생각해보았습니다. 그 이유는 봉투에 쓰여 있는 것과는 달리 실제로는 다른 내용이 들어 있을지도 모른다고 생각했기 때문입니다. 포셋 상원의원은 교도소에서 매그너스 소장을 만났을 때 다우가 자신의 약점을 쥐고 있음을 암시했습니다. 그래서 매그너스 소장은 포셋 상원의원이 그 편지 속에 그때의 일을 언급한 것은 아닌지 걱정이 되었던 것입니다. 만약 그럴 경우, 그 편지가 경찰의 손에 들어가면 자신도 위험에 처할 수 있다고 생각했던 겁니다. 물론 매그너스 소장의 그런 생각은 억측에 불과했습니다만, 그때 그는 매우 흥분한 상태였으므로 제대로 된 생각을 할 수 없었던 것도 무리는 아니었을 겁니다. 어쨌든 이 부분이 제 추리 전체에 영향을 미치지는 않았습니다."

"그런데 대체 누가 그 작은 상자의 두 번째 토막을 아이라 포셋에게, 세 번째 토막을 패니 카이저에게 보낸 걸까요? 다우는 그것들을 보낼 수 있는 상황이 못 되었습니다. 아무래도 저는 그 점을 이해할 수가 없습니다."

아버지가 그렇게 불쑥 의문을 제기했다.

"저도 마찬가지예요."

애석하게도 나 역시 그렇게 말할 수밖에 없었다.

"저는 그 인물이 누구였는지 알 것도 같습니다."

드루리 레인 씨는 미소를 떠올리며 말을 이었다.

"그 인물은 다름 아닌 마크 커리어 변호사였을 겁니다. 단언할 수는 없지만, 아마도 첫 번째 재판을 앞두었을 때 다우가 마크 커리어 변호사에게 일정한 간격을 두고 나머지 상자 토막 두 개를 차례로 부쳐달라고 부탁했겠지요. 그리고 다우는 미리 그것들을 편지와 함께 우체국의 보관함이나 그 밖의 어딘가에 숨겨두었을 겁니다. 제가 보기에 마크 커리어 변호사는 그다지 양심적인 인물인 것 같지는 않습니다. 다우의 협박 내용을 캐낼 수만 있다면 자신도 한몫 잡을 수 있겠다고 생각했는지도 모르지요. 하지만 이것은 어디까지나 추측에 불과하니 소문을 내진 마십시오."

뮤어 신부가 주저하듯 말을 꺼냈다.

"그런데 무죄를 밝혀주기 전에 가엾은 아론 다우를 죽음의 문턱까지 아슬아슬하게 몰고 갔던 것은 조금 심했던 게 아니었을까요?"

레인 씨의 얼굴에서 미소가 사라졌다.

"그럴 수밖에 없었습니다, 신부님. 제게는 매그너스 소장을 법정에서 꼼짝 못 하게 만들 수 있을 만한 구체적인 증거가 아무것도 없었음을 상기해주십시오. 그러므로 그런 비정상적인 흥분 상태에서 기습하는 방법밖에 없었던 것입니다. 저는 제 추리의 전개 과정을 조절해나가면서 그 장소와 분위기 등을 최대한 이용했습니다. 그 결과, 매그너스 소장은 자신을 범인으로 지목하는 제 주장의 필연성을 깨닫고는 순간적으로 흥분한 나머지 이성을 잃고 제가 바란 대로 바보같이 앞뒤 가리지 않고 달아나려고 시도했습니다. 달아나려고 하다니! 가엾은 친구입니다."

레인 씨는 말을 이었다.

"그 후, 그는 자백했습니다. 만약 우리가 일반적인 방법을 취했더라면 매그너스 소장은 자신을 추스를 수 있는 시간적인 여유를 가지게 되었을 것이고 사태를 충분히 검토할 수 있었을 것입니다. 그런 다음 교활하게 모든 범행을 전면적으로 부인했을 것입니다. 구체적인 증거가 없는 우리로서는 그를 두 살인 사건의 용의자로 고발할 수는 있다고 하더라도 법정에서 유죄를 선고받게 하기는 힘이 들었을 겁니다."

그 후로도 여러 가지 일들이 있었다. 존 흄은 틸덴 카운티에서 주 상원의원으로 선출되었고, 엘리후 클레이 씨는 대리석 사업의 규모가 약간 줄어들긴 했지만 보다 건실하게 회사를 운영해 나갈 수 있게 되었다. 그리고 패니 카이저는 연방 교도소에서 장기수로 복역하게 되었다······.

지금 떠오른 사실이지만, 나는 아직 이 모든 사건의 원인이었으며 매그너스 소장이 꾸민 음모의 피해자였던 무고한 아론 다우에 대해서는 언급하지 않았다. 어쩌면 나는 그 가엾은 다우에 대한 이야기를 일부러 뒤로 미루고 있었는지도 모른다······.

어쨌든 레인 씨의 얘기가 끝나고 매그너스 소장이 붙잡혔을 때, 레인 씨는 재빨리 몸을 돌려 전기의자에 앉아 있던 다우를 근심 어린 시선으로 내려다보았다. 그리고 레인 씨가 그 끔찍한 법 집행의 장치로부터 다우를 일으키려 했을 때, 우리 모두는 다우가 희미한 미소마저 머금은 채 너무나도 조용히 꼼짝 않고 앉아 있는 것을 보았다.

그렇다. 그것은 그가 가치 없이 생애를 보낸 데 대한 인과응보였을 것이다. 또한 그것은 그가 이 살인 사건들에 대해 유죄이든 무죄이든 관계없이 사회의 쓸모없는 구성원이라는 뜻에서 운명의 신이 내린 선고였을 것이다.

다우는 죽어 있었다. 사인은 심장마비였다고 의사들이 말해주었다. 그 후 몇 주 동안 나는 그 일 때문에 고통스러웠다. 우리가 그를 흥분 상태에 몰아넣어 마침내 죽게 만든 게 아니었을까? 아마도 나는 그걸 영원히 알 수 없을 것이다. 비록 교도소의 건강 기록부에는 십이 년 전에 알곤킨 교도소에 처음 입소했을 때부터 그는 이미 심장이 쇠약해져 있었다고 나타나 있긴 했지만 말이다.

마지막으로 덧붙이고 싶은 얘기가 있다.

사건이 해결된 그다음 날 레인 씨의 보충 설명이 있기 얼마 전에 제레미는 내 팔을 낚아채 언덕 아래로 나를 데리고 갔다. 그가 멋지게 일을 꾸몄다는 것은 나도 인정할 만했다. 왜냐하면 나는 지난밤의 일로 마음이 흐트러져 있었고 아마도 다른 어느 때보다도 자제력이 약해져 있었기 때문이다.

어쨌든 제레미는 머뭇거리며 내 손을 잡았고, 내가 클레이 부인이 되어주길 바란다고 감미로운 목소리로 청혼했던 것이다.

이 얼마나 멋진 청년인가! 나는 그의 굽이치는 머리칼과 헛간의 문짝처럼 넓은 어깨를 바라보면서, 자신을 아내로 맞이하고 싶을 정도로 생각해주는 누군가를 알고 있다는 것은 굉장히 감미롭고 기분 좋은 일이라고 생각했다. 늠름하고 건강한 육체를 가진 이 청년은 채식주의자들의 주장을 훌륭하게 대변할 만했다. 어쨌든 그건 좋은 일이었다. 버나드 쇼와 같은 뛰어난 인물도 그렇게 주장했으니까. 비록 나 자신은 때때로 바비큐를 즐기지만……. 그러나 그가 부친의 채석장에서 폭약을 다루는 일을 한다는 사실은 전혀 좋은 일이 아니었다. 자신의 남편이 일을 마치고 저녁에 귀가할 때 몸이 성할지, 그럼 퍼즐 조각처럼 산산조각이 나 있을지 한평생 걱정하며 살아가야 한다는 것은 생각만 해도 끔찍한 노릇이었다……

나는 변명할 구실을 찾았다. 그렇긴 하지만 내가 제레미를 좋아하지 않는다는 것은 아니다. 마치 한 쌍의 남녀 주인공이 저녁놀을 배경으로 가슴을 맞대고 읊조리는 소설 속의 대사처럼 그때 나도 "오오, 사랑하는 제레미! ……그래요, 우리 결혼해요!"라고 말할 수 있었다면 좋았을 것이다.

하지만 나는 그의 손을 잡고 발뒤꿈치를 들어 올려 그의 턱에 입을 맞추며 말했다.

"오오, 사랑하는 제레미! ……하지만 그럴 수가 없어요."

그때 내가 아주 감미롭게 말했음을 여러분은 알아주길 바란다. 나는 제레미와 같은 훌륭한 청년에게 상처를 입히고 싶지 않았다. 하지만 나, 페이션스 섬에게 결혼이란 어울리지 않는 일이다. 나는 어디까지나 열심히 일하는 젊은 여성임을 자부한다. 그러므로 몇 년 후의 나는 빳빳하게 풀 먹인 깃을 단 옷차림에 깔끔한 구두를 신고서 나에게 길을 열어준 그 멋진 노신사 레인 씨의 오른편에 서 있을 것이다. 나는 그의 단짝이 되어 그와 함께 이 세상의 모든 범죄 사건을 해결할 것이다……. 너무 터무니없는 생각일까?

그리고 마지막으로 한 가지 더 밝히고 싶은 게 있다. 만약 아버지만 아니었다면(특별히 뛰어난 영감의 소유자는 아니지만 나에게는 소중한 아버지이다.) 나는 이름을 아주 우아하게 바꾸었을지도 모른다. 예컨대, 드루리아 레인 같은 이름으로 말이다. 말하자면, 나는 두뇌의 힘에 대해 그 정도로 매력을 느끼고 있다.

구태의연한 사회 비리, 현대적인 소설 기법

서계인(번역가)

《Z의 비극》은 엘러리 퀸이 바너비 로스라는 또 하나의 필명으로 발표한 비극 시리즈(일명 드루리 레인 4부작)의 세 번째 작품이다.

《X의 비극》과 《Y의 비극》이 1932년에 발표되었고 그다음 해인 1933년에 본 작품 《Z의 비극》이 발표되었는데도 내용에서 다루는 사건은 《X의 비극》 이래 십여 년의 세월이 흐른 시점을 취하고 있다. 그러므로 드루리 레인은 어느덧 일흔 살이 되었고, 지난날의 지방 검사였던 브루노는 뉴욕 주의 주지사로 변신했고, 섬 경감은 경찰에서 은퇴한 사설탐정으로 등장한다. 게다가 섬의 아름답고 영리한 외동딸 페이션스가 유럽에서 돌아와 그의 조수로 활약한다.

《Z의 비극》은 《X의 비극》이나 《Y의 비극》과는 몇 가지 점에서 확연히 구별된다. 첫째, 앞선 두 작품이 삼인칭으로 쓰여 있는데 비해 이 작품은 처음 등장하는 페이션스의 수기 형식을 취하고 있다. 둘째, 두 작품과는 비교할 수 없을 정도로 오늘날의 추리소설에 가까운 현대성을 지니고 있다. 요컨대, 무고한 용의자를 사형 집행 전까지 구해야만 한다는 긴박감과 재기발랄한 젊은 여탐정의 등장 등이 그것이다. 그런데 바로 이러한 현대성이 추리소설 황금기의 척도로 잴 때는 오히려 불리하게 작용하는 탓에 두 작품보다 일반적인 평가가 낮을지도 모르겠으나, 세 작품 모두 번역했던 필자가 보기에는 《Z의 비극》이 결코 그 두 작품에 못지않은 걸작이며 나름대로의 개성을 지닌 수작임을 자신 있게 말할 수 있다.

지방 실업가의 공동 경영자이자 교활하고 음험한 의사와 그의 동생인 악덕 정치가, 더욱이 그들의 배후에서 날뛰는 여장부, 게다가 정치적 야심을 지닌 지방 검사와 그의 후원자인 정계의 실력자 등 능수능란한 인물들이 고루 모여 있는 곳에서 선거를 앞두고 돌연 살인 사건이 일어난다. 하지만 피살자와 그 주변의 정치적인 관계를 제외하고는 수사가 잘 진전되지 않는 중에 교도소에서 석방된 인물이 모습을 드러내게 됨으로써 사태는 더욱 복잡해진다. 수수께끼의 해명이야 어찌 되었든 간에 지방 정계와 재계의 부패와 타락을 파헤치고 사형수의 무고함을 굳게 믿으며 끝까지 구출하려고 애쓰는 주제가 이 작품의 성과에 더욱 빛을 더해주고 있다. 특히 이 작품에서 작가 엘러리 퀸은 사형 집행의 막다른 분위기를 유감없이 펼쳐 보임으로써 독자들에게 전율과 흥분을 선사하고 있다. 또한 그는 악덕으로 가득 찬 사회와 사형이라는 최악의 고통으로까지 끌려간 인간을 묘사하는 데 있어서도 충분한 효과를 고려한 듯하다. 즉, 페이션스라는 발랄하고 이지적인 여성의 눈을 통해 현대의 악을 응시케 하고 있는 것이다. 비록 그녀의 관찰이 주관적인 것이긴 하나 오히려 그 때문에 감정의 고양이 실로 독자들에게 뚜렷하게 전해지고 있다. 무죄를 호소하면서도 혼자만의 비밀을 고수하고 있는 사형수를 구해내려는 레인과 페이션스의 노력은 법정에서 좌절되고 만다. 하지만 그 후 두 번째 살인 사건이 일어나고부터는 그때까지 주위에 가득 찼던 안개가 서서히 걷히기 시작하며 아마존의 여장부 같은 여성의 출현으로 사건의 배후에 숨겨졌던 비밀이 폭로됨으로써 사건의 양상이 완전히 달라진다. 그리하여 사형 집행 장소에서 레인이 그곳에 모여 있는 사람들 중에서 범인이 아닌 자를 하나씩 제외하며 최후로 범인을 가려내는데, 그 과정의 서스펜스야말로 독자들의 숨을 멎게 할 만하다.

엘러리 퀸의 합작 방식은 오늘날까지도 명확하게 알려지지 않았지만 일반적으로 프레더릭 다네이가 생각하고 만프레드 리가 썼다는 설이 유력하다. 그러나 다네이도 다니엘 네이션(Daniel nathan)이라는 필명으로 자전 소설인 《The Golden Summer》(1953)를 발표한 적이 있으니 그 역시 소설을 쓰지 못했을 리 없다. 확실히 두 작품과는 구별되는 유형인 《Z의 비극》이 만약 출판사 측의 요청에 따른 예정 외의 작품이었다면 집필 스케줄이 빽빽한 리를 대신해 다네이가 썼을 거라는 주장도 있다. 그리고 두 작품과는 문체가 다름을 독자들에게 숨기기 위해 《Z의 비극》에서는 여성인 페이션스의 수기 형식을 취했지만, 역시 페이션스가 등장하는 다음 작품 《드루리 레인 최후의 사건》에서는 다시 리가 집필을 맡게 되어 수기 형식을 버리게 되었다는 설도 있다.

어쨌든 드루리 레인이 등장하는 비극 시리즈 4부작이야말로 엘러리 퀸의 대표작들인 동시에 본격 추리 분야의 필독서라 할 수 있는 만큼 클래식 미스터리에 애정을 가진 추리 애호가라면 어느 것 하나 놓쳐서는 안 될 작품들이다. 본 비극 시리즈의 마지막 작품인 《드루리 레인 최후의 사건》에도 독자들의 변함없는 관심이 이어질 줄 믿는다.

옮긴이 *서계인*
명지대 국문과를 졸업하고 경기대 대학원 국문과를 수료했다. 1986년 계간 《시와 의식》 신인상을 받으며 문단에 데뷔한 후 번역 활동을 하며 명지대 객원교수 및 성균관대 사회교육원 교수를 역임했다. 옮긴 책으로는 《잃어버린 얼굴》 《패트리어트 게임》 《복수》 《적과 동지》 《거기에 강이 있었네》 《얼음과 불의 노래》 《끝없는 여정》 《스완송》 등이 있다

The Tragedy of Z
Z의 비극

2013년 6월 14일 초판 1쇄 발행
2019년 6월 18일 초판 2쇄 발행

지은이 | 엘러리 퀸
옮긴이 | 서계인
발행인 | 이원주

발행처 | (주)시공사
출판등록 | 1989년 5월 10일(제3-248호)
브랜드 | 검은숲

주소 | 서울 서초구 사임당로 82 (우편번호 06641)
전화 | 편집 (02)2046-2852 · 마케팅 (02)2046-2800
팩스 | 편집 · 마케팅 (02)585-1755
홈페이지 | www.sigongsa.com

ISBN 978-89-527-6872-8 04840
　　　978-89-527-6337-2(set)

검은숲은 (주)시공사의 브랜드입니다.
본서의 내용을 무단 복제하는 것은 저작권법에 의해 금지되어 있습니다.
파본이나 잘못된 책은 구입한 곳에서 교환해 드립니다.

 **엘러리 퀸 컬렉션** Ellery Queen Collection

로마 모자 미스터리 The Roman Hat Mystery
로마 극장, 가장 인기 있던 연극의 2막이 끝나갈 무렵 발견된 한 남자의 시체. 두 사촌 형제의 역사적인 첫 공동 작업.

프랑스 파우더 미스터리 The French Powder Mystery
프렌치 백화점 전시실에서 튀어나온 시체. 용의자를 모으고 소거한 후 범인을 지적하다. 미스터리 역사상 가장 멋진 결말.

네덜란드 구두 미스터리 The Dutch Shoe Mystery
네덜란드 기념 병원, 이동식 침대에서 발견된 시체. 흰색 바지와 흰색 신발 한 켤레를 바탕으로 펼쳐지는 놀라운 추리.

그리스 관 미스터리 The Greek Coffin Mystery
미술품 중개업자의 죽음, 사라진 유언장. 최강의 적과 맞닥뜨린 엘러리 퀸의 당혹. 미국 미스터리를 대표하는 걸작.

이집트 십자가 미스터리 The Egyptian Cross Mystery
T자형 십자가에 매달린 목이 잘린 시체. 희생자는 더 늘어날 수 있는 상황. 엘러리 퀸의 치열한 추적이 시작되다.

미국 총 미스터리 The American Gun Mystery
2만 명이 모인 로데오 경기장에서 발생한 죽음. 25구경 자동권총의 행방은? 두 번째 살인 사건 이후 마침내 도달한 진상은?

샴 쌍둥이 미스터리 The Siamese Twin Mystery
화재에 쫓겨 산 정상 은퇴한 의사의 집에 도착한 퀸 부자. 다음 날 발생한 기이한 살인. 피해자의 손에 쥐어진 스페이드 6 카드의 비밀은?